El peor hombre de mi vida

El peor hombre de mi vida

Lucy Score

TRADUCCIÓN DE
Eva García

CHIC

Primera edición: febrero de 2024
Título original: *The Worst Best Man*

© Lucy Score, 2015
© de la traducción, Eva García, 2024
© de esta edición, Futurbox Project S. L., 2024
La autora reivindica sus derechos morales.
Todos los derechos reservados, incluido el derecho de reproducción total o parcial.
Esta edición se ha publicado mediante acuerdo con Bookcase Literary Agency.

Diseño de cubierta: Taller de los Libros
Imagen de cubierta: Freepik
Corrección: Isabel Mestre, Raquel Luque

Publicado por Chic Editorial
C/ Roger de Flor n.º 49, escalera B, entresuelo, despacho 10
08013, Barcelona
chic@chiceditorial.com
www.chiceditorial.com

ISBN: 978-84-19702-13-5
THEMA: FRD
Depósito Legal: B 1415-2024
Preimpresión: Taller de los Libros
Impresión y encuadernación: Liberdúplex
Impreso en España – *Printed in Spain*

A Joyce y Tammy, por vuestro tiempo,
vuestra amable orientación, vuestras claras advertencias
y vuestro apoyo incondicional.

Capítulo uno

Era la peor fiesta prenupcial del mundo. Ni el pan de oro ni las lámparas de araña de cristal ni los metros cuadrados de mármol italiano del Grand Terrace Ballroom podían disimular que se iba a armar una buena. Desde su posición privilegiada en el balcón superior que rodeaba el salón de baile de abajo del hotel, Frankie lo veía todo.

Los testigos, vestidos de Armani y Brioni, eran unos universitarios ya creciditos destinados a revivir sus gloriosos días de instituto el resto de sus vidas. Sus fondos fiduciarios eran lo bastante abultados para sacarlos de cualquier apuro a golpe de talonario.

Las damas de honor se llevaban la palma. Todas iban a ver si pescaban a su segundo marido (o al tercero, en el caso de Taffany). Iban en busca de hombres que viniesen con un acuerdo prematrimonial favorable y un yate en Saint-Tropez bajo el brazo.

Para Frankie, era un circo en mayúsculas. Pero haría cualquier cosa por la novia, incluso defender a su mejor amiga en un despiporre nupcial de trescientos cincuenta mil dólares. Pru y Chip eran la parejita adorada del Upper West Side. Habían salido juntos durante la universidad y se habían reencontrado. Y Frankie estaba más que encantada de formar parte de su gran día, por extravagante que fuera.

Si bien esa fiesta de compromiso era una señal de lo maravillosa que sería la boda exótica, Frankie no tenía claro cómo le iría a una chica pobre y sarcástica de Brooklyn con pelazo junto a la flor y nata en las Barbados. Pero se esforzaría al máximo por Pru.

Y, de paso, podría comerse con los ojos al padrino.

Cogió una copa de champán de una bandeja que pasaba y guiñó un ojo a la camarera, que se le unió en la balaustrada. No perdía de vista a Aiden Kilbourn, en la otra punta de la estancia. Impecable, distante y guapo a rabiar.

—No me creo que hayamos conseguido este curro —comentó entre dientes Jana, la camarera—. Jamás de los jamases habría imaginado que vería al soltero de oro de Manhattan en persona. ¡Y mucho menos que le serviría champán!

—No le tires nada encima —le advirtió Frankie.

—Dirás «no hagas un Frankie» —repuso Jana con una sonrisita.

Frankie encogió un hombro y espetó:

—El tío me ha agarrado del culo. ¿Qué iba a hacer? ¿No tirarle una bandeja de canapés en el regazo?

—Eres mi heroína —dijo Jana con aire soñador.

—Ya, ya. Vuelve ahí, no vaya a ser que se les pase la borrachera. Y dile a Hansen que vaya desalojando el baño de señoras, que no conseguirá el teléfono de ninguna esta noche.

Jana le hizo el saludo militar con mofa y se despidió con un:

—A sus órdenes, jefa.

Frankie observó a Jana bajar las escaleras con agilidad y la bandeja en alto. En cuanto Chip y Pru anunciaron su compromiso, se apresuró a conseguir un segundo empleo en una empresa de *catering,* pues sabía lo caro que era hacer negocios con la clase alta. No permitiría que Pru le pagase el vestido de dama de honor o los billetes de avión aunque se lo hubiese ofrecido. Frankie estaba decidida a codearse con las celebridades sin parecer una pordiosera por una vez, aunque acabase pelada.

Se alisó el vestido de la firma Marchesa de hacía dos temporadas que había encontrado con Pru en una tienda de ropa de lujo de segunda mano en el Village. Era difícil dar con prendas de alta costura que realzasen sus curvas. Pru y las demás damas de honor eran sílfides esqueléticas. Rubias, delgadas y con una copa B. Bueno, salvo Cressida. Sus enormes pechugas se salían de su minúsculo vestido de la firma Marc Jacobs. O había sido bendecida con unos genes increíbles o no eran naturales. Frankie no podía estar segura sin tocárselas.

Hablando de buena genética… Volvió a fijarse en el hombre del esmoquin blanco. Había adoptado la postura indolente con la que nacían los ricos y se había metido una mano en el bolsillo.

A sus cuarenta años, Aiden era el soltero más cotizado de Manhattan. No se había casado nunca; solo había tenido devaneos con mujeres florero, el más largo de los cuales había durado casi tres meses enteros. A diferencia de los demás personajes del elenco, que sonreían con falsedad, como si se alegrasen de verte, él apenas sonreía. Quizá, al igual que a ella, le incomodara ser el centro de atención.

Pruitt llamó a Frankie con un gesto desde el centro de la multitud. Dama de honor en acción. Frankie simuló una sonrisa y bajó las escaleras para unirse a la fiesta. Se abrió paso entre las sillas de oro acolchadas y las mesas bajas vestidas con manteles de color marfil. Era curioso lo bien que olían los ricos. A aromas suaves e intensos, como si emanasen de los poros de su piel.

—Estás espectacular, Frankie —la saludó Pru. Le dio dos besos y le apretó una mano.

—¿Yo? Pero ¿tú te has visto? Si pareces una modelo de alta costura en una sesión de fotos de temática nupcial.

—Estás para comerte —agregó Chip, el flamante novio, que fue corriendo a besar a su futura esposa.

Se sonreían pletóricos, por lo que Frankie sintió que sobraba.

—Bueno, me vuelvo al…

—No, no, no. Antes quiero que conozcas a Aiden —la cortó Pru, que dejó de mirar a Chip. Acto seguido, este le hizo un gesto a Aiden.

—No te molestes. Ya lo conoceré en la ceremonia —repuso Frankie.

—A Frankie no le cae bien la gente de clase alta —le susurró Pru a Chip en alto.

Chip abrazó a Frankie por los hombros con cariño y bromeó:

—Pues menos mal que ha hecho una excepción con nosotros, que somos unos pijos de cojones.

Franchesca rio y añadió:

—Tendríais que haber puesto eso en las invitaciones de boda.

Hansen, el camarero, se acercó con una bandeja de *crostini* de ternera. Chip cogió uno, se lo metió en la boca y puso los ojos en blanco.

—Mmmm, Frankie, te debemos una por recomendarnos este *catering*. Qué rico.

Frankie le hizo un gesto con la cabeza a Hansen para que sirviese al padre de Pru, que echaba chispas en un rincón. El señor no había superado que Chipper Randolph III hubiese roto con su niñita sin contemplaciones meses después de graduarse en la universidad, cuando ella esperaba un anillo. Pero corría con los gastos de la juerga, y Frankie estaba decidida a llenarle el estómago para que no montase en cólera del hambre.

—Chip. Pru. —Su voz era una octava más baja que la de Chip. Tersa, refinada. Frankie se planteó pedirle que leyese la lista de la compra que había guardado en su bolso de segunda mano solo para oírlo pronunciar «edamame».

—¡Aiden! —La buena educación hizo acto de presencia y, sin pensar, Chip se volvió hacia su mejor amigo para hacer las presentaciones—. Frankie, este es Aiden Kilbourn, mi padrino. Aiden, esta es Franchesca Baranski, la madrina.

—Frankie —repitió Aiden a la vez que le tendía la mano—. Qué nombre tan curioso.

Frankie le estrechó la mano y comentó:

—Hay una Taffany y un Davenport en la fiesta prenupcial, ¿y soy yo la del nombre curioso?

Su ya de por sí frío semblante bajó unos cuantos grados. Era evidente que no estaba acostumbrado a que lo aleccionase alguien inferior a él.

—Solo era un comentario.

—Estabas prejuzgando —replicó ella.

—A veces es necesario juzgar.

Seguía estrechándole la mano, y la agarró más fuerte por el enfado. Él le devolvió el apretón y Frankie bajó la mano sin miramientos.

—Bueno, Aiden —empezó Pru la mar de contenta—, pues conocí a Franchesca en mi primer semestre en la Universidad de Nueva York. Es listísima: consiguió una beca completa y se graduó un semestre antes con un sobresaliente. Además, trabaja a media jornada para una organización sin ánimo de lucro mientras se saca el Máster en Administración y Dirección de Empresas.

Frankie fulminó a Pru con la mirada. No necesitaba que su mejor amiga la vendiese a un esnob de pacotilla.

—Aiden es el director de operaciones de la empresa familiar. Fusiones y adquisiciones —añadió Chip—. No recuerdo su media de Yale, pero no era tan alta como la tuya, Frankie.

Frankie se disponía a excusarse para buscar otra bandeja de champán cuando el DJ pinchó algo más marchoso. Los primeros acordes de «Uptown Funk» hicieron que media élite de Manhattan corriera a la pista de baile como si hubieran anunciado que el nuevo bolso de Birkin estaba disponible.

Pru la asió del brazo.

—¡Es nuestra canción! —chilló—. ¡Vamos!

Frankie dejó que Pru la arrastrase a la pista de baile. Recordaban sin esfuerzo la coreografía que se habían inventado hacía dos años, tras una de las rupturas ligeramente decepcionantes de Frankie. Se zamparon dos *pizzas* enteritas, se pimplaron tres botellas de vino y se pasaron el resto de la velada meneando el culo con salero.

—No sabría decir si estabais discutiendo o ligando —gritó Pru para que la oyera más que a la música.

—¿Ligando? Es coña, ¿no? Si no me llega ni a la suela de los zapatos.

Capítulo dos

Para cuando cruzó el vestíbulo de mármol del hotel Regency, uno de los grupos financieros de la familia de la novia, a Aiden ya le dolía la cabeza. Y sabía que pasar una velada con los niñatos de los testigos y las docenas de personas deseosas de casarse con él, asegurar su inversión o recibir un consejo gratuito solo empeoraría las cosas.

Pero era el precio que pagaba por el privilegio. Le entregó la copa de champán vacía a un camarero que pasaba por allí y pidió un *whisky*. Pero beber para quitarse el dolor de cabeza no le haría ningún favor a nadie esa noche.

—¿Qué te parece Margeaux? —preguntó Chip mientras señalaba con la barbilla a la modelo alta, rubia y escuálida. Llevaba un vestido dorado con una raja que le llegaba casi hasta el mentón. Su estilo era despiadado; su cabello, perfecto, y su maquillaje, impecable. Ni comía ni sonreía en público.

—¿Qué te parece jamás de los jamases? Tiene pinta de ser un témpano en la cama. —Desde que Chip había descubierto con Pruitt lo que era la felicidad eterna, estaba empeñado en que su mejor amigo se uniese al club.

—Ya, es una borde —convino Chip—. Pero Pru fue una de sus damas de honor, así que… —Hizo una mueca—. Voy a hacerte un favor y obviaré a Taffany.

—Gracias —respondió Aiden en tono seco. La chica se había cambiado el nombre a Taffany después de que su prima segunda le pusiera Tiffany a su hija. Era la típica fiestera. Todas las semanas aparecía en los blogs de cotilleos enseñando la entrepierna con esos vestidos que parecían más bien camisetas de lo cortos que eran, y también se la había visto caer del todoterreno de alguna estrella de *rock* enfrente de una discoteca.

—¿Qué tal Cressida? —le sugirió Chip mientras señalaba con la copa a otra rubia. No había manera de que no se le saliesen los pechos de su corsé de alta costura. El resto de su cuerpo era un esqueleto bronceado. Fruncía el ceño con fuerza mientras se paseaba como un animal enjaulado y le gritaba al móvil en alemán.

—Parece maja —señaló Aiden con sarcasmo.

—Parece que te cortaría los huevos y luego te pediría un rescate por ellos —repuso Chip con alegría.

—¿Y Frankie? —preguntó Aiden, que empezaba a verle la gracia al juego. Se fijó en que estaba en la pista de baile. Su cabello era oscuro, abundante y rizado. Su cuerpo era voluptuoso y curvilíneo, como bien resaltaba el sencillo vestido lencero de color dorado que llevaba. Su amplia boca estaba curvada en una generosa sonrisa mientras se reía de algo que le decía Pruitt.

—Uy, es demasiado buena para ti —contestó Chip—. Es inteligente y sarcástica. Tendrías que currártelo mucho.

—Sé lo que pretendes —dijo Aiden. Llamó a un camarero y pidió un Macallan. Uno no lo mataría. Uno lo despejaría un poco.

—¿Y qué pretendo? Intento salvarte de una mujer que claramente no es tu tipo.

—¿Y cuál es mi tipo? —preguntó Aiden, que ya se arrepentía.

—Alta, delgada a más no poder. No sonríe ni habla mucho. Y su objetivo es añadirte a su historial de polvos para que su próximo marido en potencia la considere más atractiva.

—No es que ese sea mi tipo —arguyó Aiden—. Es que son las que no se toman a pecho mis condiciones.

—Frankie sí que se las tomaría a pecho —predijo Chip—. Pero a la vez creo que haría que te pasases una buena temporada arrepintiéndote. Es una tía cojonuda.

Aiden observó a la mujer en cuestión, que se meneaba y se lucía bailando con Pruitt. Se movía como una diosa; tentaba a los mortales con su cuerpo de escándalo. Según su experiencia, las mujeres eran más atractivas en la mesa o en la cama. Franchesca pertenecía al segundo grupo. Sin ninguna duda.

Aiden le dio la espalda a la pista de baile.

—¿Cuándo dejarás de venderme las bondades de la monogamia? —le preguntó a Chip.

Su amigo sonrió y respondió:

—Cuando encuentres a alguien que te haga sentir lo que yo siento por Pru.

—Soy un Kilbourn. No entendemos de sentimientos. Solo de fusiones beneficiosas.

—Siento oír eso —lamentó Chip mientras le daba una palmada en un hombro. La camarera, una chica menuda con una mecha azul marino en su pelo oscuro, se acercó a él corriendo. Sujetaba una copa de *whisky*.

—Tenga, señor Kilbourn —susurró entre jadeos.

—Gracias…, Jana —agradeció Aiden tras echar un vistazo rápido al nombre que figuraba en su chapa.

La joven se quedó boquiabierta y se retiró con cara de embeleso.

—Oye, ¿por qué no despliegas tus armas de seducción con Frankie?

—No me interesan las chicas…

—¿Divertidas? ¿Listas? ¿*Sexys*? —aventuró Chip.

—Llamativas —lo corrigió Aiden—. Se mueve como si tuviera experiencia bailando en barra. Fijo que lo consideraría un piropo.

—Qué va —aseveró alguien con voz ronca detrás de él.
Mierda.

Chip, a quien no le gustaba nada que hubiera tensión en el ambiente, esbozó una sonrisa angelical.

—¡Frankie! Aiden no te ha visto —dijo para salir del paso.

—Aiden no parece de los que se fijan en alguien que se encuentre por debajo de cierto tramo impositivo. ¿Por qué perdería el tiempo? —espetó Franchesca.

Ella no dudó en mirarlo a los ojos. No, mejor dicho, lo perforó con sus ojos azul verdosos. Se había portado como un imbécil. Por lo general, tenía mucho más cuidado al expresar sus opiniones en sitios en los que pudieran escucharlo o malinterpretarlo. Culpó a la jaqueca y a las tres copas de champán que se había tomado con el estómago vacío.

—Pru quiere que le lleves una copa y la salves de los gemelos Danby. La tienen acorralada en las escaleras. —Frankie señaló el extremo opuesto de la estancia.

—Si me disculpáis, tengo que ir a rescatar a mi prometida. No lo mates —le ordenó Chip a Frankie mientras la señalaba con gesto serio.

—No prometo nada —le gritó mientras este se alejaba. Se volvió hacia Aiden echando humo y añadió—: Bueno, si me disculpas (que me la suda), no quiero pasarme la noche mirándote.

Se despidió, giró sobre sus talones y se apartó la melenaza.

—Espera —dijo Aiden en voz baja mientras la agarraba de una muñeca.

—No me toques, Kilbourn, o eres hombre muerto.

Él la soltó, pero se interpuso en su camino.

—Deja que me disculpe.

—¿Que te deje disculparte? —Franchesca se cruzó de brazos—. Mira, estoy segura de que estás acostumbrado a hablar con sirvientes y subordinados, pero un consejo: no le exijas a nadie que escuche tu disculpa de tres al cuarto. ¿Vale?

Le retumbaba la cabeza. Nadie le hablaba así. Ni siquiera sus amigos más antiguos.

—Por favor, permíteme que me disculpe —repitió con la mandíbula apretada. La agarró de un codo y la condujo a una hornacina que había detrás de una recia cortina dorada.

La oscuridad hizo que se le pasase un poco el dolor de cabeza. Se pellizcó el puente de la nariz y deseó que se le fuese del todo.

—¿Qué tal si nos ahorro tiempo a los dos? —propuso Franchesca—. No hace falta que te disculpes; ambos sabemos que tu intención era ser un capullo, y así yo no me molestaré en fingir que te perdono, porque me la pela lo que pienses de mí. ¿Te vale?

Había un sofá color crema cubierto de seda. Aiden se sentó. El dolor sordo le revolvía el estómago.

—Mira. No he empezado con buen pie, y me disculpo por ello.

—Otro consejito de cara al futuro: «me disculpo» no suena tan sincero como «lo siento». ¿Te duele la cabeza?

El cambio de tema lo mareó. Cerró los ojos y asintió.

18

—¿Migraña? —aventuró Franchesca.

Aiden se encogió de hombros y contestó:

—Puede.

Franchesca murmuró para sí. Al abrir los ojos, Aiden la vio hurgar en su bolso.

—Ten —le dijo mientras le ofrecía dos pastillas—. Son recetadas.

—¿Tú también tienes migrañas?

—No, pero a Pru le dan cuando se estresa. No quería que se pasase su fiesta de compromiso con ganas de vomitar.

—Qué amable y previsora eres.

—Soy la madrina. Es mi trabajo. Va, pórtate bien y tómatelas.

Aiden alzó la copa, pero Franchesca lo detuvo cogiéndolo de la muñeca.

—No seas tonto, así lo empeorarás.

Le quitó la copa y se asomó a la cortina. Aiden la oyó silbar. Al momento estaba dándole las gracias a alguien por el nombre y le pasó un vaso de agua helada.

—¿Conoces a los del *catering?* —preguntó para darle conversación mientras se tragaba los comprimidos.

—Soy del *catering.* Segundo trabajo. Es mi noche libre. —Lo dijo como si lo desafiase a criticarla—. ¿Quieres que te pida un taxi? —le ofreció de repente.

—Tengo un coche abajo.

—Cómo no.

—¿Por qué eres maja conmigo? —Aiden se masajeó la sien.

—Quizá lo esté haciendo para restregarte en la cara que eres un capullo. Y quizá te haya dado dos píldoras anticonceptivas en lugar de pastillas para el dolor de cabeza para verte sufrir.

—Quizá me lo merecería.

La cortina se movió y la camarera de cabello azul se asomó.

—Ten, el refresco —susurró. Se quedó atónita al ver a Aiden y abandonó la hornacina.

—La pongo nerviosa —señaló Aiden cuando la chica se hubo ido.

—Da gracias de que eres guapo y rico, porque tu personalidad deja mucho que desear. Ten, bébete esto. La cafeína te sentará bien.

Se lo bebió de un trago y apoyó la cabeza en el respaldo del sofá.

—Gracias. —Estaba cuidando de él después de que hubiera insinuado que era *stripper*. Era un gilipollas. Se preguntó cuándo se habría completado la transformación.

Franchesca le quitó el vaso.

—Quédate aquí hasta que te haga efecto —le ordenó, y se volvió hacia la cortina.

—¿Adónde vas?

—A la fiesta, a bailar como una *stripper* para los solteros casaderos.

—Qué pena que me lo pierda.

—Anda, calla.

Capítulo tres

El avión aterrizó en la pista como una losa. El frenazo que pegó hizo que todos los pasajeros de clase turista se movieran adelante y atrás. Desde el asiento central, Frankie no veía mucho del paraíso tropical que había al otro lado de la ventanilla. Estaba apretujada entre un tío que olía como si no se hubiera duchado en cuatro días y un viejecito que se había quedado frito a seis mil metros de altura y había dormido una hora en su hombro.

Se hacía pis y habría matado por un sándwich de rosbif, pero al menos el vuelo había terminado y ahora solo le quedaba pasar por la aduana y por inmigración. En una hora, dos a lo sumo, tendría los dedos de los pies enterrados en la arena fina y blanca, una copa en la mano y su sándwich.

Esperó a que el anciano aquejado de narcolepsia se pusiera en pie y salió como pudo al pasillo detrás de él para ayudarlo con su equipaje de mano.

Agradecida de que Pru hubiera insistido en llevar los vestidos de dama de honor en el avión de su padre, cargó con su equipaje de mano. Los demás miembros del cortejo nupcial habían llegado en aviones privados que habían alquilado juntos.

Cruzó el pasillo en dirección a la tripulación, siempre sonriente, y a la brisa húmeda. Se plantó en la escalera con ruedas y se puso las gafas de sol. Veintiocho grados y una brisa suave y agradable. Quizá se lo pasaría bien y todo, aunque acabase de duplicársele el volumen del pelo.

Siguió a los demás pasajeros hasta la pista, y luego hasta el edificio largo y bajo del Aeropuerto Internacional Grantley Adams. La fila zigzagueaba entre los cordones. Los viajeros, deseosos de ver el paraíso, toqueteaban las pantallas de sus móviles. Pero Frankie se conformaba con observar a la gente. La cola de inmigración para residir allí era corta y de una eficiencia brutal, pues quienes tenían el pasaporte de las Barbados regresaban a casa. A su derecha estaba la cola rápida, compuesta por viajeros con maletas de Louis Vuitton y anchas pamelas. El personal del resort que había ido a recogerlos los guiaba durante el proceso.

La fila de Frankie avanzaba a paso de tortuga. Los padres, agobiados, intentaban responder a preguntas oficiales a la vez que tranquilizar a sus hijos enrabietados, mientras que los jóvenes mochileros estaban tan pendientes del móvil que había que empujarlos cada vez que la fila se movía.

Uno de los mochileros le llamó la atención y le sonrió.

—Hola —saludó este en voz baja mientras se apartaba un mechón rubio de la frente.

«Madre mía, que es australiano».

—Hola —respondió ella.

—¿Vienes mucho por aquí?

Frankie rio.

—¿Puedo invitarte a una copa? —le preguntó él en broma.

—Si encuentras a un barman, encantada de que me invites.

La fila avanzó y la mujer que tenía detrás, con una visera deportiva de flores y una camisa hawaiana, lo empujó hacia delante.

—Hasta luego —le dijo mientras le guiñaba un ojo.

Volvieron a encontrarse cuando las colas se detuvieron justo en el mismo punto.

—Volvemos a vernos. Debe de ser cosa del destino.

—¡Oh, eres bueno! Seguro que no tendrías tanto éxito sin tu acento —comentó Frankie.

—A mí me gusta más el tuyo —confesó él.

La abuela de Boca Ratón le dio otro empujón al australiano.

—Lo siento, cariño, pero me espera un margarita bien fresquito —le dijo a Frankie mientras avanzaban.

La agente de inmigración de Frankie era una chica seria de veintipocos años que parecía que se maquillase viendo tutoriales en YouTube.

—Que disfrute de su estancia —le deseó mientras le devolvía el pasaporte por la ranura del plexiglás. Su tono daba a entender que le importaba un carajo si Frankie disfrutaba de su estancia o no, pero era lo que tenía lidiar con tres aviones llenos de turistas cascarrabias.

Frankie dejó atrás la zona de recogida de equipajes. Como Pru llevaba su vestido de dama de honor, había podido meter todo lo necesario en su equipaje de mano y no había tenido que pagar por facturar. Un pequeño triunfo en un año de derroche: las dos fiestas de la novia, la fiesta de compromiso solo para chicas, la fiesta de compromiso, la despedida de soltera de prueba y ahora la boda exótica. Debería haberse buscado un tercer curro. Pero unas semanitas más con el servicio de *catering* y amortizaría la tarjeta de crédito y, además, podría dejar de gastar dinero como si apareciera por arte de magia en su monedero todas las mañanas.

La aduana fue mucho más rápida. Tras examinar rápidamente su equipaje, la mandaron a la salida. Le sonó el móvil en la bolsa de playa que hacía las veces de bolso.

—Hola, mamá.

—¡Ay, menos mal! Pensaba que estabas muerta. —Otra cosa no, pero May Baranski era una exagerada de cuidado.

—No estoy muerta, mamá, sino en el paraíso. —Cuando se abrieron las puertas automáticas, salió al exterior. Hacía calor. Estaba en una zona cubierta plagada de turistas que parecían perdidos y de taxistas que, como buitres, daban vueltas alrededor de la carroña.

—¿Por qué no me has llamado al aterrizar? Me aseguraste que me llamarías. —Su madre llevaba tan al límite su instinto protector que estaba convencida de que sus hijos estaban constantemente en peligro de muerte o algo peor: destinados a quedarse solteros para siempre y no tener hijos, mientras a sus amigas las hacían yayas y abuelas.

—Mamá, acabo de pasar por la aduana, literalmente. No te dejan parlotear por teléfono mientras tanto.

Su madre resopló. Que le impidieran saber si sus hijos estaban a salvo se le antojaba absurdo.

—¿Qué tal el vuelo? —preguntó May. Frankie se echó la culpa. Sus padres le caían bien y le gustaba hablar con ellos,

23

pero, sin comerlo ni beberlo, eso había acabado derivando en llamadas casi diarias «solo para ver cómo estás» o «para ponernos al día». ¡Y encima casi siempre era ella la que llamaba! Su madre se sabía todos los cotilleos de sus familiares y sus exvecinos.

—Largo y petado de gente —contestó Frankie, que miró la señal de la parada de taxis con los ojos entornados. Se enumeraban los destinos de la isla y sus tarifas, pero necesitaba comprobar de nuevo en qué distrito se encontraba el resort.

—Tu padre y yo fuimos de luna de miel a los Cayos de Florida hace cuarenta y un años —comentó May—. ¿Es igual de bonito que los Cayos?

Frankie nunca había estado en los Cayos de Florida ni había visto nada de las Barbados, aparte de la pista de aterrizaje y la parada de taxis.

—Seguro que los Cayos son preciosos —le dijo a su madre—. Oye, me voy ya. ¿Te llamo mañana?

—¿Por? ¿Qué pasa?

—Nada, es que tengo que coger un taxi.

—¿Cómo es que Pru no te ha enviado un coche? —chilló su madre—. ¿Vas a subirte a un coche con un desconocido?

—El chófer que me habría enviado Pru también sería un desconocido —arguyó Frankie en vano.

—¡Te prohíbo que te atraquen o te acosen!

Frankie chocó con alguien y se giró para disculparse.

—Pero ¡bueno! ¡Si eres tú! Me preocupaba que el destino no quisiese que volviésemos a vernos —musitó el australiano mientras se ponía bien la mochila que Frankie casi le había tirado.

—Te dejo, mamá.

—¿Y ahora qué pasa?

—Un chico muy mono me está mirando.

El australiano sonrió.

—¡Cuelga y lígatelo! ¡Vuelve con un anillo en el dedo! —Su madre cortó la llamada para ponerse a planificar la ansiada boda de su única hija.

—Perdona —se disculpó Frankie con una sonrisita—. No miraba por dónde iba.

24

—Puedes chocarte conmigo cuando quieras. —No era increíblemente guapo. Ni estaba de toma pan y moja como Kilbourn. Pero era mono, encantador y estaba muy pero que muy bronceado. Se había decolorado el pelo, que pedía un corte a gritos, e iba vestido con ropa cómoda y arrugada.

—Dime que eres un surfista australiano —soltó Frankie con aire soñador. Hacía mucho que un hombre no la hacía llegar al orgasmo. Le daba pereza salir con ellos, y tener dos trabajos no le había dejado mucho tiempo para divertirse bajo las sábanas. Quizá un rollete tropical con un surfista *sexy* le quitase las penas.

—Pues sí. Dime que te molan los surfistas australianos y que podemos compartir taxi para que te camele por el camino.

Frankie rio. Fácil, encantador, divertido. Perfecto.

Hizo una caída de pestañas y respondió:

—Nunca he estado con un surfista australiano, así que no sabría decirte cuáles son mis preferencias en ese ámbito.

Sus ojos azules, del mismo color que el mar que habían sobrevolado, se abrieron, complacidos.

—¿Dónde te alojas?

—En el resort Rockley Sands.

—No jodas. —Le cambió la cara—. Eso está al norte de Bridgetown. Estoy en la otra punta de la isla.

—Franchesca.

Una buena ventolera podría haber derribado a Frankie. Tenía que ser un espejismo. Estaba segura. Ese no era Aiden Kilbourn apoyado en un *jeep*, con unos pantalones cortos, una camisa de manga corta *sexy*, unos náuticos y unas Ray-Ban. Llevaba la barba más descuidada que la última vez que lo había visto.

—¡La madre que...!

—Deduzco que te llamas Franchesca —comentó el australiano.

—Sí, pero... no estamos juntos.

Aiden se apartó del guardabarros y fue hasta ella.

—Va. —Hizo ademán de coger su equipaje.

Sin pensar, Frankie lo puso fuera de su alcance.

—Iré en taxi —insistió.

—No.

—Aiden, le he dicho a Pru que iría en taxi.

—Y yo que te recogería.

—Franchesca, ha sido un placer conocerte, pero me voy ya —se despidió el australiano mientras retrocedía.

—Pero si…

—A lo mejor nos vemos por la isla. —Le lanzó un beso, se despidió de Aiden como si fueran colegas y se fue tan tranquilo a buscar un taxi.

—Ya te vale, Aiden. No me ha dado tiempo ni a darle mi número.

—Qué pena. —Guardó su equipaje en la parte trasera del *jeep* y lo aseguró con una correa de amarre.

—¿De qué va esto? ¿Vas a llevar a su destino a una pobre *stripper* para hacer tu buena obra del día? —replicó Frankie.

—Ya me disculpé por eso.

—Y tu sinceridad me llegó al alma —le recordó Frankie.

—Sube al coche, anda.

Capítulo cuatro

Aiden esperó a que se pusiera el cinturón para incorporarse a la carretera principal. No le había dicho a Pruitt que recogería a Franchesca, pero la noche anterior la había oído hablar sobre la hora a la que llegaría la madrina. Había viajado con ellos para vigilar a Chip. Ya había truncado la felicidad de Chip y Pruitt una vez, y no permitiría que se repitiera una segunda.

Además, así disponía de una excusa para estar un rato a solas con Franchesca. Había pensado en ella —mucho— desde la fiesta de compromiso. Era… interesante. Y su remedio para la migraña había sido mano de santo.

Debía acabar con sus dolores de cabeza, cortarlos de raíz. Así que había decidido aprovechar el viaje para trazar un plan. Para urdir una estrategia. Ya era hora de que hiciera algo al respecto.

—¿Ha ido bien el vuelo? —le preguntó.

—De maravilla. Aunque habría ido mejor si hubiera conseguido el número del surfista.

—¿Es tu tipo?

—¡No, no, no! —Lo señaló con un dedo—. No vas a criticar cuál es mi tipo. Tú menos que nadie.

—¿Yo menos que nadie? —inquirió mientras pisaba el acelerador para dar la vuelta a la rotonda.

Frankie aferró el asidero del salpicadero, pero no le pidió que fuese más despacio.

—Si repasáramos tus últimas conquistas, veríamos a un esqueleto rubio tras otro comprando, sonriendo y posando para la foto.

Era cierto. Pero eso era lo que ofrecía Manhattan: cientos de famosillas acaudaladas que se parecían, se comportaban igual y tenían los mismos objetivos en la vida.

—Conquistas... ¿Eso habría sido el amante de las olas de antes?

—Calla, anda.

Aiden redujo bruscamente la velocidad para esquivar a una camioneta que se había detenido frente a un puesto de cocos en el arcén. Rara vez conducía por Manhattan, y le había encantado descubrir que, en la isla, las leyes de tráfico eran más sugerencias que leyes en sí. Le recordaba a sus días de piloto de carreras. La única vez en toda su vida en que no había tenido ni una sola preocupación.

—La madre que te parió, Aide —bramó Frankie, que agarró el asidero cuando tomaron la siguiente rotonda.

El apodo gratuito le resultó extraño..., cariñoso, familiar.

—Bienvenida a las Barbados —le dijo mientras salía de la glorieta por el otro lado.

Franchesca soltó el asidero para recogerse el pelo, que escapaba como loco en todas direcciones. Se lo enrolló sobre la cabeza y lo ató con un coletero de plástico. Aiden la observó de arriba abajo. Su camiseta de tirantes rosa y sus pantaloncitos de algodón blancos resaltaban el bello tono oliva de sus piernas. Habría apostado dinero a que era de ascendencia mediterránea. Franchesca Baranski no era ningún esqueleto rubio, eso desde luego.

—Vista al frente, chavalote —espetó en tono seco.

—Me preguntaba si era un día cualquiera.

—Este es el único modelito de todo el viaje que no tiene que ir a juego con los de las damas de *horror,* y no me vas a fastidiar el momento.

—¿Modelitos a juego? —Cómo se alegraba de no ser mujer.

—Es el precio que hay que pagar por tener amigos —comentó Frankie—. Pero no sabrás a qué me refiero.

Y por eso el círculo de Aiden era pequeño. Minúsculo, en realidad. No era sociable y no disfrutaba de la atención ni de las fiestas. Le gustaba ganar dinero, enfrentarse a desafíos con éxito y dar con la solución más creativa a los obstáculos que se le resistían.

—¡Ahí va! Qué vistas. —Frankie señaló a la izquierda con una uña sin pintar y se acercó a él para disfrutar más del paisaje. La carretera discurría paralela a las aguas turquesas del mar Caribe. Aiden captó el aroma de su cabello; un olor exótico y especiado. Y, de pronto, por un glorioso instante, se la imaginó desnuda y despatarrada en su cama.

—Y que lo digas —convino.

—¿Ya has estado aquí? —le preguntó Frankie mientras hurgaba en su bolso. Sacó un tubo de crema solar con aire triunfal.

—¿Me estás dando conversación? —inquirió.

—Creía que no discutiríamos por comentar qué bonito es el mar o por preguntarte si sueles venir por aquí. —Se echó protector en las yemas de los dedos y se lo restregó por la cara. Aiden se preguntó cuándo había sido la última vez que había visto a una mujer sin maquillar y despeinada. Las mujeres con las que salía preferían guardar en secreto su aspecto natural.

—Uy, creo que podríamos discutir por cualquier tema —predijo Aiden.

Frankie masculló algo y no añadió nada más.

—¿Qué pasa? —preguntó Aiden.

—*Intento* ser educada. Hemos venido por Pru y Chip, y no voy a chafarles la boda por discutir contigo.

—No te caigo bien, ¿eh? —preguntó Aiden con una sonrisa.

—Pues no. Pero eso no significa que tenga que portarme como una gilipollas. Algunos hemos recibido una buena educación. —Era una pulla para él, pero, en lugar de cabrearlo, le hizo gracia.

—Venga, a ver, ¿qué educación recibiste? —preguntó.

—No, no. —Negó con la cabeza—. No nos conoceremos más a fondo. No nos llevamos bien, ni falta que hace. Tú ve a lo tuyo, que yo iré a lo mío. Nos haremos fotos vestidos de gala, bailaremos con los novios y no volveremos a vernos nunca más.

Aiden rio. El sonido le resultó extraño incluso a él.

—Pues tú a mí no me caes mal.

—No me lo trago, Kilbourn. Tú llévanos al resort calladito y como si esto fuera una carrera de destrucción, que yo me imaginaré que eres un surfista australiano monísimo.

—Pero si no iba a malas…

—No, no. No hables. Calla y conduce.

Aiden sonrió mientras negaba con la cabeza, pero le dio el gusto. Atravesaron la angosta carretera a toda pastilla. Durante el camino, sortearon baches y, de vez en cuando, se detenían para que cruzase algún peatón. Dejaron atrás playas de arena blanca con palmeras que se balanceaban y turistas quemados por el sol. La calle se estrechaba conforme se acercaban a Bridgetown. Pasaron como una exhalación por delante de las tiendas y los puestos de productos agrícolas de las aceras, dejaron atrás unas cuantas tiendas de marcas de lujo y pasaron por el puerto de cruceros.

Frankie no despegaba los ojos del mar.

Era precioso. Del mismo tono azul que solo se veía en las postales. Y la constante brisa tropical hacía que los casi treinta grados fueran agradables, no agobiantes. Aunque tampoco es que Aiden fuera a disfrutarlos. El largo fin de semana estaría repleto de las desventajas de ser rico y privilegiado. Obligaciones sociales, responsabilidades familiares y una celebración gratuita por tener una relación más estrecha con Chip que con su propio medio hermano. ¿De verdad valía la pena celebrar una boda tan ostentosa? ¿No preferirían los novios algo más íntimo y significativo? Ceñudo, aceleró al subir un montículo.

—¿Cómo puedes poner esa cara teniendo este paisaje delante? —preguntó Frankie mientras abarcaba con el brazo las vistas que se extendían ante ellos.

—Creía que no íbamos a hablar.

—Es verdad. Es que me he distraído al ver tu cara de vinagre. Chitón otra vez.

Justo entonces le sonó el móvil en el posavasos. Aiden arrugó más el ceño al ver la pantalla.

—¿Qué pasa, Elliot? —inquirió en tono cortante. Su medio hermano solo llamaba para una cosa.

—¿Qué tal por el paraíso?

Cuanto menos le dijera Aiden a su hermano, menos habría que lamentar después.

—¿Qué quieres, Elliot? —preguntó Aiden.

—Tenemos que hablar sobre la votación de la junta. —Notó que pasó de mostrarse encantador a calculador.

—Ya hemos hablado de esto. No cambiaré de opinión —repuso Aiden con brusquedad.

—Creo que no lo has pensado bien…

—No nombraré a Donaldson director financiero. Lo están investigando por defraudar a su última empresa. No puedes esperar que deje nuestros grupos financieros en sus manos y haga la vista gorda.

—Los rumores que corren sobre el fraude son exagerados. No es más que una antigua amante con un interés personal. —Aiden oyó el inconfundible chasquido del metal al impactar con la pelota seguido de un aplauso cortés.

—¿Ya estás otra vez en el campo? —Elliot pasaba más tiempo jugando al golf, bebiendo y tirándose a las féminas de la ciudad que detrás de la mesa del bonito despacho esquinero que tenía debajo del de Aiden.

—Estoy echando un nueve hoyos rapidito con un cliente.

Era mentira, pero Aiden no tenía fuerzas para regañarlo. La cuestión era que dirigir la empresa de su familia y sus amplios grupos financieros recaía cada vez más sobre él ahora que su padre reculaba. Elliot solo se preocupaba por los negocios cuando algo lo afectaba personalmente. No había descubierto la relación entre Elliot y el ladrón y defraudador de Donaldson, pero Aiden no estaba dispuesto a hacerse a un lado y dejar que su hermano nombrara al próximo director financiero de Kilbourn Holdings.

—Mantengo mi voto: no a Donaldson. Te dejo. —Colgó sin darle a su hermano opción a réplica y apagó el teléfono para no ver el inevitable aluvión de llamadas y mensajes.

—¿Movida empresarial? —preguntó Frankie sin mirarlo.

—Movida familiar con un puntito empresarial.

—Quizá no deberías hacer negocios con tu familia.

La miró al momento. Tenía el rostro orientado hacia el sol y sonreía con malicia.

—No es tan sencillo.

Ella se dignó a mirarlo esa vez y se bajó las gafas de sol.

—Nada que valga la pena lo es.

* * *

31

Unos muros de piedra amarillo claro y una entrada protegían el resort del mar. Se había fijado poco cuando había llegado la noche anterior, pero, al ver a Frankie maravillada con el exuberante paisaje y la entrada curva, se contagió de su entusiasmo y se permitió olvidarse de su familia y su empresa. El hotel estaba formado por tres pisos de estuco y piedra, y dos alas unidas por un vestíbulo al aire libre de dos plantas. Dentro seguía la vegetación: había macetas de colores apiñadas en torno a una fuente de piedra. En cada punta del vestíbulo había un bar con vistas al mar.

—Ahí va —susurró Franchesca detrás de él.

La mujer del mostrador, con su alegre pañuelo amarillo canario, dejó de mirar el ordenador.

—Que disfrute de su estancia, señor Kilbourn —saludó con el sutil acento de la isla, que hacía que pareciese que cantaba.

—Descuide —dijo—. La señorita Baranski también se hospeda aquí.

—Oh, por supuesto. Bienvenida, señorita Baranski.

—Gracias. Qué resort más bonito —comentó Frankie con una sonrisa relajada. No se parecía en nada a las que le dedicaba a Aiden.

Como si le hubiera leído la mente, Frankie se volvió hacia él. Lo miró de arriba abajo y enarcó una ceja.

—Gracias por traerme. Ya puedes irte.

Él esbozó una sonrisa lenta y amenazante. Franchesca Baranski no tenía ni idea de con quién se estaba metiendo. A él no se le despachaba. Se acercó a ella y, al arrinconarla contra el mostrador, vio sorpresa e inquietud en sus enormes ojos. Pero también algo más. Una llamarada, una chispa de deseo.

Aiden le cogió una mano y se llevó los nudillos a los labios.

—El placer ha sido mío. —Vio que se le erizaba el vello del brazo y sonrió.

—Estoy segura de que siempre lo es —replicó ella, que se zafó de su agarre y le dio la espalda.

Capítulo cinco

Aiden dejó a Frankie en el mostrador y siguió el rumor de las olas. Se paró en el bar y debatió consigo mismo, pero cambió de opinión y salió fuera.

Bebía en exceso. Una especie de remedio para el estrés crónico que lo atormentaba. Su familia parecía empeñada en tomar todas las malas decisiones posibles a la hora de dirigir un negocio. Durante mucho tiempo había hecho caso omiso para ocuparse de sus responsabilidades. Pero ahora debía estar presente. Más le valía no permitir que nadie —ni siquiera su familia— destruyera lo que habían logrado tres generaciones.

Con las manos en los bolsillos de sus pantalones cortos, atravesó la terraza de piedra coralina con su camisa ondeando al viento. A la derecha, el sol iluminaba la piscina infinita. Unos cuantos huéspedes de media tarde disfrutaban de ceviche y champán en la marisquería al aire libre de la izquierda.

Bajó las escaleras y torció a la derecha, donde el camino serpenteaba entre la playa y la vegetación. Es posible que el padre de Pruitt no desease a Chip como yerno, pero eso no impediría que tirase la casa por la ventana. Había alquilado la sección acordonada del resort con tal de que su princesa gozara de un día especial e íntimo.

Aiden encontró a los novios tomando el sol a la orilla de una laguna, de forma indefinida, que daba a la playa y al mar. Las damas de honor —damas de *horror,* se corrigió con una sonrisa— estaban recostadas en las posturas más idóneas, y estudiadas, para acentuar su atractivo. Notó que cuadraban los hombros y sacaban pecho al verlo. Siempre estaban al acecho.

Pero él no era la presa de nadie.

Se sentó en el borde de la tumbona de Chip, de espaldas a las damas de *horror*.

—Tu madrina ha llegado a su destino —anunció.

Pru lo miró desde debajo del ala de una pamela ridícula.

—¡Aiden! Reservé un coche para que recogiera a doña «iré en taxi».

—Lo he anulado —comentó Aiden mientras se encogía de hombros—. Me pillaba de camino.

—Lo ha hecho para limar asperezas con Frankie —explicó Chip para defenderlo. Su amigo le enseñó su copa vacía a un camarero que pasaba por allí y le hizo un gesto con el dedo para pedirle que les sirviera otra ronda. Pues al final Aiden sí que iba a beber.

—Ya, claro. —Pruitt no creía a ninguno de los dos. Ni por un segundo—. ¿Has recogido a la lumbrera de mi mejor amiga para meterte con ella? Porque, de ser así, me enfadaré, Aiden Kilbourn —aseguró Pruitt mientras le clavaba un dedo en el brazo.

—¿Para meterme con ella? ¿Qué tenemos? ¿Siete años? —preguntó Aiden en broma.

—¿Qué le dijiste exactamente en la fiesta de compromiso? —exigió saber Pruitt.

—¿No te lo contó? —A Aiden le sorprendió. Pensaba que Frankie habría ido corriendo a chivarse.

—Mi maravillosa amiga no quiere que me preocupe por nada. Y, por lo visto, eso incluye cualquier estupidez que dijeses o hicieses en la fiesta.

Aiden y Chip se miraron. Ninguno de los dos tenía ganas de repetir el insulto.

Pruitt chasqueó los dedos.

—¡De eso nada! ¡No, no, no! No lo mires, Chip. Desembucha ahora mismo.

La determinación de Chip se hizo añicos más deprisa que una galleta en las manos pegajosas de un niño pequeño.

—Puede que Aiden comentase que Frankie se movía como si tuviera experiencia bailando en barra.

—¡¿Que la llamaste *stripper*?! —Pruitt chilló tanto que seguro que se la oyó en el catamarán que navegaba a quinientos metros de la costa.

Aiden hizo una mueca.

—En mi defensa…

—¡No hay defensa que valga! Joder, Aiden. Es una de las personas a las que más quiero en este mundo. No la trates como a un trapo.

—Lo entiendo. Me disculpé. Y por eso he ido a recogerla hoy: para intentar hacer las paces.

Pru esbozó una ligera sonrisa.

—Conque lo has intentado, ¿eh? ¿Frankie no estaba por la labor? —preguntó sin mala intención.

—Pues no mucho —reconoció Aiden. Para nada, la verdad.

Chip le dio una palmada en un hombro.

—Lo siento, macho. Nuestra Frankie no es la persona más indulgente del mundo.

—¿Metes la pata una vez y te hace la cruz?

Pruitt lo miró por encima de sus gafas de sol e inquirió:

—¿Por? ¿Te interesa?

—Como bien ha señalado Frankie, ni yo soy su tipo ni ella el mío —respondió Aiden para eludir la pregunta. No estaba interesado en Frankie. Le intrigaba, pero eso era otra cosa.

—¿Tanto te costaba ser majo y educado o, Dios te libre, simpático? —Pruitt suspiró.

—No quiero ser simpático. No tengo tiempo para simpatías.

Pruitt se echó en su tumbona haciendo pucheros.

—Y ahora tenemos a una madrina y un padrino que no se pueden ni ver.

—Tendríamos que habernos fugado —comentó Chip mientras le apretaba un muslo con cariño.

—Nos hemos fugado. Pero con todo el mundo.

Aiden se abstuvo de bromear sobre que se lo pensasen mejor la próxima vez. Por su culpa casi no había habido una primera vez.

El camarero regresó con una bandeja de bebidas espumosas de color rosa con sombrillas y tanta fruta como para preparar una macedonia.

—Señor Randolph —dijo haciendo una floritura.

Chip sonrió y repartió las bebidas.

—Hatfield, tú sí que sabes. —Y le dejó un billete de veinte dólares en la bandeja.

Aiden le dio un trago a su bebida, hizo una mueca y dejó la copa en la mesa que había junto a la silla.

—Vaya, ¡si son el señor Randolph y la casi señora Randolph! Pru chilló y se levantó de un salto.

—¡Has venido! —Y estrechó a Franchesca.

Aiden se fijó en que se había cambiado. Se había quitado los pantaloncitos blancos y la camiseta de tirantes que tan bien se le ceñía al cuerpo y los había sustituido por una capa vaporosa con un escote en V muy pronunciado que mostraba un canalillo impresionante y a través de la que se entreveía el bikini negro que llevaba debajo. No se había deshecho el moño. Era una mujer exótica y curvilínea. Como Aiden no se anduviese con ojo, se empalmaría como un adolescente en menos de lo que canta un gallo.

Franchesca no pasaba desapercibida.

—¡Sí! —le dijo a Pru sonriendo.

—¿Qué tal el vuelo? ¿Te apetece una copa?

—Ten. —Aiden le puso su brebaje rosa en la mano.

Franchesca miró la copa con recelo.

—¡Venga ya! No está envenenada. Bébetela y calla —le ordenó.

—¿Recuerdas lo que hemos hablado antes? —le advirtió Pru—. Sé *simpático*.

—Te las vas a cargaaaar —canturreó Frankie en voz baja para que solo él la oyese. Le dio un trago a la bebida. Pegó los labios carnosos a la misma pajita con la que había sorbido él hacía un instante—. No te preocupes por Aide y por mí. Se acabó el mal rollo. Palabra de honor. Aunque me haya espantado al surfista buenorro que he conocido en el aeropuerto.

Pru entrelazó el brazo con el de Frankie y se la llevó mientras le lanzaba una mirada asesina a Aiden.

—Ven, Frankie. Vámonos con las chicas. A ver, háblame del surfista.

Aiden y Chip las observaron alejarse.

—Conque un surfista, ¿eh? —preguntó Chip.

—Calla, anda.

Chip rio y añadió:

—Vamos a jugar al vóley.

Capítulo seis

—Señoritas, ha llegado nuestra madrina —anunció Pruitt la mar de contenta a las diosas recostadas.

—Yupi —exclamó Margeaux sin despegar los ojos del móvil. Su cabello rubio estaba recogido en un elegante moño en la base de su cuello. Se la veía majestuosa incluso en bikini.

Pruitt arrastró a Frankie hasta un par de tumbonas. Esta tomó otro sorbo del líquido ácido y rosa. Estaba congelado y sabía ligeramente a pomelo y vodka. Pero le valdría.

—Siéntate y escupe —le ordenó Pru—. La anécdota, no la bebida.

Frankie le entregó la copa con un suspiro. Se quitó las sandalias y se cubrió la cabeza con la capa.

Notó que alguien la miraba con ardor. Al girarse, vio que Aiden, de pie en la arena, la observaba. Este le sonrió con chulería y se quitó la camisa. No era delgado como los demás testigos. Era más grande y musculoso. Solo con verle el pecho se le hacía la boca agua. Se miraban con admiración.

—Vaaaaa —canturreó Pru para llamarle la atención.

—Que sí, que ya voy. —Le dio la espalda a la playa…, a Aiden—. ¿Qué quieres saber?

—¿Qué tal el viaje con Aiden desde el aeropuerto?

A Margeaux se le cayeron el móvil y la mandíbula. Taffany, que estaba entretenida bebiendo tequila a morro vestida con un bañador más revelador que el bikini de Frankie, se incorporó.

—¿Tú y el buenorro del padrino? —preguntó Cressida, cuyo acento oscilaba entre el austriaco y el ruso. Frankie no podía apartar la vista de sus pechos, pues parecían empeñados en escapar del trozo de tela que hacía las veces de top sin tirantes.

37

Con pudor, Frankie se anudó más fuerte el traje de baño para que no se le salieran los suyos.

Se oyó un «halaaaa» a coro en la pista de voleibol y las chicas estiraron el cuello para ver qué había pasado. Aiden, con su espectacular y robusto torso al descubierto, se tapaba un ojo con la mano.

—¿Qué os he dicho? —gritó Pru.

—¡Que nada de moretones! —repitieron los chicos como papagayos.

—Ni moretones, ni cortes, ni rasguños, ni accidentes capilares raros. Quiero que estéis perfectos para las fotos —les recordó la novia.

—Perdón —se excusaron a la vez.

—Aiden se ha distraído —agregó Chip con un guiño.

Aiden miraba largamente a Frankie, que dejó de toquetearse las tiras del bañador y bajó las manos. ¿La había estado observando?

—¿No podéis sentaros a leer y ya? —les rogó Pru.

—No volveremos a sacar por encima de la cabeza —sugirió Davenport, el interno borracho que ponía paz.

—Bueno, vale. Pero céntrate en la pelota, Aiden. —Pru volvió a sentarse—. Son como niños de preescolar en una fábrica de caramelos: hay que vigilarlos. Y tú, Frankie, siéntate, no vaya a ser que Aiden pierda un ojo por mirarte.

Con toda la atención puesta en ella, Frankie se sentó en la tumbona y estiró las piernas.

—Me ha recogido en el aeropuerto —explicó. Por lo general, no le gustaban los cotilleos, y darles el más mínimo dato a esas arpías era una idea pésima.

—¿Y eso? —preguntó Margeaux, que arrugó la nariz—. ¿Ha habido una confusión?

En el bello, impoluto y dorado mundo de Margeaux, esa era la única razón posible para que Aiden Kilbourn se ofreciera a llevar a alguien tan humilde. Molesta, Frankie encogió un hombro con aire indolente mientras jugueteaba con los tirantes del sujetador de su bikini.

—No. Me estaba esperando cuando he bajado del avión.

—Ha anulado el coche que yo había reservado para que fuera a buscarla —añadió Pru.

Taffany volvió a coger el tequila, pero se lo pasó a Frankie.

—Di que sí, Francine.

—Frankie.

—Eso.

—No lo entiendo —dijo Margeaux. Se quitó las gafas de sol y se puso de lado, como si fuera una modelo siguiendo las indicaciones de un fotógrafo invisible—. ¿Por qué Aiden se desviaría por *ti*?

—Eh, Margeaux, guárdate las garras para otro momento —le advirtió Pru.

—No le hagas caso a esta rabiosa —comentó Cressida, que señaló a Margeaux—. Ha apostado a que se lo follará este finde.

—Que te follen a ti, Cressida —escupió Margeaux.

—Así no era la apuesta —insistió Cressida, ceñuda. Frankie no sabía si estaba chinchando a Margeaux a propósito o si la barrera idiomática hacía que la insultase sin querer.

—Señoritas… —Pru suspiró y se rascó la frente con aire distraído.

«Nada de malos rollos», se recordó Frankie. Había ido allí para que Pru tuviese un día de ensueño. Bebió a morro de la botella.

—No te preocupes, *Margie*. Sigues teniendo muchas probabilidades de atraerlo a tu vagina venus atrapamoscas. Ha sido majo, ya está. Ninguno de los dos está interesado en el otro —le aseguró.

—Aiden no es majo —replicó Margeaux, que ignoró el zasca sobre su vagina.

—Entonces, ¿por qué quieres tirártelo? —inquirió Frankie, frustrada.

A Taffany le dio un ataque de risa e hipo. Cogió la botella y respondió:

—¡*Tía*! Es rico *y* está como un tren. ¿Qué más quieres? Un acuerdo prematrimonial con él le arreglaría la vida a una chica hasta pasados los cincuenta.

—He oído que es un fiera en la cama —agregó Cressida—. Qué ejemplares más buenos serían sus hijos.

«Estas mujeres son de otro planeta. Del planeta Tía Loca».

Los padres de Frankie se habían casado porque se enamoraron cuando iban al instituto y su madre se quedó embara-

39

zada la noche del baile de graduación. Discutían por el papel higiénico y por quién de los dos llamaba al contable. Eso era normal. Eso era amor.

¿Esto? Esto era lo que ocurría cuando los ricos de Manhattan se reproducían demasiado entre ellos.

—¿No queréis conocer a un chico y enamoraros? —preguntó Frankie al grupo en general.

Las rubias se miraron desconcertadas y estallaron en una risa sofisticada y encantadora aderezada con los hipidos de Taffany.

—Típico de los *pobres* —aseveró esta última—. Los pobres tienen que buscar el amor porque no tienen dinero.

—Entonces, ¿el dinero es mejor que el amor? —insistió Frankie.

—Pues claro. ¿Y qué es mejor que el dinero? —exclamó Taffany tras recuperar el tequila.

—¡Más dinero! —contestaron Margeaux y Cressida.

—Por las esposas trofeo —brindó Taffany mientras sostenía la botella en alto. Margeaux y Cressida alzaron sus copas, y Pru, algo avergonzada, levantó la suya.

—Por las esposas trofeo —corearon.

—Veo que he estado equivocada todo este tiempo —concluyó Frankie la mar de contenta—. Iluminadme.

Margeaux volvió a ponerse las gafas de sol y explicó:

—Cariño, ni toda la sabiduría del mundo haría de *esto*… —Dibujó un círculo en la palma de su mano en dirección a Frankie— un trofeo. Tú te pareces más a las medallas que dan por participar. Cualquiera puede conseguir una.

«Será cabrona». Frankie deseó que la atropellase su propia limusina al dar marcha atrás.

Sonrió con dulzura y repuso:

—Cuando te casas con tu segundo marido, ¿el acuerdo prematrimonial establece que tienes que quitarte el palo del culo o tienes que dejártelo ahí?

Taffany se atragantó y bañó a Margeaux de tequila.

—¡¿Tú eres gilipollas o qué te pasa?! —Margeaux se levantó como un resorte. Le quitó la botella a Taffany y la tiró a la piscina.

—¡Oye! —Taffany reaccionó como si Margeaux hubiera arrojado su minichihuahua por un puente. Se agachó y se abalanzó sobre ella, lo que hizo que acabasen las dos en el agua.

Cressida soltó algo que sonó a palabra burlesca de cuatro letras en alemán y se marchó con paso airado.

—En serio, ¿de qué conoces a estas payasas? —preguntó Frankie mientras Margeaux agarraba del pelo a Taffany.

—¡Las extensiones no, zorra! —gritó Taffany.

—Madre mía. Ya estamos de nuevo —masculló Pru. Se metió los dedos en la boca y silbó. El partido de vóley-playa se detuvo bruscamente cuando Chip pidió un tiempo muerto.

—Cari, ¿qué pasa? —gritó desde la playa.

—Se están peleando otra vez en la piscina —contestó Pru mientras las señalaba.

Los testigos, siempre tan caballerosos, entraron en acción al grito de «¡pelea de gatas!».

Davenport, alto y delgado, se sentó en una tumbona y sacó el móvil.

—¡Va, que grabo! —Digby, el rubio más bajo, que no paraba de presumir de tableta, se zambulló en el agua como todo un atleta olímpico con Ford (Bradford en su partida de nacimiento) pisándole los talones. Ford soltó un grito de guerra y se tiró de bomba para unirse a la refriega.

Aiden contemplaba la escena desde la seguridad de la playa.

Digby y Ford no tardaron nada en separar a las chicas.

—¡Os odio a todos! —gritó Margeaux mientras golpeaba el agua con fastidio.

—Espero que tu herpes rebrote —chilló Taffany, que arañaba el hombro de Ford para que la soltase.

—Madre mía, como se entere mi padre, me lo recordará toda la vida —se lamentó Pru. Chip la abrazó.

—Tú tranquila, cielo. Las emborrachamos y que se vayan al cuarto a dormir la mona.

—Mi héroe —dijo Pru con aire soñador. Se giró y lo besó.

Frankie observó a los testigos sacar a las chicas y la botella de la piscina.

—Tomemos unos chupitos —propuso Digby.

—¡Chupitos! —Taffany corrió como loca a la barra.

—¡Qué pasa, madrina! —exclamó Ford mientras guiñaba un ojo y sonreía a Frankie. Era asquerosamente guapo. Como todos. Pero Ford tenía un encanto juvenil al que costaba resistirse, y era muy enamoradizo. Sus escarceos no duraban más de una o dos semanas. Pero siempre insistía en que «esta es la definitiva». Llevaba tres años intentando convencer a Frankie de que saliera con él, y juraba que no descansaría hasta que estuvieran casados y tuvieran once nietos y una casa en los Hamptons.

—¡No hables con ella! —gruñó Margeaux mientras le pasaba un brazo por la cintura mojada—. Hazme caso a mí.

Frankie meneó los dedos a modo de saludo y observó a Ford llevarse a la rubia enfadada.

—Que no se la vuelva a tirar, por Dios —murmuró Chip mientras observaban al cuarteto empapado dar la nota en el bar.

—Es verdad, mejor que no —convino Pru—. Davenport, recuerdas que has firmado un acuerdo de confidencialidad, ¿no? —Miró fijamente al hombre que revisaba el vídeo en su móvil.

—Anda, Pru. Si parece una peli: *Las debutantes se desmadran*.

—No.

—No me obligues a borrarlo. Me vendrá de perlas para chantajear a Margeaux si se liga a un senador o algo así.

Pruitt sonrió y aceptó:

—Vale. Consérvalo, pero no lo publiques. Queremos que sea una boda íntima y discreta.

Frankie negó con la cabeza. Nunca entendería a la flor y nata. Te condenaban al ostracismo por llevar un bolso de la temporada pasada, pero te peleabas con una ricachona descerebrada en la piscina por una botella de vodka y no pasaba nada.

—Necesito una copa —anunció—. Pero no de ese bar. Y comida.

—Sería un honor para mí que la dama me acompañara a cenar lo que sea que ofrezca este humilde establecimiento, aunque seguramente palidecerá en comparación con la deliciosa naturaleza de una criatura tan encantadora.

Frankie miró atónita a Davenport.

—Madre mía, Dav, ¿ya estás leyendo otra vez a Chaucer?

—A las damas les chiflan los hombres con un puntito romántico. Además, he apostado con Digs a que podría ligarme a una tía soltando frases de literatura clásica.

—Pues conmigo ha funcionado. Dame de comer y dime que soy guapa y soy toda tuya —comentó Frankie en broma.

Davenport le ofreció un brazo.

—¿Qué prefiere *milady*: marisco o *pizza*?

—Sin duda, *pizza*. Y una cerveza.

Pruitt gimió y dijo:

—Quiero carbohidratos...

—Pues vente —la animó Frankie.

—No puedo. Soy vegana hasta el banquete, que, si no, tendrán que coserme el vestido.

Pruitt había gastado veintiuno de los grandes en su extravagante y exclusivo vestido hecho a medida. Había dejado de consumir carbohidratos (salvo el alcohol asignado) durante sesenta y cuatro días. Todas las damas de honor habían hecho lo mismo para asegurarse de que sus minúsculos vestidos de diseñador les quedaran como un guante. Frankie estaba contenta con su talla mediana y la faja que se había metido en la maleta.

La vida era demasiado corta para no comer *pizza*.

—Estarás preciosa —le aseguró Frankie—. Chip te traerá una ensalada y un zumo verde riquísimo. Ya verás que ni echas de menos la *pizza*.

«Mentira. Mentira cochina».

—Lo que quieras, princesa —le prometió Chip.

Pru suspiró y le preguntó:

—¿Comes conmigo?

Chip, cuyo metabolismo no había cambiado desde que tenía doce años, se desanimó un instante, pero enseguida se recompuso.

—Sería un honor.

—A lo mejor deberías pedirle a tu padrino que os acompañe —sugirió Frankie mientras señalaba con la barbilla a Aiden, quien, descamisado y en la arena, miraba su móvil con odio—. Vamos, querido Davenport. La menda tiene hambre.

Capítulo siete

El festival del pescado frito de Oistins era la clase de mercado de carne humana que incomodaba a Aiden. Lo apretujaban por todos lados. La incesante brisa hacía que las tiendas de campaña ondeasen como locas. Había luces de neón, bailarines con palos de luz y parrillas abiertas por todas partes. Pero lo que le preocupaba no era la marabunta que hacía cola para pillar sitio en las mesas de pícnic en las que les servirían pescado recién asado y cerveza fría. Era el hecho de que a nadie parecía importarle que hacía media hora que deberían haber llegado la novia y las damas de honor y ninguna respondía al teléfono.

Escapaba a su comprensión por qué Chip y Pru necesitaban otra despedida de soltero y de soltera más. Había asistido a la que se había celebrado en la ciudad. Una cena de bistec y *whisky* seguida de un club de *striptease* elegantísimo que los testigos se encargaron de corromper a base de bien.

Ese día hicieron una visita privada a tres tiendas de ron y a una destilería. Esa vez no hubo *strippers,* no cuando faltaban menos de veinticuatro horas para la boda. Pero las chicas no habían dicho ni mu acerca de sus planes, y ahora no daban señales de vida. Aiden estaba mosca.

La banda tocó otra canción marchosa y Aiden rechazó unas cuantas invitaciones a bailar. Chip y los demás estaban encantados de que la muchedumbre los engullera y bailaban como tontos.

—¡Menea el esqueleto, Kilbourn! —gritó Digby en medio de una docena de damas. Lo rodearon y se movieron como una sola. Aiden se planteó arrearle un puñetazo en la cara. Pero Pru se enfadaría, y Digby estaba tan borracho que no se enteraría del golpe.

—¡La mejor despedida de soltero del mundo! —declaró Chip a pleno pulmón. La multitud de su alrededor lo vitoreó. Había exclamado lo mismo mientras cenaban bistec y otra vez después de un baile erótico especialmente creativo. Chip era un tío efusivo. Le gustaba todo, y era difícil no caer rendido a sus pies.

Aiden se abrió paso entre la multitud hasta llegar a su lado.

—¿Y las chicas? —preguntó.

Chip cerró un ojo y trató de concentrarse. Aiden, por primera vez en mucho tiempo, era el único sobrio del grupo.

—¿Las chicas? Pero si están por todas partes, hombre. —Dibujó un círculo amplio con una mano.

—Esas no. Las nuestras. Tu prometida, Frankie, las damas de honor...

—¡Aaaah, esas! Son guais, ¿a que sí? —comentó Chip mientras se apoyaba con fuerza en Aiden—. Bueno, Pru y Frankie. Las otras tres dan un poco de yuyu. Pero en plan «guaaaaaay».

—Sí. En plan «guaaaaaay». ¿No habíamos quedado con ellas aquí?

—¡Ah, sí! No me acordaba. —Sacó el móvil del bolsillo con torpeza—. Espera, que llamo a mi prometida. Me caso mañana, ¿sabes?

Aiden contuvo un suspiro.

—Eso me han dicho. Llama, anda.

—Vale, vale.

Chip aporreó la pantalla.

—¡Bombóóóóóóóón! —Pru, como una cuba, contestó a la videollamada. Estaba inclinada hacia la derecha y se apoyaba en una de las damas de honor rubias.

—¡Cariño! ¡Estoy pedo! —gritó Chip la mar de contento.

—¡Buah, y yo! ¡Taffany ya ha potado dos veces!

Se oyó a las chicas gritar de fondo.

—Y he seguido bebiendo —exclamó Taffany, orgullosa.

—Madre mía, ¿y Frankie? —preguntó Aiden.

—Aquííííí —canturreó Pru—. ¿A que es guapa? —La cámara dio paso a un primerísimo primer plano de una Frankie muy sobria y muy enfadada.

—Sí, soy preciosa. Todos lo sabemos. Pru, bébete el agua. —Frankie le quitó el teléfono a su amiga—. Por el amor de

46

Dios, Aide, dime que alguno está sobrio. Hay que alimentar a estas chicas o acabarán comiéndose entre ellas del pedo que llevan.

—¡Ahí va! —gritó Taffany, que se asomó al hombro de Frankie y le plantó un beso húmedo en la cara.

Frankie puso los ojos en blanco.

—¿Dónde estáis? —preguntó Aiden.

—¡Y yo qué sé! Está oscuro y hay baches; podríamos estar en cualquier rincón de la isla.

Aiden suspiró.

—Pregúntale al chófer dónde estáis y cuánto tardaréis en llegar.

Desde su ángulo, Aiden vio a Frankie saltar un asiento en el que había una rubia y asomarse entre el asiento del conductor y el del copiloto. Con ese escote tan pronunciado, se le saldría el pecho del vestido.

—No le saques un ojo —comentó Aiden con voz afable.

Frankie miró abajo, luego arriba y le enseñó el dedo.

—Te aguantas, imbécil. Perdona, Walter. ¿Sabes cuánto falta para llegar a Oistins?

Aiden no oyó la respuesta del chófer. No sabía si por el jaleo que había a su alrededor, por el follón que estaban armando las borrachas que iban con Frankie o por lo embobado que estaba mirándole los pechos.

—Cinco minutos —repitió ella—. Menos mal. Necesitamos comida. —Abrió los ojos como platos.

—¿Qué pasa? ¿Qué pasa?

—¿Quién acaba de pegarme un bocado en el culo? —exigió saber Frankie.

—¡Ahí va! —chilló Taffany.

Pru apareció de nuevo en pantalla, justo por encima del hombro de Frankie.

—¿Qué se cuece por aquí? ¿Estáis haciendo cochinadas con mi móvil? —preguntó.

—No estamos haciendo cochinadas —le aseguró Frankie.

—Pues deberíais. Fijo que sería muy pero que muy *sexy*. Porque los dos sois muy pero que muy *sexys*.

Frankie miró fijamente a la cámara y exclamó:

—Tan ricos que sois, ¡compraos unos principios! ¡Y a ver si aprendemos a tolerar el alcohol, hostia!

—Pegaré a Chip a una mesa y nos encontramos en la calle. Cuando llegues, reconsideramos la propuesta de hacer cochinadas —propuso Aiden.

—¡Ja! —Frankie colgó.

Aiden sacó a Chip y Ford a rastras del barullo. Soltó un puñado de billetes y en nada consiguieron mesa: una mesa de pícnic de color turquesa para ellos solos en La Red del Tío George.

—Quedaos aquí —les ordenó, y volvió a meterse entre la multitud. Para cuando llegó a la acera, oyó a las chicas, lo que lo alivió profundamente. Si esa fuera su boda, su prometida no estaría deambulando por la isla. Si esa fuera su boda, solo estarían él y su prometida. Y nadie los distraería ni les montaría un numerito.

—¡Es su despedida de soltera! —gritó una mientras señalaba a Pruitt, que llevaba una banda en la que se leía «Soy la novia» al revés y una tiara por si alguien lo dudaba.

—Por favor, dime que nos traerán algo de comer en los próximos siete segundos —suplicó Frankie mientras se abría paso entre el gentío y arrastraba a Pruitt para llegar hasta Aiden. Llevaba un vestido negro corto con un escote vertiginoso en la parte delantera. Sin embargo, iba más tapada que las demás damas de honor juntas. Veía las bragas color carne de Taffany…, o sus pliegues. No lo tenía claro.

Aiden agarró a Frankie de la otra muñeca.

—Sígueme.

—Hola a ti también —dijo esta refunfuñando.

Aiden se metió entre la multitud; les sacaba casi una cabeza a todos. Las tiendas blancas del Tío George estaban delante. Notó que Frankie tropezaba detrás de él y se detuvo.

—¿Tenías que ponerte esos zapatos? —preguntó de mal humor por la sencilla razón de que había estado preocupado. Frankie llevaba unas sandalias de tacón de diez centímetros que le envolvían las pantorrillas.

—Díselo a las damas de *horror* —se quejó Frankie—. Tenemos que ir conjuntadas.

—¡Aiiiiiden! —Margeaux, de lo más animada, se lanzó a su pecho con tanto ímpetu que no le quedó más remedio que cogerla—. ¡Te he echado de menos! —Aunque se lo esperaba, no pudo detener los dos labios hiperhinchados que se acercaban a él con la intención de besarlo.

Margeaux le dio un beso que fue de todo menos amistoso. Se apartó y lo miró entornando solo un ojo.

—Tú y yo vamos a tener sexo. —Le dio golpecitos en el pecho con una uña similar a una garra mientras deletreaba la palabra—. S-E-X-O.

—¿Podemos comer algo antes de que le deis al tema?

—Yo ya sé qué quiero comer —dijo Margeaux con descaro. Dejó de tocarle el pecho a Aiden para agarrarlo del paquete. Su primera reacción fue levantarle la mano. El mejor ataque era una buena defensa. Pero, antes de decidir si golpeaba a una mujer por primera vez en su vida o, sencillamente, se acojonaba, Frankie intervino.

Le pasó un brazo a Margeaux por su cuello de cisne y apretó fuerte.

—Suéltale el paquete si no quieres que te denuncie por acoso, Marge.

Margeaux tropezó por el peso de Frankie y la presión que ejercía.

—No es acoso si soy una dama. ¡Y yo soy una dama como una casa!

—Mi abogado y yo disentimos —repuso Aiden con frialdad.

—Madre mía. Tú ve a por Pru —le ordenó Frankie mientras señalaba detrás de él—. Yo sujetaré a la prima guarrilla de Godzilla.

Pruitt había decidido descansar y estaba sentada en la acera con los zapatos en la mano. Aiden estaba demasiado cansado para pedirle que volviera a ponérselos, así que se subió la novia al hombro y rezó para que el vestidito blanco le tapase las vergüenzas.

Pru estaba cantando la marcha nupcial cuando Aiden la soltó en el regazo de Chip. La pareja de borrachos estaba encantada de verse. Frankie estaba encantada de ver platos de pescado y arroz amontonados en la mesa. Le quitó la cerveza a Pru de un manotazo y llamó al camarero.

—¿Podrías traernos una tonelada de agua? —preguntó mientras le tocaba un brazo. El chico le sonrió como si le estuviera preguntando si podía chupársela gratis de por vida.

—Por usted lo que sea, señorita.

—Déjate de formalidades. Llámame Frankie —insistió—. Tráeles agua a todos y estaré en deuda contigo para siempre.

—¡Mirad! Ya está otra vez Frankie haciéndose amiguita del servicio —exclamó Margeaux—. Claro, como ella también *es* del servicio…

—Hostia puta, tío, ¿por qué eres tan hija de tu madre? —exclamó Pruitt desde el regazo de Chip.

Por lo visto, Margeaux había desarrollado una gran inmunidad a los insultos. Estaba demasiado ocupada riéndose de su propio chiste para reaccionar y se cayó del banco. Nadie se ofreció a ayudarla a levantarse.

Digby y Davenport emergieron de entre la multitud y se abalanzaron sobre la comida. Davenport tenía un chupetón en el cuello. Digby llevaba un sombrero que no tenía hacía diez minutos.

Taffany miró la mesa sin dar crédito. A puntito estuvo de atacar a un camarero que llevaba una bandeja de cervezas.

—Perdona. ¿Y la zona vip?

El camarero rio tan fuerte y durante tanto rato que Taffany se olvidó de lo que le había preguntado y se sentó junto a Cressida, que se estaba liando con mucho afán con un desconocido.

Aiden se sentó en el banco junto a Frankie, que estaba tan ocupada metiéndose comida en la boca y poniendo los ojos en blanco del gusto que ni se enteró. Los gemidos que escapaban de sus labios no eran aptos para todos los públicos, y Aiden se estaba calentando.

—Qué noche más bonita —comentó.

—Uy, sí, la mejor —convino Frankie con sarcasmo mientras pinchaba un trozo de pescado a la parrilla—. No querría hacer ninguna otra cosa.

Él la acorraló y murmuró:

—Yo sí.

Los ojos grandes y brillantes de Frankie rezumaban recelo cuando preguntó:

—¿Qué? ¿Ser víctima de Marge?

—No encabeza mi lista de prioridades. Es más, no está siquiera en mi lista. Esa tía da miedo.

Frankie rio por la nariz y comentó:

—Bueno, alguna neurona tienes. Menos mal.

—Alguna —convino él.

Aiden dejó caer una mano entre ellos y le rozó el muslo desnudo con los nudillos a modo de tanteo. Frankie dio un respingo, pero no le cantó las cuarenta. ¿Y qué dijo su mirada por un instante? Que lo deseaba. Quiso volver a ver esa chispa. Quiso verla arder.

Le tocó la rodilla por debajo de la mesa para ver cómo reaccionaba. Acarició su piel suave y sedosa. Quería más.

Ella, que no le quitaba ojo, preguntó:

—¿A qué juegas, Kilbourn?

—No lo sé —reconoció. Subió un poquito más la mano y vio cómo lo miraba.

La tenía dura, no a media asta, sino dura como una piedra palpitante y dolorosa, y solo le había tocado la pierna. De nuevo a modo de prueba, trazó circulitos con las yemas de los dedos por la cara interna de su muslo, y fue subiendo.

Frankie se llevó la cerveza a los labios y le dio un buen trago, pero no le pidió que parara. No lo insultó. Aiden no sabía lo que hacía ni lo que esperaba sacar con ello. Solo deseaba seguir tocándola.

Otro poquito, otro círculo. ¿Eran imaginaciones suyas o estaba separando un pelín más las piernas? Pegó la rodilla a la de él. Aiden se olvidó del plato que tenía delante. Las risas y las charlas de los comensales se desvanecieron y su mundo se redujo tan solo a Franchesca. Solo era consciente de su piel sedosa, del dobladillo de su vestido y de que entreabría los labios para coger aire.

¿Cuándo le pararía los pies?

—No tiene sentido —susurró Frankie mientras se le cerraban los párpados.

—Ningún sentido —convino Aiden.

—No me gustas.

—Sí, sí que te gusto.

Frankie le apretó el muslo.

—No me gusta que me excluyan. —Su polla palpitaba dolorosamente a un centímetro de sus dedos. Apretó los dientes. Se sentía como un adolescente cachondo, incapaz de controlar su cuerpo en presencia de una chica guapa. Pero Franchesca era más que guapa. Era tentadora.

Aiden jugueteó con el dobladillo de su vestido. Solo un centímetro más arriba y atisbaría lo que llevaba debajo. Quería acariciar con los dedos el encaje, la seda o el algodón con que se hubiera cubierto. Quería trazar el borde de la tela hasta que le suplicase con su cuerpo. Entonces introduciría los dedos debajo y repasaría los pliegues húmedos que protegían lo que más ansiaba...

—Franchesca, ¿no?

Frankie pegó un bote y quitó la mano de su regazo con brusquedad. Aiden añoró el roce al instante. Le pareció oír gimotear a su pene.

—Madre mía, pero si es el australiano buenorro —musitó Frankie mientras apartaba la mano de Aiden de su tierra prometida.

Capítulo ocho

Frankie había estado a un segundo de sufrir una combustión espontánea. ¿Por qué había dejado que Aiden Kilbourn recorriera la cara interna de su muslo con los dedos? ¿Y por qué había aparecido como por arte de magia el surfista cañón justo cuando iba a dejar que Aiden le metiera de todo menos miedo?

—En realidad me llamo Brendan —corrigió con una sonrisa torcida. Su cabello aún estaba alborotado, sus ojos eran azules y su cuerpo, de infarto bajo su camiseta y sus cargo desgastados.

—Yo sigo siendo Frankie —saludó sonriendo, hasta que notó que Aiden le subía los dedos por la cara posterior del muslo.

Lo apartó de un manotazo mientras sonreía como una posesa a Brendan. Aiden asió su mano y la apretó con fuerza. Mensaje recibido.

—¡*Pegdón!* —Taffany lo saludó y gateó por la mesa de pícnic mientras enseñaba sus partes íntimas a todos los comensales del Tío George—. Soy Taffany —anunció mientras extendía una mano con los nudillos hacia Brendan.

El surfista miró a Frankie con cara de flipe y aceptó la mano de Taffany.

—Conque Taffany, ¿eh? Qué nombre más… curioso.

—Me lo he puesto yo —anunció Taffany con orgullo mientras le acercaba la mano a la boca—. ¡Bésala!

Frankie se interpuso entre ellos y obligó a Taffany a dejar en paz al surfista. Este movió la mano para que volviese a circularle la sangre.

—Bueno, me alegro de haberme encontrado contigo. Tenía ganas de verte.

—Sí, y yo —aseguró Frankie. No pensaba lo bastante rápido. Notó en sus carnes que Aiden la perforaba con la mirada—. ¿Quieres bailar? ¿Por allí? ¿Bien lejos de aquí?

Brendan sonrió tanto que se le marcó un hoyuelo.

—Me encantaría.

Frankie se zafó de Aiden y le dijo a la novia:

—Enseguida vuelvo, Pru.

—¡Que te diviertas asaltando el castillo! —canturreó esta.

—Dale agua y comida —le ordenó Frankie a Chip mientras Brendan la conducía hacia la multitud.

Esa noche había cogido de la mano a dos hombres. A uno que no le gustaba nada y a otro con el que se había encaprichado al instante. Entonces, ¿por qué el del flechazo no hacía que notara pterodáctilos en el estómago y Aiden sí?

Brendan la hizo girar de tal forma que la multitud se convirtió en un borrón de colores y aromas. Volvió a acercarla a él y Frankie rio.

—Bueno, ¿y qué hace una estadounidense tan guapa como tú en un sitio como este? —preguntó con una sonrisa adorable que hacía que se le marcaran los hoyuelos.

Frankie no sintió nada. Maldita sea. Un chico mono, *sexy* y divertido que había nacido para salir en los calendarios solidarios sujetando un cachorrito la hacía girar en la pista de baile y lo único en lo que pensaba ella era en las huellas dactilares de Aiden en su muslo. El muy cabrón le estaba arruinando la vida.

—Estoy haciendo de canguro de varias mujeres borrachas para que lleguen en condiciones a la boda que se celebrará mañana. ¿Y tú qué? ¿Surfeas aquí a menudo?

Brendan sonrió y, de nuevo, Frankie no sintió nada de nada. Aiden Kilbourn era el puto diablo, y le partiría la cara.

Brendan procedió a contarle sus costumbres a la hora de viajar para después hablarle del surf y ese rollo. Debería haber estado fascinada, emocionada... ¡Qué narices! Debería haber estado mojada. El ron, la cerveza o el pescado estarían en mal estado. Era la única explicación lógica.

—Perdona, Franchesca. —La mano que se posó en su hombro hizo que le corriera fuego por las venas—. Pruitt requiere tu atención —dijo Aiden con demasiada presunción para el gusto de Frankie.

Cressida, que medía un metro ochenta, estaba asomada a su hombro.

—Ya bailo yo contigo —comentó mientras agarraba a Brendan con sus brazos delgados y musculosos.

—Eeeh… —Brendan miró a Frankie mientras Cressida lo arrastraba a la fiesta.

—¿A qué ha venido eso? —gruñó Frankie.

Aiden la cogió por la cintura y respondió:

—Eso mismo me preguntaba yo. No estoy acostumbrado a que me dejen tirado, Franchesca.

—Mira, o hemos bebido demasiado o hemos sufrido una intoxicación alimentaria. Esas son las únicas explicaciones que se me ocurren para que…

Aiden la interrumpió y la estampó contra la parte trasera de un puesto de pescado. Frankie oía a los cocineros y a los camareros gritarse por la ventana abierta que había encima de su cabeza.

—¿No decías que Pru me necesitaba? —le espetó.

Aiden le pasó un rizo rebelde por detrás de la oreja, y ahí estaban los dichosos pterodáctilos. «No es justo».

—A lo mejor no era Pru. A lo mejor era yo.

—Aiden, es una idea malísima. Y *quizá* la aparición de Brendan haya sido lo mejor que nos podría haber pasado. Nos ha salvado de cometer un error de los gordos.

—No te lo tires —le espetó con tono desafiante, y, pese a que con Brendan no notaba pterodáctilos, la orden de Aiden hizo que el surfista le pareciera más atractivo.

—Me tiro a quien quiero cuando quiero.

—Me quieres a mí.

Si Aiden la tocase ahí mismo, no habría dudas. Estaría demasiado ocupada escalándolo como si fuera una montaña y bajándole la bragueta. La distancia era su mejor aliada. La distancia la mantendría cuerda.

Levantó las manos y dijo:

—No deberíamos dejarnos llevar. Hemos venido para asistir a la boda de Pru y Chip. Punto. No para tener un maratón de sexo tropical. —Aunque, dicho así y con Aiden mirándola como si fuera un polo que pedía que lo lamieran, a Frankie le costó trabajo recordar por qué no podía hacer ambas cosas.

—Franchesca —murmuró en tono amenazante.

—Aiden —dijo ella del mismo modo.

—Joder. —Retrocedió mientras se rascaba la frente con aire distraído—. No sé por qué te niegas.

—Valgo más que un polvo rápido en la playa. Me tomo el sexo en serio. El tío con el que me acueste tiene que caerme bien.

A Aiden le dio un tic en la mandíbula.

—He estado a nada de meterte los dedos…

—¡Calla! —lo interrumpió ella, pues no estaba mentalizada para escuchar lo que había estado a punto de hacer con sus maravillosos dedos—. Me he equivocado. Me he dejado llevar. Pero tengo derecho a cambiar de opinión en cualquier momento, tengas la chorra fuera o no.

—Nunca te obligaría a hacer nada que no quisieras hacer.

—Joder, Aiden. A ver. Puede que mi cuerpo desee el tuyo. Pero, si no me gusta lo demás, no hay tutía.

—No me van las relaciones, pero puedo ofrecerte…

—Hostia puta, que no estoy hablando de tener una relación. Me refiero a que me gustes como persona.

—No dejas de repetir que no te gusto, pero creo que es para convencerte a ti misma.

—Estoy en mi derecho. ¿Te queda claro? Vamos, que no me vas a ver el tanguita rosa. No me gustas tanto para eso. A ver, necesito que me dé el aire un rato. Hazme un favor y vigila a Pru y a los demás cabezas huecas.

Al girarse, tropezó con una caja vacía que había en la puerta trasera del tenderete, lo que impidió que se fuera con estilo. Pero no cayó de bruces. Mientras se dirigía a la acera, estaba tensa, y no se relajó hasta que dejó de sentir la ardiente mirada de Aiden sobre ella.

—¿Qué tendrá el tío este? —masculló en voz baja. No le gustaba, pero bien que había dejado que se acercase a su lugar feliz. Le dio la sensación de que la sangre se le había transformado en electricidad y le corría por las venas a velocidades imposibles. Era frío, crítico y reservado. ¡Y había dado por hecho que era *stripper*, por el amor de Dios! Solo eso debería bastar para apartarlo de su cama de por vida.

Frankie se abrió paso entre la multitud de la acera. Los taxistas silbaban a los pasajeros y los turistas borrachos chocaban con las ZR, las furgonetas de la isla que se usaban como medio de transporte. Por un dólar estadounidense, uno podía llegar casi a cualquier rincón, desde Bridgetown hasta St. Lawrence Gap. Un grupo de chicas de por allí, vestidas de punta en blanco, paseaban entre risas mientras un grupo de chicos les pisaba los talones.

Vio a Chip más adelante, miraba a su alrededor como si estuviera perdido. Estaba de pie en la acera, enfrente de la parada de taxis, y zigzagueaba como un hombre que no hubiera ingerido más que ron durante todo un fin de semana.

Hizo ademán de saludarlo. Pero, antes de que lo llamase, una furgoneta blanca y sucia se acercó a la acera rugiendo. Antes de que se hubiera detenido siquiera, se abrió la puerta trasera. Chip se asomó al interior. Entonces Frankie vio que emergían unas manos y lo subían al vehículo a la fuerza.

—¡Eh! ¡Chip! —Frankie echó a correr. El conductor, con una gorra roja calada, la miró—. ¡Para! ¡Es mi amigo!

—Eh, mami —dijo el conductor, que se despidió con la mano mientras pisaba el acelerador. Los neumáticos chirriaron, la puerta se cerró de golpe con Chip dentro y la furgoneta se alejó del bordillo a toda velocidad.

Habían secuestrado al novio.

Capítulo nueve

Aiden estaba que trinaba mientras se abría paso entre la multitud del festival del pescado. Cuando encontrara a Frankie, le diría que estaba siendo tonta. Lo cual seguro que le encantaría. A Aiden le gustaba llevar la delantera en las negociaciones; ir con ventaja. Y Frankie se volvía débil y vulnerable cuando se desataba. Cuando se enfadaba. Cuando se excitaba. Ahí era cuando resultaba más fácil persuadirla.

Era un razonamiento insensible y calculador. Pero Aiden era un Kilbourn. Así pensaban.

La vio en la acera, pero se olvidó de sus maquinaciones, como si nunca se le hubieran ocurrido, cuando vio el miedo que rezumaba su rostro. Estaba parando un taxi.

—¡Franchesca! —Llegó hasta ella justo cuando una ZR oxidada se detenía ante la joven. Ya había media docena de pasajeros dentro.

—¡Aiden! —Lo agarró de un brazo—. ¡Entra!

Sin pensar, se sentó con ella en un banco de vinilo roto.

—¿Qué pasa? ¿Qué pasa?

—¿Adónde vais? —preguntó el conductor.

—Siga a ese coche —contestó Frankie mientras señalaba las luces traseras que tenía enfrente.

Cuando la ZR arrancó, Aiden se agarró al asiento delantero.

—¿Qué pasa aquí? —exigió saber.

—Se han llevado a Chip —contestó entre resuellos asomada al asiento de delante.

—¿Cómo? ¿Quién se lo ha llevado?

—No lo sé. Un segundo estaba de pie en la acera y al siguiente alguien lo subía a la fuerza a una furgoneta.

Aiden sacó el móvil y llamó a Chip. No hubo respuesta.

Sonó un timbre y la ZR se detuvo bruscamente frente a un bar deportivo.

—¿Por qué se para? —preguntó Frankie—. ¡Se escaparán!

—Señorita, esto es una Zed-R. Paramos para todo el mundo.

Un hombre vestido completamente de blanco con un bastón tallado a mano salió de la parte trasera y pasó por encima de Frankie para llegar a la puerta. La furgoneta no se movió hasta que cruzó la calle arrastrando los pies y entró en el bar.

Aiden sacó un fajo de dinero.

—¿Cuánto para que no le deis al timbre? —preguntó mientras les entregaba billetes de veinte a los demás pasajeros.

—No tengo prisa —respondió sonriendo una mujer que llevaba a un niño pequeño dormido en su regazo mientras se metía los veinte pavos en el sostén.

—¡Toma ya! —Un hombre con una camisa hawaiana naranja y negra y una quemadura de sol en la nariz y la frente que se le empezaba a pelar alzó sus veinte pavos con aire triunfal—. ¡Me encanta este país! ¡Me pagan por usar el transporte público!

—Como usted mande, señor —dijo el taxista, que aceptó el billete y pisó el acelerador.

No había ni rastro de la furgoneta, y Franchesca, a su lado, tiritaba. Aiden le pasó un brazo por el hombro y la pegó a su costado.

La ZR arrancó, y, poco a poco, como un mercancías, fue ganando velocidad. El chófer subió el volumen de una canción de *reggae* y, más contento que unas pascuas, esquivó un trío de baches. Aiden volvió a llamar a Chip. Nada.

Maldijo en voz baja y consideró el problema. «¿Quién se llevaría a Chip la víspera de su boda y por qué?».

—Franchesca, dime lo que recuerdas —le pidió mientras le daba un apretón en el hombro.

—¡¿Lo que recuerdo?! ¡Pues que han subido a nuestro amigo a una furgoneta a la fuerza y se lo han llevado! —Los demás pasajeros dejaron de hablar para prestarles atención.

—Eso ya me ha quedado claro. A ver, dime qué has visto.

Se esforzó por hacer memoria mientras la furgoneta viraba hacia el norte. Rozaba a Aiden cada vez que giraban.

—El conductor… me ha mirado cuando he llamado a Chip… Tenía un diente de oro y llevaba una gorra roja y sucia, pero tan calada que le tapaba la cara. No he visto nada más. No he visto quién ha cogido a Chip, pero el muy tonto iba tan borracho que ha metido la cabeza dentro de la furgoneta. Se lo ha puesto en bandeja.

Tomaron una curva cerrada y, tras adelantar a un autobús urbano casi rozándolo, se metieron en una rotonda. El conductor le pitó, o bien para agradecérselo de corazón o para mandarlo a la mierda. Aiden no lo tenía claro.

Frankie se asía del respaldo del asiento delantero con una fuerza brutal.

—¿Seguro que no ha entrado por su propio pie? —preguntó Aiden mientras le daba un apretón en el brazo.

Frankie negó con la cabeza y contestó:

—No lo he oído gritar ni nada de eso, pero no ha subido él solito a la furgoneta. Todos sus conocidos están en el puesto de pescado. ¿Quién haría algo así?

Era una pregunta que Aiden se había hecho. Chip Rudolph estaba limpio como una patena. Ni deudas de juego ni una segunda vida secreta. Solo un tipo con un fondo fiduciario bajo el brazo que disfrutaba de su mundo de lujos sin hacer daño a nadie. Aiden repasó todo lo que él y Chip se habían dicho en las últimas semanas. ¿Acaso su amigo había mencionado que tuviera algún problema? ¿Que hubiera rencillas en la familia? ¿En el trabajo?

—No creerás que ha sido el padre de Pru, ¿no? —inquirió Frankie, atónita.

—Odia a Chip —convino Aiden—. Pero no me imagino a R. L. Stockton planeando un secuestro. Se vengaría de Chip con el acuerdo prematrimonial y ya.

—Que es lo que ha hecho —señaló Frankie.

—Cierto —confirmó Aiden. Le había advertido a Chip que no lo firmara, pero su amigo no quiso ni oír hablar de ello.

—Aun así, ¿es posible que Chip haya hecho algo que haya cabreado a R. L.? —reflexionó Franchesca.

Se oyó un estallido fortísimo y la ZR disminuyó la velocidad. Salía humo del motor. El taxista maldijo más alto que el *reggae* que se oía por los altavoces mientras se iluminaban las luces de emergencia del salpicadero. Se detuvo en el arcén y se apeó con un pequeño extintor en la mano.

—Sal —le dijo Aiden a Frankie mientras le daba codazos.

—¿Cómo vamos a alcanzarlos? —preguntó. Al agacharse para apearse, se le levantó el dobladillo del vestido, lo que dejó a la vista una imagen muy indecorosa de su trasero. Aiden le bajó la falda mientras la empujaba para que saliera—. No podemos rendirnos. —Lo apartó de un manotazo.

—No vamos a rendirnos —insistió Aiden—. Vamos a cambiar de planes. Va. —Abandonaron la furgoneta y a sus ocupantes, ahora sin transporte, y echaron a andar a paso ligero.

El aire nocturno era muy húmedo. Aiden oía el rumor continuo de las olas al besar la playa y el canto de mil ranas arborícolas.

—¿No deberíamos ir al norte? —inquirió Frankie, que trotaba para seguirle el ritmo.

Aiden redujo el paso con la esperanza de que no se torciera los tobillos.

—No estamos siguiéndolos.

—Entonces, ¿adónde vamos?

—No lo sé, Franchesca. Necesito pensar.

No se había llevado a ningún guardaespaldas consigo. Dudaba que los Randolph o los Stockton sí. El hotel contaba con su propio equipo de seguridad. ¿Por qué necesitarían escolta en el paraíso? Se maldijo por ocurrírsele ahora. Su amigo estaba desaparecido y solo podía acudir a las autoridades locales.

Frankie tropezó y gritó.

—Tus zapatos son un lastre.

—No pensaba caminar treinta kilómetros esta noche.

—Se nota —dijo en tono seco. Se plantó ante ella y agregó—: Te llevo.

—¿Perdona? —Lo pronunció con la altivez de una reina a la que acabasen de pedirle que bailase «La Macarena».

—Sube, anda. Tus pies te lo agradecerán.

—No me llevarás a cuestas por las Barbados, Aide —replicó Frankie.

—Como no te subas a mi espalda ahora mismo, te cargo en mi hombro y le enseño a toda la isla tu tanguita rosa.

Frankie se subió con agilidad a su espalda, le pegó los muslos a las caderas y le rodeó los hombros con los brazos.

—Pensaba que la noche tomaría otro rumbo —comentó Aiden en tono distendido. La agarró del culo y añadió—: Pensaba que sería yo el que estaría encima de ti.

Frankie lo pellizcó por encima de la camisa de algodón almidonado y soltó:

—Me parto, macho. Es que me meo, vamos. ¿Se te ha ocurrido un plan ya o qué?

—Aún no —respondió mientras la aupaba más.

—No creo que haya sido fortuito —comentó Frankie, pensativa—. No creo que haya sido un «qué reloj más chulo. Va, sube a la furgo».

—Lo que significa que iban a por él —agregó Aiden.

—Pru se quedará hecha polvo —murmuró Franchesca más para sí que para él—. Lo quiere mogollón. ¿Sabías que, cuando cortó con ella después de graduarse, no se levantó de la cama en una semana? Nos quedábamos ahí tumbadas mirando el techo. No comía ni se vestía. Estuvo días sin hablar siquiera. Su padre hizo que el médico de cabecera fuera a verla todos los días.

Aiden sintió una punzada de culpa.

—No pensaba que le importase tanto por aquel entonces.

—De verdad que no. Creía que era inmadura y todo le daba igual.

—Le partió el corazón al irse. Tardó mucho en levantar cabeza. De haber sido ella, me habría pasado el resto de la vida odiándolo. Pero Pru no. Ella nunca dejó de amarlo. Y míranos ahora, años después, viniendo al paraíso para asistir a su boda. Y va y pasa esto...

—Lo rescataremos —le aseguró Aiden.

—¿Crees que le harán daño? —Lo abrazó más fuerte.

Aiden notó en su tono que tenía miedo, y reaccionó.

—No —contestó con voz áspera—. Lo más probable es que se lo hayan llevado por dinero. Se quedarían sin posibilidad de negociar si le pegasen o...

—O algo peor —concluyó ella por él—. Se casan mañana. ¿Qué le voy a decir a Pru? Madre mía, ¿por qué alguien haría algo así? ¿Por dinero? ¿Para pedir un rescate? Dios mío. No tendrá Chip relación con la mafia, ¿no?

—Lo dudo —contestó Aiden en tono seco.

Oyeron el chirrido de unos frenos cuando un autobús urbano se detuvo a su lado. Aiden dejó que Frankie se bajara de su espalda y resolvió:

—Vamos a buscar respuestas.

Capítulo diez

Por mucho que Frankie disfrutara viendo a Aiden Kilbourn, de metro noventa y tres, apretujado en el asiento de un autobús, seguía notando un frío desagradable en el estómago. Alguien había raptado a su amigo en sus narices y sabía Dios lo que le estarían haciendo en ese momento. No soportaba la incertidumbre.

Le sonó el móvil en el bolso.

—Mierda. —Le enseñó la pantalla a Aiden.

—Cógelo. A lo mejor se han puesto en contacto con ella.

—Hola, Pru.

—¿Dónde estás, Frankenstein? —Así llamaba Pru a Frankie cuando se emborrachaban.

Frankie miró a Aiden un momento. Este se encogió de hombros.

—Estoy con Aiden —contestó.

—Madre mía. ¡Lo sabía! —El chillido que pegó Pru le taladró el tímpano—. Sabía que haríais buenas migas. La persona más lista del mundo, esa soy yo.

—La más lista, sí —convino Frankie.

—Pregúntale por Chip —susurró Aiden.

Frankie le acercó el teléfono para que Aiden también escuchase a Pru.

—Perdón por dejarte tirada. ¿Siguen los demás ahí? —preguntó.

—Creo que sí. Margeaux se ha desmayado debajo de la mesa de pícnic, así que le hemos pedido al chófer que se la llevase al coche. Y hace rato que no veo a Chip. Ha ido al baño hace un momento.

Frankie tapó el auricular con una mano.

—Así mide el tiempo Pru cuando está borracha. No sabría qué hora es ni aunque se jugase un bolso de Birkin —le explicó a Aiden.

—Tienen que volver al resort ya para que no les pase nada —le dijo Aiden.

Frankie asintió. No quería ni pensar en que la desaparición de Chip hubiera sido solo el principio.

—¿Hay alguien sobrio? —preguntó.

—*Pos* claro. Mucha gente. El tío este de aquí. Tiene caniches en la camisa. Creo que está sobrio.

—No, digo alguien que conozcas.

—¿Eh?

«¡Por el amor de Dios! ¿Por qué es más difícil hablar con un adulto borracho que sonsacarle información a un niño de preescolar?».

—¿Está Cressida por ahí? —Cressida tenía la tolerancia de un hombre de Europa del Este, uno grande.

—¡Claro! ¡Crisálida! ¡Te llaman! —canturreó Pru.

—¿Sí? ¿Qué quieres? —preguntó Cressida.

—Cressida, soy Frankie. Necesito que vigiles de cerca a Pru.

—¿Por? ¿Va a cometer un delito?

—Qué va, no es eso. Tú… procura que no le pase nada.

—Pero sé más concreta, hombre —se quejó Cressida.

—Ya, ya. Es lo que hay. ¿Puedes llevarlos a todos al resort? Diles que la fiesta sigue ahí.

—Está bien, lo haré. Pero más que nada porque me duelen los pies y me apetece hacerme unos largos desnuda.

—Eeeh, vale. ¿Quedamos así?

—Adiós.

Aiden le quitó el teléfono a Frankie y añadió:

—Un momento, Cressida. Vuelve a decirle a Pruitt que se ponga.

Oyeron risas estridentes y gritos.

—¡Holaaaaaaaaaaaaaaaa! —canturreó Pruitt.

—Pruitt, soy Aiden —dijo.

—¡Aiden! ¡Sabía que Frankie y tú os querríais con locura! ¡Lo tenía clarísimo! Hasta se lo dije a Chip. ¿Chip? ¡Chip!

Frankie se cubrió la cara con las manos.

—Cree que su prometido vendrá corriendo.

—Pruitt, ¿nos necesitas a Frankie o a mí lo que queda de noche? —inquirió Aiden.

—*Ooooh, là, là!* ¡No!

Aiden miró a Frankie y dijo:

—Vale, pues me la quedo un ratito más. Descansa —le ordenó.

—¡Sí, señor! Espero que vosotros no descanséis nada, ya me entendéis —gritó Pruitt.

Todo el autobús entendió a Pru, incluso sin la ayuda del manos libres.

—Estupendo. Muchas gracias, Aide. Ahora cree que estamos en la playa dale que te pego. —Frankie volvió a guardar el móvil en su minúsculo bolso.

—De momento es mejor eso que la verdad.

—¡¿De momento?! —chilló Frankie—. ¿En qué momento llamamos a la poli? ¿En qué momento sentamos a Pru y le decimos que no habrá boda?

—Tranquilízate.

—Uy, sí, porque decirle eso a alguien que ha perdido los papeles siempre funciona.

—Franchesca. —La cogió de la barbilla y la obligó a mirarlo—. Voy a arreglar esto. Encontraré a Chip, pero necesito tu ayuda. Estamos en un país extranjero. Sí, muy probablemente el país extranjero más amistoso del hemisferio, pero, aun así, no son los Estados Unidos. ¿Cuántos turistas borrachos crees que echan a andar en zigzag y desaparecen un par de horas? ¿Cuántos hombres discuten con sus mujeres y se suben a un taxi para irse por ahí?

—Pero no es eso lo que ha pasado —replicó Frankie.

—Tú y yo lo sabemos. Pero un policía local te dirá que esperes sentada a que aparezca.

«¡Y una porra!».

Media hora después —y lo que se le antojaron sesenta y cuatro paradas—, volvían a estar en Oistins. Había menos gente ahora que era casi medianoche, pero estaban más bebidos que cuando se habían marchado. Sin embargo, la parada de taxis estaba muy concurrida. Frankie sugirió que se separaran para cubrir más terreno, pero Aiden no estuvo de acuerdo. Se pegó a ella como una lapa mientras interrogaba a los dos primeros taxistas. ¿Habían visto a ese hombre? Les enseñó una foto de Chip que le había tomado ese mismo día. No, no lo habían visto. ¿Y a un hombre con un diente de oro que conducía una furgoneta? Tampoco.

Así estuvieron una hora. No, no y no. Nadie había visto nada ni a nadie. Eso sí, no faltó el típico taxista superamable que aseguró que todos los turistas borrachos le parecían iguales, lo que le granjeó las risas de sus amigos, pero no ayudó.

Frankie estaba perdiendo la esperanza por momentos. Daba la impresión de que, con cada minuto que pasaba, Chip se alejaba más y más de ellos. A esas alturas, podía estar en cualquier rincón de la isla.

Vio a un poli silbando en la esquina y recordó la advertencia de Aiden.

—¡Qué coño! —susurró mientras se escabullía de él aprovechando que interrogaba a un par de freidores de pescado locales cerca de la acera.

—Agente, disculpe.

El policía, de mala gana, dejó de observar la discusión entre dos mujeres por una zona de aparcamiento.

—Dígame.

—Mi amigo ha desaparecido.

—Ajá. —Volvió a centrarse en las dos mujeres y la zona de aparcamiento. Era obvio que no se creía su historia.

—He visto cómo se lo llevaban en una furgoneta. Lo han secuestrado aquí mismo hará cosa de una hora.

El policía suspiró. Se levantó el ala del sombrero y se secó la frente.

—Señorita, que alguien suba a una furgoneta no significa que lo hayan secuestrado. Se llaman ZR y se usan como transporte público. Tal vez su amigo haya vuelto antes al hotel y ya está.

—No, no lo entiende. Se casa mañana. Él no haría eso. No dejaría a su prometida sin decirle adónde va.

Los gritos del aparcamiento aumentaron de volumen. Se oyeron bocinas en la carretera cuando la discusión pasó al tráfico. Las voces devinieron chillidos cuando una mujer tiró a otra de las trenzas.

El policía suspiró y maldijo en voz baja. Se sacó un silbato del bolsillo y lo hizo sonar con furia mientras corría hacia la refriega.

Frustrada, Frankie se giró y encontró a Aiden demasiado cerca de ella. No dijo ni una palabra, pero su rostro habló por él.

—Que sí. Que ya me lo has dicho. Lo pillo.

—No se tomarán en serio una desaparición hasta dentro de veinticuatro horas por lo menos.

—Muy bien, listillo, pues ¿qué hacemos? Hemos perdido la furgoneta. No tenemos ni idea de dónde podría estar ni qué quieren de él, ni siquiera quiénes son.

A Aiden le sonó el móvil. Lo sacó del bolsillo y leyó lo que ponía en la pantalla:

—Número desconocido.

—A lo mejor tiene que ver con Chip —apuntó Frankie, cuya mirada rezumaba esperanza y temor.

—Kilbourn —respondió. Frankie le quitó el teléfono y activó el manos libres.

Una voz distorsionada rio entre dientes.

—Bueno, bueno, Aiden. Parece que al final sí que tenemos asuntos pendientes.

—¿Quién es? —exigió saber.

—Eso no importa. Lo importante es que tenemos a alguien en común.

—¿Y Chip? ¿Por qué te lo has llevado?

La voz rio.

—Se va a enterar cuando lo pille, el gilipollas este —gruñó Frankie entre dientes.

—Paciencia. Todo a su debido tiempo.

—¿Quién se cree que es? ¿Un malo de las pelis de James Bond? —preguntó Frankie.

Aiden puso los ojos en blanco y dijo solo con los labios:

—Calla.

—Como le hagas daño o le toques un solo pelo, iré a por ti —le aseguró Aiden.

—Pues no lleguemos a ese punto —dijo amigablemente la voz robótica—. Lo que quiero está a tu alcance y no te costará nada dármelo. Me lo das, te devuelvo a tu amigo y todos contentos.

—¿Qué quieres? —preguntó Aiden.

—Quiero que estés listo para que nos reunamos mañana. Ya te indicaré la hora y el sitio.

—¿Para que nos reunamos? —repitió Aiden.

—Solo son negocios. Nada personal. Ah, y no se lo digas a nadie. Ni polis ni guardias de seguridad. Solo tú, Chip y yo.

Colgó y Aiden maldijo.

—Joder. ¿Y ahora qué hacemos? —preguntó Frankie—. ¿Contactan con nosotros y no nos dan nada? ¿Por qué no han pedido dinero?

—Porque no quieren dinero —contestó Aiden en voz baja.

Frankie se detuvo en seco.

—Te quieren a ti, ¿no? Chip no tiene nada que ver. Te han llamado a ti porque eres tú el que tiene lo que quieren.

Aiden no la miró a los ojos.

Capítulo once

—Estupendo. De puta madre. Uno comete una estupidez, una ilegalidad o yo qué sé, y pagan justos por pecadores. ¿La boda de mi mejor amiga se ha ido al traste, su prometido ha desaparecido y tenemos que esperar a mañana para saber quién lo tiene y qué quiere?

Frankie contó las infracciones con los dedos, y Aiden se pasó una mano por la frente. Ya se culparía luego si era necesario. En ese momento necesitaba respuestas.

—Joder, Franchesca. ¿Puedes callarte dos segundos para que piense?

—¿Pensar? ¿Qué tal si hacemos algo? ¿Qué tal si encontramos al conductor con el diente de oro y la gorra roja y sucia y le damos la paliza de su vida hasta que hable?

—Claro, adelante. Cuando lo encuentres me llamas —le espetó Aiden.

—¿Se refiere a Papi, señorita?

Frankie y Aiden se giraron de golpe. Y miraron abajo. El chico no tendría más de doce o trece años. Flaco; sonreía de oreja a oreja. Llevaba una camisa Oxford de manga corta de color blanco y unos pantalones cortos de color caqui cuidadosamente planchados. La gorra que adornaba su cabeza estaba limpia, pero la llevaba de lado, lo que le daba un aire desenfadado.

—¿Papi?

—Sí. Diente de oro. —El niño señaló su incisivo reluciente—. Pelo cano. Gorra grasienta que parece que se haya usado para chupar aceite de motor. Llama *mami* a todas las chicas.

Frankie estrujó el brazo de Aiden y exclamó:

—¡Es él!

71

—¿Conduce una furgoneta blanca con una pegatina cuadrada y roja junto a la luz trasera? —preguntó Aiden.

El chaval asintió.

—Sí. A veces se la pide prestada a su cuñado para hacer de chófer.

—¿Dónde podemos encontrar a Papi? —preguntó Aiden.

—¿Desean un taxi? ¿Pasear en un barco con suelo de cristal? —preguntó el chico.

—No…

Chasqueó los dedos y añadió:

—Ya está. Nadar con tortugas: esnórquel, almuerzo y mucho ponche de ron.

—No…

—Ah, ¿drogas, entonces? Puedo conseguirles mejores que Papi —aseguró el muchacho.

—¿Cómo? —Frankie lo miró, atónita.

—María, coca, éxtasis…

Un vendedor nato, decidió Aiden.

—La madre que te parió —gimió Frankie—. Mira, tenemos que encontrar a Papi. Él sabe dónde está nuestro amigo.

El niño cerró el pico.

Daba la sensación de que Frankie iba a sacudirlo como a un muñeco de trapo hasta que desembuchara. Aiden le tocó el brazo e intervino:

—Ya me encargo yo, de empresario a empresario. —Abrió su cartera y agregó—: Se ve que eres un emprendedor que reconoce una buena oportunidad cuando se le presenta.

* * *

—¿Tienes edad para conducir? —preguntó Frankie, que se asía del respaldo del asiento del copiloto mientras la pequeña furgoneta subía una colina empinada.

El niño, Antonio, su nuevo guía turístico personal, se encogió de hombros y tocó la bocina cuando un coche se interpuso en su camino para evitar un bache del tamaño de una manzana de Manhattan.

—¿Qué es la edad? —reflexionó con aire meditabundo—. Ahí se crio mi abuelo —explicó mientras señalaba la oscuridad—. Y Rihanna.

La cartera de Aiden pesaba muchísimo menos debido a la naturaleza emprendedora de Antonio.

—No necesitamos que nos enseñes toda la isla —le recordó Aiden con gentileza—. Buscamos a Papi.

—Papi se pasa por cinco o seis tiendas de ron después de una buena noche de trabajo.

—¿Papi suele secuestrar a gente? —quiso saber Frankie.

Aiden le dio un apretón en el muslo para que se callara de una puñetera vez.

—Papi es… ¿Cómo se dice? Muy apañado. Hace lo que haga falta. Y luego se va a celebrarlo.

—A una tienda de ron —acabó Aiden por él.

—Exacto. Y aquí está la primera. —Señaló la chabola de su izquierda. Estaba pegada a la carretera; quince generosos centímetros de acera separaban a sus ocupantes de la locura del tráfico. Antonio tiró del freno de mano y abrió la puerta.

—No puedes aparcar en mitad de la carretera —protestó Frankie.

—Señorita, estamos en las Barbados. Aparcamos donde sea.

Salieron en tropel detrás del chico y Aiden rodeó a Frankie por los hombros con actitud posesiva. Sabía Dios qué se encontrarían ahí dentro o si los recibirían con los brazos abiertos cuando supieran por qué buscaban a Papi. Antonio abrió la puerta. Las bisagras chirriaron en señal de protesta.

—Va.

El interior estaba sorprendentemente limpio. No había ni una mota de polvo en el suelo de madera. La minúscula barra sobresalía de la esquina y ocupaba la mayor parte del espacio de la habitación de trece metros cuadrados. Los cinco clientes dejaron lo que estaban haciendo para mirarlos.

—¿Alguno ha visto a Papi esta noche? —preguntó Antonio.

Los miraron un poco más. El barman habló primero. Aiden pensó que era su idioma, pero el batiburrillo de palabras y expresiones escapaba a su comprensión. El chaval le contestó en la misma jerga y Frankie miró a Aiden.

—Aquí no. Va, vámonos —dijo Antonio, que cogió a Frankie de una mano y salió con ella por la puerta.

—¿Qué era eso? —le preguntó esta mientras la llevaba a la furgoneta con Aiden a la zaga.

—¿El qué?

—El idioma en el que has hablado.

Antonio rio y volvieron a subir a la furgoneta.

—Es el bajan de la calle. Todo el mundo lo habla. Va, vamos. A velocidad de pájaro.

—¿A velocidad de pájaro? —inquirió Frankie.

—Sí, rápido rápido —contestó mientras asentía.

Se pusieron a «velocidad de pájaro» antes de que Aiden pudiese formular la pregunta.

—¿Alguno había visto a Papi?

Antonio negó con la cabeza a la vez que un badén lo hacía rebotar.

—No. Papi no ha ido ahí esta noche. Vamos a probar en la siguiente tienda de ron.

—¿Cuántas tiendas de ron hay? —preguntó Frankie.

—Unas mil quinientas —contestó Antonio sin titubear.

Pasaron por cuatro de las mil quinientas en media hora. Ya era medianoche y Aiden empezaba a preguntarse si no estarían buscando una aguja en un pajar. Frankie, a su lado, estaba abatida. Ni siquiera se resistió cuando la pegó a su costado.

No al menos hasta que detrás de ellos oyeron un gruñido parecido al de un zombi. Frankie chilló y levantó las manos como si fuera a asestarle un golpe de kárate al zombi mientras Aiden la alejaba del peligro.

Fue un hombre, no un zombi, el que se levantó despacio del asiento trasero.

—¿Estás bien ahí atrás, tío? —le preguntó Antonio.

El hombre masculló algo. Se llevó una botellita de ron a los labios, le dio un trago y volvió a desmayarse.

—Les presento a mi tío Renshaw —dijo Antonio.

—¡¿Qué narices le pasa al tío Renshaw?! —preguntó Frankie, reacia a bajar las manos.

—Ha cobrado bien. Seis turistas. Estadounidenses. Necesitaban que los llevara al norte. Mucha pasta.

—Se ha pasado un poco celebrándolo —comentó Aiden.

Frankie le dio una palmada en la pierna y exclamó:

—¡Ya está!

—¿Eh?

—Ganaría más dinero secuestrando a alguien que llevando a turistas, ¿no?

—Seguramente.

Frankie se asomó a los asientos delanteros y preguntó:

—Antonio, ¿adónde iría Papi si hubiera cobrado un buen pastón? ¿Dónde lo celebraría?

Capítulo doce

La tienda de ron de Big Chuck, que también vendía lotería, pescado y comestibles, era una morada destartalada situada en lo alto de una colina empinada. Seguramente tuviese unas vistas del Caribe impresionantes, pero, como no se veía un pijo y no había farolas, Frankie solo podía suponerlo.

—Tengo que hacer pis —anunció—. Id a buscar a Papi. Nos vemos en el bar.

Frankie encontró el baño, diminuto y encajonado entre estantes de conservas y bolsas de galletas y patatas fritas. El sitio olía a sándwiches de pescado frito. Cuando le rugió el estómago, recordó que se había dejado la cena a medias en la mesa del Tío George. De eso hacía ya un siglo. Por aquel entonces, su única preocupación era la mano de Aiden en su pierna. Se preguntó si Cressida se habría merendado al surfista cañón.

Al salir del baño, paró a pedir cuatro sándwiches de pescado y una ronda de Coca-Cola para llevar. Con la grasienta bolsa de papel en la mano, fue a buscar a Aiden y Antonio. Cuando los encontró, estaban juntos y Aiden miraba el móvil en un rincón oscuro del bar en penumbra. Era un cobertizo destartalado que se sostenía con chapa, madera y oraciones. El suelo era tierra. La barra estaba grasienta. Y solo había un puñado de taburetes de madera para sentarse.

—¿Qué pasa aquí? ¿Está Papi? —preguntó Frankie.

Antonio señaló al hombre que acaparaba toda la atención en el centro de la barra. ¿Gorra roja y sucia? Sí. ¿Diente de oro reluciente? Ya te digo.

—¿Qué hacemos, no vamos a por él? —gruñó Frankie entre dientes mientras lo señalaba como loca.

—No suelta prenda —dijo Aiden por toda respuesta. Era obvio que estaba cabreado. Ya le estaba dando otro tic en su perfecta mandíbula.

—Le ha dicho a Ricachón que *fuchi*.

—En cristiano.

—Que lo dejase en paz —tradujo Antonio.

—Vamos a tener que solucionarlo por las malas —concluyó Aiden mientras marcaba un número.

—¿A qué te refieres?

—A que voy a contratar a un escolta que no nos preguntará por qué necesitamos que desembuche el gilipollas ese.

—¿A un escolta? ¿Vas a contratar a un mercenario o qué? —gruñó Frankie.

—Tú déjame a mí —insistió Aiden—. No nos iremos sin respuestas. —Dio media vuelta y salió del bar.

«Mierda, mierda, mierda y requetemierda». Frankie observó a Papi, el grandullón que invitaba a rondas a sus amigos y les contaba anécdotas.

Le pasó la bolsa de los sándwiches de pescado a Antonio.

—Coge esto, no te comas el mío y ve a buscar a Aiden —le ordenó—. Ahora salgo.

Se acercó furtivamente a Papi y su pandilla. Estos le abrieron paso; se separaron con el mismo fervor que las aguas para Moisés.

—Papi, Papi, Papi, dichosos los ojos. —Dedujo que tendría sus sesenta años largos por el pelo cano y crespo que asomaba bajo la gorra y por sus finas patas de gallo. Tenía manchitas oscuras en ambos pómulos y una barba gris poblaba su mandíbula redondeada.

—Hola, Mami. ¿Qué puede hacer el viejo Papi por ti? Bradley, una copa para mi amiga.

Frankie se sentó en el taburete vacío que había junto a él y aceptó el ron que le sirvió el barman.

—Papi, te has llevado a mi amigo. Dime dónde está.

Papi rio y, al poco, sus amigos lo imitaron.

—Ya se lo he dicho a tu amigo. No quiero su dinero. No necesito su dinero. ¿Lo pillas?

—Si no quieres dinero, ¿qué quieres? —inquirió Frankie en voz baja y tono seductor.

—Tengo a mis colegas, mi ron y una buena anécdota al acabar el día. ¿Qué más va a querer un hombre? —preguntó Papi.

—¿Qué tal otra anécdota? —sugirió Frankie.

—Te escucho.

Frankie estaba desesperada. El señor tenía la información que necesitaba, y, como no se la sonsacase por las buenas, Aiden pagaría un dineral a unos mercenarios para que lo obligasen a cantar.

Frankie le susurró su oferta al oído. A Papi se le pusieron los ojos del tamaño de los posavasos empapados de la barra.

—Y a cambio me cuentas lo que sabes —aclaró Frankie.

Papi asintió como si estuviera en trance y dijo:

—Sí, sí. Trato hecho. Pero tú primero.

Frankie miró la puerta del súper para asegurarse de que Aiden y Antonio no estuvieran a la vista.

—Un trato es un trato —repuso mientras desataba el escote *halter* de su vestido.

Sus pechos destapados disfrutaron de la libertad temporal y de la débil brisa que emitía el ventilador de techo con las aspas caídas. Papi se quedó boquiabierto, hipnotizado. Sus amigotes no fueron menos.

Frankie contó hasta cinco para cerciorarse de que todos hubieran visto lo que había que ver y volvió a atarse el vestido con esmero. Se bebió el chupito de ron de un trago y golpeó la barra con el vaso.

—¡Copas para todos! —anunció Papi, que hizo un aspaviento tras salir del trance mamario. La multitud aplaudió.

—Habla, Papi —insistió Frankie.

—Vale. Lo único que sé es que me llama un tío y me dice que me da trabajo de chófer. Necesita que recoja a su amigo en Oistins. Ah, y es posible que su amigo no quiera subir al coche, así que debería llevar ayuda.

—Te pidió que secuestraras a alguien.

—¡No, no, no! El hombre me dio el número de tu amigo. Lo llamo y le digo que tengo una sorpresa para él. ¡Los estadounidenses borrachos son tontos, tontos! —Papi señaló a Frankie con un dedo huesudo.

—A mí me lo vas a contar… Sigue.

—Y me dice: «Una sorpresa, qué guay». Y yo: «Quedamos en el bordillo. Llevo una furgo blanca». Y allí que fue él. Mi amigo ayudó al tuyo a subir a la furgo y ya está.

Más tonto y borracho, el pobre…

—¿Adónde lo has llevado?

—Al resort Rockley Ridge, al lado de Sandy Lane. Pero ya puedes rezar para entrar. Menudo fiestón tienen montado. En plan Hollywood y ese rollo. Hay seguridad a punta pala.

—¿Quién te ha quitado a Chip de las manos al llegar al resort?

Papi se encogió de hombros y le acercó otro vaso de ron.

—No lo sé. No se ha presentado. Me ha pagado y me he largado.

—¿Cómo era?

—Grande y cachas. Parecía un oso. No lo sé. Pero creo que solo lo han contratado por sus musculitos. Me ha dicho que su jefe se pondría contento.

—¿Qué ha hecho con Chip? —preguntó Frankie.

Papi chocó su vaso con el de ella y bebieron.

—Aaah, ahí está la gracia —contestó Papi entre dientes—. De todos modos, tu amigo estaba sobando. Iba tan pedo que se ha desmayado por el camino. Así que el grandullón se lo ha llevado en brazos a los ascensores como si fuera una novia la noche de bodas.

—Y tú te has ido y has venido aquí.

—A celebrar lo rápido que me he ganado un dinerillo.

—Gracias por tu tiempo, Papi —agradeció Frankie mientras se bajaba del taburete.

—A ti por tus peras —repuso este con entusiasmo.

—Vale, vale.

Encontró a Aiden y al niño paseando por el estrecho porche delantero de la tienda. Aiden estaba llamando a alguien por teléfono. Antonio estaba devorando un sándwich de pescado.

Frankie sacó su sándwich de la bolsa y cogió una de las Coca-Colas que había guardado ahí.

—No hace falta que llames a la caballería. Tenemos una ubicación.

Aiden colgó.

—¿Cuál?

—El resort Rockley Ridge —contestó Frankie, orgullosa de sus habilidades detectivescas.

—¡Pues venga! —dijo Antonio, que los invitó a subir a la furgoneta con un gesto—. Mi tío se despertará pronto y querrá irse a casa.

—El cuarto sándwich es suyo —le dijo Frankie.

—Gracias, Frankie. Tú sí que molas —agradeció Antonio mientras con una mano agarraba el volante y con la otra el sándwich.

—Ten. Come tú también —dijo Frankie mientras le pasaba a Aiden otro sándwich.

—¿Cómo has conseguido que hable? —preguntó Aiden mientras le quitaba el envoltorio y observaba el pescado.

Frankie miró a todos lados menos a su cara.

—Se lo he preguntado y me lo ha dicho.

—Y una mierda —espetó Aiden.

—Le he dicho qué información necesitaba y me la ha dado encantado —mintió.

—Así que ¿no me dirás cómo le has sonsacado la información cuando poco antes ha rechazado mil pavos? —insistió Aiden.

—Supongo que hay cosas que valen más que el dinero —susurró Frankie con aire inocente.

—Chavalote, ¿sabes algo del resort Rockley?

Antonio silbó.

—En una palabra: lu-jo-so. También está muy protegido —dijo con cautela.

Frankie sacó su móvil mientras rezaba por que le quedase batería. Se había apagado.

—Mierda. Déjame el tuyo, Kilbourn.

Este se lo pasó y Frankie abrió el navegador.

—¿Qué hacías buscándome en internet? ¡Qué acosador! —Le dio una palmada en el brazo. En su última pestaña aparecían imágenes de ella.

—Te lo he dicho. Me interesas, y, cuando algo me interesa, lo investigo.

—En primer lugar, soy una persona, no una cosa. Y, en segundo lugar, ¿de dónde han salido estas fotos?

—Sobre todo de las redes sociales —contestó Aiden, que se asomó a su hombro para verlas.

—Perdonad que os interrumpa —les cortó Antonio desde el asiento del conductor—, pero creo que os estáis desviando del tema.

Su tío, en el asiento trasero, balbuceó y se sentó como pudo. Carraspeó.

—¡Ejem!

Frankie le entregó la bolsa con el sándwich y la Coca-Cola restantes.

El tío de Antonio asintió en señal de agradecimiento y se puso a zampar.

—Vale. Ya regañaré luego a Aiden —decidió Frankie. Tecleó el nombre del resort y pulsó en la pestaña de noticias—. Estamos apañados. Malas noticias. La señorita Trellenwy… ¿Qué nombre es ese? Los ricos ponéis unos nombres que *pa* qué.

—Que te vas del tema. —Aiden le dio un codazo.

—Cierto. Trellenwy Bostick, estrella de Hollywood y heredera de la fortuna vitivinícola del valle de Napa, se ha casado ahí hoy —leyó en una página de cotilleos—. De momento no se han publicado fotos porque las medidas de seguridad son muy fuertes. ¿Cómo entraremos?

—Puedo dejaros a quinientos metros o así y podéis cruzar el muro por ahí. Tendréis que esquivar algunas plantas, pero acabaréis en la playa —señaló Antonio.

—Espero que solo uses tus poderes para el bien —le dijo Aiden al muchacho.

—En general, sí —le aseguró Antonio.

—No podemos colarnos en una boda de esta guisa —dijo Frankie mientras se miraba el minivestido.

—¿Qué más te has traído? —le preguntó Aiden.

—Nada lo bastante bueno como para que parezca que pertenezco a la alta sociedad, salvo mi vestido de dama de honor.

Aiden se atusó el pelo de la barbilla y repuso:

—Me vale.

Capítulo trece

Frankie no sabía a quién había llamado Aiden ni cómo se las había ingeniado esa persona, pero, cuando Antonio se plantó derrapando en la entrada de su hotel, el conserje los esperaba fuera con dos portatrajes.

Aiden abrió la puerta lateral de la furgoneta lo justo para coger las fundas y arrojarle dinero al hombre, y volvieron a ponerse en marcha.

El tío de Antonio roncaba plácidamente en el asiento trasero después de haber bajado el pescado y la Coca-Cola con lo que quedaba de ron.

—Como se me rompa el vestido, Pru me mata. Pero es que luego te matará a ti porque le diré que ha sido culpa tuya —anunció Frankie.

Se sentó detrás de Aiden y abrió la funda para revelar el motivo de su segundo trabajo a media jornada: el vestido de dama de honor que había costado dos mil dólares. El que Pru se había ofrecido a comprarle. El que Frankie había insistido en pagar pese a que le dieron calambres en los dedos mientras firmaba el comprobante de la tarjeta de crédito. El vestido dorado con lentejuelas y cuello en V costaba más que toda su ropa junta.

Aiden se volvió y le preguntó:

—¿Qué te hace pensar que es culpa mía?

—Vista al frente, señorito. Tú también, Antonio —añadió cuando este ajustó el retrovisor—. Ha sido idea tuya usar la ropa de la boda para colarnos en otra boda. Seguro que lo que dijo Pru de nada de moretones, cortes o chupetones incluía un «nada de cargarse la ropa de alta costura».

Aiden se arrellanó para que el niño no viera nada. Frankie se esforzó por ponerse el vestido mientras se tapaba las ver-

83

güenzas con el vestido. Una vez puesto, aunque sin la ropa interior adecuada, se giró.

—¿Me lo abrochas, Aide? —le preguntó con la espalda vuelta hacia él.

Miró justo a tiempo de ver cómo paraba de abotonarse la camisa Oxford y se la dejaba abierta. Qué regalo para la vista. Lástima que se hubiera perdido cómo se ponía los pantalones.

La sujetó de la cadera para que no se moviera mientras le subía la cremallera hasta la mitad de la espalda. Como parecía reacio a separarse, Frankie se apartó con rapidez, pues su roce hacía que le quemara la piel.

Ya había recobrado la compostura una vez esa noche. Y una vez era más que suficiente en lo que respectaba al mujeriego y millonetis de Aiden. Además, tenían que encontrar al novio.

—Ahí está el Rockley —anunció Antonio mientras señalaba en la dirección de los faros de la furgoneta.

—Pásalo y da la vuelta —ordenó Aiden mientras miraba por la ventanilla.

El resort estaba protegido por un muro alto de estuco pintado de un suave color arena. Daba la impresión de que medía más de un kilómetro y medio. No solo la puerta estaba cerrada, sino que había media docena de guardias de seguridad apostados delante.

—¿Quién decías que se casaba? —le preguntó Aiden a Frankie.

Frankie lo comprobó en su móvil.

—Trellenwy Bostick. En teoría, ella y su novio se casaron el pasado finde en Napa, en el viñedo de su familia. Esta es la fiesta. Superselecta; los huéspedes del resort que no estaban invitados a la boda han tenido que firmar acuerdos de confidencialidad —leyó—. Escolta para garantizar la intimidad de Trellenwy. Bla, bla, bla. Vamos, que estamos apañados.

Antonio dejó atrás el resort y se detuvo en un aparcamiento de grava que estaba al lado de la playa.

—Puedo colaros —aseguró confiado.

—¿Qué harás? ¿Falsificarnos una invitación? —preguntó Frankie.

—Mi hermano y yo nos pateábamos la playa hasta llegar al resort. Vendíamos pulseras hasta que nos echaban los de seguridad.

—La playa estará a reventar de guardias —señaló Aiden.

—Sí, pero entre la carretera y la playa hay una especie de jungla. Árboles, arbustos y ninguna luz —repuso Antonio con una sonrisa.

—Y, como la puerta está vigilada y la playa también, nadie buscará en la jungla —concluyó Frankie, ufana.

—Exacto. Esperad. —Antonio arrancó la vieja furgoneta y dejó atrás la puerta del hotel como un rayo, con decisión.

—Echa el freno, vaquero —gritó Frankie.

—Como vayamos como tortugas, sospecharán.

Aiden rio por lo bajo.

—Os voy a dejar aquí, más lejos del hotel, por si hacéis mucho ruido al trepar el muro.

—En marcha. —Frankie se calzó los tacones que llevaría en la boda y que tan poco prácticos resultaban. Rezaba para que la jungla fuera más bien un paisaje podado a la perfección y no se torciera los tobillos al explorarla.

Aiden la miró y, en la oscuridad de la furgoneta, le dijo:

—A lo mejor deberías quedarte aquí. Ya voy yo a por Chip.

—Sí, hombre. Como si fuera a dejarte entrar ahí solo. Además, una pareja vestida para una boda será mucho menos sospechosa que el maldito James Bond deambulando por la playa en esmoquin. No me dejarás aquí.

Daba la sensación de que Aiden quería seguir discutiendo, pero fue listo y cerró la boca cuando Antonio cruzó la calle y se detuvo junto al bordillo.

—Suerte.

Aiden sacó otro billete de la cartera y dijo:

—Por ayudarnos tanto esta noche.

El niño se guardó el dinero en el bolsillo la mar de contento.

—Si os pillan, no me mencionéis.

Frankie lo saludó al estilo militar mientras salía por la puerta.

—Gracias, chavalote.

—Mi tarjeta. —Antonio le tendió una tarjeta de visita por la ventanilla—. Llamadme si me necesitáis.

Frankie la aceptó y se la guardó en el bolso.

—Ese crío acabará dirigiendo un cártel de la droga o un país pequeño —predijo mientras observaba cómo las luces traseras se internaban en la oscuridad.

—Ajá —dijo Aiden por decir algo—. ¿Qué tal se te da trepar muros?

Resultó que no muy bien. Acabó necesitando un empujón de Aiden, cuya mano permaneció mucho más de lo necesario en su culo. Pero, al final, lo logró y aterrizó tan fuerte que se quedó sin aire. El sonido de desgarre que hizo la gasa al caer la estremeció. Para cuando Aiden aterrizó con agilidad a su lado, con sus zapatos en la mano, ella seguía jadeando.

—¿Estás bien? —le preguntó mientras la ayudaba a levantarse.

—Sí. Perfectamente —contestó entre resuellos. Se alejó del arbusto en flor que había aplastado con su cómico aterrizaje y se limpió la falda. Se le había rasgado la tela al saltar la pared con la gracia de una ballena jorobada, pero rezaba para no haber causado ningún daño importante. Pru la mataría… Si es que se casaba—. ¡Mierda! Se me ha rajado la falda. No pasa nada. Puedo arreglarla.

—Va —susurró Aiden. La cogió de la mano y la condujo a la oscuridad.

Frankie no veía un pijo. Pero daba la impresión de que Aiden tenía visión nocturna, pues la guiaba a través de la maleza y por entre los árboles a la escasa luz de la luna. Las ranas cantaban una fuerte e interminable serenata nocturna. El aire olía a fragancias exóticas e intensas. Aiden caminaba con confianza mientras que ella tropezó con raíces, ramas y con algo raro y blando que a saber qué era. Lo único que veía era la amplia sombra que proyectaban los hombros de Aiden frente a ella mientras la llevaba por el bosque.

Se estaban acercando al mar. Oía las olas y la brisa sabía a sal. Aiden se detuvo y Frankie chocó con sus anchas espaldas.

Oyó música disco a lo lejos.

Más adelante, por entre las frondosas palmeras y los mortecinos rayos de luna, Frankie vio luces. Destellos morados y plateados vibraban al ritmo de la música. Habían llevado al paraíso la disco más popular de Los Ángeles o, al menos, a un DJ muy caro a la segunda boda de una heredera.

—Creo que hemos encontrado la fiesta —murmuró Aiden en voz baja.

—Vale, ¿y ahora qué? —preguntó Frankie—. ¿Salimos de los arbustos y pedimos una ronda de chupitos?

—¿Tequila o *whisky?* —inquirió Aiden.

—Tequila siempre.

—Probemos a acercarnos un poco más —sugirió Aiden—. Luego decidimos qué nos pedimos.

—Un momento, ¿cuál es nuestra historia? ¿Quién eres? ¿Quién soy yo? ¿De qué conocemos a Trell?

—¿Trell? —preguntó Aiden con una sonrisa torcida.

—Hombre, si somos sus amigos no la llamaremos Trellenwy. —Obvio.

—Vale. Yo soy un viejo amigo de Trellenwy y tú eres mi pareja.

—¿Por qué no soy yo la vieja amiga de Trellenwy? —preguntó Frankie. Se le enganchó el pie en una raíz gruesa y se dio un porrazo—. ¡Oh, no! ¿Cómo voy a quitarle la mancha de bayas venenosas? —Frotó la mancha que le había dejado la planta en la que había aterrizado. Parecía que le sangrase la cadera—. Mierda. Vale. No pasa nada. Lo remojaré en… algo.

Aiden suspiró y preguntó:

—Franchesca, ¿qué es más creíble? ¿Que una miembro de la alta sociedad se codee con un empresario de Nueva York acaudalado y con fama de salir con mujeres de su estatus o con la hija de los dueños de una charcutería de Brooklyn?

—Oye. ¿Estás diciendo que no puedo pasar por alguien de clase alta? —preguntó Frankie.

—Calla, anda.

La agarró de la muñeca y la obligó a avanzar sorteando las luces y la música.

Era casi la una de la madrugada en el paraíso y un soltero forrado y *sexy* que podría haberse dedicado a lucrarse con su belleza la llevaba por la fuerza bajo un cielo oscuro. Debería haber estado chillando de alegría por dentro. En cambio, estaba cabreada. Enfadada por todo. Porque hubieran raptado a

Chip. Porque no pudiera pasar por una tonta famosa con más dinero que experiencia vital. Porque un guardia de seguridad fuese a creer que era más probable que Aiden conociese a Trellenwy. Porque no pertenecieran al mismo mundo. Ignoraba por qué le importaba eso último.

Sí, claro, podía dejar que don importante la tocase. Pero, a los ojos del mundo entero, ella era inferior a él. Él tenía el poder y el control. Se cansaría de ella y pasaría página, tal como había hecho con las demás mujeres de su vida.

Ahora se oía más el oleaje. Habían dejado atrás las luces y los ritmos vibrantes. Por entre los árboles que los separaban de la playa, Frankie veía la luz de la luna reflejada en el mar. Ya no hablaban. Solo eran un multimillonario y su acompañante desconocida dando un paseo a altas horas de la madrugada.

Frankie partió una ramita al pisarla y Aiden maldijo en voz baja. Se giró y la acercó a él. A ella le dieron ganas de gritarle que le quitara las zarpas de encima. Que se fuera a freír espárragos.

La tumbó en la arena con un movimiento tan sutil que apenas notó el cambio de gravedad.

—¿Qué haces? —gruñó entre dientes mientras se tumbaba encima de ella. Lo empujó por los hombros y se quedó helada cuando notó que se le ponía dura.

Aiden no se molestó en contestarle y le estampó un beso en los labios. Frankie no estaba preparada. Nada la habría preparado para eso, para la oleada de calor que la invadió y para la electricidad que la recorrió. Sus labios eran fuertes y firmes, exigentes. Pero Frankie no era de las que se dejaba dominar. Lo agarró de las solapas y se esforzó por guiar el beso. Cuando él abrió la boca, fue ella la que le metió la lengua. Aiden emitió un gruñido gutural y saboreó su boca con aire juguetón.

Frankie estaba ebria de poder, de locura.

Aiden pegó su pene gordo y duro a su centro y Frankie abrió las piernas para que se colocase entre ellas. Cuando se restregó contra ella, el mundo de la joven se volvió negro. Podría correrse así, frotándose contra un multimillonario en la playa.

Debería haberse avergonzado, debería haber sido más sensata. Pero, antes de que esos pensamientos la afectaran, Aiden le agarró un pecho con su hábil manaza y se abalanzó sobre ella de nuevo.

Ella murmuraba palabras sin sentido contra su boca: «Así», «Ya», «Aquí». Le daba igual.

—Joder —susurró Aiden, y volvió a besarla con ímpetu. A Frankie se le había derretido la sangre. Ahora era lava lo que corría por sus venas. «Más» era la única palabra que quedaba en su vocabulario.

Aiden abandonó su pecho, y, cuando Frankie gimió decepcionada, se lo compensó y le subió la falda con la misma mano. Aleluya. Como no le metiera una parte de su cuerpo en los próximos treinta segundos, estaba segura de que sufriría una muerte lenta y agónica.

Aiden se restregaba contra su muslo y la azuzaba con una erección que tenía pinta de doler.

—Más, Aide —susurró Frankie, suplicante. Ella nunca suplicaba. Pero en ese momento estaba encantada de rogarle que la llevase al clímax.

—Aguanta, preciosa —murmuró contra sus labios—. Joder, cómo me pones.

Ese no era el hombre frío que había conocido en el salón de baile. O el que se hizo pasar por chófer y fue a buscarla al aeropuerto. No, el hombre que le rozaba el tanga de satén era un amante pecador, todo fuego y promesas oscuras.

—Joder —susurró de nuevo cuando le acarició el sexo con las yemas de los dedos.

Frankie dio grititos entrecortados cuando Aiden se puso a trazar los mismos circulitos que le había dibujado antes en el muslo, bajo la mesa. Sabía tocarla. Se la sudaba si era por instinto o por haber tenido experiencias obscenas.

—Estás chorreando, Franchesca. Chorreando por mí.

Frankie se pegó más a su mano.

—Tócame —exigió. Cuando Aiden trabó dos dedos en la costura de su ropa interior, cuando le pasó los nudillos por los pliegues, Frankie se la agarró.

Él gruñó en señal de aprobación cuando lo cogió del paquete por encima de los pantalones.

—Quiero sentir tus manos, tu boca —dijo refunfuñando.

—Lo mismo digo, Kilbourn —murmuró Frankie.

Volvió a rozarla con los nudillos y ella se derritió bajo su tacto.

—Voy a follarte, Franchesca. Ni el surfista ni Davenport. Yo.

Sus palabras la excitaron, pero su tono autoritario la sobresaltó.

—Calla y bésame.

Aiden estaba dándole un beso de tornillo, a punto de meterle los dedos, cuando una luz cegadora hizo que Frankie entornara los ojos.

Capítulo catorce

Aiden se planteó asesinar al guardia de seguridad con sus propias manos. Como siguiese apuntando con la linterna a los pezones en punta de Franchesca, le rompería el cuello.

Franchesca se levantó hecha un basilisco, con los brazos en jarras. Aiden había olvidado las formas; había olvidado dónde estaban y por qué. Había oído al guardia acercarse y se le había ocurrido imitar a los típicos tortolitos que salen a dar un paseo y, aprovechando la ocasión, le dan al tema. Tocarla y probarla había anulado sus instintos, excepto la necesidad de tomarla.

Franchesca se negaba a mirarlo, lo que le hizo pensar que se había aprovechado de ella. Y así había sido, o, al menos, de las circunstancias.

Mataría al guardia de seguridad y Franchesca lo mataría a él.

—Mire usted —empezó Franchesca con las mejillas aún encendidas—. Es que nos hemos escabullido de la fiesta y nos hemos dejado llevar.

Aiden se interpuso entre ella y el guardia. No sabía con exactitud dónde miraba este, pero imaginó que debía ser algún punto del pecho agitado de Frankie.

—Ha sido culpa mía. He sido yo el que se ha dejado llevar —admitió mientras sonreía avergonzado—. Seguro que no es lo peor que ha visto esta noche.

El guardia volvió a mirarlos, impasible. Aiden notó que Frankie asía la espalda de su chaqueta con ambas manos.

—Acabo de pillar a dos chicas bañándose desnudas en la fuente del vestíbulo, hace diez minutos —dijo el guardia—. Volved a la fiesta y no os desnudéis.

—Descuide —aseguró Aiden. Frankie, con los ojos como dos televisores de pantalla plana, se unió a él. Dejaron atrás al guardia y corrieron hacia un sendero que conducía a la concurrida terraza que hacía las veces de pista de baile—. Qué fácil ha sido —agregó. Le quitó una hoja del pelo a Frankie. Empezaba a preguntarse si estaría obsesionado con él. Con su melena abundante y oscura que caía en forma de bucles. Quería enterrar el rostro en su cabello.

—¿Fácil? —gruñó Frankie mientras lo apartaba de un manotazo.

—Bueno, por lo menos esta vez no has tenido que enseñarle nada a nadie —señaló Aiden.

Valió la pena esperar su reacción.

—¡¿Me has visto?! —exclamó.

—Bastante, sí. —Aiden se abstuvo de comentar que había tardado una milésima de segundo en taparle los ojos a Antonio.

Frankie le dio una palmada en el hombro.

—¿A qué viene eso? Eres tú la que ha decidido exhibirse ante media isla.

—Sí, pero ¡no para que mirases tú también!

—No iba a perderme esas vistas, Franchesca. —Fue a tocarla, pero ella levantó las manos.

—Ni me toques o te arranco la piedra que tienes por pene y te pego en la cara con ella.

¿Cómo no iba a querer más de ella? ¿Cómo podía creer que la dejaría en paz?

—¿Intentas que se fijen en nosotros? —preguntó mientras la acercaba a él. Ella lo miró con los ojos entornados—. Estamos en la pista de baile. Baila.

Frankie miró a su alrededor y, por primera vez, fue consciente de que estaban rodeados por el escalafón más elevado de la flor y nata de California. Aiden reconocía caras allá donde miraba. Media docena de políticos y un puñado de celebridades, aunque la mayoría eran un montón de herederos y herederas de varias fortunas que a todas luces habían bebido más de la cuenta.

—¿Qué le pasa a la peña? —preguntó Frankie mientras Aiden la llevaba por la pista de baile. Hasta la banda iba perjudicada, a juzgar por las pocas ganas que le ponían a la canción—. ¡No me digas que son Meltdown!

—¿Los que cantan el tema que suena en la radio cada seis segundos? Diría que sí. Y lo que les pasa a todos es que están pedo.

Era como presenciar la última llamada de una barra libre. Los mayores de cincuenta estaban mamadísimos. Un señor asomado a la balaustrada de piedra vomitaba sin parar. Una señora de sesenta y tantos años estaba llenando sin ningún cuidado las copas de una torre de champán que había hecho ella misma y se paraba de vez en cuando a darle un lingotazo a la botella.

Había una pareja en la pista de baile que se bamboleaba, borrachos los dos, al compás del débil ritmo mientras se quitaban la ropa.

Daba la impresión de que el grupo más joven había pasado del alcohol a algo más fuerte. Había cuatro mujeres vestidas de alta costura sentadas en el extremo menos hondo de la piscina riendo como hienas. Más lejos, en la zona donde cubría, tenía lugar una competición para ver quién se descalabraba antes al tirarse al agua.

La novia, subida a la barra, estaba pimplando un cosmopolitan mientras gritaba: «¡Que me he casado!».

El tercer cóctel se derramó como una cascada por su vestido enjoyado.

—Eso es estilo y lo demás son tonterías —le susurró Frankie a Aiden mientras bailaban y se dirigían al hotel con disimulo—. Ese vestido cuesta veintiséis mil dólares.

—Me pregunto dónde estará el novio. ¿Habrá puesto pies en polvorosa?

Frankie señaló una palmera de salón enorme y comentó:

—Creo que es el que le está metiendo la lengua hasta la campanilla a ese testigo.

—Ah —dijo Aiden.

Frankie negó con la cabeza y añadió:

—Esto parece *El gran Gatsby* con problemas de drogas y alcohol.

—Y tú pensando que las damas de *horror* de Pruitt eran horribles —soltó Aiden en broma.

Alguien le clavó un dedo en el hombro.

—¡Eh! ¿Túúúúú quién ereeeees?

Aiden giró a Frankie para que vieran juntos a la persona que le había clavado el dedo.

—Aiden. ¿Y tú? —le preguntó a la mujer. Tendría unos cuarenta años, pero intentaba con todas sus fuerzas parecer de veinte. Se había operado los labios, aunque le habían quedado fatal. La tirantez de las comisuras de sus ojos y su frente gritaba bótox o *lifting* facial. Se le había roto un tirante del vestido color marfil y llevaba en la mano una botella de champán. Las extensiones del intrincado nudo que se había hecho en la parte posterior de la cabeza se le habían salido y le tapaban un ojo.

—Yo, Priscilla. —Se tambaleó mientras pronunciaba su nombre—. ¿Venís de parrrte de la novia o del nuevo?

—Del nuevo —respondió Frankie, que metió baza sin problema—. Yo soy Druscilla y este es Aiden, el acompañante que he contratado. Conocí al novio en la octava temporada de *Mimados y mantenidas*.

—¿Es un *reality chow*? —preguntó Priscilla.

Frankie asintió y contestó:

—Sí. Menuda publicidad me dio. Catapultó mi carrera de modelo de pies. Si te interesa, te doy el número de la productora. Fueron los mejores dieciocho meses de mi vida. Si te gusta vivir en un yate cerca de los Emiratos Árabes Unidos, claro.

—Druscilla, hay que irse —la cortó Aiden mientras pellizcaba a Frankie en la cintura.

—Llámame —canturreó Frankie mientras Aiden la alejaba de una Priscilla muy confundida.

—Intentamos pasar desapercibidos —le recordó.

—Aide, mañana esta gente no recordará nada de nada.

La llevó al vestíbulo al aire libre. En comparación con el oleaje y el desenfreno que se oía a sus espaldas, allí se estaba bastante tranquilo. Aiden hizo ademán de acercarse a la recepción, pero Frankie se desvió arrastrando los pies.

—Va, Franchesca, que tenemos trabajo pendiente.

—Perdona. Jolín. ¿Para ser rico hay que ignorar lo maravilloso? —preguntó mientras contemplaba el techo de paja que había dos pisos más arriba. Estatuas doradas y blancas y exuberantes palmeras de salón adornaban la estancia de piedra en su totalidad. Abrió más los ojos conforme se acercaban al mostrador—. ¿Eso es pan de oro? —Señaló una escalera majestuosa que se bifurcaba una planta más arriba.

—Cuando encontremos a Chip preguntamos.

—Está bien. Vale. Ya me centro —le aseguró—. ¿Cuál es el plan? —preguntó mientras señalaba con la cabeza a la recepcionista.

—Primero me la camelo.

—Buenas noches, señor. ¿En qué puedo ayudarle? —Hilde, que era el nombre que figuraba en su chapa, era alta y espigada. Daba la impresión de que no se alteraba por nada.

—Hola, Hilde. Estoy buscando la habitación de mi amigo, pero no recuerdo el número. Qué vergüenza.

Frankie, que fingía que se aburría, se fue hacia el estanque de los peces kois para que Hilde no la viera.

—Entiendo. ¿Cómo se llama su amigo?

Aiden se esforzó al máximo por parecer avergonzado y dijo:

—Se llama Chip. Pero la habitación está registrada a nombre de otra persona. Es así de alto. Rubio. Es su primera noche aquí.

Hilde sonrió sin ganas y contestó:

—Lo lamento, señor, pero no tengo permitido revelar información sobre los huéspedes. ¿Cuál es el número de su habitación?

Aiden se dio unas palmaditas en la chaqueta, como si estuviera buscando la llave de su habitación.

—Déjame que busque… Cariño, ¿tienes la llave de la habitación?

En ese momento, dos mujeres bastante ebrias pasaron al lado de Frankie a trompicones.

—Le hice un agujero al condón, le dije que tomaba la píldora y *voilà!* Soy millonaria y gracias a él me he puesto tetas.

—Tía, eres la peor persona del mundo —exclamó la otra.

—Ya ves.

Frankie se movió tan deprisa que Aiden casi ni la vio. En un segundo, Tetas Millonarias tropezó con el suelo de mármol y, al siguiente, cayó de bruces al estanque de los peces kois.

Los chillidos de la mujer sumados a los gritos de auxilio de Frankie hicieron que Hilde cogiera un *walkie-talkie* de detrás del mostrador y corriera hacia el barullo.

—Espabila —dijo Frankie entre dientes tras plantarse al lado de Aiden—. Vigila. —Se coló detrás del mostrador y se sentó en la silla vacía—. Mierda. Tiene contraseña.

Los gritos aún no habían cesado, así que Aiden se asomó al mostrador.

—Opción uno: averiguamos la contraseña nosotros mismos. Opción dos: hacemos que Hilde nos la dé. —Estaba sopesando los pros y los contras de cada una cuando Frankie se puso a teclear a toda velocidad.

—¡Ya está!

—¿Has averiguado la contraseña? —preguntó Aiden. ¿Esa mujer no tenía límites o qué?

Frankie rio por la nariz y respondió:

—No hace falta averiguarla cuando la tiene pegada a la pantalla. Vale, estoy dentro. ¿A quién buscamos? No hay nadie registrado como Secuestrador o Aguabodas.

Aiden se colocó detrás del mostrador mientras rezaba para que la distracción del estanque de los peces kois aguantase.

—Mira las reservas —le ordenó tras echar un vistazo a la pantalla.

—¿Crees que reconocerás el nombre del secuestrador por arte de magia? —inquirió Frankie.

—Calla, anda. Ahí. —Señaló la pantalla—. Habitación 314. Tres noches. ¿A nombre de quién está registrada?

—A nombre de nadie. Es una empresa. El-Kil Corporation —leyó Frankie en voz alta.

«Mierda». Se le cayó el alma a los pies. Debería habérselo imaginado.

—¡Anda, mira! Deben de ser ellos. Hace dos horas han pedido un sándwich de ensalada de atún con patatas fritas trituradas. ¡El favorito de Chip! Al menos sabemos que lo están alimentando. Eso es buena señal, ¿no?

—Supongo, sí —murmuró Aiden.

—Mierda. —Frankie salió del programa y agarró a Aiden. Este oyó el repiqueteo de unos tacones que se aproximaban. Solo les dio tiempo a llegar a la columna de mármol que había junto al mostrador. Entonces aparecieron Hilde, la mujer que había caído al estanque de los peces y un grupito de gente.

—Llamaré al servicio de limpieza y le conseguiré toallas limpias y un albornoz —le ofreció Hilde a la famosa joven empapada que no dejaba de gritar.

—Se me ha metido un pez *en el vestido.* ¿Crees que un albornoz va a hacer que olvide que me ha atacado el *sushi?* —bramó la mujer.

Hilde entornó los ojos al ver a Frankie y Aiden junto a su mesa. Aiden pensó en volver a besarla, pues había funcionado muy bien la primera vez, pero Frankie se le adelantó.

Lo abofeteó tan fuerte que le crujió el cuello.

—Sabes que me molesta que le metas la lengua a tu hermana. Me da igual que hayas vivido muchos años en un internado de Europa. ¡No es excusa! —La voz de Frankie resonó en el mármol y atrajo todas las miradas del vestíbulo.

—Primero: es mi media hermana —se excusó Aiden para seguirle el rollo a la loca de Frankie—. Y segundo: ¡qué le voy a hacer si vengo de una familia *cariñosa!*

—¡Cariñosa, dice! —se mofó Frankie con tanta vehemencia que por poco trastabilló—. ¿Y qué más? Tu abuela me agarró del culo en Acción de Gracias.

—Para ver cómo te había quedado la elevación de glúteos que te pagué. —Aiden señaló la salida con la cabeza.

—Perdona, pero ¡me la pagué yo!

Siguieron discutiendo por el bien de su porvenir y se alejaron de la recepción echando humo. Al pasar, Aiden oyó a uno de los espectadores susurrar:

—¿Qué puedes esperar de una que salió en un *reality* y un *gigolo?*

Las noticias volaban.

Se llevó a Frankie fuera. Esta se partió de risa nada más pisar la majestuosa entrada circular del resort.

—Estás chalada —le susurró Aiden.

—Anda ya. He visto la cara que has puesto. Estabas pensando en meterme la lengua hasta la campanilla. No habría funcionado una segunda vez.

—¿Por qué no? —preguntó Aiden mientras se frotaba la mejilla que tan bien le había abofeteado.

—No tropiezo dos veces con la misma piedra, Kilbourn. Y tú eres una piedra grande y gorda. Pero, bueno, al lío. Diría

97

que la habitación 314 está por ahí. —Aiden observó fascinado cómo Frankie se sacaba un mapa del resort del canalillo.

—¿De dónde lo has sacado? —Aiden le quitó el mapa.

—Del mostrador.

—No iremos a buscar a Chip.

—¿Perdona? Sabemos dónde está y, de repente, ¿quieres zanjar el asunto?

—¿Qué pretendes? ¿Llamar a la puerta y exigir que lo suelten?

—¡Por ejemplo! No abandonaré a mi amigo a su suerte.

Aiden la cogió del brazo y tiró de ella hacia la parada de taxis.

—Llevamos ventaja. Lo que necesitamos es un plan. Tengo que averiguar quién lo retiene para saber por qué se lo han llevado. —La mentira salió sola. Ya sabía quién y por qué, pero no estaba dispuesto a implicar a Frankie. No estaba seguro de a quién se cargaría primero la chica.

—¡No dejaré a Chip aquí con un secuestrador! ¡Tenemos que llamar a seguridad o a la poli!

—No llamaremos a nadie —afirmó mientras la agarraba más fuerte.

—¿Y por qué no? ¡Sabemos dónde está!

—No sabemos quién se lo ha llevado ni por qué. Sabemos que está aquí y que lo están alimentando, lo que significa que está a salvo. De momento.

—¡¿Cómo que de momento?! —Intentó zafarse de su agarre—. ¿Has rastreado a su secuestrador porque tenías curiosidad por saber dónde lo habían llevado y, ahora que ya estás satisfecho, quieres volver al resort a tomarte unos margaritas y ver qué pasa?

Aiden se encaró con ella y le dijo:

—Tu lealtad es admirable, en serio. Pero tenemos que reagruparnos. Tengo que trazar un plan. Si entramos ahí apollardados, será un desastre.

Cuando Frankie le miró la entrepierna, Aiden puso los ojos en blanco.

—Deja de mirarme el paquete. Nos vamos.

Capítulo quince

Aiden la escoltó hasta su habitación como si fuera una prisionera. Se habían pasado el trayecto en silencio: Frankie comiéndose el coco y Aiden maquinando. Entendía que no era el momento ni el lugar para planear y manipular, pero ¡su amigo estaba en peligro! Era el momento perfecto para derribar puertas y montar jarana.

Con una rabia apenas contenida, Frankie pasó su tarjeta de acceso. Tenía la intención de entrar en su dormitorio con paso airado y cerrarle la puerta en las narices a Aiden, pero este se le adelantó. La agarró del brazo y la obligó a mirarlo.

—Agradezco la ayuda que me has prestado esta noche, pero déjamelo a mí a partir de ahora.

—¿Perdona, Llanero Solitario?

—Franchesca, necesito que confíes en mí para arreglar este desaguisado. Te prometo que rescataré a Chip a tiempo para la boda.

Ella abrió la boca para soltarle un zasca que lo dejase tieso, pero, como siempre, él fue más rápido. Pegó su boca a la suya y le dio un beso breve pero intenso. Mientras se debatía entre meterlo en su cuarto o darle una patada en los huevos, Aiden retrocedió y añadió:

—Has estado sensacional.

Le pasó un dedo por la nariz y se fue.

—¿De qué coño va este? —preguntó Frankie a la habitación vacía mientras cerraba de un portazo y echaba el pestillo por si al señor Kilbourn le daba por probar suerte de nuevo.

Se miró el vestido de Monique Lhuillier y gimió. Se había desgarrado la cintura y la falda. Las puñeteras bayas le habían puesto perdido el costado derecho del torso con su jugo rojo sangre. Parecía una promesa del cine a la que hubieran asesinado.

Pru la mataría.

Atacada, llamó a recepción y solicitó una megalimpieza de emergencia. La cifra que le dijeron la estremeció. Tendría que currar en el *catering* como mínimo un mes más. Pero a esas alturas no tenía alternativa. Era pagar una tarifa abusiva y rezar para que sirviese o bien caminar hasta el altar y que la novia la apuñalase.

Si es que había boda. «Como Aiden no cumpla su promesa, Pru no tendrá con quién casarse», pensó con amargura mientras se ponía unos pantalones cortos para dormir y una camiseta de tirantes.

Le entregó el vestido al botones que llamó a la puerta y le mandó un mensaje a Pru.

Frankie: ¿Estás despierta?

Pru contestó casi al instante.

Pru: ¡Buah, ven!

Frankie cruzó el pasillo que conducía a la habitación de Pru y Chip. Antes de que levantase los nudillos para llamar, Pru abrió la puerta y la metió dentro. Frankie se quedó atónita. Su mejor amiga llevaba un pijama de seda… y el velo.

Estaba claro que aún no se le había pasado el efecto del ron y la cerveza.

—Ya. Ya. Parezco majara —dijo Pru mientras la guiaba a un baño en el que absolutamente todo era de mármol y que medía lo mismo que un estadio de fútbol—. Pero he estado pensando. Estamos en el paraíso. Hace calor. ¿Seguro que quiero llevar el pelo suelto mañana? Siéntate —ordenó, y señaló el borde de la bañera exenta.

—¿Y quieres? —preguntó Frankie, que se sentía el peor ser humano del planeta. Habían secuestrado al prometido de su mejor amiga en sus narices y no solo sabía dónde estaba, sino que no había intentado rescatarlo y lo había dejado en la estacada. Era escoria. El chicle que se pega a la suela de los zapatos. La clase de persona que se inventa que está enferma solo para que los demás le financien el falso tratamiento. Franchesca Marie Baranski era una persona mala, mala.

Se sentó en el extremo de la bañera.

Pru, frente al espejo, estaba enumerando las ventajas de un moño *sexy,* pero entonces se calló de golpe. Abrió mucho los ojos azules y exclamó:

—¡Yo aquí hablando como una descosida de mi pelo cuando acabas de volver de tu cita con Aiden! ¿Qué clase de amiga soy?

—La mejor. Eres la mejor amiga que alguien podría desear —se lamentó Frankie—. Eres una persona maravillosa y mereces toda la felicidad del mundo. —Tenía que decírselo. Si estuviera en el lugar de Pru, querría saberlo.

—¿Qué pasa? —le preguntó Pru mientras le daba la espalda al espejo—. Parece que vayas a llorar.

Frankie se dejó caer en la bañera.

—Antes de hablar de Aiden, deberíamos hablar de Chip. —¿Cómo narices le explicaría a su mejor amiga que ni había llamado a la poli ni había echado la puerta abajo ni se había llevado a Chip a casa? Que era la peor amiga del mundo.

Pru, con la mirada perdida y relajada, dijo:

—No me creo que al fin vaya a casarme con él, Frankie. Es que... lo quiero muchísimo. Es divertido, dulce, amable e inteligente, y parece un Ken. Pero, cuando lo miro, nos veo dentro de cincuenta años persiguiendo a nuestros nietos, dando fiestas y veraneando en los Hamptons con una familia numerosa.

Juntó las manos y suspiró.

—Él es con lo que llevo soñando desde que tenía cinco años. Tengo el vestido de mis sueños, a mi mejor amiga y voy a casarme con el hombre de mis sueños en el paraíso. —Se le humedecieron los ojos.

—No llores, Pru —le suplicó Frankie. No al menos hasta que le contase el marrón: que su prometido había desaparecido.

—No puedo evitarlo. —Pru se enjugó las lágrimas con un pañuelo de papel—. Soy tan feliz... Y eso es lo que quiero para ti, Frankie. Quiero que encuentres a un hombre que te haga volar. Un hombre que te haga desear con ansia los próximos cincuenta años.

—No soy capaz de pensar en los próximos cincuenta minutos, cómo voy a pensar en los próximos cincuenta años —bromeó Frankie.

Pru cruzó el baño. Tardó unos diez minutos, dada la extensión de mármol que las separaba. Se sentó en el borde de la bañera y se puso a juguetear con su velo.

—Creo que Aiden podría ser ese hombre —admitió.

Frankie se golpeó la cabeza con la bañera.

—¡Ay! ¿Cómo?

—Sé que no empezasteis con buen pie…

—¡Que me llamó *stripper!*

—Después de la fiesta de compromiso, no dejó de preguntarle a Chip por ti.

—A lo mejor quería saber dónde bailo y si la chupo por cincuenta pavos más —replicó Frankie.

—Ha ido a buscarte al aeropuerto. He visto cómo te miraba durante la cena. Como si quisiera comerte a ti en vez de lo que tenía en el plato. ¿Y luego te lleva por ahí? No pienses ni por un momento que solo porque me caso mañana no querré saber hasta el último detalle de lo que habéis estado haciendo estas cinco horas.

Frankie se frotó el chichón de la cabeza y dijo:

—Volvamos un momento a lo de que te casas mañana. ¿Te enfadarías mucho si pasase algo y no pudieras?

—¿No pudiera qué? ¿Casarme mañana?

—Sí. Supongamos que surge un… contratiempo.

—Franchesca Baranski, ya puede venir un huracán y arrasar con todos los edificios de esta puta isla, que yo mañana me caso con Chip.

«Vaya, hombre».

—Ya, pero…

—Ya lo entenderás cuando Aiden y tú os conozcáis de verdad —la cortó Pru mientras le daba palmaditas en un brazo—. Chip y yo nos distanciamos al graduarnos y yo me quedé hecha polvo porque sabía que era el definitivo. Nunca dejé de creerlo. Ni una sola vez en todos esos años. Y nos reencontramos. Hemos sufrido lo nuestro para llegar hasta aquí. Nuestra separación fue desgarradora para los dos, para mí y para él. Así que mañana tendremos nuestro día mágico porque nos lo merecemos. Me lo merezco. —Se le rompió la voz al pronunciar la última frase.

Frankie cogió a su amiga de la mano y le dijo:

—Pues claro que te lo mereces. Sé que Chip es todo lo que siempre has deseado, y lo tendrás. Tendrás a tu chico perfecto en tu día perfecto. Te lo prometo.

Pru asintió, y, al hacerlo, se le movió el velo.

—¡Debería escribirle! ¡Le mandaré un mensaje para decirle que lo quiero mucho y que me muero de ganas de que llegue mañana! ¡Aaah! ¡O podría llamarlo!

—Eeeh…

Pero Pru ya volvía corriendo al tocador a por su móvil.

Capítulo dieciséis

Frankie: Pru cree que nos hemos pasado las últimas cinco horas dándonos el lote. Además, está escribiendo y llamando a Chip para decirle lo emocionada que está por lo de mañana. En treinta segundos le entrará el pánico.

Aiden: Déjamelo a mí.

A Frankie le dieron ganas de atravesar el móvil y estrangularlo. O, al menos, de darle un puñetazo en su cara de chulito. Se estaba debatiendo entre hacer de tripas corazón y contárselo todo a Pru o callar cuando a su amiga le llegó un mensaje.

—¿Es Chip? —preguntó Frankie, anonadada. ¿Tan bueno era Aiden?

—No. Es Aiden —respondió Pru, que miraba el teléfono pletórica—. Dice que Chip se ha quedado frito en su *suite*, que por eso no me contesta a los mensajes. Que no me preocupe.

Pru abrazó el teléfono con los ojos brillantes, a punto de llorar de felicidad.

—¡Que mañana me caso!

Vaya si se casaría. Frankie se juró que haría lo que hiciera falta con tal de llevar a Pru al altar junto al hombre de sus sueños.

—Ya vale de hablar de mí. ¡Háblame de Aiden! ¿De verdad es un fiera en la cama?

* * *

El día de la boda de Pru amaneció radiante, espléndido y caluroso. Pero ni rastro del novio.

105

La ceremonia nocturna exigía pasar la mañana en el *spa* con las demás damas de *horror*. Frankie se había quedado en el cuarto de Pru, pero no había pegado ojo en toda la noche, pues no había dejado de rememorar una y otra vez el secuestro de Chip.

Aiden no había dado señales de vida, y no iría a buscarlo con una envoltura de algas absorbiéndole la grasa. Pero más le valía haber organizado un rescate con tanques, *ninjas* y mercenarios. Lo que hiciera falta con tal de que Chip Randolph estuviera en el resort en esmoquin antes de las seis.

Cressida pasó por su lado con una bata de seda corta y una mascarilla de barro.

—Ten. Toma —dijo mientras empuñaba una botella de champán—. Se te ve tensa.

Frankie miró sus brazos, inmovilizados a los costados por el pringue verde, y preguntó:

—¿Tienes una pajita?

Cressida se encogió de hombros y respondió:

—Abre la boca, que te echo.

Frankie se recostó y le hizo caso. Cressida le sirvió con precisión y Frankie se tragó las burbujas como si aspirase a unirse a una sororidad.

—¿Hicisteis lo que debíais anoche? —preguntó Cressida sin mover los labios, con cuidado de que no se le resquebrajara la máscara.

—Estamos en ello —contestó Frankie para salir del paso. No confiaría a ninguna una bolsa de papel con el almuerzo con su nombre, aún menos información confidencial que pudiera chafar la boda de Pru.

—La novia se está *impasientando*. No sabe nada del novio desde anoche —añadió Cressida, que señaló con la cabeza a Pru.

Esta tenía los pies en una bañera de hidromasaje y miraba el teléfono de su regazo como si quisiera que sonara.

Frankie rezó para que Aiden lo tuviera todo controlado.

—¿Qué hace Chip hoy? —le preguntó a Pru, aunque temía la respuesta.

—Por lo visto, se ha ido a pescar con Aiden esta mañana. —Pru se mordió el labio.

106

—Qué guay —exclamó Frankie para animarla.

—Ya, pero me estoy poniendo un poco… nerviosa.

—Mariposas —intervino Margeaux con conocimiento de causa—. Así estaba yo la primera vez. La segunda no sentirás nada.

—Qué gran aportación, Marge —comentó Frankie, refunfuñando.

Margeaux rio por la nariz y repuso:

—Venga ya. Como si alguna tuviera fe en este matrimonio. ¡Oye, cuidado con las cutículas! —le gritó a la mujer que le hacía la manicura.

—No le hagas caso —le suplicó Frankie a Pru mientras se incorporaba poco a poco. Las algas se le despegaron de la espalda y pudo volver a respirar.

—Es que no sé nada de él desde que cenamos pescado frito anoche. ¿Y si…? —Pru no terminó la frase. Frankie era la única de las presentes que sabía que la verdad era incluso peor que todas las posibilidades que se estaba imaginando Pru.

—Si están pescando en alta mar, se habrán ido temprano y no tendrán cobertura —apuntó Frankie, que volvió a ponerse la bata.

Pru se mordió el labio y dijo:

—Tienes razón. Pero, como no tenga noticias suyas antes del almuerzo, le pediré a papá que vaya a ver cómo está.

¡Qué fantástica idea! R. L. Stockton pateándose el resort hecho un basilisco en busca del yerno al que no soporta. A la mínima que hubiera problemas con Chip, R. L. metería a Pru en un avión privado rumbo a los Estados Unidos mientras sus abogados daban con el modo de meterles un puro a Chip y a sus padres.

—Confía en Aiden —insistió Frankie—. No te defraudará. —Y, de ser así, Frankie sería la primera en darle una patada en los huevos.

—¡Ahí está mi niña! —Addison Stockton irrumpió en la sala de tratamiento con su bata y sus pantuflas a juego—. Será la novia más guapa del mundo —anunció a la sala mientras agitaba las manos como si fueran las alas de un colibrí.

—Alguien se lo ha pasado bien en su sesión de depilación láser —comentó Taffany, tras lo cual hizo estallar su chicle.

Al mediodía, el *spa* obsequió al grupito con un banquete vegano. La madre de Chip, Myrtle, echó un vistazo a los rollitos de pepino recubiertos de hummus y pidió una hamburguesa poco hecha con el doble de patatas fritas. No se le puede quitar el apetito texano a la hija del barón de una finca ganadera.

Frankie habría hecho lo mismo de haber podido pensar en comer. Cada vez que Pru levantaba el teléfono, se moría por dentro.

Se ofreció a que la peinasen primero y se sometió a la violenta estilista, que parecía empeñada en incrustarle las horquillas en el cráneo.

—No entiendo por qué tenemos que cambiar todas de peinado solo por Pruitt —se quejó Margeaux, que apartó al peluquero de un manotazo mientras el pobre hombre intentaba retirarle la abundante melena rubio miel del cuello—. Depílame las cejas ya que estás.

—¡Joder, Marge! ¿Podrías por una vez cerrar la boca y hacer algo por otra persona? No es tu día, coño. Seguramente te casarás ocho o nueve veces más antes de que tu marido te ponga una almohada en la cara y nos haga un favor a todos. ¡Así que recógete el pelo y cierra la bocaza de una puñetera vez!

Era justo lo que no había que decirle a una sociópata de mierda.

—¿Acaso sabes quién soy yo, escoria de Brooklyn?

Margeaux pronunció la palabra Brooklyn como si le supiera a azufre.

—¿Acaso sabes lo mala persona que eres? —replicó Frankie.

Su estilista, a quien su discusión no le afectaba lo más mínimo, le dio la vuelta para enseñarle el resultado de llevar ocho mil horquillas y seis botes de laca en el pelo. Había domado sus rizos oscuros y le había hecho con ellos un moño durísimo en la nuca.

—Qué pasada —exclamó Frankie, que se levantó de un brinco y le dio dinero en efectivo antes de que fuera a por más horquillas.

—Estás celosa porque no eres nada. Eres la criada. Una pringada que pide propina para pagar la factura de la tintorería.

—Cuidado con lo que dices delante de según quién, Marge. Muchos de nosotros somos criados, y, sin nuestra ayuda, tendrías el váter sucio, la línea del bikini irritada y platos vacíos en tus fiestecillas.

—Alguien de la talla de Aiden Kilbourn nunca se fijaría en ti. A menos que fuera por pena o para preguntarte cómo te ha cabido el culazo de Kardashian que tienes en el vestido. Parecerás una ballena a nuestro lado en las fotos. —Soltó una carcajada desquiciada y diabólica, al estilo del doctor Maligno.

El peluquero que atendía a Margeaux fue a por la cera caliente y se la untó por toda la ceja. Miró a Frankie con lástima y pegó la banda depilatoria a la cera.

—Igual no soy la única a la que se quedan mirando esta noche —predijo Frankie. Se volvió y abandonó la estancia con los gritos de Margeaux de fondo.

—¡Imbécil! ¡¿Qué le has hecho a mi ceja?!

Una vez en el pasillo, sacó el móvil del bolsillo de su bata y escribió a Aiden a toda prisa.

Frankie: Actualización. ¿Cómo vas con la operación Liberar al Novio? La novia se está poniendo nerviosa.

Su respuesta fue escueta.

Aiden: Déjalo en mis manos.

En sus manos le gustaría tenerlo a ella…, pero a él, para tirarlo desde un décimo piso a un contenedor lleno de cristales rotos.

Lo llamó mientras caminaba. Como no le dijese que en ese preciso momento se disponía a echar abajo la puerta de la habitación 314, iría ella a por Chip.

—¿Qué quieres? —preguntó con brusquedad.

—¿Dónde estás? —gruñó ella mientras cruzaba el pasillo iluminado por el sol que conectaba el *spa* con el edificio principal.

Él suspiró y dijo:

—Franchesca, tengo un asunto entre manos, y, si hablo contigo, tengo que dejar de trabajar.

—¿Llegará Chip a tiempo para su boda? —preguntó.

—Estoy en ello —contestó Aiden, sucinto.

—¿Te ha dicho algo el secuestrador?

—Sí. Vamos a reunirnos.

—¿A reuniros? —Frankie cruzó en tropel las puertas del bar de la biblioteca del resort y frenó en seco. Retrocedió dos pasos y miró por las puertas de cristal. Al otro lado había una sala espaciosa con estanterías altas y escaleras sacada directamente de *La Bella y la Bestia,* salvo por la gran barra en forma de L con unas vistas espectaculares del mar. La barra a la que se sentaba un hombre que iba a enterarse de lo que vale un peine: Aiden Kilbourn.

Indignada, Frankie colgó y le sacó el dedo a Aiden, que no la veía. Fue a recepción echando humo.

—Disculpe —le dijo al conserje—. Solicité una limpieza de emergencia para mi vestido.

—No se preocupe, señorita Baranski. Estamos subsanando los daños ahora mismo.

—Necesito que esté a tiempo para la ceremonia. Porque nada va a aguar esta boda. Ni un novio desaparecido, ni un padrino imbécil, ni un vestido manchado. —Clavaba un dedo en el aire, como si fuera la protagonista de una película haciendo una declaración de intenciones.

—Descuide, señorita Baranski. —El conserje le sonrió como si creyera que estaba loca, pero tuviese que ser majo con ella.

—Eeeh…, gracias —resolvió Frankie—. Me voy ya.

El conserje volvió a sonreírle con amabilidad y Frankie se apartó del mostrador. Corrió a los ascensores y, una vez en su cuarto, se quitó la bata y se puso un vestido de tirantes. Al sacar el dinero del bolso, se le cayó la tarjeta de visita de Antonio.

Tal vez no tuviera que hacer aquello completamente sola.

Capítulo diecisiete

—¿Y la furgo de tu tío? —preguntó Frankie al ver el vehículo sin puertas parecido a los *buggies* que se usaban para ir por el desierto.

—La está llevando ahora —respondió Antonio mientras se bajaba del asiento—. Su carruaje la espera, señora. —Iba con el uniforme del instituto: pantalones cortos azul marino y camisa de manga corta blanca. La corbata era de clip.

—¿Lo has robado? Me veo en la obligación de repetir la pregunta que te hice anoche: ¿tienes edad para conducir?

—¿Quieres quedarte aquí a hacer preguntas o quieres ir al Rockley? —inquirió Antonio.

—Ay, madre. Conduce y calla. —Frankie se sentó a su lado y se abrochó el arnés de seguridad.

—¡Yija! —Antonio pisó el acelerador, se bajó del bordillo y tomó el sinuoso camino hacia la carretera.

—¡No nos mates! —gritó Frankie por encima del ruido del motor.

Antonio se aproximaba a la carretera como el malo en una persecución. Frankie se tapó los ojos con las manos y se puso a rezar. Oyó bocinazos y se preparó para morir. Pero ni chocó ni murió. Miró por entre los dedos y vio que avanzaban a base de incorporarse al tráfico y salir de él.

—Vale. No hemos muerto. Empezamos bien.

—¿Cuál es el plan, señorita? ¿Encontrasteis a vuestro amigo anoche?

—El plan es que me llevas al Rockley, rescato a mi amigo y nos llevas al resort a tiempo para su boda.

—Buen plan —convino Antonio—. ¿Y Ricachón?

—¿Aiden? —Frankie miró por el parabrisas con rabia—. Tenía asuntos pendientes.

111

—Entonces, ¿rescatarás a tu amigo tú sola?

—Si quieres algo bien hecho…

Antonio asintió, como dándole la razón.

—Hablando de ricachones —empezó Frankie—, yo no estoy tan forrada como Aiden.

—No pasa nada. Con que me enseñes las tetas otra vez, me vale.

Frankie le dio una colleja.

—¡Pero bueno!

El chico sonrió.

A Frankie le sonó el móvil.

—Ay, madre. —Era Pruitt.

—¿Cómo está mi novia favorita? —saludó Frankie. Más falsa, imposible.

—¿Dónde estás? Vamos a empezar con las fotos de las damas de honor.

Frankie se dio una palmada en la frente. Mierda.

—No estoy en el resort, sino, eh, de camino al… muelle.

—¿Al muelle?

Frankie notó el deje de pánico en la voz de Pru.

—Sí, quería ir a ver cómo estaba Chip en lugar de ti. Para… decírtelo —terminó sin convicción.

—Eres la mejor amiga que una chica podría desear —dijo Pru, que sorbió por la nariz—. No quería decir nada, pero estoy de los nervios. Necesito oír su voz y saber que todo va bien.

—Todo irá mejor que bien —le aseguró Frankie—. En cuanto lo vea, le digo que te llame. Fijo que se le ha caído el móvil al agua o algo así. Ya lo conoces.

—Sí —admitió Pru entre sollozos—. Ya. Es que… Vuelve pronto, ¿vale? Me muero de ganas de que veas la ceja de Margeaux. Han tenido que pintársela.

Frankie se frotó las sienes.

—Antes de que te des cuenta, estaré ahí —le aseguró.

Colgó y hundió la cara en las manos.

—Madre mía. Como no lo consiga, no solo me habré cargado el día de su boda, sino también nuestra amistad.

—Saldrá bien —aseguró Antonio, contentísimo.

112

—¿Vas con el uniforme escolar? —preguntó Frankie al ver que pisaba el acelerador con mocasines.

—Sí, es que estaba haciendo un examen de geografía.

—¿Que estás haciendo pellas para llevarme?

—¡Claro! Lo hago de vez en cuando. Es mejor que sentarse a un pupitre a escuchar a los profes decir blablablá todo el día.

Frankie intentó no pensar en todas las leyes que estarían infringiendo en ese preciso instante. Volvió a sonarle el móvil y lo cogió sin pensar.

—¡Franchesca! ¡Estás viva! Me tenías muy preocupada.

—¿Mamá?

—Menos mal que te acuerdas de mí —dijo May con un sarcasmo exagerado—. Pensaba que habías hecho parapente, te habías dado un golpe en la cabeza y tenías amnesia.

—Mamá, me pillas un poco mal.

—¿Qué es más importante que asegurarle a tu madre que estás sana y salva? —insistió May.

—Mamá, es el día de la boda de Pru y le estoy haciendo un recado. Tengo que centrarme, ¿vale?

—Los padres de Pruitt deben de estar ilusionadísimos. —La realidad no existía en el mundo de May Baranski. Había coincidido con R. L. y Addison Stockton en decenas de ocasiones. Los Stockton no eran una pareja muy efusiva—. Me encantaría que mi hija se casara algún día —añadió May con aire lastimero.

—Uy, sí, pobrecita, que no va a tener nietos salvo el que le darán Marco y Rachel. La próxima vez que quede con alguno de Tinder me quedo preñada. Te lo prometo.

—Franchesca Marie, ni se te ocurra…

—Te dejo, mamá. Te llamo en otro momento.

—¿Cuándo? ¡Ya llevas un montón de tiempo fuera!

—Pronto. —Seguramente—. Te dejo. ¡Adiós!

Colgó para no darle la oportunidad a su madre de volver a hacerle chantaje emocional con la precisión de un cirujano.

Antonio rio por lo bajo y comentó:

—Qué graciosa, tu madre.

—Tú calla y conduce, delincuente.

113

Le pidió a Antonio que se acercase a la entrada lo máximo posible. Esa vez no podía perder el tiempo atravesando la jungla a rastras. Después de tres intentos vergonzosos, al fin logró saltar el muro. Eso sí, se raspó ambas espinillas mientras saltaba de lo afilada que estaba la pared de piedra.

Gruñó y gimió mientras salía del arbusto en flor de un modo que parecía una anciana. Al menos el casco que llevaba por pelo no se le había movido.

«Ahora, sin hacer ruido... ¡Mierda!».

Tres sirvientas habían salido a fumar a la parte trasera del edificio más cercano a ella. La observaban con recelo.

Frankie se quitó la tierra y las hojas del vestido, y se dirigió a ellas tan campante.

—Buenas tardes. —Les sonrió como una persona normal—. A ver, os cuento...

Capítulo dieciocho

Frankie se ató el delantal a la cintura.

—Gracias de nuevo, Flor —le dijo a la mujer con la que había intercambiado la ropa. El pecho le apretaba un poco y los zapatos le iban un pelín grandes, pero, quitando eso, Frankie confiaba en que pasaría por una sirvienta del resort. Por lo menos temporalmente.

—De nada —respondió Flor mientras le ponía bien el cuello de la camisa—. El tío es un capullo. Me alegro de ser de ayuda.

—¿Sabes si se hospeda con alguien? —preguntó Frankie mientras sus nuevas amigas la empujaban por un pasillo trasero.

—Tiene un ayudante que se pasea por ahí. Un hombre grande —le explicó Bianca—. Pero se aloja en otra habitación.

Vale. Con suerte solo tendría que dar esquinazo a un sicario. Frankie se llevó una mano a la barriga mientras Wilma llamaba al ascensor. O moriría u obraría el mayor milagro de la historia de las bodas. Rezaba para no morir. No sin antes darle un bofetón a Aiden Kilbourn.

Al llegar al sótano, salieron del ascensor. Flor vigilaba mientras las otras dos llenaban un carrito del servicio de habitaciones con bebidas alcohólicas.

—Tú dile al señor Hasselhoff que vas a rellenarle el bar —le indicó Bianca.

«Hasselhoff. Al menos el secuestrador tiene sentido del humor».

—Y no lo mires a los ojos. No lo soporta —le aconsejó Wilma.

Volvieron a subir al ascensor con un carrito tapado con una sábana blanca y media docena de botellas de licor.

—Mantén la cabeza gacha para que no te pillen las cámaras —le aconsejó Flor mientras la acompañaba al ascensor—. Y, si necesitas ayuda para esconder el cuerpo, llama al 101 desde el teléfono de la habitación y di que te gustaría que fuera el servicio de habitaciones.

—Cámaras. Cuerpo. Servicio de habitaciones. Entendido —concluyó Frankie. El corazón le retumbaba igual de fuerte que la música que ponía su novio del instituto en el coche.

¿Estaba haciendo lo correcto? ¿Debería haber confiado en que Aiden se encargaría del asunto? ¿Vería a Chip al menos antes de que la cosieran a balazos en la flor de la vida?

Fue el viaje en ascensor más largo de su vida, incluso más que el que había hecho con un chico que estaba rompiendo con su novia por el manos libres. El viaje más largo en ascensor estuvo seguido por la caminata más larga y espeluznante por el pasillo de un hotel. 302, 304, 306. Conforme subían los números de las habitaciones, el corazón empezó a martillearle en la cabeza. Debería haber dejado testamento antes de emprender esa misión.

¿Y si sus hermanos se peleaban por su colección de recuerdos de la Liga Nacional de *Hockey*? Ya se imaginaba a Gio y Marco liándose a puñetazos por su suspensorio firmado por Kreider. Esperaba que quienquiera que se quedase con su casa fuera amable con los Chu, los vecinos de enfrente. El señor Chu perdía las gafas cada dos por tres y la señora Chu le agradecía que las encontrara con tarjetas de regalo para el restaurante coreano que tenían al doblar la manzana. Nunca más volvería a probar su *bulgogi*.

Se le humedecieron los ojos cuando el 314 apareció ante ella. Respiró hondo. Lo hacía por Pru. Su mejor amiga se merecía un final de cuento de hadas. Y seguro que superaría la muerte de su mejor amiga.

Se le daba fatal animar a la gente. Levantó los nudillos para llamar y vaciló un segundo.

—Tú puedes —susurró para sí—. Entra y demuéstrale que nadie secuestra a tus amigos y se va de rositas.

Su arenga fue interrumpida por las miradas inquisitivas de una pareja con resaca vestida de punta «en platino». Vestir de punta en blanco estaba desfasado.

—Se parece un poco a la famosa del *reality* que tiró a Kennedy al estanque de los peces kois anoche —susurró la mujer lo bastante alto para que la oyera.

Frankie agachó la cabeza, cerró los ojos con fuerza y llamó.

La puerta se abrió de golpe.

—¿No ves que pone «No molestar»? ¿Sois todas analfabetas y tontas o qué?

Todos los ricachones solían tener el mismo aspecto. Y ese tipo no era la excepción. Complexión media, estatura media, tez bronceada con espray y típico cabello castaño peinado con esmero.

—Vengo a rellenar *elll barrr.* —Dios, parecía más que hablase pirata que dialecto bajan. Solo un idiota se lo tragaría.

—Ya era hora. He llamado hace siglos —respondió el idiota.

La hizo pasar mientras movía los brazos con fastidio, como un pollo que tratase de emprender el vuelo.

—Va, que es para hoy.

La *suite* estaba a oscuras, pues las recias cortinas estaban echadas para que no entrase la luz del sol tropical. Daba la impresión de que pretendía que la habitación pareciera la guarida de un malote. Pero estaba tan desordenada —bandejas del servicio de habitaciones, botellas de licor vacías…— que había perdido el lujo. Daba la sensación de que un grupito de niños ricos se había juntado con el dinerito de papá para destrozar una *suite,* no para llevar a cabo un secuestro.

El imbécil del secuestrador no tenía mejor pinta que la propia habitación. Estaba despeinado, como si se hubiera pasado las manos por el pelo de los nervios, y se había aflojado la corbata. «¿Quién se pone una corbata para relajarse en la habitación de un hotel de las Barbados?».

Frankie se dirigió al salón principal de la *suite* y se esforzó al máximo por adivinar dónde se ocultaba el bar. Falló y, en su lugar, encontró el televisor, recluido en un armario. A los ricos no les gustaba mirar pantallas apagadas.

El gilipollas del secuestrador chasqueó los dedos.

—El bar está ahí. ¿Eres nueva o qué?

El móvil del señor le ahorró morderse la lengua.

—La madre que te parió. ¿Por qué tardas tanto? Vuelve aquí. Llegará en cualquier momento. No seguiré adelante sin refuerzos. —Abandonó la sala de estar hecho una furia. Entró en un dormitorio y cerró de un portazo.

—Ay, madre. Ay, madre. Ay, madre —canturreó Frankie. Examinó la estancia y corrió a la siguiente puerta cerrada. Era un baño. La siguiente era un puñetero vestidor. Al fin vio otra puerta cerrada en el otro extremo del cuarto. Movió el pomo, pero estaba cerrada con llave.

Sacó el manojo de llaves que le había prestado Flor y probó a abrirla. Lo consiguió a la quinta. Entró a hurtadillas. Esa sala también estaba a oscuras. Olía a huevo podrido.

Frankie cerró la puerta sin hacer ruido.

—¿Chip? —susurró—. ¿Estás aquí?

Tropezó con él y después lo vio. Estaba tumbado bocarriba, junto a la cama.

—Ay, madre mía, Chip —murmuró entre dientes. «¿Está muerto? ¿Se lo habrá cargado, el muy cabrón?».

Tendió una mano vacilante hacia él sabiendo que, si tenía la piel fría, vomitaría y acto seguido cometería un asesinato tan atroz que pasaría a la historia de las Barbados.

—Dime que no estás muerto —susurró.

Capítulo diecinueve

Frankie le clavó dos dedos con fuerza. No se topó con la piel fría de un cadáver, sino con una axila aún cálida y un ronquido.

—¡Chip! —Volvió a zarandearlo.

—¿Eh? ¿Qué? —Se esforzó por abrir los ojos.

Frankie soltó un suspiro de alivio tan grande que casi vomitó el desayuno. Le vibró el móvil en el bolsillo. Un mensaje de Pru.

Pru: ¿Dónde estás? ¿Y Chip?

«Mierda».

—Chip, soy yo, Frankie. ¿Estás bien?

—¿Frankie? —preguntó, aturdido—. ¿Elliot aún me tiene preso? ¿Sabe que estás aquí?

Frankie miró la puerta y respondió:

—No es momento de cháchara. Tenemos que sacarte de aquí. ¿Puedes caminar?

—Pues claro. Me he quedado dormido haciendo abdominales. Me han dado algo para dejarme inconsciente. Encima tengo una resaca del copón. ¿Y Pru? ¿Está enfadada? ¿Su padre…?

—Pru está bien. Te espera impaciente con su vestido blanco y pomposo.

—¿No ha anulado la boda? —Se le iluminó tanto la cara que parecía el árbol de Navidad del Rockefeller Center.

—Aún no sabe que has desaparecido.

Le vibró el móvil una y otra vez. Supuso que serían muchos mensajes seguidos.

—¿Cómo que estabas haciendo abdominales? —preguntó mientras tiraba de él para sentarlo.

—No quería perder la tableta solo porque me hubieran secuestrado. Estoy bien. Lo juro. —Para demostrarlo, se obligó a levantarse y… cayó a la cama al instante—. Perdón, es que se me ha dormido el pie.

Frankie lo levantó de nuevo. Oyó una voz en la otra sala y pasos.

—Escóndete —susurró Chip.

Frankie, presa del pánico, se puso a correr en círculos. Se estaba planteando ocultarse bajo la colcha cuando Chip abrió la puerta del armario y la metió dentro. Acababa de dejarla a oscuras y entonces oyó que se abría la puerta de la habitación.

¿Vendría el imbécil del secuestrador a matarla? Por instinto, se agachó más, con tan mala suerte que se dio en la cabeza con algo grande y metálico.

—Me cago en…

Se tapó la boca con una mano cuando oyó que se abría la puerta del dormitorio.

—Quédate aquí hasta que te diga que salgas —exigió el imbécil del secuestrador.

—Venga, Elliot, hagamos un trato: yo te doy lo que quieres y tú dejas que me vaya.

—Buen intento, Randolph. Pero solo hay una persona que puede darme lo que quiero.

—Aiden no permitirá que te salgas con la tuya.

Frankie se quedó helada. Aiden conocía a ese tipo. ¿Por eso no la había dejado echar la puerta abajo la noche anterior? Se frotó el chichón.

Se disponía a salir en tromba y exigir respuestas cuando oyó que llamaban a la puerta con unos golpecitos.

—Quédate aquí si quieres que esto acabe pronto —espetó el imbécil, y cerró de un portazo la puerta del dormitorio.

La puerta del armario se abrió de sopetón. Frankie pegó un bote hacia atrás y volvió a golpearse la cabeza en el mismo sitio.

—¿Estás bien? —le preguntó Chip al ver que se doblaba sobre sí misma.

—¡Ay! —Se le enganchó el pelo en una percha. Sintió que media docena de horquillas se le salían de la cabeza—. ¡Ay, madre!

—¿Qué pasa?

—¡Mi pelo! ¡Mi cabeza! ¡Tenemos que salir de aquí!

Se detuvieron a escuchar. Ahora se oía más de una voz en el salón; solo era cuestión de tiempo que volviese a entrar alguien.

Frankie corrió a la pared y abrió las recias cortinas.

—Menos mal —susurró al ver el balcón. Con el mayor sigilo posible, abrió la puerta corredera de cristal. El ruido del mar y de los huéspedes del resort inundó la estancia de inmediato. Y se estremeció. Como los malotes de fuera del dormitorio se callasen, lo oirían.

Uf. Estaban en el tercer piso, como confirmó al asomarse al balcón. No se podía bajar, pero a lo mejor se podía salir. El pasamanos era más ancho que la propia barandilla. Algún arquitecto innovador se habría percatado de que la gente querría dejar sus martinis ahí para hacerse fotos con la puesta de sol. Y conectaba con todos los balcones de la planta.

—Chip, ven —dijo Frankie entre dientes.

Chip fue hacia la luz renqueando. Parecía un vampiro con resaca.

—¿Siempre hace sol aquí o qué? —preguntó refunfuñando.

—Ay, madre. Sube.

—¡Estás sangrando! —exclamó, boquiabierto.

Frankie se tocó el pelo con los dedos y repuso:

—Me he dado con la caja fuerte. No es nada.

—Parece... —Chip se dobló sobre sí mismo y respiró hondo.

—Tranquilo, Chip. —Se había preparado para estudiar Medicina en la Universidad de Nueva York hasta que se dio cuenta de que ver sangre hacía que vomitase y se desmayase—. No me obligues a darte una hostia.

—Bueno, si no te miro, a lo mejor...

—La madre que te parió, Chip. Sube a la barandilla y ve hasta algún cuarto que tenga la puerta del balcón abierta. Hay que irse. ¡Ya!

Chip miró la terraza de abajo y gritó:

—¡Joder, Frankie, como me caiga me muero!

Frankie lo cogió de la cara y le apretó tanto las mejillas que Chip puso boca de pez. Este cerró los ojos para no verle la brecha.

—¿Quieres casarte con Pru hoy o no?

—*Ci.*

—Pues sube ahí y ve al siguiente balcón.

—*Vole.*

Frankie le soltó la cara y lo empujó hacia la barandilla.

—Tú también vienes, ¿no?

—Estaré justo detrás de ti. Por curiosidad, ¿qué tiene que ver Aiden con todo esto?

Chip se detuvo a cuatro patas sin perder el equilibrio.

—No es culpa suya.

Oyeron que alzaban la voz en la *suite*.

—Va. Luego hablamos. —Frankie le hizo gestos para que avanzase y volvió corriendo a la habitación.

Atrancaría la puerta para ganar tiempo. Al menos ese era su plan cuando fue a por la mesita de noche. La puerta del dormitorio se abrió de golpe.

El imbécil del secuestrador la miró fijamente durante dos segundos. Acto seguido, se le fue la olla.

—¿Quién eres y dónde está…?

—¿El chico al que has secuestrado? ¿Mi amigo Chip? ¿Quieres saber dónde está? —preguntó Frankie cada vez más alto. Cogió el despertador y el cargador del iPhone que había encima de la mesita.

—¡Sí! —chilló mientras se tiraba de los pelos—. ¿Y por qué está todo lleno de sangre? ¿Te lo has cargado?

—¿Qué pasa aq…? —El hombre de la puerta no pudo terminar la frase, pues Frankie golpeó con todas sus fuerzas al imbécil en la cara con el despertador.

Este se dobló y gritó. Más sangre tiñó la alfombra blanca. Frankie volvió a pegarle por si acaso e hizo que cayera de rodillas.

—Con lo bien que me he portado… —chilló el imbécil.

Frankie se volvió hacia el segundo hombre y levantó el despertador.

—¿Quieres cobrar tú también, Kilbourn?

Aiden levantó ambas manos y dijo:

—Quieta, fiera. ¿Por qué estás sangrando?

—¿Que por qué estoy sangrando? ¿Que por qué estoy sangrando? —Se echó a reír y agregó—: Estoy sangrando por la misma razón por la que tu mejor amigo no se está casando. ¡Por tu culpa!

—Franchesca, puedo explicarlo.

—¡No quiero tu explicación! Llegas tardísimo. Hace rato que Chip se ha ido…

—¿Frankie?

—¡Chip! ¿Qué coño haces?

Chip se asomó por la puerta del patio con timidez.

—Es que he encontrado una habitación que estaba abierta, pero estaba ocupada, y creo que están llamando a seguridad.

—Aparta, Kilbourn. ¡Que te apartes, coño! —le ordenó Frankie con el despertador en ristre.

—Hola, Aiden.

—Me alegro de verte, Chip.

—No le hables. ¡Y no te acerques a nosotros! —Frankie pasó despacio por su lado mientras con un brazo se llevaba a Chip y con el otro apuntaba a Aiden con el despertador.

El imbécil del secuestrador gimió en el suelo.

—¡Me ha roto la nariz!

—¡Mejor! —repusieron los tres.

—Chip y yo saldremos de aquí, y, como nos lo impidáis, gritaré tan fuerte que la seguridad de todo el resort echará la puerta abajo en menos que canta un gallo.

Frankie los hizo retroceder hacia la puerta de la *suite*.

Cuando Aiden hizo ademán de seguirla, ella negó con la cabeza.

—No, no, no. Eres una *persona non grata*. Tú quédate aquí con tu colega, que nosotros nos vamos de boda.

—Yo de ti le haría caso —le aconsejó Chip a Aiden—. Da yuyu cuando se enfada.

—Ya lo veo —aseguró Aiden, que parecía más entretenido que aterrorizado.

—No quiero ni una risa —gruñó Frankie—. Te arrepentirás de esto, te lo aseguro. Vámonos, Chip.

—¿Quieres que te llevemos? —le preguntó Chip.

Frankie le pegó en el brazo y espetó:

—No, no quiere. Las víctimas de secuestro no llevan de paseo a sus secuestradores.

—Venga ya, Frankie. Aiden no me ha secuestrado.

—Bueno, pues ha confabulado para secuestrarte.

—¡No he hecho eso!

—¡No ha hecho eso!

—Ya hablaremos de esto luego —resolvió Frankie, que al fin entendió lo enfadado que debía de estar un padre o una madre para decir esa frase.

Sacó a Chip al pasillo.

—No te muevas —ordenó señalando a Aiden, que ayudaba a su hermano a levantarse—. Como intentéis seguirnos, os mato.

—Creo que la chiflada de la sirvienta habla en serio —susurró Elliot lo bastante alto para que lo oyera. Sin dejar de apretarse la nariz y con cara de espanto, agregó—: *Scusi,* señora. *Scusi.*

—¿En serio? ¡Estamos en las Barbados, imbécil!

Cerró de un portazo y apremió a Chip para que bajase las escaleras.

—¡Va, va, va!

Corrieron al sótano y atravesaron en tromba las puertas dobles. Oyeron pasos uno o dos pisos más arriba. Flor, ataviada con el vestido de tirantes de Frankie, estaba llenando un carrito con botecitos de champú.

—¿Puedes cerrarla con llave? —le preguntó Frankie mientras se bajaba la cremallera.

Bianca corrió a la puerta que daba a las escaleras y la cerró con llave.

—Viene alguien corriendo —informó tras apartarse de la ventana.

—Muchísimas gracias por todo —agradeció Frankie mientras se quitaba el vestido—. Perdón por las manchas de sangre. No cortan ni nada, las cajas fuertes esas…

Algo —un cuerpo muy voluminoso, a juzgar por el ruido— golpeó las puertas a la carrera.

Frankie se estremeció. Tendría pesadillas en que la perseguirían por las escaleras el resto de su vida.

Flor se desnudó en un periquete y le devolvió el vestido a Frankie.

—Espero que le hayas demostrado al capullo de la 314 quién manda.

—Perdón por la sangre que he dejado ahí también —se excusó Frankie con pesar.

Flor asintió brevemente y le puso una mano en el hombro.

—Suerte, tía.

—Que la fuerza te acompañe —se despidió Frankie. No se le daba bien animar o mostrar agradecimiento—. Vámonos, Chip.

Salieron a hurtadillas por una puerta lateral y se adentraron en la maleza corriendo y a gatas. Se le metió más tierra en los arañazos de las espinillas, por lo que le escocieron. Le dolía la cabeza y las ramas la despeinaban. Pero había rescatado al novio.

—¡Ay!

Frankie miró atrás. Chip se tapaba un ojo con una mano.

—¿Estás bien? —le preguntó entre dientes.

—Se me ha metido una rama en el ojo.

—Guíate por el ojo bueno. No falta mucho para llegar al muro.

Al fin, la gran muralla de estuco se alzó ante ellos.

—A ver, lo saltamos, subimos al coche y te llevamos al altar, ¿vale?

—Vale —contestó Chip, que seguía apretándose el ojo.

—A ver cómo tienes el ojo.

Chip retiró la mano. Tenía una roncha que asomaba a ambos lados del ojo. El ojo en sí estaba rojo como un tomate.

—Ostras. —Se llevó una mano a la boca. El estómago de Frankie aguantaba muchas cosas, pero las lesiones oculares no eran una de ellas.

—¿Cómo es que *sigues* sangrando? —preguntó Chip con la voz entrecortada—. Tienes toda la cara manchada. —Se dobló por la cintura y le dieron arcadas.

—Propongo que dejemos de mirarnos y escalemos el muro.

Frankie aupó a Chip, que fue tan listo de cerrar bien los ojos cuando fue a darle la mano para ayudarla a subir.

Aterrizaron con brusquedad junto a la carretera, a sesenta metros de Antonio y su dichoso cochecito. Encendió el motor al verlos aproximarse. Frankie metió a Chip en el asiento trasero.

—Ponte el cinturón —le advirtió, y fue a sentarse al lado de Antonio.

El chaval se alejó del resort con el brío de un conductor de Fórmula 1 a bordo de un deportivo nuevecito. Frankie sacó el móvil.

—Ay, madre. —Tenía diecinueve llamadas perdidas. Todas eran de Pru salvo dos. Las otras eran de Aiden. Reprodujo el último mensaje de voz de su amiga e hizo una mueca. Pruitt sollozaba como loca.

Frankie la llamó con una mano mientras con la otra se agarraba al salpicadero.

—¿Pru? ¿Me oyes?

—¿Dónde estás? —berreó Pru—. Chip no está. Aiden ha desaparecido. ¡Y tú me has dejado *tirada*! Mi padre está buscando un arma y la madre de Chip ya se está zampando los entremeses del vermú. Me caso en veinte minutos y no tengo ni al novio ni a mi mejor amiga.

—Nos tienes a los dos, Pru. Chip está aquí conmigo. Estamos de camino.

—¿Chip está contigo? —Al menos eso es lo que entendió Frankie. Balbuceaba con una voz tan aguda que no estaba segura.

—Aquí mismito lo tengo. No hay normas que prohíban que habléis antes de la ceremonia, ¿no?

—No, creo que no —respondió Pru entre sollozos.

—Ten —le dijo Frankie a Chip mientras le ponía el teléfono en la mano—. Habla con tu prometida.

—¿Cielo? —dijo Chip con dulzura.

—¿Siempre son tan dramáticas, las bodas? —inquirió Antonio mientras sorteaba un socavón tan grande que bien podría haberse tragado el *buggy*.

—Sí, es lo normal en la mayoría de las bodas estadounidenses —contestó Frankie.

—¿En serio?

—¡No! Por Dios, Antonio. Esto es un follón de tres pares de narices. Secuestros, rescates...

—Y persecuciones —añadió Antonio tras mirar por el retrovisor.

Frankie se giró. Un todoterreno grande y negro les pisaba los talones. No reconoció al conductor, pero al copiloto lo tenía más que visto.

Capítulo veinte

Frankie se desabrochó el cinturón de seguridad y se asomó a la puerta abierta para que Aiden apreciase bien su dedo corazón.

—Solo es Aiden —respondió Chip mientras aguantaba el teléfono y se tapaba el ojo malo con una mano y con la otra intentaba que volviera a sentarse.

—¿*Solo* Aiden? ¡Su hermano te ha secuestrado!

—Así actúan ellos.

—Pues vaya amigos tienes —bramó Frankie.

—¿Cielo? —preguntó Chip al auricular—. Sí, secuestrado. ¿Tú te crees? Oye, te dejo, que me está llamando Aiden y Frankie se va a caer del coche. Enseguida llegamos. Te lo explicaré todo cuando seas mi esposa. Me muero de ganas de verte vestida de novia. Te quiero —gritó Chip para que se le oyese más que al viento.

—Ni se te ocurra cogérselo… —La amenaza de Frankie cayó en saco roto.

—Eh, hola, Aiden. Ah, guay. Que estás pegadito a nosotros… No, no creo que me convenga decirle eso ahora. Está muy enfadada contigo… No lo sé. Tampoco nos ha dado tiempo a hablar.

Frankie le quitó el móvil y espetó:

—¿Qué harás, Kilbourn? ¿Mandarnos a la cuneta? ¿Meternos un tiro en la nuca?

—Siéntate y ponte el cinturón, anda, que te matarás —gruñó Aiden.

—¿Perdona? No acepto órdenes de secuestradores.

—¡Que no me ha secuestrado! —exclamó Chip.

—¡Que no lo he secuestrado!

—Da igual. Ni se te ocurra impedir que lleguemos a la boda, o vas a enterarte de lo que vale un peine.

—No intento impedir que lleguéis a la boda, irresponsable de las narices. Me exasperas. Estoy de vuestra parte.

—Y una mierda. Sabías que tu hermano tenía a Chip.

—Sí —reconoció. Eso la hizo callar un momento—. Lo supe cuando anoche leíste el nombre de la empresa al que estaba registrada la habitación. Es una filial de la empresa familiar.

—Mira tú qué bien.

—Te prometo que me ocuparé de Elliot luego. Hasta entonces, intentemos llevar al novio a su boda de una pieza.

—Eres la peor persona del mundo, y conozco a mucha gente —le gritó Frankie al teléfono.

—Pues aún no has visto nada. —Colgó para no darle el gusto a ella de hacer lo mismo.

—¡Grrr!

—Entonces, ¿te ha secuestrado Ricachón? —preguntó Antonio mientras atajaba por un callejón.

—Sí —contestó Frankie.

—No —negó Chip—. Eh, ¿tienes edad para conducir?

Llegaron al resort de una pieza tras un viaje relámpago. El todoterreno negro y grande siguió su curso y se detuvo al llegar al hotel, detrás de ellos. Frankie le dio a Antonio hasta el último billete que llevaba en el monedero, le lanzó un beso y sacó a Chip del coche.

Aiden se apeó en tromba del asiento del copiloto y los tres echaron a correr como locos por el vestíbulo.

El conserje y el jefe de recepción los miraron boquiabiertos.

—Hay que vestirte —urgió Frankie mientras empujaba a Chip hacia el ascensor. Las puertas se abrieron de milagro, pero Aiden se coló detrás de ellos. Estar apretujados fue lo que la sacó de quicio. Se abalanzó sobre Aiden. Estaba tan enfadada que no sabía si darle un bofetón o un puñetazo, así que en su lugar dejó caer las manos en su pecho.

—Qué manía te tiene —señaló Chip.

—Gracias. Algo he notado —repuso Aiden en tono seco mientras sometía a Frankie y la arrinconaba—. Vale. Ya.

La inmovilizó con su peso. Frankie se enfureció más aún cuando notó que su cuerpo respondía a su contacto, como si estuviera encantado de tener al embustero de mierda de más de un metro ochenta pegado a ella. Maldito cuerpo traicionero.

—Quieta, Franchesca. Déjame verte la brecha. —La agarró de la barbilla desde atrás y ella se revolvió contra él—. Para —le ordenó con delicadeza.

Frankie se estremeció cuando le tocó el corte.

—No es muy profunda, pero deberías ir a que te la mirasen.

—Ah, sí, tienes razón. Pediré cita con el médico en los…, a ver…, dos minutos que faltan para que empiece la ceremonia.

—¿Qué te ha pasado en el ojo? —le preguntó Aiden a Chip.

—La rama de un árbol, que se me ha metido en el ojo mientras huíamos. Algún día les contaré esta anécdota a mis nietos.

—Vale, pero recuerda quién fue a rescatarte y quién era el malo —masculló Frankie.

Se abrieron las puertas del ascensor y salieron en tropel al pasillo. Chip corrió a su cuarto mientras se apretaba el ojo con una mano. Aiden no se movió del sitio.

—Tenemos que hablar —le dijo a Frankie.

—Pues va a ser que no. No tengo nada que decirte.

—Va, Kilbourn, ayúdame a prepararme —le gritó Chip desde la otra punta del pasillo.

—Ten cuidado, no vaya a ser que te secuestre por segunda vez —gritó Frankie. Se volvió hacia Aiden y le clavó un dedo en el pecho—. Chip confía en ti, pero yo no. Y como les jodas el día a él y a Pru, te corto los huevos y me los llevo en el equipaje de mano —le advirtió.

—Con el cariño que les tengo…

—No me vaciles, anda.

—Estás preciosa cuando estás cabreada y ensangrentada.

—En ese caso, debo parecer una supermodelo ahora mismo.

Volvió a sacarle el dedo por si acaso y se marchó a su cuarto con paso airado. Cuando entró, se acordó del vestido. El vestido manchado y destrozado. El portatrajes estaba colgado en el armario. Estaba ansiosa por ver si el personal de limpieza del hotel habría obrado el milagro. Se quitó su vestido hecho trizas y se puso el sujetador sin tirantes y las malditas bragas de satén que había que llevar sí o sí y que le habían costado cuarenta y siete dólares.

Abrió la funda con los dedos temblándole. Ay, madre. Aún se veían las manchas de bayas. Los jirones tenían mejor aspecto…, más o menos. Todavía daba la impresión de que había pasado por una trituradora de basura.

Volvió a sonarle el móvil. Apretó con rabia el botón del altavoz mientras se ponía el vestido como buenamente podía.

—¿Sí?

—Frankie, ven ya. Mi padre y el de Chip se están peleando en el pasillo.

—¿En plan boxeadores o lucha libre?

—¡Ja, ja! Básicamente se están diciendo a voces que el hijo del otro es un egoísta de mierda.

Frankie oía gritos de fondo.

—¿Qué hacen los testigos?

—Añadir leña al fuego. La mayoría cree que mi padre puede con el señor Randolph por los años de rabia acumulada.

—Uf. Ahora bajo. Mientras tanto, que la persona encargada de coordinar la boda haga lo que sea.

—¡Corre!

Frankie colgó y se miró al espejo. Qué horror. El lado izquierdo de su rostro estaba manchado de sangre. Solo una parte estaba seca. Se le había deshecho el peinado elaborado con esmero y llevaba las horquillas del demonio colgando. Tenía una enredadera entera ahí clavada. ¿Y el vestido?

El vestido estaba más limpio, pero seguía roto. ¿Los vestidos de las damas de honor estaban hechos de tela que parecía desgastada? Pru la mataría, fijo.

Llamaron a la puerta. De las prisas, Frankie tropezó con el dobladillo del vestido.

—¿Qué quieres tú ahora?

Era Aiden, asquerosamente impoluto con su esmoquin a medida. No tenía ni sangre ni moretones; solo un atisbo de sonrisa y un portatrajes al hombro.

—He pensado que te vendría bien esto —dijo mientras le ofrecía la funda.

—Como si fuera a aceptar algo de ti —le espetó Frankie. Le dolían la cabeza y el alma.

Al ver que no la abriría, lo hizo él mismo.

132

Era su vestido de dama de honor. O, al menos, una réplica exacta.

—¿Cómo has…?

—¿Quieres saberlo o quieres ponértelo? —preguntó.

—Ponérmelo. —A la porra el cabreo y el recato. Tenía que complacer a su mejor amiga. Frankie se quitó el vestido que llevaba y lo arrojó al suelo.

A Aiden se le borró la sonrisa de chulito y la miró embobado.

—Ni que nunca hubieras visto unas tetas —masculló Frankie mientras se ponía el vestido nuevo.

Aiden la enderezó cuando se tambaleó y le subió la cremallera.

—Listo —dijo.

—¿Cómo sabías mi talla?

—¿Olvidas que te he manoseado?

—Eso fue hace dieciocho horas. ¿Cómo has conseguido un vestido de mi talla tan rápido?

—¿Qué tal si te limpias la sangre y te peinas en vez de hacer tantas preguntas? —le sugirió Aiden.

—¿Cómo te has vestido tan deprisa? ¿Está listo Chip? Ay, madre. No lo habrás dejado solo, ¿no?

Aiden se la llevó al baño y mojó un paño.

—¿Por qué las toallas de los hoteles siempre son blancas? —Frankie se estremeció cuando Aiden se puso a limpiarle la cara—. Las manchas no saldrán.

—¿Siempre que estás nerviosa balbuceas?

—¿Nerviosa? No estoy nerviosa. Soy más dura que las piedras. No he estado al borde de la muerte ni me he dado un golpe en la cabeza ni he aguado la boda de mi mejor amiga.

—Shhh. —Aiden le pasó el paño por la sien con delicadeza.

—Eh, no hace falta que seas amable. Tenemos que ir a separar a Win y R. L. si no queremos que se maten. Estaban a punto de llegar a las manos cuando Pru me ha llamado.

—Lo tengo controlado.

—Tú siempre lo tienes todo controlado, ¿no?

—Si me dejases, sí.

—Podrías habérmelo dicho. Que sabías quién lo tenía. Que estabas tramando un plan.

—No quería meterte en los asuntos de los Kilbourn. Es un follón muy chungo, y pretendo impresionarte. ¿Te habría resultado atractivo si te hubiera dicho que mi medio hermano orquestó todo esto para asegurarse de que votaba a favor del nuevo director financiero?

—Me parece mucho más atractivo alguien sincero que alguien que no se arriesga.

Se volvió hacia el espejo. Aiden la había limpiado lo mejor posible; ya no parecía que hubiese sufrido un accidente de tráfico.

—Madre mía, qué pelos.

—Déjatelo suelto. —Le sacó una horquilla antes de que le diese tiempo a objetar—. Déjatelo sin peinar.

Cruzaron la mirada en el reflejo del espejo. Seguía enfadada. Pero un poquito menos. Serían las feromonas que exudaba Aiden. Feromonas *sexys* y pudientes.

—Vámonos —zanjó mientras cogía un bote de desodorante y el brillo de labios y se los metía en el bolso—. Ya acabaré de arreglarme en el ascensor.

Salió disparada hacia la puerta. Enseguida se giró y gritó:

—¡Los zapatos!

Aiden levantó una mano. De ella colgaban sus sandalias.

Capítulo veintiuno

Pese a los acontecimientos previos, la boda salió a pedir de boca.

Bueno, después de que R. L., el padre de Pruitt, intentase asestarle un puñetazo a Chip cuando entregó a su hija al novio. Pero, quitando eso, había ido bastante bien, decidió Aiden.

Pruitt estaba espléndida con su vestido, y ni siquiera pareció importarle que Chip llevase un parche en el ojo. Laceración de córnea, según el doctor Erbman, un optometrista que asistía a la boda. La pareja pronunció sus votos y los sellaron con el beso de rigor. Daba la impresión de que se habían olvidado las infracciones y que todo el mundo tenía ganas de marcha. Todos menos Franchesca.

Sus ojos verde azulado no perdonaban. No la perdió de vista durante la ceremonia. Trató de determinar qué tenía Franchesca Baranski que lo atraía como un imán. No era su tipo. No era fina. Y era evidente que no estaba acostumbrada a tratar con la clase alta.

Aiden se aseguraba de que todas las mujeres con las que salía encajasen con esa descripción. Facilitaba las cosas y se ahorraba problemas.

En cambio, Frankie no hacía más que dárselos. Y le traía sin cuidado su fortuna, otro detalle al que tampoco estaba acostumbrado.

Pero deseaba volver a tocarla. En Oistins tanteó las reacciones de cada uno. En la playa del Rockley tentó a la suerte. Pero, ahora que conocía su propia respuesta, ni de broma se daría por vencido. La quería debajo de él, desnuda y suplicando. Quería agarrarla de los rizos y ponerla de rodillas. Había un matiz peligroso en sus deseos. Quería poseerla, consumirla.

Quería que le pusiera el mundo patas arriba.

La observó durante la ceremonia. Mientras que las demás damas de honor parecían aburridas o ensayaban su mejor pose para las fotos, Frankie lloraba de felicidad por sus amigos y por la promesa que acababan de hacerse. Era una romántica, y sabía que dejaría de creer en el amor si la tocaba. Si conseguía camelársela. A él no le iban las ñoñadas ni el romanticismo. Lo que mejor se le daba era ganar.

E, incluso ensangrentada, herida y sin maquillar, Franchesca era un trofeo por el que valía la pena luchar. Destacaba sobre todas las demás, que posaban como maniquíes. El mismo pelo, el mismo maquillaje y las mismas aspiraciones.

Se acostaría con ella, decidió, por motivos puramente egoístas. No tenía ni pies ni cabeza. No encajaba en su vida. Pero, aun así, la deseaba. Se acostaría con ella aunque eso la destrozase.

Cruzaron la mirada durante los votos, y el tierno regocijo que rezumaba de los ojos de Franchesca se transformó en acero. No, no lo había perdonado. Ni debería. No obstante, si el rencor iba a impedir que se acostase con ella, Aiden estaba dispuesto a arrastrarse con tal de salvar ese escollo.

Se pasaron el resto de la ceremonia enzarzados en un duelo de miradas. Estaba tan ensimismado que solo tenía ojos para ella, para cómo la brisa le movía el pelo, para cómo su vestido se amoldaba a sus curvas y la hacía parecer una chica de revista.

—Que. Pa. Res —le dijo Frankie solo con los labios. Aiden sonrió con picardía. Sí, esa conquista sería más que satisfactoria.

Cuando los novios entrelazaron los brazos para celebrar su unión y enfilaron el pasillo mientras sus invitados los vitoreaban, Aiden estaba más impaciente que nunca.

Y entonces la rozó. Frankie, rígida, pasó su brazo por el de él.

Aiden sacó un pañuelo del bolsillo de su chaqueta y se lo tendió. Frankie lo miró extrañada.

—¿Lo has bañado en cloroformo? —preguntó entre dientes.

La risa de Aiden los sorprendió a ambos y atrajo las miradas de los asistentes.

—Eres de lo que no hay, Franchesca.

—Uf. Acabemos con esto de una vez, cerdo asqueroso —masculló.

—Sonríe a la cámara, encanto —le dijo él mientras enfilaban el pasillo.

—¿Qué tal si te rompo la nariz como a tu hermano? —le propuso con dulzura mientras le sonreía como si fuera el hombre más fascinante del universo.

—Medio hermano. Y, si así me perdonas, mi nariz es tuya.

—No me tientes.

Sonrieron y asintieron mientras recorrían la alfombra blanca. Aiden le cogió la mano con la que tenía libre. Un fotógrafo se plantó al momento ante ellos y Aiden le apretó la mano hasta que Frankie sonrió con rabia. Se sonrieron. Él le estrujaba la mano a ella y ella le clavaba las uñas a él en la cintura.

Nunca había deseado tanto a una mujer en sus cuarenta años de vida. Ni siquiera a la voluptuosa e inalcanzable Natalia, cuando era un quinceañero virgen que iba a un instituto privado. Natalia, dos años mayor que Aiden, dejó de ser inalcanzable y Aiden dejó de ser virgen.

Sin embargo, Frankie era lo bastante cabezota para negarles, por principios, lo que más deseaban. No podía permitirlo. Era un Kilbourn, y los Kilbourn hacían lo que hiciera falta con tal de alcanzar sus objetivos sin importar los medios, como habían demostrado su medio hermano y su vergonzosa estrategia carente de ingenio.

A regañadientes, soltó a Frankie cuando Pruitt fue a abrazarla.

Se balancearon de lado a lado mientras se abrazaban, y volvieron a saltárseles las lágrimas.

Aiden le dio una palmada en el hombro a Chip y le dijo:

—Ya eres un hombre casado.

—Gracias a ti y Frankie —respondió Chip, que se toqueteaba el parche—. ¿Te cargarás a Elliot?

—Tengo planes para él —repuso Aiden con aire siniestro. Estaba acostumbrado a los tejemanejes de su familia hasta cierto punto. Pero Elliot se había pasado de la raya y no había vuelta de hoja.

—¿Qué quería de ti? —le preguntó Chip.

—Un voto.

—Cosas de familia, ¿no? —Chip se encogió de hombros con buen talante.

—Siento que te haya metido en esto. Ten por seguro que lo pagará.

—No me cabe la menor duda, Kilbourn. Pero hasta entonces, ¡que empiece la fiesta!

Chip arrancó a Pruitt de los brazos de Frankie y la hizo girar.

—¡Señora Randolph!

—Señor Randolph —repitió ella en el mismo tono pizpireto—. Ahora cuéntame qué ha pasado.

Davenport apareció con Margeaux pegada a él. Esta se desvió hacia Aiden y le sonrió ladina.

—¿Qué opinas de pasarte por la piedra a una dama de honor antes del vermú?

Aiden arrugó el ceño y se acercó un poco más a ella.

—¿Qué te ha pasado en la ceja?

Margeaux gruñó y contestó:

—La gorda barriobajera de Franklin, que se ha compinchado con el criado y me han dejado sin.

—Eh, Marge —saludó Frankie al pasar con una bandeja de entremeses—. Tienes algo aquí. —Señaló la ceja falsa que se había pintado en la frente y que no engañaba a nadie.

—¿Por qué no te vas un ratito a limpiar algún váter? —le espetó Margeaux.

—En realidad, formo parte del *catering,* así que en todo caso deberías pedirme comida. Pero, al ser una egoísta y una mimada más tonta que las piedras, no me extraña que confundas ambos empleos.

—Señoritas —intervino Davenport en tono jovial. Pasó un brazo por cada dama de honor—. Tengamos la fiesta en paz.

—Claro, en cuanto esta cruce el muro de México y vuelva donde pertenece —espetó Margeaux con desprecio.

—Soy libanesa e italiana, gilipollas.

—Me la pela. Los de tu calaña me dobláis la colada y me preparáis la comida.

—Margeaux, ¿por qué no nos haces un favor a todos y vas a tirarte a algún pobre diablo que no sepa aún la arpía despiadada que eres? —preguntó Aiden llanamente.

Frankie y Margeaux lo miraron boquiabiertas.

—No vuelvas a meterte con Franchesca o atente a las consecuencias.

—Vamos, muñeca. Vamos a por una copa y unos piscolabis para que los vomites luego —dijo Davenport mientras alejaba a Margeaux de Frankie.

—No necesito que me defiendas —le recordó Frankie a Aiden.

—Ni yo ver que te tratan como a un trapo.

—Me las apaño bien sola.

—Ya lo veo. Muy bueno lo de la ceja, por cierto. Saldrá en las fotos como si estuviera sorprendida todo el tiempo.

Frankie sonrió ligeramente con sus labios carnosos.

—No ha sido idea mía. Ojalá se me hubiera ocurrido a mí.

Cressida y Taffany se les unieron. Cressida llamó a un camarero que llevaba una bandeja de bebidas chasqueando los dedos.

—Déjalas aquí —le ordenó mientras le quitaba la bandeja.

La piel de Taffany era fucsia fosforito. Fue a por una copa e hizo una mueca cuando el vestido le rozó la piel en carne viva.

—¿Qué te ha pasado? —le preguntó Frankie.

—Me he quedado dormida tomando el sol esta tarde al salir del *spa* —explicó Taffany mientras intentaba llevarse la copa a los labios sin estirar la piel.

—En realidad, se ha desmayado —apuntó Ford, que se asomó al hombro de Taffany y cogió una copa. Ya se había aflojado la corbata y puesto sus gafas de sol—. ¡Que empiece la fiesta!

—Eso —convino Cressida con fiereza.

—Yujuuuu —gritó una Taffany muy quemada sin moverse.

Digby pasó por su lado hablando por teléfono y murmurando que «no me perderé esta oferta pública inicial» y «acciones restringidas».

—¿Podemos hablar? —le preguntó Aiden a Frankie. Le sorprendió gratamente que le permitiese sacarla de la fiesta con una mano en la parte baja de la espalda.

Estaba anocheciendo. El sol poniente teñía el cielo y el mar de unos tonos rosas y rojos espectaculares en dirección oeste. A su espalda, la orquesta amenizaba la velada con un clásico.

—¿No querías hablar? Pues habla —espetó Frankie mientras se cruzaba de brazos. El gesto hizo que pareciera que se le fueran a salir los pechos.

—Me gustaría explicar lo ocurrido.

—¿A mí o a mis tetas? —preguntó Frankie.

Casi a regañadientes, Aiden dejó de fijarse en su busto y la miró a la cara. Frankie le sonreía con suficiencia. Se había echado el pelo a un lado y el viento le movía los rizos.

—A toda tú, si me lo permites.

Frankie abarcó todo el paisaje con sarcasmo y respondió:

—La playa es tuya. Habla.

—Mi familia no es normal —empezó a decir. Frankie puso los ojos en blanco, pero no lo interrumpió—. No pedimos las cosas; las tomamos. Manipulamos y manejamos a la gente hasta que conseguimos lo que queremos o hasta que deja de interesarnos.

—Pensaba que querías llevarme al huerto —comentó Frankie en broma.

—Estoy intentando ser sincero, que creo que me llevará más lejos que vender la moto.

—Vamos, que sois unos egoístas y unos manipuladores de mierda. Lo pillo. ¿Por qué el egoísta y manipulador de mierda de tu hermano se llevó a Chip?

—Elliot es mi medio hermano. Lleva años queriendo demostrarle a nuestro padre que es mejor hijo que yo. —A pesar de que se llevaban diez años, Elliot había nacido para igualar a Aiden—. No sé por qué, pero mi padre tiene predilección por mí. Sin embargo, Elliot se pasa el día intentando superarme, minarme y demostrar lo que vale.

—Ajá. ¿Y secuestrar a tu mejor amigo le beneficiaría por...?

—Estamos en la junta de Kilbourn Holdings, y estamos buscando a un nuevo director financiero. Es un cargo muy jugoso e importante. Elliot quiere que vote a favor del candidato que respalda. Pero su candidato es... nefasto. Y se lo he dicho veinte mil veces. —Era la manera educada de decir que Boris Donaldson era un acosador sexual y un egocéntrico de mierda que abandonó su último puesto bajo la sospecha de que había traficado con información privilegiada.

Aiden no permitiría que ese hombre entrase a formar parte del negocio familiar.

—O sea, que raptó a Chip para obligarte a que dieras tu brazo a torcer.

Aiden asintió.

—Parece una chorrada, pero los negocios son complicados.

—Es una chorrada, pero no es tan complicado. Está claro que Elliot tiene motivos, ya sean personales o profesionales, para querer a ese tipo ahí. Director financiero de Kilbourn Holdings… Eso es mucha pasta, por no hablar de prestigio, y alguien que dé voz a lo que ocurre en la empresa. O el tío ese le cae de maravilla o es un intercambio de favores.

Aiden, contento de que entendiera la situación, asintió.

—Supe que Elliot estaba detrás del secuestro cuando dijiste el nombre de la empresa que había reservado la habitación. Cree que es una corporación supersecreta, pero sé todo lo que se cuece en la empresa. Los vigilo tanto a él como a sus chanchullos.

—Eso es lo que más me cabrea. Sabías dónde estaba Chip y quién lo tenía, y seguramente el motivo. Y vas y decides que tenemos que abandonarlo para «reagruparnos».

—Ya te he dicho que no quería meterte en esto.

—Podría haberte sujetado el abrigo mientras echabas la puerta abajo, le dabas un puñetazo a tu hermano y sacabas a Chip.

Aiden sonrió. Seguro que así era como le gustaba gastárselas a Frankie.

—Los Kilbourn no respondemos así a las amenazas.

—A ver si adivino —empezó Frankie mientras se daba golpecitos en la barbilla con un dedo—. Volviste al hotel, indagaste un poco y averiguaste por qué el tal Boris es tan importante para tu hermano para usarlo en su contra.

Aiden volvió a asentir.

—Básicamente. No veo que huyas despavorida —señaló.

Frankie se encogió de hombros y repuso:

—No has querido echar la puerta abajo y darle un puñetazo, pero al menos estabas dispuesto a vengarte. No obstante, también estabas dispuesto a dejar a mi amigo en manos de un secuestrador de pacotilla más horas de la cuenta. ¿Y si Elliot le hacía daño?

Aiden negó con la cabeza y contestó:

—Elliot no actúa así. No es violento. Ya has visto la habitación. Chip estaba encerrado en un cuarto y le daban de comer.

—Pero no lo sabías con certeza —le recordó Frankie—. A la gente se la va la olla constantemente.

—Chip hizo sus pinitos en artes marciales mixtas al acabar la universidad. Seguro que puede con un llorica como Elliot sin problema.

Frankie se acercó más a él y alzó el mentón con actitud desafiante.

—Tu hermano podría haber contratado a otros para que le hicieran el trabajo sucio, que fue lo que hizo, por cierto. No debiste dar por sentado que se lo pensarían dos veces antes de herir a un estadounidense rico y borracho. Fuiste un presuntuoso. Dejaste a mi amigo en una tesitura que podía volverse peligrosa y a mí, en la inopia. Así no se trata a la gente, Aiden.

Aiden frunció el ceño; sus palabras le habían hecho mella.

—No tiene sentido pensar en lo que podría haber pasado. Estaba convencido de que Elliot no haría daño a Chip, y así ha sido.

—Estabas dispuesto a correr el riesgo.

—Estoy donde estoy por hacer caso a mi instinto.

—Venga ya. Estás donde estás porque tu papaíto te asignó un cargo y un fondo fiduciario bien generoso y abultado. Quizá hayas trabajado duro desde entonces. Quizá se te dé bien tu trabajo. Pero hoy la has cagado. Chip podría haber salido herido mientras tú y tu hermanito jugabais al ajedrez humano. Cabía la posibilidad de que no llegase a celebrarse la boda y de que un montón de gente hubiese salido herida.

—Pero no ha sido así —señaló Aiden, cada vez más frustrado. No estaba acostumbrado a que lo sermonease alguien que no fuese su padre.

—No te has preocupado por los demás, Kilbourn. Ese es un defecto bastante malo. No me acuesto con quien me trata a mí o a los demás como a un trapo sucio.

—Franchesca —empezó a decir. Defenderse no le serviría de nada. Tocaba cambiar de estrategia—. Lo siento. Tienes razón. He sido imprudente y presuntuoso, y mi decisión podría haber causado heridos.

—Mmm...

—¿Qué significa eso?

—Me dices que eres un manipulador de la leche ¿y vas y me pides perdón como si estuvieras profundamente arrepentido? Venga ya. No me he caído del guindo. Soy consciente de lo lejos que puede llegar un hombre para acostarse conmigo.

No le hizo mucha gracia que recriminara su estrategia o que le recordase que otros más afortunados se habían acostado con ella.

—Querías respuestas, querías una disculpa. Y no te vale. ¿Qué más quieres de mí, Franchesca? —exigió saber mientras se cruzaba de brazos.

—Quiero que seas auténtico. Que no te andes con jueguecitos. Que no me vendas la moto. Que seas sincero. Que no intentes llevarme al huerto por medios arteros. —Se disponía a regresar a la fiesta cuando se detuvo para añadir—: Ah, y les debes a Chip y a Pru una disculpa como una casa. Ya puede ser buena.

Capítulo veintidós

Frankie volvió al convite para tomarse un buen copazo. Estaba agotada. Chip estaba a salvo, Pru se había casado y ella le había bajado los humos al gran y poderoso Aiden Kilbourn. Su trabajo ahí había concluido.

Por la mañana volvería a casa. A su vida normal. Al curro y las clases. Con la loca de su madre. Y, por lo que a ella respectaba, si no volvía a ver a Aiden nunca más, mejor.

—¡Por fin te encuentro! —Una de las lacayas de la fotógrafa agarró a Frankie de la muñeca justo cuando iba a por una bebida alcohólica y fresquita—. Hora de los retratos —dijo la mujer más contenta que unas pascuas mientras se la llevaba a la fuerza.

—Pero… Pero el tequila…

—Le diré a un barman buenorro que te vaya dando tequila a cucharaditas con tal de que corras y no camines —propuso la mujer con los dientes apretados.

—No temas a la novia; no muerde —dijo Frankie, que aligeró el paso.

—No es ella quien me da miedo, sino Annie Leibovitz, una aficionada —explicó mientras señalaba con la cabeza a la fotógrafa. La mujer iba ataviada con seda y diamantes, como si fuera una invitada de postín más—. Es terrorífica.

—Tráeme al barman —farfulló Frankie cuando la mujer la empujó hacia la fotógrafa.

—¡Tú! —La fotógrafa la señaló con un dedo acusador—. ¡Maquillaje!

Como por arte de magia, una empleada del hotel se plantó delante de Frankie con un estuche de potingues, coloretes y brillos de labios y empezó a ponérselos en la cara.

—¡Y tú! —La fotógrafa señaló a Aiden, que acababa de llegar con una copa de algo varonil en la mano—. Tienes el pelo un poco más largo por arriba de lo que tengo en mente. Hay que cortártelo.

—O me aceptas tal como soy —sugirió con calma al ver a Frankie.

—¡Bah! —La fotógrafa soltó una carcajada—. Vale. Quédate ahí y pon cara larga. Perfecto —dijo cuando no movió ni un músculo. Volvió a señalar a Frankie y agregó—: Tú. Ahí.

—¿Y mi tequila? —susurró Frankie a la ayudante.

—Te dejo que bebas de lo mío —le propuso Aiden mientras le enseñaba su copa.

No sobreviviría a aquello sin alcohol. Tomó un sorbo y abrió los ojos como platos cuando le quemó la garganta con sutileza y lentitud.

—¿*Whisky?* —preguntó, y le dio otro trago. Apareció un equipo de ayudantes que la arrimó a Aiden para la foto.

Aiden asintió. Le rozó la parte baja de la espalda y la agarró de la cadera.

Un ayudante le quitó la copa de la mano y Frankie fulminó al chico con la mirada. Estaba que trinaba.

—Pues habré tomado solo del malo.

—Te regalaré una caja entera —le aseguró Aiden.

Frankie lo miró con severidad.

—No empieces, Aide. —Un profesional le cogió la mano y se la plantó en el pecho de Aiden—. ¡Eh! —Frankie no quería que la movieran como a una Barbie. Y menos cuando su Ken era Aiden.

—¡Perfecto! ¡No os mováis! —La fotógrafa se puso a hacerles fotos desde todos los ángulos. Los *flashes* los deslumbraban—. No me miréis a mí; miraos entre vosotros.

Frankie no obedeció la orden lo bastante rápido y Aiden le levantó la barbilla para que lo mirase a los ojos.

—Así, así. Saltan chispas —gritó la fotógrafa—. Más, más.

—Te deseo —le dijo Aiden en voz baja.

Frankie trató de apartarse, pero Aiden no se lo permitió. La sujetó con sus hábiles manazas.

—Querías que fuera sincero y que no me anduviese con jueguecitos. Pues toma. Te quiero en mi cama, Franchesca. Quiero verte cuando volvamos a casa.

—¡Madre mía, aquí hay tema! —exclamó la fotógrafa.

—Te deseo, y ambos sabemos que es mutuo —insistió Aiden.

Frankie tembló al recordar cómo la había tentado con los dedos bajo la mesa la noche anterior.

—Sucumbir a los antojos del cuerpo es una estupidez —replicó.

—Antojo. Esa es la palabra clave. —Le subió la mano y, con cuidado, le apartó el pelo del rostro.

—Qué cachonda me están poniendo estos dos —gritó la fotógrafa—. Mucho más que la operada quemada y el robot.

—Ya te he dicho que no me acuesto con tíos que tratan a los demás como a un trapo.

—Y he rectificado.

Lo miró con cara de «*callaíto* estás más guapo».

—Seré como quieras que sea.

—¡Aiden! ¿Y eso no es andarse con jueguecitos?

—Intento ser sincero contigo.

—Pues prueba con algo así —sugirió ella—: «Frankie, me gustas. Mucho. Quiero follarte. Te prometo que valdrá la pena».

—Es que no solo quiero follarte —confesó.

Frankie negó con la cabeza y respondió:

—Sé lo que quieres. Juegas con las mujeres como si fueran muñecas hasta que encuentras a otra más nueva y bonita.

—No me van las relaciones estables —convino Aiden—. Pero no jugaré contigo. Te trataré bien.

—Mientras dure —replicó—. No me interesa ser el juguete de nadie. ¿Y qué te hace pensar que quiero tener una relación contigo?

—Pues pasa la noche conmigo.

—¿Solo esta noche?

—Sé mía esta noche. Toda la noche. Y luego decides.

—Joder, Kilbourn. ¿Quieres que follemos y que luego decida si me apetece ser tu juguetito?

Parecía ofendido cuando aseguró:

—Te daré lo que quieras.

—Bombazo informativo: a mí no se me compra, capullo; se me gana.

La fotógrafa hacía fotos sin parar.

—¿Qué tal si le coges la pierna y te la pegas a la cadera? —le sugirió a Aiden.

—Se acabaron las fotos —dijo Frankie mientras se apartaba de él. Necesitaba tequila para que se le pasase el calentón. Cada vez que la tocaba, solo pensaba en lo a gusto que estaba.

No podía confiar en él. No confiaría en él. Tenía principios. No era una perra en celo como Margeaux. Ni una tonta como Taffany. Sabía perfectamente dónde acabaría esa noche, y no sería en la cama de Aiden.

* * *

La fiesta se trasladó a la vasta terraza de piedra para cenar y seguir bebiendo. Frankie advirtió que Pru miraba estupefacta a Chip mientras le narraba los últimos acontecimientos. Pero ahora era la señora Stockton-Randolph. Debía mantener el tipo.

Aun así, Frankie la miró con atención por si detectaba signos de migraña o flipe. Y, mientras ella miraba a Pru, Aiden la miraba a ella.

Frankie lo evitaba. Pero no era tarea fácil. Que si fotos, que si bailes… Y ahora encima proponía un brindis, por lo que no podía ignorarlo del todo.

Se levantó del asiento que ocupaba a la derecha de Chip, micrófono en mano. La larga mesa nupcial estaba decorada con mantelería color marfil y flores en tonos pastel que habían costado cientos de miles de dólares. Ristras de esquirlas doradas y plateadas caían de la mesa hasta tocar el suelo. A Frankie no le habría extrañado ver al mismísimo Gatsby paseándose por ahí con una copa de champán.

Con su esmoquin hecho a medida, parecía que Aiden Kilbourn fuese el dueño del lugar.

No le hizo faltar mandar callar a la multitud. Cuando Aiden hablaba, todos escuchaban.

Frankie intentó no mirarlo, pero era como pedirle a un alumno de primaria que no mirase directamente al sol durante un eclipse. Le entraban más ganas de mirar.

—Chip y yo nos conocimos en el campo de polo hace muchos años, cuando el violento de mi poni intentó morderle en el hombro —empezó a explicar Aiden con tono afable—. Chip se lo tomó bien. Como todo. Yo, en cambio, me parezco más a mi poni.

El público rio y Frankie puso los ojos en blanco.

—A pesar de ese incidente, nos hicimos amigos. Creía que juntarse conmigo lo endurecería. Que lo volvería más peleón y encajaría más conmigo. Pero no fue así. Mirad que lo intenté y lo intenté, pero Chip siguió siendo igual de majete y bonachón. Y me ablandó un poquito. Chip me recordaba que la vida es más que conquistar el mundo. Que consiste en vivir y amar. Y él y Pruitt son el ejemplo perfecto de ello.

Chip sonrió a Aiden.

«Será elocuente, el cabrón, y no le hacen falta ni notas».

—Esto no significa que Pruitt y tú hayáis hecho que vea el matrimonio con otros ojos. Pero sí que hacéis que el amor resulte interesante. Nunca me he amparado en alguien como tú te refugias en Pruitt. Bueno, sí. En ti, Chip, y ya estás pillado.

La gente rio con ganas.

—Es un honor que los dos hayáis contado conmigo hoy. Por primera vez en mi vida, me preocupa estar perdiéndome algo.

Todas las mujeres de la terraza suspiraron con aire soñador. Fue un suspiro audible, como si un banco de pájaros alzase el vuelo a la vez.

—Por Chip y Pruitt. Os deseo que seáis felices amando y viviendo —concluyó Aiden mientras levantaba su copa de champán.

—Por Chip y Pruitt —repitieron los invitados.

«*Sexy* asqueroso. Nadie diría que hace tan solo unas horas ha usado como cebo a su supuesto mejor amigo». Aiden se acercó a ella con el micro en la mano y le susurró al oído:

—No me mires así, encanto, que estropeas las fotos.

Le pasó el micro, le guiñó un ojo y volvió a sentarse.

Frankie lo maldijo. Se le iba a salir el corazón del pecho. Bastaba con que le rozase el lóbulo de la oreja con los labios para que quisiera bajarle los pantalones y cogérsela con las dos manos debajo de la mesa.

¿Cómo podía dar un discurso con la entrepierna palpitándole como un volcán a punto de entrar en erupción? El tío exudaba feromonas y alguna droga natural.

Frankie, que daba gracias de llevar un vestido largo y de que la mesa la tapase, se puso en pie y cruzó fuerte las piernas. Carraspeó y se centró en la carita de Pru.

—Tengo dos hermanos pesados y ruidosos. Pasé toda mi infancia deseando tener una hermana. Alguien que equilibrase la balanza. Alguien que no dejase la tapa del váter levantada.

El público rio. «¿Veis? También puedo ser graciosa».

—Mi deseo se cumplió cuando me mudé a una residencia en mi primer año de carrera. Entré en mi nuevo cuarto con todo lo que necesitaba una alumna de primero, como, por ejemplo, ganchitos y una plancha para el pelo, mientras mis hermanos peleaban por ver quién llevaba más cosas. Y ahí estaba ella. —Sonrió a Pru, que ya estaba llorando—. Mi hermana. Les dijo a mis hermanos que dejasen de lloriquear y nos pidiesen una *pizza*. Pero una buena, no una hasta arriba de cebolla y anchoas, si no recuerdo mal. Estudiábamos juntas para los parciales y los finales. Hablábamos de chicos, nos quedábamos despiertas hasta tarde, pasábamos las resacas juntas y volvíamos a hablar de chicos. Pru me enseñó a esquiar. Yo le enseñé a parar taxis.

Pru rio y se enjugó las lágrimas.

—Pero, para mí, lo mejor de lo mejor de nuestra relación —dijo, e hizo una pausa para mirar mal a Aiden— es estar aquí hoy y veros a los dos así de felices. Cuando amas a alguien, cuando te preocupas de verdad por alguien, nada importa más que verlo feliz. Y no podría estar más feliz y orgullosa de veros a ti y a Chip aquí hoy. Os habéis reencontrado y os habéis ganado estar juntos. Y así es como afrontaréis el futuro, como un equipo. Os quiero. Salud.

—Salud —repitió la multitud, que hizo tintinear la mejor cristalería que ofrecía las Barbados.

Capítulo veintitrés

La pilló en la pista de baile. Frankie bailaba y reía con Chip cuando Aiden apareció abrazado a Pru.

—Cambio de pareja —dijo Aiden.

—Quita tus zarpas de mi esposa, Kilbourn —soltó Chip en broma mientras recuperaba a Pru.

—¡Aquí estoy, pirata mío!

Frankie iba a retroceder, pero Aiden le tendió una mano, como desafiándola a aceptarla. De acuerdo. Un baile no le haría daño. Uno y no más. No significaba que fuera a acabar desnuda y que él fuera a hacer virguerías con su cuerpo.

—Perdón por haber estropeado las fotos —le dijo Chip a Pru.

Ella negó con la cabeza.

—Ha ido todo como la seda. Piensa en la historia que les contaremos a nuestros nietos algún día —repuso Pru—. Me alegro de que estés bien.

—Gracias a Frankie y Aiden.

—¡Ejem! —Frankie carraspeó y miró fijamente a Aiden.

—Ha sido casi todo gracias a Franchesca —reconoció este—. Es más, me temo que no tienes que darme las gracias, sino echarme la culpa. Por mi culpa, Elliot se llevó a Chip.

Pru dejó de bailar y clavó un dedo en la impecable solapa del traje de Aiden.

—Házselo pagar.

—Descuida —le aseguró Aiden.

Pru asintió y volvió a abrazar a Chip.

—Espera, espera, espera. ¿Y ya está? —preguntó Frankie mientras se zafaba del agarre de Aiden—. Hace que secuestren a tu prometido, este casi no llega a la boda por su culpa ¿y te quedas tan pancha?

Pru miró al ojo bueno de Chip y respondió:

—Aiden se encargará de lo que tenga que encargarse.

—¿Y la chica que me hizo arrastrarme durante tres días porque me comí el último *cannolo* en tercero de carrera?

—Es que esos *cannoli* estaban la hostia de buenos. ¡Para chuparse los dedos! —replicó Pru.

—¡Lo sabré yo, que los preparó *mi* padre!

—A ver, me dijiste que me comiese los que quisiera, y tenía la regla. Y quería el último.

—Tres días. Por un *cannolo*. Te raptan al marido y tú «bueno, no pasa nada». Qué injusta es la vida —le dijo Frankie a Aiden.

—Calla y baila con este joven tan apuesto mientras yo me lío con mi marido el pirata —zanjó Pru mientras les hacía un gesto para que se fueran.

—Deberías hacerle caso a tu mejor amiga —sugirió Aiden con una voz baja que reverberó en su pecho.

Ladeó la cabeza para mirarlo. Al instante, lamentó haberlo hecho. ¿Por qué? ¡¿Por qué tenía que ser tan guapo?! Parecía que un grupo de ángeles hubiera esculpido sus pómulos y hubiera clavado las medidas. Su barba estaba recortada con esmero, lo que le hacía pasar de elegante a libertino. ¿Y esa mata de rizos oscuros? Le daban ganas de hundir las manos en ella y agarrarla mientras le metía la cara entre…

«Jodeeeeer».

No era diferente a la tonta de Margeaux. ¿Por qué lo deseaba? Madre mía, ¿tan desesperada estaba que se tiraría a un tío solo porque estaba bueno?

Como si le hubiera leído la mente, Aiden se la llevó a un lado de la pista de baile y la arrimó un poquito más a él.

—No soy mal tío, Franchesca. He cometido errores, pero no soy un malvado despiadado.

—¿Te habrías sentido mal si tu hermano les hubiera aguado la boda?

—Pues claro. Y *pagará* por lo que ha hecho con algo más que una nariz rota.

—¿En serio la tiene rota? —inquirió Frankie, esperanzada. Al haberse criado con dos hermanos que vivían para sacarla de

152

quicio, había asestado un montón de puñetazos. Y, cuando le crecieron las tetas, esos mismos hermanos quisieron asegurarse de que supiese plantar cara a los tíos que no le llegaban a la suela de los zapatos.

—Ya te digo —contestó Aiden. Le acarició la espalda hasta que le rozó la piel.

Frankie ardía. Nunca había deseado algo que no estuviese segura de que fuese a soportar. No le gustaba la sensación.

—Necesito que me dé el aire —musitó mientras se apartaba de él. Lo que necesitaba era más tequila. Una botella entera. Y volver a casa. No podía permitirse el lujo de seguir codeándose con los ricos y los famosos. No saldría ilesa.

Aiden la dejó marchar, pero notó su mirada ardiente hasta que bajó corriendo las escaleras y pisó la arena. La luna se reflejaba en el agua; otro pedacito de paraíso.

—¿Qué coño me pasa? —murmuró mientras se dirigía al mar con paso airado. «¿Habría allí un mosquito del amor y no lo sabía?». Ya había tenido sexo. Muchas veces. Le gustaba. Pero solo con que Aiden la mirase se le derretían las bragas—. Usa tu rabia —se recomendó a sí misma mientras paseaba por la playa. Era más seguro. Quizá Pru lo había perdonado, pero eso no significaba que ella tuviera que hacer lo mismo.

Alguien tenía que estar ojo avizor.

Primero percibió su presencia y después lo vio emerger de entre las sombras. Se quedó sin aire al verlo acercarse a ella.

—Nunca he perseguido a nadie, Franchesca. —La luz de la luna incidía en su perfecto semblante y le hacía sombra bajo los pómulos. Tenía las manos en los bolsillos, lo que transmitía una falsa impresión de relax. Pero no cabía la menor duda de que él era el cazador y ella, la presa. Otro desafío.

—¿Por qué me deseas, Aiden? Y no me vengas con monsergas del estilo «porque eres guapa y especial». Eso ya lo sé, como también sé que no soy tu tipo. Así que pregúntate por qué vas detrás de mí y no de alguna princesita de clase alta que te rogaría que la pusieras mirando a La Meca.

—Por eso mismo te quiero a ti y no a Margeaux ni a Cressida ni a la otra, como coño se llame. Quiero que me la chupes con esa lengua viperina y que me la comas entera. Quiero que salga mi nombre de tu boca de sabionda cuando haga que te corras con la mía. Me gusta el desafío, la persecución. Vivo por ellos. Harás que me lo curre, que me lo gane. Y te adoraré por ello.

Frankie exhaló y se dobló por la cintura.

—Bueno, al menos has sido sincero.

—No te prometo un para siempre. No es una opción. Pero sí un rato que ninguno de los dos olvidará jamás.

—¿Por bueno o por malo? —preguntó Frankie en broma.

De pronto, Aiden, raudo como un fantasma, se plantó ante ella. Enredó los dedos en su pelo, lo que la estremeció.

—No pararé hasta que me des lo que quiero. Tienes que entenderlo. Te provocaré y te manipularé. Haré lo que haga falta. No me colaré por ti. Pero te trataré bien.

—Ya, ya he visto cómo os las gastáis los Kilbourn —le espetó Frankie.

Estaba a escasos centímetros de distancia. Lo olía; notaba el calor que irradiaba. Su presencia ahogó el rumor continuado de las olas a su espalda.

Aiden no sabía que estaba ondeando una bandera roja ante un toro furioso. Era imposible que lo supiera. No era el único al que le privaban los desafíos. Si se liaban, algún tanto se apuntaría, estaba segura. Quizá hasta se colara un poquito por ella y todo.

—Supongamos que acepto ser tu nuevo y flamante juguetito. ¿Qué me das a cambio?

—Lo que quieras.

—¿Y qué sacas tú?

—A ti.

A Frankie le entraron ganas de reír o bromear. Esas cosas no le pasaban a Franchesca Baranski. Ella conocía a chicos majos en cafeterías y oficinas e iban al cine, a tomar algo y se lo pasaban bien quemando calorías bajo las sábanas. Lo que le proponía Aiden solo pasaba en las novelas con las páginas dobladas de su estantería, en las que un multimillonario conquista a una chica del montón.

Rezaba para que al menos la cantidad de orgasmos de la ficción se hiciese realidad.

—Voy a besarte —anunció Aiden con voz grave y áspera.

Frankie le plantó una mano en el pecho y dijo:

—No, no, no. Me besarás cuando yo te dé permiso. No soy una chica que se somete al macho alfa; soy una mujer que le da una patada en los huevos y consigue lo que quiere.

—¿Y qué quieres?

—Destrozarte.

Lo pilló desprevenido. Le dejó bien claras sus intenciones cuando le estampó un beso en los labios. Durante una milésima de segundo, Aiden se quedó quieto mientras lo besaba y lo tocaba. Luego la bestia salió de su jaula. Qué gusto le dio acariciarla. La pegó a él, y Frankie notó su cuerpo caliente y duro.

Aiden no era ni tierno ni delicado. Ni falta que le hacía.

Frankie quiso saltar del precipicio escarpado de placer en el que habían estado bailando. Quiso arrojarse a los lobos. ¡Al lobo! Aiden tiró de su labio inferior con los dientes y ella gimoteó. Se sirvió de él para entrar en su boca y reclamar el territorio con la lengua.

Frankie hizo ademán de quitarle la chaqueta, pues no quería tantas capas entre ellos. Palpó el fino tejido de su camisa con las manos bien extendidas. Su pulso era estable. Le alegró un poco saber que estaba casi tan entusiasmado como ella.

Aiden hundió una mano en su pelo, le aprisionó los rizos con el puño y tiró. El dolor que le provocó en el cuero cabelludo debería haberle advertido que frenase y reculase. Pero no hizo más que avivar su deseo. Aiden gruñó pegado a su boca; un rugido que fue directo a sus entrañas.

Los pezones de Frankie suplicaban que alguien los liberase, los acariciase, los saborease y los chupase. Y tenía las bragas tan mojadas que era imposible que prendiesen fuego.

—No juegues conmigo, Franchesca —le susurró Aiden a un milímetro de su boca—. No me tortures.

—Calla y bésame.

—Dime que puedo tomarte. Dime que eres mía.

Capítulo veinticuatro

Aiden abrió la puerta de su habitación con tanta fuerza que rebotó contra la pared. Sin embargo, entraron antes de que les golpeara. La cerró y, a tientas y sin despegarse de la boca de Frankie, echó el pestillo. Madre mía, qué boca.

Todo lo que hacía con sus labios carnosos y su lengua viperina lo volvía loco. Deberían haber hablado. Deberían haber dejado claro qué podían esperar del otro antes de seguir adelante.

Frankie le plantó las manos en la camisa y dobló los dedos sobre la tela.

—Eres rico, ¿no? ¿Puedes comprarte otra?

—Sí, sí —musitó.

No necesitó más. Le abrió la camisa con tanto ímpetu que los botones salieron disparados. Le acarició el pecho y corrió a desabrocharle el cinturón.

—Franchesca, como no te quites el vestido ya, te lo rompo.

—Pero si me lo has comprado tú —le recordó.

—Vale. Pues te compraré a ti otro vestido y a mí otra camisa.

No se lo cargó del todo. Solo le rompió un tirante y la cremallera de las prisas que tenía por tocarla.

Ella se movía con la misma rapidez, con la misma impaciencia. Le había desabrochado el cinturón y bajado la bragueta antes de que él le hubiese bajado el vestido hasta la cintura.

Aiden apenas había pensado en otra cosa desde que la había visto en sujetador y bragas de gasa fina antes de la ceremonia. Y ahora estaba a su merced para que la tocase y la tomase.

Un tirón más y el vestido cayó a sus tobillos. Tenía las curvas de una diosa. No se parecía en nada a las chicas delgadas y escuálidas con las que solía acostarse.

Su cuerpo lo hacía salivar. Estaba hecha para el pecado, y él estaba encantado de pecar.

Quiso detenerse a disfrutar de las vistas. Quiso acariciar y besar hasta el último centímetro de su hermoso cuerpo. Pero Franchesca le bajó los pantalones y le sacó la polla de los calzoncillos.

—A ver qué tenemos aquí... —dijo mientras se arrodillaba.

Ver a Franchesca arrodillada ante él, mirándole el pene, por poco lo desarmó. Era mucho mejor que una fantasía. Y, como siguiese recreándose con su imagen, se correría antes de que lo hubiese rozado siquiera con sus labios rojos.

—Joder. —Debía controlarse, tomar las riendas. A él no lo dominaba ni Dios. Nunca.

Era una norma.

Franchesca lo miraba; una zorrita sumisa que le agarraba el miembro con aire indolente.

—Pues sí que estás bien dotado, sí —murmuró con los ojos brillantes.

Él asintió, pues se había quedado mudo. Se estaba esforzando al máximo por no correrse ni en su cara ni en su pelo.

Madre mía.

—¿Estás bien? —le preguntó ella—. ¿Te está dando un síncope o qué?

—Tú y tu dichosa boca —gruñó. Y, entonces, le dio uso a su dichosa boca.

Franchesca sabía —tenía que saber— que estaba a punto de llegar. Cuando se la metió hasta el fondo de la garganta, lo hizo con una lentitud deliberada, como si quisiera que aprovechara esos valiosos segundos para acostumbrarse a la succión de su lengua y a la gloriosa humedad de su boca.

Sus ojos. En ese momento eran más verdes que azules, y lo miraban ufanos mientras se la lamía y se la chupaba. Ella era una bruja y él, su víctima. La agarró del pelo para marcar el ritmo. Lento y controlado. Pero no podía luchar contra su lengua. ¡Los ruiditos que emitía con la garganta! ¡Qué maravilla! Quería pasarse el año entero así y solo así: viéndola así y sintiéndola así.

Cayó en la cuenta de que *sí* podría destrozarlo. Solo con su boca de sabionda podría destrozarlo y hacer que se arrastrara.

Fue ese pensamiento y nada más que ese pensamiento lo que lo empujó a ponerla de pie agarrándola del pelo. Franchesca le chupó los labios, lo que hizo que se le pusiera dura contra su vientre.

—Estaba calentando motores.

—Y yo —le aseguró Aiden. Se quitó los pantalones y los zapatos y añadió—: A la cama. Ya.

No se movió lo bastante deprisa para su gusto, así que la levantó y se pegó sus piernas kilométricas a las caderas. Sus pechos eran una tentación para su boca.

—Quítate el sujetador —le ordenó mientras cruzaban la sala de estar.

Para cuando llegó al dormitorio, él tenía uno de sus pezones de caramelo en la boca y ella le suplicaba a gritos que se la metiese.

—¡Aiden! —Lo maldijo cuando la tiró al colchón. Pero él se tumbó encima, pues se negaba a separarse del cuerpo que lo tentaba como si estuviera hechizado. Le dio un manotazo a la lámpara de la mesita de noche y abrió el cajón. Menos mal que nunca viajaba sin condones. No habría soportado tener que ir a por uno. Y a Frankie no le habría costado nada convencerlo de que se la metiera a pelo. No lo había hecho en su vida.

Los Kilbourn no tenían hijos bastardos.

Pero, solo con que le hubiese puesto ojitos, se habría sentido el hombre más afortunado del mundo y con gusto se habría corrido dentro de ella.

Qué guapa era, joder. Despatarrada en el colchón, con su melena desparramada a su espalda y sus pezones hinchados y tiesos. Aún llevaba las sandalias y las bragas, pero pensaba ponerle remedio.

—¿Te quedarás ahí todo el día o vas a hacer que me corra?

—Solo estoy admirando las vistas, encanto. Como no me controle, mañana no podrás caminar.

—A ver si es verdad. —Se incorporó, lo cogió de la nuca y lo acercó a ella. Lo besó como si fuera el único hombre del planeta. Qué sensación más embriagadora. Estaba deseando hundirse en ella. Le salía líquido preseminal de la punta de la polla.

—Mierda. —Dejó de besarla y fue bajando. Hizo una pausa para venerar sus senos y sus pezones suplicantes y puntiagudos. Franchesca gruñó de placer cuando se los metió en la boca de uno en uno. Se los chupó tan fuerte que se retorció debajo de él.

No veía a una mujer que fingía para tener una experiencia sexual de película. Veía a una diosa a punto de alcanzar un orgasmo que eclipsaría el sol. Y él la ayudaría a llegar.

—Por fin —soltó Aiden mientras se colocaba entre sus piernas. Le rozó la cara interna del muslo con los labios y ella tembló. Le bajó las finísimas bragas hasta los muslos. Se las dejó ahí a modo de último obstáculo para no abalanzarse sobre su coño húmedo. Quería torturarla igual que ella lo había torturado a él.

—Aiden, como no hagas algo ya, me busco la vida solita —lo amenazó Frankie. Aiden sonrió. No sabía qué era el amor, pero Franchesca Baranski le gustaba más que cualquier otra mujer con la que se hubiese acostado, eso sin duda.

Repasó sus pliegues húmedos y suaves con dos dedos.

—Ay, madre. Ay, coño. ¡Aiden!

Esperó a que pronunciara su nombre para introducírselos.

Frankie gritó de tal forma que él casi se corrió en las sábanas que rozaba con el pene. Se puso a masturbarla, y, cuando vio que Franchesca le acercaba las caderas, se agachó y le pasó la lengua por la hendidura.

Pensaba que gritaría, pero, en cambio, no dijo ni pío. La miró y vio que apretaba los ojos y hacía una O con los labios.

—¿Estás bien? ¿Te está dando un síncope o qué? —le preguntó en broma.

—Aiden, hablar *no* es precisamente lo que quiero que hagas ahora con la boca.

Se abrió paso con la lengua hasta su centro. Le metía los dedos en el coño, que no dejaba de contraerse, y le chupaba el clítoris, pequeño y dulce. Franchesca, decidida a guiarlo hacia su propio orgasmo, se arrimaba a su boca y a su mano. Pero a Aiden no le hacía falta mapa.

Agregó otro dedo y le pasó la lengua desde el clítoris hasta el ano y vuelta. Una y otra vez. Franchesca pronunciaba su nombre entre sollozos. Lo demás era ininteligible.

Sus paredes temblaron y el primer chorro le salpicó en los dedos. La lamió y la masturbó mientras ella se contraía y soltaba sus preciados fluidos. Franchesca le aferraba los dedos con su sexo pringoso y se los llevaba tan al fondo como podía. Pero Aiden quería más. Quería que se corriera con su polla dentro, que lo exprimiese con avidez hasta sacarle la leche.

—¡Aiden!

Desesperado porque hubiese fricción, se restregó contra la cama.

El orgasmo de Franchesca no tenía fin. Para cuando se quedó sin fuerzas, Aiden temía que fuese a desmayarse de la poca sangre que le llegaba al cerebro. Le dolía la cabeza.

Se arrodilló y se agarró el miembro para ponerse el condón.

—Franchesca —le espetó—. Mírame. Abre los ojos.

Le hizo caso. Al principio estaba grogui, pero, cuando vio que se la agarraba entre sus piernas, se le aguzó la mirada.

—¿A qué esperas? —preguntó con voz ronca.

—Dime que me deseas. Dime que puedo tomarte.

—Tómame, Aiden.

—¿Eres mía? —No sabía por qué le preguntaba eso. No era posesivo con las mujeres. Pero quería que lo dijese, que se lo pidiese. Y así sabría que había ganado.

—Estoy contigo esta noche. No la cagues.

Le bastó con eso. Por el momento. Le separó los muslos y la agarró de las caderas. Tuvo el placer de oír cómo se le rompía la voz al pronunciar su nombre cuando la penetró. Estaba que te cagas de tensa para lo mucho que la había calentado. Se la metió hasta el fondo y la ancló al colchón con las caderas.

Algo cambió. Se desencadenó algo que no entendía, como si un segundo fuera un hombre y al siguiente fuera otro completamente distinto.

Los ojos de Franchesca, brillantes y vidriosos, lo traspasaban; traspasaban su alma. Y se la leían. Leían la sensación de vacío que no lo abandonaba jamás.

161

Pero ya no se sentía tan vacío. Estaban conectados. Eran uno. Notaba en la polla los temblores del orgasmo de Franchesca. Podía leerle la mente si se esforzaba.

Él no aguantaría mucho. No cuando lo miraba con los ojos vidriosos y lo tentaba con sus pechos redondos.

—Franchesca —susurró cuando al fin empezó a moverse.

Ella le acarició los hombros y los brazos. Una caricia suave y reconfortante. Sintió que se había roto algo en su interior y la luz se colaba entre las grietas.

Lo había embrujado. O había contraído alguna fiebre tropical.

Franchesca gritó y Aiden vio que se le humedecían los ojos. Le hundía los dedos en los hombros y le arañaba la piel con las uñas. Atesoraría las marcas; rezó para que no se le fuesen.

Ya no podía pensar. Solo podía sentir, pues ella lo ceñía cada vez más fuerte y a él se le estaba poniendo más gorda que nunca de las ganas que tenía de correrse como si no hubiera un mañana.

Franchesca exhalaba bocanadas breves y bruscas, y a él el sudor le perlaba la piel. Embestirla y envolverse en su calor era gloria bendita. Capturó con los labios un pezón, duro como una piedra.

Cuando Franchesca se arqueó, toda la dulzura y ternura desaparecieron. Eran animales en celo que se arañaban sin pensar en busca de un placer tan intenso que no admitía palabras. Le soltó el pezón y, tras agarrarla del pelo, le hundió el rostro en el cuello. Ella le abrazó la cintura con los muslos para que la penetrase más hondo y, cuando Aiden se la metió hasta el fondo y ella gritó su nombre con la voz entrecortada, él la sintió.

La detonación.

Él también estaba a nada de llegar al orgasmo, y, cuando Franchesca lo cercó, explotó en su interior. Envite tras envite, no podía parar de correrse, y ella tampoco. Con cada acometida, con cada nuevo chorro, ella se unía a él, lo estrujaba y le imploraba «solo una más».

Se vació en su centro acogedor, que se le antojaba de todo menos vacío. No era un sexo frío y calculador. No. Era calentito, radiante y muy auténtico.

Notó algo húmedo en el hombro y oyó a Franchesca sorber por la nariz.

Se le contrajeron las entrañas.

—¿Franchesca? ¿Frankie? ¿Estás bien? —Seguía dentro de ella y la chica estaba llorando. Se quedó planchado.

—Madre mía, qué vergüenza.

Aiden le enjugó un lagrimón de la mejilla con el pulgar.

—¿Qué pasa? ¿Te he hecho daño? —¿Qué había hecho?

—No. Habrá sido la boda, el estrés y que acabo de tener los dos orgasmos más fuertes de toda mi vida. Ya estoy hablando por los codos. Qué vergüenza. Hostia puta, Aiden. ¿Qué ha pasado?

Aiden, aliviado, pegó la frente a la suya y dijo:

—¿Seguro que estás bien? ¿No me he pasado de la raya o algo así?

—No me la has metido por el culo sin preguntarme antes, así que guay. ¿Podemos hacer como que esto último no ha pasado?

—¿El qué?

Al reír se le escapó otra lágrima.

—Si al final serás majo y todo.

—¿Tienes hambre? —le preguntó.

—Podría zamparme un bufé entero en menos de diez minutos.

Quería besarla en la mancha que le había dejado la lágrima. Besarla y seguir dentro de ella, pues estaba a gusto. Pero él no hacía esas cosas. Y ella desconfiaría si lo hiciera.

—A ver cuántos platos se pueden pedir al servicio de habitaciones —comentó mientras salía de ella a regañadientes y se estiraba para coger el teléfono.

Capítulo veinticinco

Nada como salir a hurtadillas de un cuarto después de echar un polvo para que Frankie sintiera que volvía a tener veinte años. Salvo que esta vez tenía treinta y cuatro, y salía a escondidas del cuarto de un hombre con su camiseta de Yale porque este le había roto el vestido de lo desesperado y apurado que estaba por provocarle cinco orgasmos alucinantes.

Abrazó los zapatos, hizo un ovillo con los restos de su vestido y salió por la puerta.

Cenaron champán y bistec tierno en la cama, y acabaron desnudos y jadeantes de nuevo. Tenía toda la intención de volver a su cuarto a hacer las maletas y recobrar la poca cordura que le quedaba, pero se había quedado dormida junto a Aiden; un revoltijo de extremidades y sábanas.

Se despertó sobresaltada. La luz del sol entraba por el resquicio de la ventana que no se habían molestado en tapar con la cortina y le molestaba en la cara. Advirtió horrorizada que estaba acurrucada en el cuello de Aiden y que tenía la mano en el vello diseminado de su pecho, justo encima de su corazón, que latía despacio y firme.

Su pierna estaba encima de su paquete, y su erección le rozaba el muslo. La magnitud de la noche anterior, de no haberse dejado cazar, sino de haber exigido que la tomase, la aplastó como un campeón de pesos pesados. ¿Y las cosas que le había hecho él a ella? ¿Y las cosas que le había hecho ella a él? ¡Dios!

Por lo visto, era igual de compasiva que Pru. O igual de cachonda que la uniceja de Margeaux.

Se habría dejado la dignidad en casa.

—Bueno, bueno, bueno.

Frankie pegó un bote en el pasillo mientras cerraba la puerta de Aiden.

—Joder, Pru, qué susto me has dado.

Su mejor amiga seguía vestida de novia y llevaba pelos de loca y el maquillaje corrido. Olía a destilería y sonreía como una niña de preescolar a la que hubieran dejado suelta en una fábrica de chocolate.

—¿Tú y Aiden? —chilló Pru a la frecuencia de los silbatos para perros.

—¡Shhh! Baja la voz, hombre.

Pru se ladeó con brusquedad, como si caminase por la cubierta de un barco.

—Estoy pedo, pero no tanto para no estar superemocionada.

—¿Has dormido? —le preguntó Frankie.

Pru negó con fuerza y se chocó con una pared.

—No. Es mi fiesta. Oye, ¿te apetece aguantarme el pelo mientras poto? Así me cuentas por qué sales a hurtadillas del cuarto de ya sabes quién con pelo de recién follada y marcas de dientes en el cuello.

*　*　*

Frankie descubrió que Pru era una potadora profesional. Se arrodilló con esmero delante del váter y, con elegancia, vertió el contenido de su estómago.

—Cuando yo vomito, parece que esté echando el intestino —señaló Frankie.

—Blaaaaaa —le dijo Pru al retrete. Sonrojada y orgullosa, se sentó en los talones—. Potar por estar pedo es mucho más fácil que potar por estar enferma. Fijo que ni me acordaré de esto mañana…, u hoy.

—Ya, pero también estabas así con el virus estomacal de 2005.

—El truco es no luchar contra las ganas —explicó Pru sabiamente—. Cuando luchas, cuesta mucho más.

Lecciones sobre cómo vomitar de una novia zombi contentísima. Al menos así dejaba de pensar en lo que le dolían los músculos, agotados pero satisfechos. Y en el hombre desnudo del fondo del pasillo que le había enseñado cosas a oscuras que no entendía al alba.

—¿Y tu marido? —preguntó Frankie mientras le pasaba un vaso de agua.

—Mi marido está durmiendo debajo de la mesa principal de la terraza —contestó Pru, ufana—. Va, cuéntame por qué tienes el cuello irritado.

El cuello no era la única parte que tenía roja. Pero no era el momento de hablar de la cara interna de sus muslos.

—Me he acostado con Aiden —confesó Frankie.

Pru se tronchó de risa.

—¿Y a ti qué te pasa ahora? Como te rías más fuerte, vomitarás otra vez.

—Es que estaba pensando en que me muero de ganas de contar esta anécdota en tu boda.

—¿Por qué contarías esta anécdota en mi boda? —inquirió Frankie, horrorizada.

—Porque te casarás con Aiden y yo seré la madrina.

—¡No me casaré con Aiden! Ha sido un desliz momentáneo y puntual.

—Pueeees, a juzgar por tu carita de bien follada, ese desliz momentáneo y puntual te ha cambiado la vida.

Frankie se sentó al tocador de Pru y admitió:

—Vale, ha estado bien. Muy bien. —Tanto que a partir de ese momento cualquier otra experiencia sexual palidecería en comparación. Qué positiva ella.

—¿Y? —insistió Pru mientras se ahuecaba la falda del vestido.

—Pues eso, que ha sido puntual. No estamos hechos el uno para el otro por muy bien que funcionemos en la cama.

—Vale, vale. En una escala de Jimmy Talbot a Tanner Freehorn, ¿dónde estaría Aiden?

Eso era lo malo de tener una mejor amiga que lo sabía todo de ti: que elaboraba escalas sexuales en función de tu peor y tu mejor polvo. Jimmy había sido el primer tío con el que se había acostado, y había sido una experiencia rara pero tierna. Tanner era un tío cualquiera con el que se había enrollado en la fiesta de Nochevieja de hacía diez meses, pero había hecho que Frankie tuviera dos orgasmos seguidos por primera vez.

—¡No me pongas en ese compromiso! —le suplicó Frankie.

—Tienes que contestar —le ordenó Pru—. Lo dicen las normas de la amistad. De Jimmy a Tanner. ¡Va!

—Tanner más tres —respondió Frankie con un hilo de voz. Repasó la junta de los azulejos con un dedo para no mirarla a los ojos.

—¡¿Tanner más qué?! —exclamó Pru. Su voz postvómito resonó en el mármol.

—Más tres.

Pru se puso a echar cuentas con los dedos, pero iba lenta a causa del alcohol.

—Tía, cinco. He tenido cinco orgasmos, ¿vale?

—¿Eso es físicamente posible? —gritó Pru—. Uy, espera. —Se acercó al váter y volvió a echar la pota. Se incorporó con el mismo brío que una presentadora de televisión matutina, como si no acabase de devolver una garrafa de champán—. ¿Cinco orgasmos en una noche?

—Sí. Creo que debe de ser un superpoder o algo así.

O algo que los tíos asquerosamente ricos podían hacer. ¿El dinero compraba la virilidad? Con razón las mujeres los perseguían día y noche.

—Me. Alegro. Mucho. Por. Ti. —Pru hendió el aire con un dedo para enfatizar cada palabra.

—Repito: ha sido algo de una noche —señaló Frankie—. Pero hablemos de lo mucho que me alegro por usted, señora Stockton-Randolph.

—¿Has visto mi anillo? —le preguntó Pru.

Frankie lo había visto unas diecinueve veces desde la ceremonia.

—No. A ver.

—¿Cómo crees que será el que te regale Aiden? —inquirió Pru mientras se le cerraba un ojo. Se dejó caer al suelo de mármol con su pomposo vestido.

—Ni habrá anillo ni más sexo.

—Pero si está a tu altura.

—Confirmamos que estás enchochada y como una cuba, porque mira que decirme que me case con el tío cuyo hermano secuestró a tu prometido la víspera de vuestra boda…

—No me acordaba. Pero, aun así, Aiden es la bomba.

—Y un eterno soltero que sale con una nueva cada mes. Y repito: su hermano secuestró a Chip.

Pru hizo un gesto con una mano como para restarle importancia y dijo:

—Minucias.

* * *

Frankie viajaba en el asiento del medio, encajonada entre una señora asiática y menuda con unos cascos muy bonitos y un tipo cuyo pelo del pecho se enredaba en la cadena de oro macizo que lucía en el cuello, lo que era visible porque llevaba los cuatro primeros botones de la camisa desabrochados.

La mujer olía a vainilla. El hombre, a media botella de pachuli. Iba a ser un vuelo muy largo. Pero al menos se había marchado de las Barbados sin tener que ver a Aiden. Se preguntó si le habría cabreado o aliviado ver que no estaba al despertar.

Conectó los auriculares a la pantalla del respaldo del asiento delantero y seleccionó una emisora al azar. Quizá estuviera huyendo. Quizá fuera una cobarde, pero un segundo más —solo uno— al lado del cuerpo desnudo de Aiden y habría muerto. ¿Se podía morir de perfección? Porque ella había estado a punto. Tal vez se debiera al montón de orgasmos que había tenido.

Sabía que, si Aiden se hubiera levantado y le hubiera propuesto tener un rollo pasajero, se habría sentado a suplicarle como el *cocker spaniel* de sus padres. Fuera de su vista y fuera de su coño dolorido pero satisfecho. ¡Cabeza! ¡Quería decir cabeza!

Una huida rápida era lo mejor. Aiden las olvidaría a ella y a las horitas de placer ardiente, apabullante y demoledor que habían compartido.

Pecholobo la miró de soslayo, lo que le hizo darse cuenta de que había gemido en alto. Si ya estaba así por llegar al clímax cinco veces gracias a la pericia de Aiden Kilbourn, no quería ni imaginarse cómo estaría si tuviesen una historia pasajera.

Tenía el móvil apagado y al día siguiente trabajaba. Volvía a la normalidad… con unos cuantos recuerdos eróticos que reviviría una y otra vez el resto de su vida.

Capítulo veintiséis

Aiden subió las escaleras de dos en dos con el corazón a mil. Estaba como una moto desde que se había despertado esa mañana. Llevaba horas a punto de estallar.

Lo había abandonado. Al despertar, su cama estaba vacía y no había ni rastro de ella en su habitación. Para cuando se puso unos pantalones cortos y cruzó el pasillo hecho una furia para aporrear su puerta y llevársela a su cama, las camareras del hotel ya estaban limpiando. «Ha dejado la habitación. Lo siento, señor».

Le enseñaría a Franchesca cómo se las gastaba.

Ese sitio olía a bolas de naftalina y polvo. Los escalones crujían de un modo que no auguraba nada bueno. No había portero en la entrada y la mitad de las farolas de la manzana estaban apagadas. Le había bastado con pedirle a la señora Gurgevich del 2A que por favor lo dejase pasar para que le abriese la puerta.

Todo lo sacaba de sus casillas.

Y eso quedó patente cuando llamó con el puño a la puerta que se interponía entre él y el motivo de su cabreo.

—Cárgatela ya si eso, ¿no, Gio?

Frankie lo miró atónita de la sorpresa y, muy probablemente, del miedo. Con toda seguridad, le habría cerrado la puerta en las narices si no hubiera entrado en tropel.

El piso era pequeño y estaba algo deteriorado, pero limpio. Había una cocina, un salón comedor y un dormitorio (o eso suponía). Su televisor, una birria de treinta pulgadas, estaba encendido, y había una cerveza abierta en la mesa de centro. El sofá era profundo y estaba acolchado.

Se volvió hacia ella, y lo sintió...: el magnetismo. No se había debido ni al ambiente tropical ni a la adrenalina. Era la

171

forma en que reaccionaba Franchesca ante él. Estaba acostumbrado a la atracción. La usaba de cebo cuando era necesario. Pero lo que los unía a ellos era prístino. Era el anhelo primitivo de un cuerpo que necesitaba con urgencia al otro. Franchesca no deseaba ni su fortuna ni su apellido. Lo deseaba *a él* y cómo la hacía sentir. Y eso para él era más potente que cualquier afrodisiaco.

—¿Qué coño haces en mi casa? —preguntó ella con los brazos en jarras. Llevaba mallas y un jersey gordo que solo le cubría un hombro. Se había hecho una coleta bien fuerte.

Aiden apretó los puños a los costados para no quitarle el coletero de un plumazo.

—¿Por qué has huido?

—No he huido. Tenía que coger un avión. —Era engreída, presuntuosa y una embustera.

—¿Por qué no me has despertado ni te has despedido de mí?

Vislumbró un destello de culpa en sus ojos enormes.

—Ha sido algo de una noche, Aiden. Nada más.

—Y una mierda —le espetó con brusquedad. Estaba cansado, enfadado. Y, pese a ello, ansiaba tocarla. Castigarla. Complacerla.

—Venga ya, Kilbourn. Nos lo hemos pasado bien, pero toca bajar de las nubes.

—Lo nuestro *no* ha terminado, Franchesca.

—Creo que con una vez basta y sobra —replicó echando chispas.

—Con dos —la corrigió él—. Y ¿en serio?

—Vete ya, anda.

Salvó la distancia que los separaba y se obligó a darle un apretón suave en los hombros. Franchesca se derritió mientras lo maldecía. Aiden sintió un profundo alivio al saber que aún lo necesitaba. Aunque no fuera más que algo biológico, un cuerpo que reconocía a otro. Era suficiente y, de algún modo, hasta más que eso.

—Lo de anoche —empezó a decir él— no pasa todos los días. Y huir de ello es de cobardes.

—¿Insinúas que te tengo miedo? —preguntó Frankie con voz grave.

—Insinúo que no he sentido nunca algo como lo de anoche. La… conexión. No quiero alejarme sin más. Y creo que tú tampoco. —Si quería que fuera sincero y auténtico, lo sería. Solo esperaba no pagarlo caro.

—No quiero ser el juguetito de ningún tío. Merezco algo mejor —replicó Frankie.

—Cierto —convino—. Fuiste tú la que lo definió así. Que no me interese pasar por la vicaría no significa que vaya a ser irrespetuoso o cruel contigo.

Franchesca se mordió el labio inferior y clavó los ojos en el botón de arriba de su camisa.

—¿En qué consistiría exactamente este acuerdo?

La victoria estaba tan cerca que le parecía olerla.

—Pasamos tiempo juntos. Te doy lo que quieras.

—Temporalmente —agregó ella.

—No es que tenga fecha de caducidad.

—Pero siempre te acabas cansando.

—Da la casualidad de que tú también estás soltera. ¿Es porque te acabas cansando? —Le acarició la nuca y jugueteó con los rizos que le crecían ahí.

Franchesca suspiró y por fin —¡por fin!— lo miró a los ojos.

—Yo tampoco busco un *felices para siempre.* No sé qué será de mi vida en cinco años. Prefiero tener claro eso primero y preocuparme luego por los deseos y las necesidades de otra persona. Que Dios asista a la mujer que quiera un cuento de hadas contigo.

Le masajeó los hombros, tensos. Despacio, la giró mientras le relajaba los músculos. Se dejó caer en su torso.

—Entonces, ¿por qué no aceptas? —le susurró al oído con tono siniestro—. ¿Vas a hacer que me lo curre? —Ignoraba por qué eso le ponía tanto. Un Kilbourn nunca cedía el control a placer.

—Pero ¡bueno! ¿Interrumpo?

El hombre que aguardaba en la entrada parecía más interesado que enfadado al verla en brazos de otro hombre. Tenía los hombros anchos y era musculoso. Llevaba una camiseta ajustada que realzaba su cuerpo y dejaba claro que le daba igual el frío glacial que hacía fuera. Traía una bolsa de comida que olía mejor que cualquier manjar de Manhattan.

—Gio —dijo Frankie mientras trataba de zafarse de Aiden, a quien no le hizo gracia su reacción—. Has vuelto pronto —añadió mientras miraba aterrada a Aiden. No le hizo *ninguna* gracia.

—¿Eh? —preguntó Gio mientras se sacaba el móvil del bolsillo de su pantalón de chándal.

Lo levantó y les sacó una foto.

—¡Ni se te ocurra! —Frankie ya no estaba nerviosa; era una leona rabiosa.

—Uy. Tarde —repuso Gio con indiferencia—. ¿No me presentas a tu amigo?

Aiden pasó de querer seguir tocando a Frankie a sujetarla para que no pegase al hombre de sonrisa chulesca.

—¡Serás cabrón!

A Gio le sonó el teléfono, y sonrió al ver la pantalla.

—Mamá está deseando conocer a tu amigo el domingo.

Aiden tuvo que agarrar a Frankie de la cintura para que no se abalanzase sobre él. La levantó y le dio la vuelta mientras Gio se partía de risa.

—Soy Gio —se presentó el hombre, que tendió una mano bien lejos de Frankie—. El hermano de la loca esta.

Aiden se la estrechó con la mano libre.

—Yo Aiden —dijo.

—¿Estáis saliendo? —preguntó Gio.

—Sí —contestó Aiden.

—No —corrigió Frankie.

—Bueno, sea como sea, me habéis librado del intento número dieciséis de buscarme pareja. Mary Lou Dumbrowski.

—¿Que Mary Lou vuelve a estar soltera? —preguntó Frankie, que ya no quería cargarse a su hermano.

Gio fue hasta la minúscula mesa y dejó la bolsa de comida encima.

—Sí. A su tercer marido le dio un patatús el mes pasado en la tintorería. Pum. La palmó antes de tocar el suelo.

—Mamá debe de estar desesperada para haberse pasado a las mujeres que acaban de enviudar —señaló Frankie.

174

Aiden le dio un apretón en la mano y la soltó. Ya no parecía que fuera a cometer un asesinato.

—A mi madre no le hace gracia que su hijo de treinta y seis años siga soltero —explicó Gio—. Como tampoco ser la única de sus hermanas que no tiene nietos.

—Pero ¡si Marco acaba de dejar preñada a Rachel! —le recordó Frankie—. Marco es nuestro otro hermano y Rachel es su mujer —le explicó a Aiden.

—Bueno, tú tranquila, que con la foto que le he enviado ya vuelve a tener esperanzas de ser abuela —le dijo Gio para chincharla mientras vaciaba las bolsas.

Frankie negó con la cabeza y espetó:

—Te odio. ¿Qué has traído?

Gio sacó cuatro sándwiches preparados, pepinillos en papel encerado y una bolsa enorme de patatas fritas con sabor a barbacoa.

—Lo de siempre. ¿Te quedas, Aide?

Nadie lo había llamado nunca Aide hasta que apareció Franchesca. Por lo visto, a la familia Baranski le gustaba poner motes.

—Hemos grabado la pelea de la UFC de anoche —comentó Gio mientras le enseñaba un sándwich.

—¿Artes marciales mixtas? —preguntó Aiden mientras se comía con los ojos la apetitosa fila de sándwiches.

—Uf. —Frankie puso los ojos en blanco—. Vale. Puedes quedarte. Pero me pido el de rosbif.

—¿Tienes birra? —le preguntó Gio.

—Sí, sí, tranqui. —Frankie fue a la cocina y Aiden la siguió.

—Aún tenemos que hablar —le recordó mientras hacía ademán de agarrarla de la muñeca.

—Ya, sí. —Suspiró—. Pero delante del bocazas de mi hermano no.

—Cena conmigo mañana.

Se quedó mirándolo tanto rato que Aiden pensó que estaría buscando una excusa.

—Vale —dijo—. Pero elijo yo el sitio.

—Acepto. —Le rozó una mejilla con los labios y añadió—: ¿Ves qué fácil? Tú pides algo y yo te lo doy.

Tuvo el placer de ver cómo se le erizaba el vello del cuello y de los brazos. Cogió las cervezas que sacó Frankie de la nevera y las llevó al salón.

Ellos se sentaron en el sofá y Gio en el sillón raído a comer sándwiches elaborados con maestría, mientras veían a hombres y mujeres darse de hostias hasta dejar al otro por los suelos y ensangrentado. Frankie y Gio se implicaban en casi todos los combates y se lo pasaban en grande chinchándose todo el rato. Aiden trató de imaginarse a sí mismo haciendo lo mismo con su medio hermano. Era inconcebible. Nunca tendrían una relación así de sencilla.

—¿Y cómo os conocisteis? —preguntó Gio mientras le daba un mordisco a su pastrami con pan de centeno.

Franchesca le dio un trago rápido a la cerveza y respondió:

—Pues, a ver, Aide me llamó *stripper* al poco de que nos presentaran. Le dije que era un capullo. Y luego su hermano secuestró a Chip la víspera de su boda y tuvimos que seguirle la pista.

El sándwich de Gio se cayó de sus manos al envoltorio que tenía en el regazo.

—Es coña.

—Por desgracia no —reconoció Aiden—. Pero lo de la *stripper* no iba en serio.

—Mejor —dijo Gio con tono cordial—, porque no me gustaría tener que darte una paliza con el estómago lleno.

—Y a mí no me gustaría que me diesen una paliza —convino Aiden.

Frankie cogió su birra y esperó a que Gio le diera otro bocado al sándwich para decir:

—Ah, y anoche nos acostamos. Menudo polvazo.

Gio se atragantó con el sándwich y tosió tanto que Frankie se acercó a darle unas palmaditas en la espalda.

—Qué rabia me da que hagas eso, coño.

Capítulo veintisiete

El restaurante que eligió Frankie era un antro portugués encajonado entre un escaparate vacío y un moderno centro de yoga de una calle tranquila de Brooklyn. Las mesas no estaban vestidas y parecía que hubiesen impreso los menús en la trastienda de una imprenta. Pero los aromas que salían de la cocina eran exquisitos.

Aiden silenció el móvil y se lo guardó en el bolsillo de la chaqueta. No quería que nada lo distrajera de la mujer que tenía delante. Frankie llevaba el pelo suelto, y, a juego con el ambiente informal del restaurante, se había puesto unos vaqueros ajustados, un jersey con un escote que hacía que se le fueran los ojos a su canalillo *sexy* y unas botas de ante claras.

Se la veía… a gusto. Leía la carta con atención y la barbilla apoyada en una mano. Trató de recordar cuándo había sido la última vez que había visto a una mujer que no estuviese recta todo el tiempo y preguntase —¡y recordase!— los nombres de los camareros.

—¿Qué pasa? —le preguntó Frankie, ceñuda.

—Estaba…

—Como digas «admirando las vistas», poto en la mesa.

Aiden negó con la cabeza. «Qué cosas dice…».

—Mejor que no.

—¿Por qué me mirabas?

—Porque me gusta mirarte. Es interesante verte.

—Me lo tomaré como un cumplido; no quiero que nuestra primera cita empiece con una discusión —decidió Frankie.

—Era un cumplido. No te pareces a…

—Lo que estás acostumbrado. —Cerró la carta—. Lo que me lleva al punto número uno. Espero que hablemos tranquilamente.

—No me amenazarás con partirme la cara y hacérmela tragar como le dijiste a tu hermano anoche, ¿no? —preguntó Aiden.

—Qué listo, me parto. Vamos a dejar clara una cosa. Tú y yo no tenemos nada en común salvo unos orgasmos apoteósicos.

La palabra «orgasmos» se la puso dura.

—Me cuesta mucho creer que no haya nada más. ¿Qué opinas de los cachorros y la tarta de manzana?

Frankie sonrió y repuso:

—Vale, a ver esto qué tal. ¿Cuál es tu meta esta semana? ¿Qué quieres lograr antes del viernes?

El camarero volvió con sus copas. Era un local en el que uno podía traerse la bebida de casa, así que Aiden saqueó sus reservas y se decantó por un cabernet nada desdeñable. Pidieron y le devolvieron los menús.

—¿Antes del viernes? —inquirió Aiden mientras le servía a ella y después a él—. La junta votará esta semana. Espero salirme con la mía. Elliot necesita que le recuerden cuál es su sitio en la familia y en la empresa. Y tengo una nueva adquisición que digamos que está sufriendo unos problemillas que requieren mi atención.

—Ajá —dijo Frankie con suficiencia—. Pues ¿sabes qué voy a hacer yo?

—No, dime.

—Quiero bordar el examen de Responsabilidad Social Corporativa del jueves.

—¿Examen?

—Me estoy sacando el Máster en Administración y Dirección de Empresas. Si doy el callo, antes de mayo lo habré terminado. Lo del *catering* fue un curro secundario para no arruinarme con la boda de Pru. Trabajo a media jornada en un centro de desarrollo de pequeñas empresas.

—¿Te interesan los negocios? —aventuró Aiden. Un tema en común que no incluía orgasmos.

—Mucho. Es lo que tiene que tus padres regenten uno. Seguro que lo entiendes.

Asintió y respondió:

—Perfectamente. A veces me da la sensación de que lo llevo en la sangre.

—Ya ves. Bueno, en mi caso quizá más la parte de los negocios que la del embutido.

Aiden la miró con cara de desconcierto y Frankie rio.

—Mis padres tienen una charcutería en Brooklyn, justo en la calle en la que viven, abajo. Mi hermano Marco es quien la lleva ahora. Crecí en esa tienda. Fileteo la cecina mejor que Marco o Gio.

—Pero no quieres encargarte de una charcutería.

Frankie negó con la cabeza y aseguró:

—Me gusta la parte de las cifras. La contabilidad, la planificación, el seguimiento.

—¿Qué harás después del máster?

Se encogió de hombros y contestó:

—Me gusta mucho lo que hago en el centro de desarrollo de pequeñas empresas. Hay quien piensa que lo que mueve los Estados Unidos son las grandes empresas y las compañías importantes. Pero se equivocan. Es la segunda generación de una empresa de fontanería, la heladería que lleva abierta cuarenta años, el taller que acaba de abrir o la floristería las que sacan adelante el país. Yo ayudo a esos negocios a hacer negocios.

Fascinado, Aiden se echó hacia delante y apoyó un codo en la mesa.

—Para que luego digas que no tenemos nada en común —señaló.

—¿Cuánto cuesta esta botella? —le preguntó Frankie mientras alzaba la copa para observar el vino.

Aiden se encogió de hombros y contestó:

—Ni idea.

—Pues yo sí que lo sé porque lo he buscado en internet cuando estabas en el baño. Mi alquiler es más barato que esta botella.

—¿Por qué presiento que el dinero será motivo de discusión contigo? Si a mí me da igual cuánto tengas, cuánto ganes o cuánto debas, ¿por qué te preocupa mi economía?

—Aiden —dijo entre risas—. Tu economía te sitúa en un mundo muy diferente al mío. No creo que sean compatibles.

—Hasta que no los mezclemos no lo sabremos.

El camarero volvió a su mesa y les sirvió las brochetas de pollo de aperitivo con una floritura.

—¿Qué quieres que haga? ¿Que te acompañe a fiestas para que presumas de chica? Porque te seré sincera. Lo que viste anoche (las mallas, las artes marciales y los sándwiches grasientos) es lo que hago cualquier finde. Yo no me pavoneo como las amigas de Pru ni me visto de punta en blanco para lucir palmito.

—Según nuestro acuerdo, no tienes que hacer nada que no quieras hacer. No necesito que seas otra Barbie de la alta sociedad. Me gustas tal como eres.

—Mmm…

—¿Qué pasa? —preguntó.

—Estoy pensando.

—Estás buscando otra excusa. Pruébalo, Franchesca. Sal conmigo. Folla conmigo.

—Tú sí que sabes conquistar a una chica —comentó en broma mientras le daba otro trago al vino.

—Te estoy siendo sincero.

Frankie cogió un panecillo de la bandeja y lo examinó.

—Está bien. No quiero que me exhibas por ahí como a tus ligues. Y mi vida está aquí. Me niego a patearme Manhattan cada vez que te apetezca verme.

—Acepto. No me van los malentendidos ni las movidas. Si no me la lías, nos llevaremos bien.

—¿Monogamia? —preguntó Frankie enarcando una ceja.

—Es un requisito para ambos.

Asintió.

—Vale. Creo que hay trato.

Aiden fue a cogerle una mano, pero, en vez de estrechársela, la besó en los nudillos.

—Presiento que será un placer hacer negocios contigo —dijo.

Charlaron mientras cenaban guiso de pescado y buñuelos de bacalao salado y se entretenían con el café. Para Aiden era fuerte; ni amargo ni muy dulce, y no pudo evitar pensar en el sabor de Franchesca. Apenas lo había paladeado y ya quería más.

Frankie cogió la cuenta antes de que la detuviese.

—Ajá —dijo mientras se llevaba el papelito—. El dinero no es motivo de discusión, ¿no?

—Invito yo, Franchesca.

—A la próxima. Esta pago yo. Y no me pongas esa cara. Si tanto te molesta, podemos tomar postre.

Postre. La palabra hizo que se la imaginara desnuda en mil poses distintas.

—Helado, Kilbourn, que ya estabas pensando en otra cosa.

El camarero volvió con el cambio de Frankie.

—Ya dejo yo la propina —se avanzó Aiden, que dejó un billete que valía más o menos lo que toda la cena.

—Serás chulito.

Se levantaron y Aiden la ayudó a ponerse el abrigo. Era una gabardina de lana que había corrido tiempos mejores.

—Le falta un botón —comentó Aiden mientras se ponía su abrigo de cachemira y observaba su cierre desnudo.

—Ya, lo sé. Lo perdí el invierno pasado en casa de mis padres cuando mis hermanos me retaron a escapar por la ventana de mi antiguo cuarto y bajar por el árbol como hacía antes. En mi defensa diré que nos habíamos pimplado tres botellas de vino durante la cena de Acción de Gracias. Aún no lo he encontrado.

—¿Y la heladería que decías? —preguntó Aiden. Le gustó que lo cogiera de la mano al salir del restaurante. Quiso preguntarle qué planeaba hacer después del postre, pues él tenía una bolsa de viaje en el coche y condones para dar y regalar. Estaba preparado… y quizá un poco esperanzado.

Frankie guiaba.

—¿Has trabajado hoy? —le preguntó.

Aiden asintió. No había sido su intención. ¡Qué narices! Si no iba a volver a casa hasta esa mañana, pero Franchesca le hizo cambiar de planes cuando abandonó su cama.

—Sí. Tenía que asegurarme de que no había ocurrido ninguna catástrofe mientras no estaba.

—¿Ya has decidido qué harás con Elliot? —le preguntó Frankie.

Se tensó. Se preguntó si sería una trampa, otra excusa para volver a detestarlo.

—Le he dado donde más le duele.

—¿En la nariz? —inquirió Frankie.

Aiden se echó a reír.

—No, pero tiene dos ojos a la funerala y le cuesta respirar, así que ha sido entretenido verlo arrastrarse ante nuestro padre.

—¿Has acudido a él? —le preguntó Frankie.

—Elliot siempre ha sido un niño problemático. Toma decisiones impulsivas que suelen costarle un ojo de la cara. Ostenta un cargo en la empresa solo porque, según mi padre, era lo justo. Pero su dinero está guardado en un fideicomiso revocable. Mi padre no quería que lo gastara en apuestas o que se lo prestara a una prostituta para que montase su propio burdel.

—O a una chica que baila como una *stripper* —añadió Frankie poniéndole ojitos.

Aiden le dio un empujoncito en el hombro y le dijo:

—Siento haber dicho eso. Tuve un día muy largo y lo que menos me apetecía era irme de fiesta con unos amigos empeñados en buscarme pareja.

—Y tenías migraña.

—Encima eso.

—¿Te dan a menudo?

—Solo en ocasiones concretas. Normalmente cuando hablo con Elliot.

—¿Y cuál cree tu padre que es el castigo que se merece por haber cometido un delito? —preguntó Frankie.

—Le ha congelado las cuentas un mes.

Frankie trastabilló y espetó:

—Tu hermano secuestra a alguien en un alarde de locura y poder y ¿tu papaíto le quita *la paga?*

Aiden no estaba dispuesto a admitir que había reaccionado de manera parecida cuando su padre había decidido el castigo. Eran asuntos familiares privados.

—Eso es lo que mi padre ha creído oportuno dadas las circunstancias.

—¿Y qué es lo que crees oportuno tú «dadas las circunstancias»? Ten en cuenta que lo que contestes determinará dónde pasas la noche después del helado.

—En ese caso, propongo que hagamos como antaño y lo cubramos de alquitrán y plumas.

—Vas aprendiendo, Aide. Vas aprendiendo —repuso ella con los ojos brillantes. Fue una victoria más dulce que cualquier otra que hubiera tenido recientemente. Y, sin pensar, sin manipularla, la abrazó.

—Ahora que estamos saliendo, ¿puedo besarte cuando me plazca?

Ella lo miró y trabó los dedos en las solapas de su abrigo.

—Mientras esté justificado…

Aiden se fijó en el ardor de sus ojos entornados y en sus labios entreabiertos. Al fundir su boca con la suya, volvió a saborear la victoria. Franchesca Baranski se había sometido… temporalmente. Podía besarla, tirársela y seducirla. Y no perdería ni un segundo del tiempo que pasasen juntos.

Frankie empezó a retroceder. La siguió hasta que se apoyó en la fría pared de ladrillo del edificio. La arrinconó, la cogió de la barbilla con ambas manos y tentó su boca. Sus labios eran carnosos y aterciopelados. En ese momento, mientras la besaba con avidez, recordó cómo se la había chupado con ellos y la sorpresa que se dibujó en sus labios cuando llegó al orgasmo.

Frankie le tocó el pecho por dentro del abrigo y bajó las manos hasta sus caderas. Lo acercó a ella y gimió cuando notó que la tenía dura.

—¿Cuánto te gusta el helado? —le preguntó tras liberarse de su boca.

—Lo aborrezco.

—Mi bloque está a tres manzanas.

—Tengo condones en el coche.

—Y yo en casa.

Recordó la advertencia que le había hecho su padre de adolescente. Norma número diecisiete de los niños ricos: nunca uses los condones de una chica. Es posible que te engañe para quedarse embarazada.

—Pues vamos.

Capítulo veintiocho

Tres manzanas podían hacerse eternas cuando tenía el clítoris hinchado por el deseo y el buenorro con el que iba de la mano podía hacer algo al respecto. Apenas hablaron durante el camino; la tensión entre ellos aumentaba por segundos.

Cada vez que la rozaba, Frankie estaba más desesperada y dolorida.

¿Sería igual de bueno que en las Barbados? ¿Sería mejor? ¿Sobreviviría?

Solo había un modo de averiguarlo.

Sacó las llaves con torpeza. Le temblaban los dedos de lo nerviosa que estaba. Aiden se las arrebató y abrió la puerta en su lugar. Fue el último gesto educado que tuvo esa noche.

Frankie lo metió dentro y cerró, no fuera a ser que la señora Chu se asomase al pasillo y les ofreciese aperitivos o consejos sexuales. Aiden ya se estaba quitando el abrigo y la chaqueta para cuando echó el pestillo.

Lo imitó. Se desvistió y se descalzó hasta que ambos se quedaron en ropa interior.

—Ven aquí —le ordenó él con voz cavernosa.

Podría haberse acercado a él con parsimonia, haberse hecho de rogar, haber tenido la sartén por el mango un poco más, hasta que se la robase él con esos labios pecadores y esa polla mágica que luchaba por escapar de los confines de sus calzoncillos rojos y ajustados. Pero no lo hizo. Se arrojó a sus brazos y Aiden la cogió sin problema.

La levantó por el culo y la arrimó a su erección.

Frankie daba gracias a Dios de que se hubiera vestido pensando que podría haber tema luego. Por una vez, sus bragas iban a juego con su sostén. Se había esforzado por encontrar

185

algo de encaje negro que fuera *sexy.* Y, por lo visto, estaba dando sus frutos.

Aiden devoró su boca mientras la llevaba al dormitorio. Esa vez la dejó poco a poco en el colchón y se tumbó encima de ella. Su cama era pequeña; no se parecía en nada al gigantesco colchón que habían disfrutado en las Barbados. Pero a Aiden le traía sin cuidado.

—¿Condones? —preguntó con voz áspera.

Frankie señaló la cajita que había en su mesita de noche.

—Espero que los tengas ahí por mí —repuso Aiden en tono seco. A Frankie le sorprendió que, con lo dura que la tenía, pudiese chincharla.

—No, siempre tengo un paquete gigante de preservativos extragrandes en mi mesita.

Aiden la pellizcó en el culo y ella chilló. Aiden la calló con un beso.

—Te deseo de todas las formas posibles —admitió.

—Por alguna habrá que empezar —musitó ella, que reía pero a la vez estaba dispuesta a suplicar—. ¿Cómo me deseas?

Como esperaba, su pregunta despertó un deseo carnal en sus bellos ojos azules. Apretó la mandíbula.

—Demuéstramelo —insistió ella. Le estaba dando permiso. La última vez habían librado una guerra por ver quién tomaba las riendas. Esa vez, Frankie quería ver qué oscuras fantasías se ocultaban tras su cara de angelito.

Aiden emitió un gruñido gutural y la tumbó bocabajo. La agarró del pelo para que no moviese la cabeza y la levantó por la cintura para que se pusiera a cuatro patas.

—¿Te parece bien? —susurró.

—Te estoy dando el visto bueno. Esta noche puedes hacerme lo que quieras. —Sin duda, lo estaba poniendo a prueba. Pero, como no se la metiese en los próximos diez segundos, a la pobre le daría un infarto.

—¿Lo que quiera? —repitió.

—A ver, no me van los tríos ni que se me meen encima.

—¿Y qué tal…? —Le bajó un dedo por la espalda hasta la hendidura que separaba sus nalgas. Cuando le tanteó el ano con la yema, se tensó.

—Según cómo vaya la noche —respondió.

—Tendríamos que casarnos —dijo Aiden en broma.

Frankie rio contra la almohada.

—En serio, Aide, como no me la metas ahora mismo, te echo y me voy sola a por un helado.

—Y no queremos eso, ¿no? —Le tocó la entrepierna con sus dedos mágicos.

—Así. Sí. —Frankie dejó de gemir cuando le bajó las bragas. Cuando al fin introdujo dos dedos en su sexo húmedo y prieto, se quedó muda de asombro y placer. Por fin dejaba de estar vacía.

Le arrimó las caderas como pidiéndole más. Aiden bajó la mano con la que la sujetaba del pelo y le agarró un pecho.

Con una mano la masajeaba y con la otra la masturbaba; poco a poco, la torturaba más y más. Y Frankie no dejaba de gemir contra la almohada.

—Eres preciosa —susurró Aiden mientras colmaba de besos su espalda.

Dios, cómo le gustaba que se encorvase sobre ella. Que le metiese y le sacase los dedos y le tirase de los pezones. ¡Necesitaba *más!*

Y él estaba dispuesto a dárselo.

Cuando le tanteó el ano con el pulgar, se tensó.

—¿Confías en mí? —preguntó él con voz tirante.

No confiaba en Aiden para no saltarse las reglas hasta salirse con la suya o para no secuestrar a alguien, como había hecho su hermano. Pero sí que confiaba en él para complacerla como nunca.

—Sí. Vale. Sí —contestó con voz ronca.

No necesitó que se lo repitiera. La masturbó como no lo habían hecho jamás y, al momento, volvía a suplicar. Qué pulgar. Qué maravilla de dedos. Notaba lo gorda que la tenía pese a no haberse quitado aún los calzoncillos. No solo oía sus resuellos, sino que estos también rozaban su piel desnuda.

«Toda chica tiene un límite. Después, explota».

Frankie gritó contra la almohada mientras doblaba los dedos de una forma particularmente virtuosa. Explotaría tan fuerte que arrasaría con el edificio entero.

Aiden gimió con voz grave y gutural.

—Vas a correrte, te lo noto. —La mordió en el hombro.

Ese ápice de dolor bastó para que se partiese como la cuerda de una guitarra. Se dejó llevar y se precipitó hacia el orgasmo. Aquello era de otro mundo y Aiden era su nuevo universo.

Siguió metiéndole y sacándole los dedos y el pulgar sin cesar hasta que se corrió entre estremecimientos y temblores.

Aiden la tocaba con pericia.

Frankie notó que se movía y sollozó cuando dejó de masturbarla. Entonces oyó el envoltorio de aluminio.

Aiden se preparó para metérsela. Se acarició de tal modo que la rozase y Frankie separó un poco más las rodillas para que la penetrase. No hizo falta más.

Pegó el glande a su entrada, la agarró de las caderas y se hundió en ella.

Frankie, satisfecha y complacida, agradeció la invasión. El gruñido gutural que emitió Aiden la volvió loca. Se incorporó y arqueó la espalda.

Aiden la agarró del pelo para que se estuviese quieta mientras la embestía con deliberada lentitud para torturarla. ¡Qué contenta estaba de no haber insistido en que fuesen a tomar helado!

Con la otra mano, en cambio, la acariciaba y la estrujaba como si quisiera explorar hasta el último centímetro de su cuerpo. Le soltó el pelo, y, cuando la sujetó por las caderas, Frankie se lo apartó para mirarlo.

Parecía un dios sumido en el ardor de la pasión. Apretaba la mandíbula. Se le marcaban las venas del cuello del esfuerzo y se le cerraban los párpados.

—Me encanta que me mires así —dijo entre dientes.

—¿Así cómo?

—Como si fuera el centro de tu universo.

La conexión que tenían al mirarse a los ojos los apresaba. Aceleró, con sutileza al principio y luego cada vez más y más rápido. Sus embestidas eran tan poderosas que la empujaban; no le quedó más remedio que tumbarse y cargar con su peso en la espalda.

—¡Aiden! —gritó. El clímax que se gestaba en su interior era impresionante.

Poseído por el ritmo frenético, le gimió al oído. «Tómame», le decía el cuerpo de él al de ella. Y Frankie estaba encantada de obedecer. La aplastaba contra el colchón, por lo que no podía moverse. Lo único que podía hacer era aceptar el placer que le brindaba.

Aiden le coló una mano en la entrepierna y la ahuecó justo donde necesitaba que la tocase.

—Voy a correrme y necesito que me acompañes —le dijo.

La penetró una vez, dos, y a la tercera se quedó ahí y gritó triunfal. Frankie se unió a él y lo ciñó con sus paredes mientras caía en picado por una vertiente vertiginosa.

—Joder, Franchesca —gimió pegado a su oreja.

Solo sirvió para que se corriera con más ganas. Su polla latiendo en su interior, su respiración agitada en su cuello y su peso encima de ella. Aferraba las sábanas con una fuerza hercúlea a medida que menguaban las oleadas de placer.

Se la folló hasta que la muchacha acabó y se echó a temblar. Entonces se dejó caer.

—Sé que te estoy aplastando —dijo—, pero es que no puedo moverme.

—No pasa nada. He cumplido todas mis fantasías sexuales. Acepto de sobra morir así —aseguró Frankie contra la almohada—. Mi madre estaría orgullosa.

—Hablando de tu madre…

—Aiden, sigues dentro de mí. No me gusta por dónde vas.

Él rio ligeramente junto a su cuello y preguntó:

—¿Sigo invitado a comer el domingo?

Capítulo veintinueve

Técnicamente, no le había dejado quedarse a dormir. Pero gandulear en la cama mientras el adonis de Aiden la abrazaba desnudo era una oportunidad demasiado buena para desaprovecharla. Además, el calor que emanaba su cuerpo asquerosamente perfecto bastaba para que no se helase con el frío glacial que hacía en su casa. Por las ventanas entraba mucha corriente y la caldera llevaba años para el arrastre. No obstante, el alquiler era razonable y vivía cerca de sus padres.

Así que se vestía con capas y apilaba mantas en la cama. La misma cama que había ocupado Aiden la noche anterior con su enorme figura. La misma cama desigual y hundida de la que no se había quejado por educación. Estaba en su lista de cosas que cambiar cuando acabase de costear el máster de una vez. Sí, le habían concedido préstamos por ser estudiante, pero casi toda la matrícula la había pagado con dinero de su bolsillo y por adelantado.

Mientras se cepillaba los dientes en el baño, se asomó al dormitorio y observó el daño que causaba una noche de pasión desenfrenada. Las mantas estaban tiradas por el suelo y, en algún momento, el pie o el brazo de alguno de los dos había arrasado con lo que había encima de la mesita de noche. Todo apuntaba a que tendría que comprarse otra lámpara.

Había valido la pena.

A las cinco de la mañana —hora intempestiva donde las haya—, Aiden le dio un beso en la frente y se marchó.

Tenía una reunión temprano y debía volver a casa a ducharse y cambiarse.

Ella, en cambio, se quedó holgazaneando en una cama cuyas sábanas olían a él hasta que le sonó el despertador dos horas después.

191

Se duchó con calma y decidió darse un capricho: se tomaría un café del caro en la cafetería hípster por la que pasaba de camino al trabajo.

—Buenos días —saludó Frankie mientras cruzaba como una exhalación la puerta de cristal de la oficina. Brenda, recepcionista y copropietaria del centro de desarrollo de pequeñas empresas de Brooklyn Heights, se estremeció por culpa de la ráfaga de aire invernal que Frankie trajo consigo y se arrimó al calefactor que había bajo su mesa.

No era un local moderno, pero sí acogedor. El año anterior, Frankie había ido un domingo a ayudar a Brenda y su marido Raul a pintar las paredes gris industrial de un blanco puro y bonito. Lo decoraron con obras de arte de vecinos del barrio. Cuadros de escaparates y bocetos del horizonte y las calles de Brooklyn. Brenda agregó todo un jardín de plantas para que hubiese toques de verde y «depurasen el aire».

—Nena, te morirás de frío como sigas viniendo al curro andando —la reprendió Brenda.

Frankie rio mientras se quitaba la bufanda de lana y la colgaba en el perchero. Después de lo ocurrido la noche anterior, le había robado tanto calor a Aiden que se pateó las seis manzanas que la separaban de la oficina sin pasar ni gota de frío.

—Me *gusta* venir andando. Así puedo hacer esto. —Le entregó el tecito verde que había comprado para ella.

La mujer movió los dedos mientras hacía ademán de coger la taza.

—¡Trae para acá! No he dicho nada. Camina lo que te dé la gana. ¿Qué más da que te congeles si me traes té verde?

—¿Qué tal anoche la reunión de las *daisy scouts?** —preguntó Frankie mientras se quitaba el abrigo y llevaba el bolso a su mesa.

A Brenda la habían llamado para cuidar de la tropa de las *daisy scouts* de su nieta, ya que su líder (que resultaba que era su hija) había pillado un virus llamado «asientos de primera fila para ver a Bon Jovi».

* En el escultismo de los Estados Unidos, las *daisy scouts* son el grupo de niñas más pequeñas (en general, de preescolar y de primer grado) dentro de las *girl scouts*. *(N. de la T.)*

—Me pimplé media botella de vino en cuanto se fueron. Trece niñas de siete años. —Brenda negó con la cabeza y se dio unas palmaditas en el pelo para asegurarse de que no se hubiera despeinado. Lo llevaba recogido en un moño en la base del cuello formado por docenas de trencitas oscuras—. Me han dejado la mesa perdida de purpurina.

—¡Mira que te advertí que no hicierais manualidades con cosas brillantes o pegajosas!

—Ya me ha quedado claro. —Brenda suspiró y añadió—: ¿Y tú qué? ¿Qué tal tu cena misteriosa?

Frankie se había mostrado cautelosa acerca de sus planes nocturnos, lo que había hecho que Brenda desconfiase de inmediato.

—Pues… bien.

—Ya, ya —repuso Brenda.

Frankie se sonrojó. Se había puesto un jersey de cuello alto para tapar el moretón que tenía entre el cuello y el hombro, cortesía de Aiden, que se había emocionado un poquito con la boca. «Tengo que poner normas para la próxima vez: nada de chupetones en lugares visibles».

Se puso como un tomate al pensar que habría una próxima vez.

—Tus cambios de rubor me están intrigando muchísimo.

—Fui a cenar con… el chico con el que… ¿Mi novio? —Técnicamente era eso, ¿no? Era más fácil que decir «el chico con el que salgo temporalmente y con el que me lo paso bien desnuda».

—¿Novio? —exclamó Brenda, animada. Destapó el té verde y sopló—. Cuenta, cuenta.

—¿No tenemos que prepararnos para el taller de redes sociales? —preguntó Frankie, esperanzada. Sacó el portátil del bolso y lo encendió.

—¿Te refieres al que dabas cada mes el año pasado? Lo tenemos más que dominado. Desembucha.

¿Qué podía decir para que no pareciese que se le había ido la pinza? «Mi novio y yo nos acostamos hasta que se aburra y se busque a otra. Pero mola porque me ha prometido mogollón de orgasmos y lo que se me antoje». No. Ni de coña.

—Se llama Aiden. Nos conocimos en la boda.

—Será un pijo si estaba en la boda de Pruitt —aventuró Brenda.

—No sé muy bien a qué se dedica —dijo Frankie para salir del paso, lo que tampoco era mentira. Que Aiden hubiese gastado más dinero en los cojines de su sofá que el que tenía ella en su cuenta de ahorro no significaba que entendiese qué hacía exactamente para ganar esa pasta.

—No es propio de ti. Normalmente elaboras un expediente del candidato que saldrá contigo y después quedas con él —señaló Brenda.

—Tengo que ponerme con el expediente —aseguró Frankie.

—¿Cómo se apellida? —preguntó Brenda.

—Kilbourn. Aiden Kilbourn. —Iba a armarse una buena.

Brenda se metió un dedo en la oreja, justo encima de las ordenadas filas de aritos dorados que llevaba en el lóbulo.

—Perdona. Es que una está ya mayor, pero me ha parecido oír que decías Aiden Kilbourn.

—¿Lo conoces? —preguntó Frankie con aire inocente. Pues claro que lo conocía. Todos los neoyorquinos conocían a los Kilbourn y sabían que dominaban Manhattan.

Brenda volvió escopeteada a su mesa y tecleó algo en el ordenador. Negaba con la cabeza y mascullaba. Frankie se escabulló a la cocinita y guardó su almuerzo en la nevera.

—Hola, Raul —saludó tras asomarse a su puerta abierta.

Raul era un hombre de pequeña estatura y gran corazón. Además, iba siempre hecho un pincel con sus jerséis de vivos colores y sus gafas de pasta. Le estaban saliendo canas. Siempre sacaba tiempo para cualquiera que llamase a su puerta y se consideraba un aficionado a las botellas de vino de menos de veinte dólares.

—Hola, Frankie. ¿Lista para el taller?

—Ya está todo preparado. Se han apuntado diez personas, así que lo más seguro es que vengan ocho. —Una de las especialidades de Frankie era enseñar a promocionarse en las redes sociales a dueños de empresas locales o a empleados a los que contrataban para llevar páginas de Facebook o cuentas de Instagram. Ella llevaba el Facebook de la charcutería de sus padres desde que su padre se había negado en redondo a aprender a encender un ordenador. Su madre se las apañaba bien con el iPad, pero no tenía ganas de «contar cada puñetera cosa» que hacía en el día a día.

Sin embargo, a su hija le venía de perlas para ponerse en la piel del dueño de un pequeño negocio. Era solo uno de los campos que exploraba en su trabajo. Pero, por lo general, era más divertido que solicitar subvenciones y contabilizar tutoriales de programas informáticos. Los clientes del centro de desarrollo de empresas no podían permitirse un contable de los caros, y, aunque hubiesen podido, no se habrían fiado. Las pequeñas empresas distaban tanto de la jerarquía corporativa como... Pues como Frankie de Aiden.

Cuando volvió a su mesa, encontró un fajo de papeles recién impresos.

Brenda había empezado el expediente por ella.

Trató de ignorarlos, pero le llamó la atención un titular. Y una foto de Aiden con otro señor en una subasta benéfica. Se fijó en el pie de foto y, sin darse cuenta, estaba inmersa en la lectura. Aiden era el director de operaciones de Kilbourn Holdings, una megacorporación especializada en fusiones, adquisiciones y economía empresarial. El propio Aiden había hecho sus pinitos en bienes inmuebles. El tío tenía propiedades. En Manhattan.

Y aún jugaba al polo, pero solo con fines benéficos. «Cómo no».

Pasó a otra imagen: una foto grupal en la alfombra roja de una gala. Se parecía a su madre, una de las mujeres a las que abrazaba su padre. El mismo cabello abundante y oscuro, y la misma nariz griega. Pómulos espectaculares. Su padre tenía el clásico pelo rojizo de los irlandeses, aunque le estaban saliendo canas. «Qué familia más adorable», pensó. Llevaban años divorciados, pero seguían moviéndose en los mismos círculos.

La madrastra de Aiden y el chivato de Elliot también salían. Las mujeres llevaban vestidos preciosos y los hombres, esmóquines que les sentaban como un guante.

De pronto la alivió muchísimo que le hubiese dejado claro que no formaría parte de ese circo. No la exhibiría como a un trofeo. Había currado lo suficiente de camarera para saber cómo iba lo de ser una mujer florero. Quédate ahí y pon buena cara, pero cierra el pico. Bebe, pero no te pases. No comas nada que cruja, se desmenuce o te borre el pintalabios. Sonríe, pero no mucho.

«Puaj».

No aceptaría una vida en la que un martes por la noche fuera como volver al baile del instituto.

Miró el reloj. Aún tenía una hora hasta que le tocase subir a montarlo todo. Tenían una sala de reuniones en el segundo piso en la que impartían seminarios didácticos. Frankie estaba mirando el modo de dar clases en línea a empresarios que estuviesen tan ocupados que no pudiesen hacer un hueco para asistir a los seminarios. Pero, entre el máster y el trabajo de camarera, avanzaba a paso de tortuga. Unos trabajillos más con los que ya se había comprometido y adiós a sus deudas. Unos meses más y tendría su flamante título en la mano.

¿Y después qué?

Pues no lo tenía claro. Le encantaría seguir trabajando para Brenda y Raul. Eran el corazón de la comunidad empresarial de Brooklyn Heights. Pero su presupuesto era cada vez más reducido. Como les retirasen otra subvención, tendrían que hacer recortes, y, por desgracia para Frankie, ella sería la primera en caer. Otro motivo por el que quería asegurarse de que pudiesen dar clases en línea.

Había encontrado algo que la entusiasmaba, que la desafiaba. Y al fin dejaría de vivir mes a mes, como llevaba haciendo toda la vida.

La puerta la sacó de su ensoñación. Por ella entraba un mensajero con una caja grande y negra.

—Paquete para la señorita Baranski —anunció mientras se quitaba el auricular.

Brenda señaló a Frankie con un dedo y dijo:

—Ahí la tienes.

—Guay. —Fue hasta su mesa y le dejó la caja encima—. Necesito que me eche una firmita. —Se sacó una tableta y Frankie firmó con el dedo.

—¿Quién me lo manda? —preguntó.

—Un pez gordo del centro, de Kilbourn Holdings. Hasta la vista. —Se despidió rápido, a lo militar, y salió por la puerta.

Frankie se quedó mirando la caja. Le daba miedo abrirla. ¿Qué le habría dado tiempo a enviarle en las escasas horas que habían pasado desde que se abrazaban desnudos? Ni Prime era tan veloz. «Ay, madre. ¿Y si es una caja de juguetes eróticos?».

Brenda se asomó a la mesa de Frankie y la apremió:

—¡Va, que me dará algo!

A ella sí que le daría algo como fuese un surtido de vibradores. Pero no se libraría de Brenda hasta que abriese el paquete. Con cuidado, levantó la tapa y miró qué había dentro.

—¿Y bien?

Frankie dejó la tapa a un lado y retiró las delicadas capas de papel de seda. En serio, ¿quién empezaba el día abriendo un regalo?

—¡Oooh! —exclamó Brenda mientras Frankie sacaba el abrigo de la caja. Era negro, como el que ya tenía, pero hasta ahí llegaba el parecido.

El suyo era de lana —¡¿y eso era cachemira?!— y tenía un forro de seda a cuadros.

—Qué suave —murmuró.

—Póntelo —le ordenó Brenda.

—Hostia puta. Es de Burberry.

Brenda la ayudó a ponérselo. El lujo era palpable. Acarició la tela. Se estrechaba por la cintura y le llegaba por la mitad del muslo.

Brenda asintió en señal de aprobación.

—Estás fabulosa.

—Ni se te ocurra mirar el precio —le advirtió Frankie. Aquello no era un abrigo de cien dólares que una encontraba en los grandes almacenes.

Brenda metió las manos en los bolsillos.

—¿Qué haces?

—Ver si los ha llenado de diamantes.

Frankie se echó a reír. Estaba aturdida. ¿Debía considerarlo un regalo? ¿Cómo le correspondería?

—¡Eureka! —Brenda sacó las manos de los bolsillos con aire triunfal—. No son diamantes, pero sí que he encontrado algo. —Le enseñó un par de guantes.

Eran elegantes, de cachemira y estaban forrados de cuero. Cómo no…

—¡Anda, mira! ¡Hay una nota en la caja!

Frankie cogió el sobre que se ocultaba entre el papel de seda antes de que Brenda se le adelantase.

«Para que estés calentita cuando no esté».
A.

Hostia. Puta.

—¿Qué pone? ¿Qué pone? —Brenda desplazaba el peso de un pie al otro con tanto ímpetu que parecía que bailaba.

Frankie carraspeó.

—Solo pone «Para que estés calentita» —mintió.

Brenda chilló.

—¡Qué emoción! ¡Nuestra Frankie ha pescado a un millonetis!

Raul se asomó a la puerta de su despacho.

—¿Cómo va la preparación del taller? —inquirió mientras las observaba con recelo.

—De maravilla —contestó Brenda con amabilidad—. ¡Gracias por preguntar!

—Voy a prepararlo todo —dijo Frankie mientras se quitaba el abrigo a regañadientes.

—Tú tira, que ya te cuido yo el abrigo.

Frankie encendió la cafetera de la cocinita y subió la estrecha escalera que conducía al segundo piso. Una vez en la sala de reuniones, encendió el termostato y repartió las libretas y los bolis. Se sentó en una silla y sacó el móvil.

Frankie: ¿De dónde has sacado un abrigo de Burberry un martes antes de las nueve de la mañana?

Contestó al instante, lo que le hizo pensar que había estado esperando que le escribiese.

Aiden: De nada. Ya te lo dije: lo que quieras.

198

Pero no había pedido un regalo así. Un abrigo que debía de costar mil dólares, si no más. Ni de coña estarían a la par en ese aspecto.

Aiden: ¿Te gusta?

No le había dado las gracias. Encima de pobre, maleducada. Tenían que hablar de ese tema, de que la incomodaba beneficiarse de su fortuna. Pero ahora tocaba ser agradecida.

Frankie: Es precioso. Me gustaría decir que no puedo aceptarlo, pero creo que mi jefa acaba de tirar el viejo a la basura junto con los posos del café. Gracias por pensar en mí.

Aiden: Tengo el presentimiento de que lo haré a menudo.

Capítulo treinta

—Traerás a tu hombrecito a comer el domingo, ¿no?

La madre de Frankie la había pillado en el rato que tenía entre el trabajo y el examen de esa noche. Seguro que le pondría la cabeza como un bombo.

—¡Mamá, que tiene cuarenta tacos! Nos acostamos, no vamos al baile de fin de curso.

—Mejor me lo pones. Seguro que está deseando sentar la cabeza y darle media docena de nietecitos a su suegra.

—¿Así torturas a Marco y Rachel? Porque ellos sí que esperan un hijo —señaló.

—Como vuelva a oír a la presumida de mi hermana decir que Nicky es muy inteligente o que se muere de ganas de llevar a Sebastian al parque, la quemo.

Otra cosa no, pero exagerada era un rato.

—No sé si podrá venir. —Frankie suspiró mientras subía corriendo los peldaños de delante del edificio. Era la única clase a la que tenía que asistir en persona. Las demás, por suerte, eran en línea. Así que una vez por semana se desplazaba hasta el puto centro para ir a la clase de Responsabilidad Social Corporativa.

Se dirigió a las escaleras.

—No lo sabrás si no se lo preguntas —dijo May con tono lastimero.

—Vale. Le preguntaré.

—Yupi. Os espero el domingo. —Cuando colgó, Frankie maldijo a la familia y las complicaciones que esta entrañaba. Llegaba con cinco minutos de antelación, y, en vez de volver a repasar los apuntes, como debería haber hecho, abrió los chats.

Aiden: Suerte esta noche.

¿Cómo se acordaba de que tenía un examen? Con lo apretada que debía de tener la agenda, que recordase detallitos personales sobre ella le encantaba y la descolocaba a partes iguales.

Frankie: Gracias. Tú también la necesitarás. Estás oficialmente invitado a la comida del domingo de los Baranski. Puedes negarte. Habrá ruido, estaremos apretujados y gritarán un montón. Si quieres, le digo a mi madre que estás liado comprando un país o algo así.

Como no contestó al instante, Frankie silenció el móvil y se lo guardó en el bolso. Era mejor que no fuera. Sería un error llevarlo a casa de sus padres. Su madre se montaría una película y empezaría «por fin» a planear «la boda de su única hija». Y, cuando lo suyo terminase, cuando ella y Aiden se separasen, May acabaría más destrozada que ellos. Además, no quería complicar las cosas. Y eso era justo lo que solía hacer la familia.

Se les estaba dando fenomenal lo de no complicarse la vida. El martes habían cenado juntos y habían echado un polvo —fantástico, por cierto—, y desde entonces se escribían de vez en cuando. ¿Veis? Salvo por el abrigo y los guantes caros que le gustaban tanto que se los ponía mientras veía la tele en su casa para no acabar congelada, eran el típico rollete de Tinder.

Eso sí que sabía manejarlo.

El profesor Neblanski entró en el aula arrastrando los pies con su café con leche y dejó su maletín encima de la mesa.

—Bueno, vamos a darle carpetazo a esto.

* * *

Detestaba admitirlo, pero la decepcionó no ver a Aiden ni el viernes ni el sábado. El viernes por la noche ya había quedado para ir con unas amigas a una enoteca que habían abierto en Clinton Hill. El sábado Aiden se pasó la mitad del día en la oficina y la otra cumpliendo con sus responsabilidades de rico. Tenía que asistir a una gala benéfica y cenar con unos clientes o algo así. En ese momento, Frankie estaba acurrucada en el sofá con reposiciones de Netflix de fondo y el borrador de su tesina en el regazo, pero ignoraba ambas cosas para pensar en Aiden.

Lo que les faltaba de contacto físico lo compensaban escribiéndose. A Frankie le alegró descubrir que Aiden era muy gracioso por escrito.

Aiden: Uno me acaba de decir mientras cenábamos que no da abasto con tanto empalme. ¿Qué le digo? (Contexto: el cliente posee varias centrales eléctricas).

Aiden: Iba a pasarme por tu casa a darte una sorpresa, pero luego he recordado que vives en Brooklyn.

Aiden: Los sándwiches ya no me saben igual: ninguno está a la altura del que preparó tu hermano.

Y el mensaje de esa noche.

Aiden: Respecto a la comida de mañana, ¿qué tengo que hacer para llamar la atención de tu madre y que no se centre en Gio y la señora que acaba de enviudar? ¿Le digo que vamos a adoptar un niño o que se ha filtrado un vídeo de nosotros haciéndolo?

Frankie se partió de risa con ese. Le contestó enseguida.

Frankie: ¿Cuándo fue la última vez que conociste a los padres de una chica?

Aiden: Conozco a la mayoría.

A Frankie no le hizo gracia su respuesta. Así una no se sentía especial.

Aiden: Pero, al haber oído hablar de tu madre, estoy mucho más agobiado. ¿Cómo me la meto en el bolsillo? Es para un amigo.

Frankie volvió a desternillarse. Empezó a contestarle, pero entonces le dio un arrebato y lo llamó.

—Franchesca —saludó con alegría y fervor a la vez.

Se sentía como una adolescente que habla por teléfono con el chico que le gusta.

—Hola —dijo mientras se preguntaba por qué lo había llamado. Ahora tenían que hablar—. ¿En serio te preocupa conocer a mi madre? Porque debería. Es espeluznante.

—Infravaloras mi encanto —insistió Aiden.

Frankie se echó a reír y repuso:

—Y tú lo loca que está mi madre. Te preguntará para cuándo la boda y los hijos.

—¿Y qué le digo?

Frankie se recostó en el cojín y contestó:

—A ver, sabe que nos acostamos, lo que, según ella, me convierte en un genio diabólico por engatusarte con el sexo y seducirte para pasar por la vicaría.

Aiden rio ligeramente.

—No hace falta que vengas —le recordó. Estaba más nerviosa por presentarlo a él que a cualquier novio serio que hubiese tenido desde el instituto.

—Quiero ir.

—Pues no entiendo por qué. Son desordenados, escandalosos y cotillas, y seguro que acabas con dolor de cabeza, un pitido en los oídos y empacho. Mi madre te inflará a comida y mi padre se asegurará de que no falte el alcohol.

—¿Intentas convencerme para que no vaya? Porque saber que comeré y beberé hasta hartarme está teniendo el efecto contrario.

—No será como los eventos a los que estás acostumbrado.

—Franchesca, que no haya vivido algo no significa que no me guste. Pero, si no quieres que vaya, dímelo. Haré lo que tú quieras.

Frankie se mordió el labio y contestó:

—Ven a conocer a la loca de mi familia.

—Ahí estaré. Además, alguien tiene que salvar a Gio de la viuda.

—Flipo con que le seas tan leal a mi hermano.

—Es que me preparó un sándwich con el que sigo soñando.

—Pues verás cuando te lo prepare yo. Te olvidarás de Gio, su lechuga pocha y su pan revenido.

—¿También eres sandwichera profesional? ¿Hay algo que no sepas hacer? —preguntó Aiden para chincharla.

¿Se estaba metiendo con sus orígenes humildes? ¿Sandwichera y ayudante de *catering*?

—Si no estuvieras tan liado ganando pasta, podrías aprender a prepararte un sándwich decente —le dijo en broma.

—¿Qué tal la semana? —le preguntó de pronto.

—Pues… bien.

—¿Qué has hecho? —inquirió.

—¿Por? —preguntó Frankie entre risas.

—Me interesas —contestó Aiden en tono seco—. Cuéntame qué tal la semana. ¿Cómo te fue el examen?

Se lo contó y él la escuchó. No lo pillaba. Daba la impresión de que consideraba lo suyo una relación de verdad. Algo que Frankie no se permitía imaginar. Como se acostumbrase a oír la voz ronca de Aiden Kilbourn cada noche, ¿qué sería de ella cuando dejasen de llamarse?

No dejó de darle vueltas mientras disfrutaba de la conversación, la guasa y el interés.

Capítulo treinta y uno

Frankie se asomó a la ventana frontal de la casa de sus padres por enésima vez en dos minutos.

—Alguien espera a su no... vio —canturreó Marco con un falsete de lo más molesto.

—Calla, anda —le espetó Rachel, su mujer y la nueva mejor amiga de Frankie.

—Cariño, no grites. El médico dice que no es bueno para el bebé —repuso Marco mientras acariciaba su vientre redondo.

—Echa el freno, vaquero. ¿Qué tal si dejas de hacer cosas que exijan regañarte a gritos? —Rachel era clavadita a su hermano en todo..., hasta en los decibelios.

—¡Vosotros! Bajad la voz, que no oigo a Drew. —El padre de Frankie era un hombre bajo y fornido a quien lo que más le gustaba en el mundo era apoltronarse en su sillón reclinable con el volumen de la tele a tope. Se grababa los episodios de *El precio justo* de toda la semana y el domingo se los veía seguidos—. Me cago en la mar salada. ¿Dos dólares? Pero, bueno, señora, ¿usted no comprará nunca o qué? —preguntó con fastidio.

—¡Mamá! ¿Cuándo se come? —preguntó Gio desde la parte trasera de la casa. Seguro que estaba picoteando en la cocina.

—¡Cuando venga el novio de Frankie! ¡No toques el pollo! —May Baranski tenía un tercer ojo en lo que respectaba a los dormitorios de sus hijos y la cocina. La primera vez que Frankie coló a un chico en su cuarto, May tuvo la repentina necesidad de «pedirle prestado» un jersey a su hija adolescente. El chaval, escondido en el armario, se acojonó.

—¿Es ese? —May se subió al sofá para asomarse a la ventana.

La familia de Frankie no iba a la iglesia, pero su madre era partidaria de vestir bien los domingos, de ahí que se hubiera puesto sus mejores pantalones con cintura elástica y el jersey de cuello alto que se compró en JC Penney en 1989.

El coche que se había parado valía más que la casa entera. Debía de ser él. Le sonó el móvil y Frankie se lanzó a por él.

Aiden: Ya he llegado. ¿Puedo pasar?

—¿Es él? —voceó May mientras saltaba en el sofá para verlo mejor. La tía iba al gimnasio a hacer *aquagym* tres veces por semana y estaba más en forma que la mayoría de ellos juntos.

Frankie: Bajo y entro contigo. ¿Has traído escolta? Mi madre se está restregando contra el sofá para verte bien. No sé si puedo impedírselo.

Frankie dejó el móvil en la mesa de centro, salió zumbando por la puerta y bajó los dos escalones de cemento. Aiden, con sus pantalones de vestir gris marengo y su jersey burdeos, se apeó del coche. Estaba de toma pan y moja. Su madre pensaría que se había arreglado para la ocasión y le daría puntos extra. Frankie no quería reconocerlo, pero se había cambiado dos veces, había vuelto a conjuntar bragas y sujetador y se había maquillado como si fuera a trabajar.

Se unió a él en la estrecha acera de hormigón que conducía a la casa y frenó en seco. Todos y cada uno de los miembros de su familia, a excepción de su padre, estarían pegados a la ventana delantera. Quería besarlo, pero no quería montar un espectáculo.

Aiden, al notar que vacilaba, sonrió y le dijo:

—Como me estreches la mano cuchichearán más.

—Me disculpo por adelantado porque menuda cagada. Perdón por haberte metido en este berenjenal.

—Tranquilízate, Franchesca. Vamos a comer, no a la guerra.

Ella rio por la nariz y repuso:

—Cómo se nota que eres nuevo. En este barrio suelen ser sinónimos.

—Voy a besarte —le avisó—. Entraremos y comeremos. Y luego te llevaré a casa y te follaré.

Frankie se moría de ganas.

—Vale, pero sin lengua. Ya sabes que se me caen las bragas cuando me besas así.

Aiden sonrió complacido y le dio un beso casto y puro en los labios. Se apartó y le preguntó:

—¿Qué tal?

—Se me caerán las bragas igual. ¿Qué te parece si nos vamos y pasamos directamente a la parte en que me la metes? —propuso.

—Luego —le aseguró—. Antes tenemos un asunto que resolver. —Le enseñó las flores y el vino.

—Por Dios, Aide. Dime que no has traído una botella de mil dólares. —Frankie estaba escandalizada. Las flores tampoco las había comprado a última hora en el súper. Lirios blancos y hojas de acebo verdes y lustrosas. Uf. A su madre le encantarían.

—Tranquila. He ido a una tienda y he pagado un precio razonable.

—Más te vale que haya sido inferior a cien dólares.

—Si te digo que sí, ¿me dejarás pasar?

Suspiró y se cuadró.

—Recuerda que te he dado la oportunidad de escapar.

Frankie entró primero por la contrapuerta oxidada que golpeó a Aiden en el culo cuando se detuvo en seco, pues todos los miembros de su familia estaban apiñados en las doce baldosas de pizarra que conformaban el vestíbulo. Madre mía, ¿cómo no se había fijado en que había pelusas en el zócalo? ¿Y cuándo había empezado a desconcharse la puerta del armario?

—Qué bien que estéis todos aquí al acecho como buitres. Familia, os presento a Aiden. Aiden, te presento a mi familia.

—Cuánto me alegro de conocerte —canturreó la madre de Frankie como si le hubieran presentado al mismísimo Frankie Valli.

Su padre refunfuñó y miró al presentador de *El precio justo;* así se presentaba él a los desconocidos.

—Encantado, tío —saludó Marco mientras le tendía la mano—. Te presento a Rach, mi chica.

—En realidad soy su mujer y la madre de su futuro hijo —lo corrigió Rachel mientras se señalaba la barriga.

Aiden les estrechó la mano a todos y los saludó con más cariño del que merecían según Frankie.

—Me alegro de volver a verte, Aide —le dijo Gio mientras lo abrazaba en plan colegas, con solo un brazo.

—¿Volver a verte? —Fiel a su estilo, May se aferró a esa afirmación con uñas y dientes—. Ya os conocéis.

—Sí. —Gio se encogió de hombros—. Estaba en casa de Frankie la semana pasada.

—¿Y no se te ocurrió contármelo? —May alzó tanto la voz que solo la oyeron los perros. Le dio un coscorrón en la cabeza.

—¡Ay! ¡Mamá, que te envié una foto de los dos juntos!

—Se me había olvidado. Perdona. —Y volvió a pegarle.

Aiden se lo pasaba pipa con el numerito (o eso esperaba Frankie). Su madre estaba más para allá que para acá.

—Por el amor de Dios, ¿podemos comportarnos por una vez como personas normales? —chilló Frankie. Se volvió hacia Aiden y le dijo—: Me gustaría decirte que esto no es lo habitual, pero estás ante la familia que tiene prohibida la entrada a un restaurante de Atlantic Avenue para siempre.

Aiden le dio un apretón en el hombro e intervino.

—Señora Baranski, gracias por querer que les acompañe hoy. —Le entregó las flores y el vino como si se trataran de un escudo que fuera a mantener a raya a la pequeña señora italiana.

—Pero ¡bueno! Qué caballero. —May suspiró en señal de aprobación—. Qué atento. ¿Por qué vosotros nunca le traéis flores a vuestra madre? —les preguntó a sus hijos varones mientras admiraba los lirios y, de paso, les hacía chantaje emocional.

Gio y Marco farfullaron excusas que les granjearon una colleja a cada uno.

—Señor Baranski —empezó Aiden—, Gio trajo unos sándwiches a casa de Franchesca esta semana. Dijo que eran de su charcutería. El mejor sándwich que he probado en mi vida.

Hugo sacó pecho y dijo:

—El secreto está en la carne. Tienes buen gusto para los sándwiches. Yo te apruebo. —Y volvió a mirar la tele *ipso facto*.

Frankie puso los ojos en blanco y le susurró:

—Bienvenido al sexto círculo del infierno.

Aiden le guiñó un ojo y le dijo:

—Pues ya verás cuando conozcas a mi familia.

Capítulo treinta y dos

—Has conocido a Frankie en el momento perfecto —comentó May mientras se servía otra copa de vino—. En unos años sus óvulos no valdrán para nada.

—¡Mamá! —Frankie parecía más molesta que horrorizada—. Deja mis óvulos en paz. Estamos empezando. ¿Y si se disfraza de payaso y asesina a gente con un hacha?

—¡Anda ya!

—¿Cómo lo sabes?

—Me ha traído flores y vino. Los payasos no tienen modales. —Por lo visto, ni Dios rebatía la lógica de May Baranski, advirtió Aiden.

—Agradezco que piense que soy buena persona, señora Baranski.

—Llámame «mamá».

—¡Mamá! —Franchesca se tapó la cara con las manos y Aiden bebió cerveza para disimular que se estaba riendo—. ¡Ponlo ya en el testamento, si eso!

—Cuando te pida matrimonio —insistió May con una testarudez que sin duda había heredado su hija.

—Bueno, Aiden, ¿a qué te dedicas? —La atención de Hugo se había amplificado ahora que se había acabado *El precio justo*.

Frankie le apretó el muslo por debajo de la mesa. Le estaba enviando un mensaje tácito, pero, por desgracia para ella, su paquete lo interceptó.

Aiden carraspeó y le dio un trago a la cerveza.

—Yo también soy empresario.

Cuando Frankie rio por la nariz, Aiden le dio un apretón en la base del cuello.

211

Para él, un empresario era un empresario, con independencia del número de empleados y oficinas que tuviese. El padre de Frankie era su propio jefe y ofrecía un servicio a la comunidad. Aiden lo valoraba y lo respetaba.

—Papá, Aiden es el director de operaciones de Kilbourn Enterprises —explicó Frankie. Más que presumir, parecía que se disculpara.

Marco silbó y soltó:

—¡Madre mía, si todo el centro es tuyo!

May abrió los ojos como platos y cogió su copa de vino.

—Franchesca, acompáñame a la cocina.

Aiden y Frankie se miraron.

—No falta nada en la mesa, mamá —señaló Frankie.

—Ya. —El tono de May no dejaba opción a réplica.

Aiden notó un dolor sordo en la base del cráneo: la jaqueca que le había augurado Frankie. «Ya está», pensó. A todas las madres se les hacían los ojos chiribitas al saber que su hija había pescado a un Kilbourn.

Frankie le dio un apretón en el muslo y siguió a su madre a la cocina.

—¿En qué lío te has metido? —bramó May Baranski desde los confines de la cocina.

—Mi madre cree que la cocina está insonorizada —explicó Gio.

—Vas a querer otra birra —vaticinó Marco.

—Él y todos. —Hugo suspiró y añadió—: Lo siento, Aiden.

—¿Voy? —preguntó Rachel.

Marco le pasó un brazo por los hombros y contestó:

—Sería peligroso para el bebé, hazme caso.

—¿Que en qué lío me he metido? ¿De qué vas? —bramó Frankie.

—Es millonario —arguyó May—. No puedes casarte con un tipo así.

—Siento ser yo quien te lo diga, pero tendrías que cambiar la eme por una be. Y no quiero casarme con él. Es buen tío. Nos lo pasamos bien.

En toda su vida, nadie lo había descrito como un buen tío.

—Tienes treinta y cuatro años, Franchesca. ¿A qué esperas para sentar la cabeza?

—¡A encontrar al chico adecuado! No todos tenemos la suerte de conocer a nuestra alma gemela en el instituto. —Por lo visto, Frankie también creía que la cocina estaba insonorizada.

—¡Él juega en otra liga! ¡No puedes pretender que te considere una igual! —gritó May.

—¿Crees que permitiría que un tío me tratase como si fuese inferior a él? —exclamó Frankie.

—No me gusta lo vuestro. Ni un poquito. Una cosa es ser amiga de Pru y otra muy distinta es salir con un hombre que posee medio Manhattan.

—Ahí exageras.

—¿Exagerar? ¿Yo? ¡Jamás!

—Siempre exagera —comentó Rachel, que le sonrió compasiva.

—Eh, Aide —intervino Gio de pronto—. ¿Qué opinas de los Knicks?

—¿De los Knicks? Que llegarán a la semifinal o a la final y todo. —Aiden agradeció que le echase un cable.

—A Marco y a mí nos sobra una entrada para el partido del martes. ¿Te apuntas?

Aiden intentó recordar cuándo había sido la última vez que lo habían invitado a algo que no estuviera relacionado con los negocios. No lo consiguió.

Los gritos de la cocina incrementaron de volumen.

—Es un buen tío con el que no voy a casarme, mamá. Relájate.

—¡A mí no me hables así, Franchesca Marie!

—Tú eres la que se está comportando como una chiflada delante de un tío majísimo que me cae superbién.

—¡No me estoy comportando como una chiflada! Me aseguro de que mi hija no se junte con una panda de vividores. ¿Y si le da por llevarte a Mónaco o a San Bartolomé? ¿Y si te mete en las drogas? Todas las famosas van a rehabilitación.

—Madre mía, mamá, ¡que no tengo trece años! Y Aiden no me meterá en las drogas.

—No quiero que te olvides del máster por una cara bonita y unos billetitos.

—¡Madre! Desde que tengo veintidós años no dejas de repetirme que te mueres de ganas de que me case.

—Pero con un buen chico de Brooklyn que te dé una familia y una casa bonita a tres manzanas de la nuestra. No con un millonetis que te exhibirá como a un trofeo.

—¿Y acaso no lo soy? —inquirió Frankie a pleno pulmón.

—Creía que habías dicho que no te casarías con él —exclamó May.

—¡Ya sabes cómo soy! ¡Basta que me niegues algo para que lo quiera!

—El martes me va bien —respondió Aiden.

—Guay —dijo Marco.

—¿Quedamos en el estadio? —propuso Gio.

—Por mí sí —contestó Marco.

—Por mí también.

—¿Quién se atreve a ir a por otra ronda? —preguntó Hugo.

—Ya voy yo, anda —dijo Rachel mientras se levantaba de la mesa.

—Ten cuidado, cielo —le advirtió Marco, a quien ya no le preocupaba tanto el bienestar de su futuro hijo al haber unas birras en juego.

Rachel enfiló el pasillo aguantándose la barriga.

—Se oye todo lo que decís —les informó.

—Qué va —replicaron las dos Baranski.

—Anda que no —insistieron los Baranski desde el comedor.

—¿Has visto lo que has hecho, mamá?

—¿Yo? ¡Eres tú la que ha traído a un trillonario a comer!

—Aún se oye —bramó Gio.

—Qué va —insistió May.

Pero cesaron los gritos, y, tras unos cuantos susurros en alto provenientes de la otra punta del pasillo, Frankie, Rachel y May reaparecieron. Frankie y May se llenaron la copa hasta arriba.

Rachel agitó cuatro cervezas y las repartió.

Aiden se bebió lo que le quedaba de birra y fue a por la otra.

—Qué bueno el pollo —comentó.

Marco rio por la nariz y se atragantó.

—Nos alegramos de que lo hayas disfrutado —repuso May con una sonrisa amable.

Frankie le sacó el dedo a su hermano.

Marco la imitó, pero su madre lo pilló. May se levantó de la silla, se acercó a su hijo como si nada y, justo cuando este relajaba los hombros, le dio una colleja.

—¡Compórtate!

—Ha empezado Frankie —replicó Marco.

Frankie volvió a sacarle el dedo.

—¿Ves? ¡Mira!

Frankie cogió el tenedor y se puso a comer con cara de no haber roto nunca un plato.

—Tú flipas, Marco.

May le dio una colleja a Gio de camino a su sitio.

—¿A qué ha venido eso? —le preguntó su hijo.

—Te he visto mover el dedo —señaló—. Mejor prevenir que curar.

May se sentó con afectación. Frankie y sus hermanos la observaron con atención. En cuanto vieron que se centraba en su plato, se enseñaron el dedo corazón.

—La madre que os parió. ¿Cuándo os habéis vuelto gilipollas? —Hugo suspiró.

—¿Cómo? ¿Qué han hecho? —preguntó May.

—Nada —contestaron los tres hermanos Baranski.

—¿Seguro que quieres aguantar esto? —le preguntó Rachel a Aiden—. Aún estás a tiempo de huir.

Aiden disimuló la risa con una tos.

—No espantes al trillonario. Es la última oportunidad de Frankie de no tener un bebé probeta —dijo Marco en broma.

Aiden le sacó el dedo a Marco y los comensales se partieron de risa. Todos salvo May, que se levantó con tranquilidad y le dio una colleja.

—¡Mamá! —gritó Franchesca, horrorizada.

—Me da igual que sea trillonario. ¡En mi mesa no se saca el dedo!

En cuanto miró su plato, los seis se lo enseñaron.

Capítulo treinta y tres

Al final, Frankie tuvo que llevar a Aiden a casa en su propio coche porque había bebido más de la cuenta con su padre y los tontos de sus hermanos. Era un borracho adorable; se pasó las ocho manzanas que había hasta llegar a su casa alabando cómo pisaba el freno y ponía el intermitente.

Frankie metió la llave en la cerradura y empujó a Aiden para que entrase. Dejó las llaves en la encimera de la cocina y se descalzó.

—Qué comida más movidita —comentó.

—No me ha quedado claro. ¿He aprobado? —inquirió Aiden mientras se quitaba el abrigo y lo colgaba con cuidado en el endeble perchero que estaba más torcido que la torre de Pisa.

—¿El qué? —preguntó Frankie mientras sacaba dos vasos del armarito de la cocina.

—El examen de tus padres.

Frankie se echó a reír y respondió:

—Mi madre te ha dado un coscorrón. No se me ocurre un galardón mejor.

—No es lo que te ha dicho en la cocina.

Frankie le pasó un vaso de agua y un ibuprofeno.

—Lo has oído, ¿eh? —Se hizo un ovillo en el sofá y se sentó sobre sus pies.

Aiden se sentó a su lado y se quedó mirando la pastilla que tenía en la mano.

—Va. Siempre me dan dolor de cabeza —comentó Frankie en broma.

—Qué amable —le dijo Aiden mientras le sonreía con cariño.

Se dio el gusto de atusarle la mata de pelo.

Aiden se apoyó en el cojín y cerró los ojos.

—Qué gustito —murmuró.

Era difícil resistirse al Aiden piripi y vulnerable.

—¿De verdad te importa caerles bien? —inquirió Frankie mientras se preguntaba si le estaría tomando el pelo.

—Pues claro —aseguró mientras ladeaba la cabeza para mirarla—. Si tu familia es importante para ti, para mí también.

—¿Mi padre y tú le habéis estado dando al *bourbon* a escondidas?

—Solo un par de veces —contestó Aiden, vuelto hacia ella—. Eh, ¿sabes qué hacen algunas personas los domingos por la tarde?

—¿Comprar países pequeños? —aventuró Frankie. Aiden descansó la cabeza en su pecho y ella siguió acariciándole el pelo despacio.

—Ja, qué graciosa. He oído que hay gente que se echa la siesta.

Le tiró del pelo para obligarlo a mirarla.

—¿Nunca te has echado la siesta un domingo por la tarde?

—Claro. Cuando tenía tres años —contestó con una sonrisita.

—Las siestas de los domingos son lo mejor del mundo. Si los ricos no pueden echárselas, no quiero ser rica nunca.

Aiden se arrimó a ella y enterró la cara en su pecho.

—¿Te la echas conmigo?

—Quítate los zapatos —le ordenó.

—Vaaale. —Se quitó los mocasines de Ferragamo, primero uno y después el otro.

—¿Siempre eres tan mono cuando bebes? —preguntó para chincharlo mientras retiraba la manta del respaldo del sofá y lo tapaba con ella.

—Bebo demasiado —murmuró con los ojos cerrados.

—Ah, ¿sí?

—Me automedico.

—Nunca te he visto borracho —señaló Frankie mientras se colocaba bien el cojín.

—No me gusta ponerme baboso —repuso entre bostezos.

—Es verdad, no te pega —convino ella.

—Eh, ¿me acompañas a una cena esta semana?

—¿Dónde? —preguntó para ganar tiempo.

—En un museo. Es una gala benéfica. Mi madre colabora.

—¿Irá tu familia?

—Ajá. Todos. Hasta el capullo de Elliot.

Frankie rio ligeramente y respondió:

—Pues va a ser que no.

—¿Por? —Parecía disgustado.

—No creo que sea buena idea. Es mejor que nuestra relación siga siendo… secreta.

Aiden alzó la cabeza y la miró ceñudo.

—Acabo de conocer a tu familia —señaló.

—Ya. Pero eso es distinto. No creo que deba adentrarme en tu mundo. ¿Vale?

Su relación era temporal, y Frankie no quería que lo olvidasen. Conocer a su familia era una cosa. Habían sacado de quicio a su madre. Misión cumplida. Pero conocer a la familia de Aiden sería toda una declaración de intenciones, y no le iba ese rollo.

—Ojalá vinieses. Me ha gustado conocer a tu familia, y la mía no pega tanto.

Frankie volvió a reír.

—Eso es que tienes en el bote a mi madre.

—¿Aunque sea trillonario?

—No te habría arreado si no le cayeses bien.

—¿Me lo prometes?

—Te lo prometo. —Y, contra su buen juicio, lo besó en la coronilla. Su pelo era suave y sedoso—. ¿Qué te echas en el pelo?

—Cosas, no lo sé. ¿Dormimos ya?

—Vale, venga.

La abrazó por la cintura y al momento se quedó frito.

Frankie procuró no pensar en lo a gusto que estaba. Se iba a echar una siesta en el sofá con el buenorro de su novio un domingo. No era real, pero eso no quitaba que estuviera de lujo.

Unas caricias suaves la despertaron poco a poco. No le hizo falta abrir los ojos para saber que era Aiden tocándole el pelo.

—Mmm —murmuró.

—No recuerdo cuándo fue la última vez que me eché una siesta —murmuró Aiden.

Se habían movido mientras dormían y ahora Aiden la abrazaba por detrás y atusaba su melena abundante y alborotada.

—Lo que te pierdes —dijo ella mientras se daba el lujo de desperezarse.

—No sabía cuánto —aseguró él cerca de su oreja. Al pegarse a él, Frankie se vio recompensada con una erección descomunal.

—¿Siempre te despiertas empalmado? —le preguntó.

Aiden le cogió un pecho por encima del jersey y respondió:

—Cuando me despierto a tu lado, sí.

Sonaba adormilado pero sobrio. Y había algo irresistible en cómo le pasaba los labios por el pelo, por el cuello…

—¿Seguro que no quieres pensarte lo de la cena de esta semana? —preguntó mientras estrujaba la tierna carne de su seno.

—Mmm… ¿Conocer a tu familia? ¿Posar para las cámaras? ¿Quedarme de brazos cruzados mientras deslumbras a todos? No, gracias.

Aiden suspiró. ¿De decepción? ¿De alivio?

—Pero tal vez pueda hacer algo para compensarte —añadió mientras se volvía hacia él y lo agarraba del paquete.

Capítulo treinta y cuatro

Aiden se metió las manos enguantadas en los bolsillos y observó a la multitud que se abría paso para entrar en el Madison Square Garden. No había ni rastro de los hermanos Baranski, y por un brevísimo instante le preocupó que lo de la invitación hubiese sido coña.

Esas cosas a él no le pasaban. No con su apellido. A lo largo de su vida, le habían invitado a todos los cumpleaños, *bar mitzvá* y bodas. Sin embargo, solía haber condiciones. De ahí que hubiese esperado el partido con ansia. Gio y Marco no tenían pinta de controladores. ¿Cómo sería disfrutar de una noche siendo uno más?

Le había hecho mucha gracia lo pasmada que se había quedado Frankie cuando le había dicho que no podrían quedar para echar un polvo porque iba a salir con sus hermanos. A las mujeres había que mantenerlas alerta. Últimamente sentía que Franchesca llevaba las riendas de la relación. Al haberle dicho que no esa noche, sentía que el poder volvía a estar un poquito más equilibrado.

—¡Eh, Kilbourn!

Aliviado, se volvió hacia la persona que lo había llamado y vio a Gio y Marco abrirse paso para llegar hasta él.

—Qué guay que hayas venido —le dijo Gio mientras le daba una palmada en el hombro.

Se saludaron. Los hermanos iban con la camiseta de los Knicks. Aiden, que no estaba seguro de cómo debía ir vestido para salir con los hermanos de su chica, se había decantado por algo sencillo: unos vaqueros y un jersey.

—¿Listos para dejar de pasar un frío de cojones? —preguntó Marco mientras buscaba las entradas en el bolsillo del abrigo.

—¿Dónde nos sentamos? —quiso saber Gio, que se calentó las manos con vaho y se las frotó. Aiden se preguntó si los Baranski recordaban alguna vez ponerse guantes.

—A ver, no estamos en el quinto pino, pero tampoco en primera fila —contestó Marco mientras agitaba las entradas.

Aiden se lo pensó un momento y se metió una mano en el bolsillo.

—En realidad sí —dijo mientras sacaba las entradas. Confiaba en que no les pareciese excesivo. Pero, cuando lo habían invitado, le había hecho una ilusión tremenda, y no en plan «voy a comerme el mundo». Aparte de Chip, tenía a cuatro amigos contados, y le hacía mucha gracia lo normales que eran los hermanos de Frankie.

—¡¿Es coña?! —Gio le quitó las entradas de la mano.

No sabía si iba a pegarle o a abrazarlo.

—¡¿En primera fila?! —exclamó Marco.

—Espero que no os importe…

—¿Que no nos importe? —Para su sorpresa, Marco le dio un abrazo de machotes y lo levantó del suelo y todo.

—Es un sueño cumplido, en serio —comentó Gio, que no dejaba de mirar las entradas. Aiden no estaba seguro, pero le dio la impresión de que se le habían humedecido un poco los ojos.

Marco volvió a dejarlo en el suelo y le dio una palmada en el hombro a su hermano.

—¿Tiene ojo Frankie o no tiene ojo?

—Pues díselo a ella —soltó Aiden sin pensar.

—¿Te las está haciendo pasar canutas o qué? —preguntó Gio, compasivo.

Aiden vaciló. La lealtad familiar establecía que los hermanos de Frankie apoyarían a su hermana a ultranza.

—Es guay —respondió Aiden para salir del paso.

—Es de armas tomar —apuntó Marco—. Si vas en serio con ella, tendrás que currártelo.

—Y hacer horas extras —agregó Gio.

—Es un hueso duro de roer —dijo Marco.

—No sé si quiere seguir con la relación o está deseando que se acabe.

Los hermanos se miraron y rieron.

—¿Qué tal si entramos y lo hablamos mientras nos tomamos unas cañas y unos sándwiches de carne?

—Pero rapidito. Un momento —dijo Gio mientras le quitaba a Marco las entradas que este había comprado—. Eh, chaval. —Paró a un adolescente larguirucho que llevaba la camiseta de los Knicks—. ¿Tienes entradas?

El chico negó con la cabeza.

—Qué va.

—Pues ya sí. —Gio se las tendió con una floritura.

—¿Va en serio? —El chico las miró boquiabierto, como si el mismísimo Papá Noel le hubiese dado un regalo mágico.

—Hoy por ti, mañana por mí —respondió Marco la mar de contento—. Andando. —Y encabezó la marcha.

—Me siento como Oprah —reflexionó Gio, a la zaga.

* * *

Para ser un partido de baloncesto, no dejaban de pasar cosas. Había valido la pena pagar una millonada por sentarse en primera fila y ver a Gio y Marco pegarse de la emoción.

—Es la mejor noche de mi vida —declaró Gio cuando una de las animadoras de los Knicks le lanzó un beso.

—De las diez mejores fijo —comentó Marco mientras masticaba su sándwich.

Juntos, se burlaron de los jugadores y gritaron con el público. Aiden se sentía uno más. No se imaginaba viviendo una noche así con su medio hermano. Él y Elliot no tenían mucho en común, por no decir nada. Eran leales el uno con el otro porque así lo exigían las circunstancias, pero no estaban tan unidos como los hermanos Baranski.

—¿Estás emocionado por ser padre? —le preguntó Aiden a Marco.

—Ya ves. —Marco se encogió de hombros—. No me lo esperaba. Pero es que con Rachel soy muchísimo más feliz. Y mira que ya lo era antes.

—¿Sabéis qué va a ser? —le preguntó Aiden.

—Una niña —contestó Marco, orgulloso. Le clavó un dedo en la mejilla y agregó—: Pero Rachel quiere sorprenderse, así que no abrió el sobre. *Ni tampoco yo, ¿queda claro?*

Aiden esbozó una sonrisilla y aseguró:

—Soy una tumba. ¿Lo sabe Frankie?

—Aún no. —La forma en que lo dijo le hizo pensar que los hermanos Baranski no se guardaban muchos secretos.

«Qué dinámica más interesante», pensó. Se había pasado la vida con una familia que decidía por él, con amigos en los que casi no confiaba y con cientos de conocidos que lo venderían a la primera de cambio. No se parecía en nada al vínculo que tenían Gio y Marco.

Entre jugadas, los hermanos le explicaron amablemente todo lo que debía saber acerca de Frankie.

—Tienes que entender que Frankie busca algo como lo que tienen nuestros padres —dijo Marco, que bajó el último trozo de sándwich con un trago de su carísima cerveza.

—Un compañero —añadió Gio—. No se conformará con menos.

Menos era justo lo que habían acordado.

—¿Y cómo demuestra uno que puede ser un buen compañero? —preguntó Aiden.

—Primero de todo, no te dejes manejar. No hagas todo lo que te pida. Por ejemplo, te llama por la noche y te propone que vayas a su casa. Dile que no puedes y no le pongas una excusa.

—Eso hará que se suba por las paredes —agregó Marco con una sonrisa de aprobación.

—No estaréis aconsejándome mal para que la cague, ¿no? —preguntó Aiden con suspicacia.

Marco, más serio que nunca, se acercó a él y le aseguró:

—Con los asientos que nos has conseguido para los Jets, ni de coña, tío. No te vacilaríamos. ¡Qué coño! Si estamos deseando que os caséis y tengáis ocho hijos.

—Frankie se ha criado con nosotros. Es básicamente un tío sin paquete —explicó Gio para volver al tema que los ocupaba—. Háblale como si fuera la vicepresidenta de tu empresa. No le digas cosas como «Ahora no, cielo, que están hablando los hombres». Te cortaría los huevos y los metería en el tarro de la mantequilla de cacahuete.

Marco asintió.

—Eso. Es lista. Háblale como si lo fuera.

El público abucheó cuando les frustraron el contraataque.

Gio le puso una mano en el hombro a Aiden y le dijo:

—Mira, tío. Si no buscas un *para siempre,* no marees la perdiz. Que solo quieres un rollete, estupendo, ten solo un rollete. Pero no trates de entenderla si pretendes dejarla la semana que viene, ¿vale?

—Vale —aceptó Aiden. No sabía si quería un *para siempre,* pero lo que tenía clarísimo era que quería más que solo la semana siguiente.

—Bien, porque no me haría gracia tener que darte una paliza después de que nos hayas conseguido asientos en primera fila —intervino Marco—. A ver, que te la daría de todas formas, pero te pegaría más flojito.

—Oye, ¿y qué se siente al saber que puedes comprarte lo que te dé la gana? —preguntó Gio.

* * *

—Hola, preciosa —saludó Aiden tras cogerle el teléfono a Frankie. Se metió un dedo en la otra oreja para oírla más que al barullo.

—Os he visto a ti y a tus dos secuaces en la tele —le comentó.

—Dime que lo has grabado.

—Sí. Hasta he hecho fotos de cómo te trepaban como si fueras un árbol cuando estaban a punto de meter un triple en el último segundo. Te acuerdas de con qué miembro de la familia sales, ¿no?

Aiden sonrió.

—¿Es Frankie? —preguntó Gio entre dientes.

Aiden asintió. Marco le birló un boli a la camarera y le escribió una nota en la servilleta.

«No vayas a su casa».

—¿Dónde estáis ahora? —le preguntó Frankie.

—Celebrando la victoria con medio estadio en un bar —contestó Aiden.

—¿Estás bebiendo? —le preguntó.

Recordaba vagamente haberle confesado su dependencia antes de quedarse dormido encima suyo el domingo por la tarde. No sabía si le gustaba o le molestaba que estuviese tan pendiente de él.

—Me he tomado una caña durante el partido y otra aquí —le informó.

—Así me gusta.

Se negaba a reconocer que su halago se la había puesto dura. Le entraron ganas de verla, de tocarla y de saborearla.

Marco le tiró otra servilleta a la cara.

«¡Sé fuerte!».

—Vivo para servir —repuso él con tono distendido.

Consternados, Marco y Gio negaron con la cabeza.

—¿Vuelves a Brooklyn con ellos? —preguntó Frankie con aire inocente—. Así ves el camisón de encaje tan mono que llevo puesto.

A otro perro con ese hueso. Seguro que iba con una camiseta de tirantes y mallas y estaba arrebujada en un montón de mantas.

—No creo, pero eres más que bienvenida en Nueva York —respondió. Se la imaginó en su dormitorio, con su melena oscura desparramada por sus sábanas blancas y las luces de la ciudad entrando por las ventanas. Deseó que aceptara. Lo deseó más que nada en el mundo.

—Mañana madrugo —dijo—. No volváis tarde.

—Mañana hablamos —repuso con la esperanza de que cambiase de opinión.

—Que descanses, Aide.

—Que descanses, Franchesca.

Capítulo treinta y cinco

Aiden abrió la puerta de su casa, ignoró las flores frescas de la mesa del vestíbulo y enfiló el pasillo que conducía al dormitorio. Guardó la cartera y los gemelos en los compartimentos correspondientes de su armario. Se quitó la chaqueta y los zapatos, los devolvió a su sitio y se puso unos vaqueros y su sudadera de Yale favorita.

Ropa cómoda.

Había tenido otro día duro en la oficina. Al fin la junta había elegido a un director financiero que todos soportaban. Todos salvo Elliot, que había abandonado la reunión rabioso como un niño con una pataleta. Su padre había hecho caso omiso de su espectáculo y había pasado al siguiente punto del orden del día.

Habían sido todos muy indulgentes con Elliot al pasar por alto su incompetencia. Una incompetencia con la que Aiden podía lidiar. No le gustaba, pero la toleraba. Sin embargo, los estragos que estaba causando adrede su medio hermano en la familia y la empresa eran otro cantar. Los Kilbourn eran muchas cosas. Unos manipuladores de mierda, unos cabrones despiadados y unos enemigos competitivos. Pero nunca le daban la espalda a la familia.

Aiden se lo había comentado a su padre tras la reunión. Pero Ferris lo había mandado callar con un: «Ahora no, hijo», y lo había echado.

Por más rica que hiciese a Kilbourn Holdings, por más valor que le aportase, su padre aún lo consideraba un niño al que guiar.

Pero la desazón que lo carcomía por dentro era más por Franchesca que por el trabajo. Le ponía pegas a todo menos a

227

que se acostaran. Le exasperaba proponerle planes, ya que los rechazaba por sistema. Se comportaba como si se la sudase su vida. Sin embargo, cuando estaban juntos, *estaba seguro* de que ella lo sentía; esa atracción magnética que hacía que orbitasen uno alrededor del otro. Estaban conectados. Y, mientras que ella solo parecía interesada en explorar esa conexión bajo las sábanas, a Aiden le sabía a poco.

Y eso lo inquietaba.

Al entrar en la sala de estar, reparó en el decantador de la mesita auxiliar. Se había vuelto una costumbre tomarse una copa nada más entrar por la puerta. Y otra mientras trabajaba un par de horas en su estudio para terminar lo que no había podido hacer durante el día. Y una tercera mientras leía o veía un partido.

No bebía para emborracharse, sino para relajarse. No era dolor lo que sentía. Era algo más indefinido. ¿Insatisfacción? ¿Vacío? ¿Soledad?

Al echar un vistazo a la estancia, ¿era de extrañar, acaso? Había contratado a un interiorista. La gente de su estatus no elegía sus muebles. La empresa había llevado a cabo un trabajo nada despreciable: le habían llenado la casa de objetos que en su mayoría le gustaban o de los que, al menos, no tenía que preocuparse. El sofá de cuero era un pelín moderno y duro, pero pegaba con el salón.

Su padre siempre decía que los ricos no tenían tiempo de disfrutar de sus muebles. Estaban muy ocupados ganando dinero.

La madre de Aiden no compartía su opinión e insistía en que Ferris se sentase a charlar un rato. En general, le robaban cinco, o tal vez diez minutos, antes de que se levantara de su sillón orejero tapizado de seda y volviera al tajo. Para su padre, el trabajo lo era todo. El éxito se definía para él por la cantidad de horas invertidas en el trabajo y por la cantidad de ceros que figuraban en la cartera de valores. Era una manera calculadora de ver el mundo. Y Aiden había caído en la misma trampa.

Repasó con un dedo el marco de mármol de la chimenea ante la que no se sentaba jamás. Los sillones de cuero que flanqueaban la lumbre nunca habían tenido invitados. La barra completamente abastecida que había empotrada en la estantería solo la usaba una persona.

Había considerado esa casa su santuario, pero ahora se le antojaba una réplica bidimensional de un hogar, de una vida.

Volvió a mirar el *whisky*. La copa no lo llamaba con ningún canto de sirena; solo era una costumbre. Detestaba la debilidad, y que se hubiera vuelto dependiente sin enterarse lo mortificaba. Le había confesado a Frankie que creía que bebía demasiado. ¿Por qué se lo había dicho? ¿Por qué le había dado esa arma? Se frotó la cara y fue hasta el piano que ya no sabía tocar. No le parecía prudente compartir confidencias con ella. Y menos ahora que le había dejado claro que no le correspondía. Pero no podía evitar ofrecerle pedazos de su alma. Sacrificios a una diosa cruel, concluyó.

Salvo que no era cruel. No era indiferente. Era… cauta. Y quizá hiciera bien en desconfiar.

Llamaron al timbre. Aiden arrugó el ceño. Pocas personas tenían acceso a su planta. Su madre lo habría llamado antes.

Fue hasta la puerta y vio a su padre al otro lado.

Ferris Kilbourn entró con las manos en los bolsillos, fingiendo despreocupación. Ferris y su mujer, la madre de Elliot, vivían a dos manzanas de allí, en un ático de dos pisos espectacular. No obstante, pese a lo cerca que vivían, apenas se visitaban.

—Qué sorpresa —dijo Aiden mientras cerraba la puerta.

—He pensado que estaría bien hablar fuera de la oficina —repuso Ferris mientras observaba la estancia como quien se aburre en un museo.

—¿Te apetece una copa? —le preguntó Aiden.

—¿Tienes Macallan?

—Claro.

Aiden entró primero en la sala de estar y le sirvió una copa. Dudó, pero se sirvió una él también. Le pasó una a su padre y se sentó a propósito en un sillón.

Ferris se desabrochó la chaqueta, se sentó en el sofá y apoyó un brazo en el respaldo. Aiden se parecía físicamente a su madre, morena y de ojos azules. Su padre había heredado el cabello rojizo de sus antepasados irlandeses, pero esos rasgos ya casi habían desaparecido. Y lo que quedaba era muy cortito. Se afeitaba hasta el último pelo y siempre siempre iba trajeado. Su padre era la clase de hombre que llevaba corbata la mañana de Navidad. Y no una corbata ridícula en la que saliese Papá Noel, no. Él prefería una de marca.

Aiden esperó a que su padre se aclarase las ideas. A ninguno le gustaba hablar por hablar, y el silencio tenía poder.

—Estoy pensando en jubilarme —anunció Ferris sin rodeos.

—¿En qué? —Para que su padre hubiera soltado semejante bomba, debía de haberlo meditado, planificado y puesto en marcha. Pero jubilarse no entraba en los planes de Ferris.

Ferris observó su copa y continuó:

—Me he dejado la piel por esta empresa. Hemos logrado algo que ni tu abuelo ni tu bisabuelo habrían imaginado jamás.

—¿Y te parece bien irte sin más? —preguntó Aiden. Dejó su bebida intacta en la mesita auxiliar de nogal y apoyó los codos en las rodillas. Relajó las manos entre ellas.

—Jacqueline y yo vamos a divorciarnos —anunció Ferris, que soltó el segundo bombazo como quien habla del tiempo.

—¿Cómo dices?

—He conocido a otra. Mi relación con tu madrastra ha seguido su curso. Ya hemos hablado con nuestros abogados para que lleguen a un acuerdo.

—¿Qué mosca te ha picado?

Ferris tomó un sorbo de *whisky* y suspiró.

—A lo mejor es la crisis de la mediana edad, pero estoy disfrutando como nunca, que ya tocaba.

—Me alegro por ti —dijo Aiden. Seguramente así fuera. No lo tenía claro. No había estrechado lazos con su madrastra, que, como era lógico, prefería a su hijo antes que a él. No podía decir que lamentaría no tener que volver a aguantar sus constantes listas de tareas pendientes, de las que hablaba sin parar.

«Tengo que ir a la peluquería y al dermatólogo. Luego he quedado para comer con el club de fulano. Después tengo clase de *spinning*. Luego tengo una junta con mengano. No sé de dónde voy a sacar tiempo para cenar. La gente me pregunta cómo me lo monto. Pero ¡no se dan cuenta de que no puedo más!». Siempre yendo de mártir.

—Se llama Alice. Es diseñadora de moda. No de alta costura, sino de ropa deportiva y para salir a la calle. Es lista y vivaracha. En primavera nos iremos de crucero por las Bahamas hasta verano.

Aiden se apuntó mentalmente que debía ponerse en contacto con sus abogados de inmediato para que redactasen el borrador de un contrato prematrimonial blindado antes de que Alice pasase a apellidarse Kilbourn.

Miró al hombre que se asemejaba a su padre pero que hablaba como un completo desconocido. Sin embargo, tal como Ferris le había enseñado, no valía la pena mostrar sorpresa o perplejidad en ninguna circunstancia. Hasta su padre estaba perdiendo la cabeza.

—Enhorabuena —le dijo.

Ferris hizo ademán de brindar.

—He levantado un imperio. Ya es hora de que disfrute del resultado.

«¿La crisis de la mediana edad? ¿O tal vez un tumor cerebral que aún no le han detectado?». Quizá no estuviera de más que fuera a ver a su médico privado favorito.

—Sin duda, te mereces gozar de tu tiempo como creas oportuno —repuso Aiden.

—No seguiría adelante con esto si no confiase al cien por cien en tu capacidad para ocupar mi puesto como director general. Llevas toda la vida preparándote para asumir el cargo. Sé que no me decepcionarás.

—¿Y qué pasa con Elliot? —preguntó Aiden.

—Sé que no estás de acuerdo con el castigo que le impuse por lo de las Barbados…

—Papá, secuestró a una persona.

Al menos tuvo la decencia de parecer avergonzado.

—Un asunto familiar que se le fue de las manos.

—Un delito lo mires por donde lo mires.

—Siempre ha querido ser como tú. Y, por desgracia para él, nunca lo será. No puedes culparlo por ser impulsivo. Lo eclipsas. Se porta mal porque no es tú; no puedo castigarlo por eso.

—Elliot no mira por la familia. No mira por la empresa. ¡Mira por él!

—Y por eso cuento contigo para que lo dirijas y lo prepares para ser un Kilbourn. Soy el primero que reconoce que es una vergüenza.

¿Una vergüenza? De pronto, Aiden necesitó tomarse una copa, pero se obligó a aguantarse las ganas.

—No es una vergüenza. ¡Es un peligro! Quería meter a Boris Donaldson en la empresa por algo. —Algo que Aiden aún no había averiguado.

—Elliot es inofensivo e insensato. Necesito que te hagas cargo de él. Hazlo por mí, Aiden. Sé que no es fácil, pero, cuando mi padre me cedió el puesto, yo también tuve que tomar decisiones duras. Es lo que tiene pasar el testigo. Algún día le pedirás algo a tu hijo.

Aiden se mordió la lengua. Tenía cuarenta tacos. Su novia ni siquiera quería conocer a sus padres, lo cual ahora entendía a la perfección. Criar a una nueva generación para que cargase con el legado familiar no estaba en su lista de tareas pendientes.

—Lo último en lo que pienso es en formar una familia —le aseguró a su padre.

—¿No sales con alguien?

Aiden enarcó una ceja. Su padre siempre estaba al tanto de lo que ocurría en su familia y en su empresa.

—¿Dónde lo has oído? —preguntó.

—Sé que has estado en Brooklyn.

—¿Y?

—Te pones a la defensiva —comentó Ferris, reflexivo—. Asegúrate de que haces lo mejor para la familia.

Aiden se enfureció.

—Mira quién fue a hablar, el que viene y me dice que deja a su esposa de la alta sociedad por una mujer que diseña pantalones cargo.

—He cumplido. Me he pasado los últimos cincuenta años decidiendo de un modo responsable, pensando en la familia —contestó Ferris con frialdad—. Ahora te toca a ti. Y ambos sabemos que esa tal Baranski no es la clase de esposa que necesita un Kilbourn a su lado.

Aiden negó con la cabeza, incrédulo. No, Frankie no se quedaría calladita en un rincón. Ella había nacido para destacar.

—Concédeme esto. —Ferris no era de los que perdía el tiempo pidiendo las cosas por favor o dando las gracias—. Antepón a la familia.

Capítulo treinta y seis

Aiden observó la copa que había en la mesita auxiliar. Su padre se había marchado a arreglarse para asistir a un evento o algo así con Jacqueline. Habían decidido seguir apareciendo juntos hasta final de mes, cuando se separarían con discreción. Jacqueline se iría unas semanas a la casa de la Provenza que en su día había pertenecido a su familia, y Ferris anunciaría que se jubilaba y se escaparía con Alice a la casa de San Bartolomé hasta que todo se calmase.

Y allí estaría Aiden para pagar los platos rotos.

Llevó la copa a la cocina. Era toda de madera oscura y mármol blanco. Una estancia que pocas veces usaba, por no decir nunca. Cada tanto, cuando no podía pegar ojo, se preparaba un sándwich de jamón y queso fundido. Tenía el presentimiento de que sería una de esas noches.

Su padre ya no cumpliría con sus deberes familiares. El tipo había confesado que dirigir la empresa lo había dejado para el arrastre, y, sin pararse a pensar en cómo afectaría a su hijo, le había pasado el testigo. Nada de «la vida no es solo trabajar» ni «te has dejado la piel por nosotros. Mereces tomar distancia y centrarte en algo que te guste». Pero así era su padre: egoísta y sin escrúpulos. ¿Por qué pensaría en los demás cuando pagaba a los demás para que pensasen en él?

Tenía ayudantes que le llevaban galletas de tofe con almendras para merendar. Tenía un chef personal que le preparaba sus platos favoritos cada cierto tiempo siguiendo un orden concreto. Tenía una esposa que le organizaba la agenda para que solo incluyera los eventos más provechosos. Y tenía un hijo que dirigiría el negocio familiar mientras él abandonaba sus responsabilidades por una novia que diseñaba cazadoras y pantalones cargo.

Aiden miró mal la copa y concentró toda su rabia en el cristal y el Macallan. No se sintió mucho mejor después de hacerla añicos en el fregadero. Pero al menos no había sentido el acuciante deseo de ahogar sus penas.

Pensó en Frankie. En la vía de escape que le ofrecía. Le permitía descansar de la empresa y de su lucha continua por el éxito. Quizá pudiera invertir su tiempo en algo más productivo.

Ya recogería luego. Cogió una botella de agua de la nevera y enfiló el pasillo que conducía a su estudio.

La carpeta seguía donde la había dejado, en su mesa. La abrió y apoyó los pies descalzos en una esquina del escritorio. Uno de sus grupos financieros era una empresa de seguridad pequeña a la que se le daba de maravilla indagar con discreción en las vidas ajenas.

Frankie debía veintiún mil dólares de estudios. Nada mal teniendo en cuenta que estaba sacándose el máster en la Universidad de Nueva York, la misma en la que se había graduado. Aiden podría saldar la deuda en cuestión de horas. Pensaba hacerlo. Si supiera que Frankie tenía un mínimo interés en él. Lo enorgullecía cuidar de sus seres queridos. Pero, cuando uno de ellos hacía todo lo que estaba en su mano por excluirlo, se andaba con ojo.

Quizá podía hacerle otro regalo que resultase más beneficioso para ambos. Descolgó el teléfono de su mesa y marcó un número.

—Al habla Aiden Kilbourn. ¿Cuánto tardaríais en entregar lo que voy a pediros?

* * *

Aiden apartó el contrato que sus carísimos abogados llevaban semanas analizando a conciencia y se centró en los nuevos candidatos a director de sistemas de información para otro grupo financiero. Para ser una empresa de desarrollo de *software,* su gestión estaba francamente obsoleta. Sin más dilación, le envió un correo al director general de entonces para decirle que le costaba creer que los únicos candidatos a ocupar el cargo fueran hombres blancos mayores de cincuenta años. Le sugirió que buscara otra hornada de aspirantes más «interesantes y enérgicos».

Tenía puesto el partido de los Knicks de fondo, el cual lo distraía más de lo habitual, ya que lo habían añadido a un chat grupal con los hermanos de Frankie para hablar sobre él.

Eran más de las diez; todavía era pronto para irse a la cama. Dormía unas cinco o seis horas cada noche. Pero el día —la tarde— le había pasado factura.

Le vibró el móvil bajo una montaña de papeles. Sin pensar, miró la tele para ver qué había pasado, pero estaban en un tiempo muerto.

Frankie: ¿Por qué hay tres tíos con un colchón en la puerta de mi casa a las diez y media de la noche?

Aiden: Tu cama es una deshonra para las camas del mundo entero.

Frankie: Pero ¡es mi cama!

Aiden: Ya no eres la única que duerme en ella.

Frankie: ¿No crees que deberías habérmelo comentado?

Aiden: Esto es lo que habría pasado. Tú: No. Yo: Sí. Tú: Que te follen. Yo: Vale, pero que sea en una cama doble nuevecita. Tú: *tiene muchos orgasmos en la cama nueva* Vale, nos la quedamos.

Frankie: Se te va la olla.

Aiden: De nada.

Al poco volvió a escribirle. Se había hecho una foto con el nuevo colchón.

Frankie: Estoy dispuesta a darles una oportunidad a la cama y a los orgasmos que has mencionado antes.

Rio sin pretenderlo. Sabía lo que necesitaba Frankie y se moría de ganas de dárselo. Pero todo con ella era una discusión.

Empezó a contestarle, pero cambió de idea. Decidió que se ducharía y se despejaría un rato leyendo.

No había llegado al dormitorio cuando le sonó el móvil. Frankie.

—Hola —saludó.

—Hola, compracamas secreto. ¿Dónde has conseguido una cama doble y un colchón a las diez de la noche? —inquirió Frankie.

—Un tipo me debía un favor —contestó Aiden en broma.

—¿Te pasa algo? Te noto… raro.

Aiden se sentó en el borde de la cama y se estiró.

—Nada que no tenga solución —respondió en tono jocoso.

Frankie hizo una pausa y preguntó:

—¿Quieres hablar de ello?

¿Quería?

—No sabría ni por dónde empezar —confesó.

—No irás a darme palmaditas en la cabeza y echarme para que los colegas habléis de negocios, ¿no?

Era justo como Ferris trataba a sus esposas.

—Preciosa, sabes más de negocios que yo.

Frankie rio con voz ronca; una risa que le llegó al alma.

—Recemos para que mi profe de Responsabilidad Social Corporativa opine lo mismo. ¿Y bien? ¿Qué ha pasado?

—Mi padre ha venido esta noche.

—Mmm, no me basta con ese dato para prejuzgar y darte consejos que no vienen a cuento. Sigue.

Aiden se tapó los ojos con la mano libre y se deleitó con su voz.

—Me ha dicho que se jubilará a final de mes.

—Joder. ¿Que dejará de presidir la junta?

—Lo dejará todo. Ah, y él y mi madrastra van a divorciarse.

—¿La crisis de la mediana edad?

—Si se puede tener a los sesenta y cinco… Y se ha echado novia.

—Cómo no. A ver si adivino. Bailarina. Espera, no, no es lo bastante elegante. ¡Ya está! Guía de museo.

—Diseñadora de ropa deportiva.

—¡Qué guay! Al fin podrás tener todos los sujetadores deportivos que quieras.

Aiden sonrió.

—Ojalá estuvieras aquí —soltó sin poder evitarlo.

Frankie suspiró y dijo:

—Algún día, quizá. Pero, de momento, ojalá estuvieras tú aquí conmigo en este pedazo de cama.

Se excitó solo de imaginarla despatarrada con el pelo extendido en todas direcciones.

—¿Y cómo te afecta a ti eso? Te busqué en internet, eres director de operaciones. ¿Qué será de ti?

—Ascenderé a director general y asumiré más responsabilidades, lo que incluye el mantenimiento y cuidado de un tal Elliot Kilbourn.

—Es coña, ¿no? El niñato ese es un imbécil de campeonato. ¿Cómo es que tu padre lo deja acercarse a menos de quinientos metros de la empresa?

—Porque está que no caga con la diseñadora de sujetadores deportivos.

—Vaya plan. Vamos, que tu padre te ha cargado con el muerto para retirarse a una playa nudista de Boca Ratón.

—Para cruzarse el canal intracostero del Atlántico y veranear en las Bahamas.

—¿Y cambiará de opinión? —preguntó Frankie esperanzada.

—No creo. Quiere que continúe con el negocio y la familia.

—Vaya —dijo sin emoción—. Te refieres a que quiere que te busques a una jovencita multimillonaria con la que tener herederos varones perfectos.

Le asombraba lo bien que Frankie entendía los entresijos de la empresa, las expectativas de su vida.

—Algo así.

—¿Me has comprado una cama para romper conmigo?

Aiden rio, y su risa reverberó en la silenciosa habitación.

—Te he comprado una cama para follarte sin caernos al suelo.

—No seré tu amante, Aide.

—Lo sé. Y encima quiere que prepare a Elliot para ser vicepresidente de algún cargo respetable.

—Uf, es como si tu padre pidiese un unicornio por Navidad. Eso no pasará.

Para ella era sencillo. Cuando se le presentaba una decisión, si no le satisfacía, la rechazaba y a otra cosa, mariposa. Pero la vida de Aiden era muchísimo más compleja. ¿Dónde quedaba la gratitud por el imperio que habían erigido las generaciones anteriores y del que disfrutaba él ahora? ¿No debería estar encantado de sacrificarse por ese legado como había hecho su padre?

—Entonces, ¿no saldrás a comprar esposa? —preguntó Frankie.

—No venden de eso —contestó él en tono seco.

—No te creas. Todo tiene un precio.

—¿Y cuál es el tuyo, Franchesca?

—Mmm, supongo que depende de la moneda.

Capítulo treinta y siete

Enero dio paso a febrero y sus gélidas garras. Los neoyorquinos se pasaban el mes yendo de un edificio a otro por aceras grises y resbaladizas, tiritando. En cambio, Frankie se quedaba en casa calentita con Aiden al menos tres noches por semana.

Se llevaban mejor de lo que había esperado. Aiden era listo, divertido y excesivamente generoso. Habían amortizado la cama. Y ahora, cuando le tocaba dormir sola, Frankie se ponía en el medio y abrazaba la almohada que había usado Aiden la última vez.

Se esforzaba por no pensar en la cuenta atrás. Las relaciones de Aiden solían durar dos o tres meses. Ellos llevaban ya sus buenas seis semanas. No había creído que aguantarían tanto. Es más, ninguno de los dos daba señales de querer dejarlo.

Acabó de escribir el correo que tenía entre manos y lo envió sin demora. Ese día trabajaba media jornada y, como le habían anulado la clase de la tarde, podía permitirse un lujo al que no estaba acostumbrada: disfrutar de horas libres. Se le ocurrió preguntarle a Aiden si iría a su casa esa noche, pero, como ya había estado la anterior, lo veía poco probable.

Contempló las flores que le había enviado esa mañana. A Raul le gustaba decir en broma que, mientras que Brenda había convertido la oficina en un invernadero con tantas plantas bonitas por todas partes, el novio de Frankie la había transformado en una selva tropical.

Las de ese día eran exóticas y coloridas, y tenían espigas verdes.

«Salvajes y bellas. Como tú».
A.

Sonó el teléfono de su mesa. Al descolgar, dijo:

—Pero, bueno, si es mi vieja amiga, la señora Stockton-Randolph.

—¡Frankie! Dime que no has quedado con nadie para comer —chilló Pru—. Hace siglos que no nos vemos. Necesito que me digas si parezco ya una señora.

—Mándame una foto antes, que no quiero que me vean por ahí con una señora —contestó Frankie para chincharla.

Pru, siempre tan obediente, le envió una foto de ella bizca y arrugando la nariz.

—Uf, ni de coña me dejaré ver con eso.

—Ja, ja, qué graciosa. Hoy trabajas media jornada, ¿no?

—Sí. Salgo en veinte minutos.

—Pues, venga, espabila y ve al centro, que quiero que me cuentes lo que os traéis tú y cierto soltero cotizado que sonríe más a menudo desde que volvió de mi boda.

—¿Que sonríe, dices? —preguntó Frankie. Igual no era la única que iba por la calle con una sonrisa tonta.

—Quedamos en The Courtyard en una hora —le ordenó Pru.

—A la orden, mi señora.

* * *

El anfitrión llevó a Frankie por el restaurante de paredes de bambú y arañas de luces pijas hasta la zona de bar en la que la esperaba Pru. Su amiga iba con unos pantalones que se amoldaban a ella como una segunda piel y un jersey de cuello alto de cachemira que realzaba su figura. Unas botas grises y arrugadas asomaban por debajo de los bajos anchos de sus vaqueros azul marino.

Se abrazaron como si llevaran años sin verse en vez de semanas.

—Te sienta bien la vida de casada —comentó Frankie mientras se acomodaba en el asiento de cuero.

—Y a ti salir con Aiden —comentó Pru al reparar en su abrigo.

—Eh, baja la voz. —Frankie echó un vistazo al restaurante. Era uno de los sitios en los que los periodistas que escribían columnas de cotilleos escuchaban conversaciones ajenas.

—Cuéntamelo todo —exigió Pru.

—No hay mucho que contar —mintió Frankie. No estaba preparada para expresar con palabras lo que sentía por Aiden. A esas alturas no sabía definirlo, y no tenía prisa por airearlo.

—Llevas seis semanas saliendo con el soltero más cotizado de la costa este, y aún no se os ha visto juntos. Nunca lo mencionas. Cuando no hablas de un tío es que vais en serio.

—No vamos en serio —replicó Frankie—. Nos lo pasamos bien, nos lo montamos bien...

Pru rio por la nariz mientras bebía agua.

—No lo dudo.

—Es guay, ¿vale? Es listo, divertido, y mucho más que el gilipollas buenorro que pensaba que era. ¿Contenta? —soltó Frankie.

Apareció la camarera, que les recitó de un tirón los platos especiales del día. Pru se pidió ensalada de col rizada con pollo al vapor. Frankie, una caña y un panini de pavo con patatas fritas.

—¿Por qué eres así? Mis amigas ricas y esnobs se piden zumo verde y bocados de aire —se lamentó Pru.

Frankie le dio un mordisco a uno de los colines que había traído la camarera y respondió:

—Soy tu amiga pobre y esnob, y me chiflan los carbohidratos. Tenía entendido que dejarías la dieta en cuanto te quitases el vestido.

—Ahora sigo otra llamada quemagrasas post luna de miel.

Frankie le puso el colín en la cara y lo movió de lado a lado.

—Cómeme. Cómemeeeee...

—Madre mía, cómo te echaba de menos. —Pru suspiró, le quitó el colín de la mano y le pegó un mordisquito.

—Eh, tú, rebelde —dijo Frankie para chincharla—. Y yo a ti.

—Háblame de San Valentín. ¿Qué te regaló el eterno soltero?

—Pues quiso sorprenderme con un largo fin de semana en San Francisco. Tenía que viajar allí por trabajo, pero yo no pude escaquearme, así que a la vuelta me trajo comida para llevar y me regaló una pulsera.

Una pulsera *muy* bonita. Demasiado bonita para ponérsela. Pero todas las noches abría la fastuosa cajita y miraba embobada los diamantes.

—¿Ya te regala joyas? Margeaux se moriría de admiración y de envidia. ¿Qué le regalaste tú?

—Una gorra de los Knicks.

Pru aguardó expectante.

—¿Y qué más?

Frankie se encogió de hombros y respondió:

—Y ya está. Oye, que me subí la camiseta en la escalera de incendios cuando llegó a mi casa.

Pru torció el gesto. Era su cara de concentración; la misma que ponía hacía años con los exámenes finales.

—¿Qué pasa?

Pru negó con la cabeza. No se le salió ni un solo pelo rubio miel de su elegante moño bajo.

—Nada. Oye, ¿qué tal si cenamos juntos los cuatro? Podríamos ir a The Oak Leaf.

Frankie arrugó la nariz y la frenó:

—Un momento, ¿no es ahí donde acampan los sensacionalistas de *Page Six?*

Pru puso los ojos en blanco y repuso:

—¿Y qué más da? Los pasteles de hojaldre rellenos de cangrejo que preparan allí están de rechupete, te echo de menos y quiero veros a Aiden y a ti juntos para daros el visto bueno. Ahora mismo se lo digo a Chip.

—No sé qué planes tiene Aiden esta noche —empezó a replicar Frankie.

—Pues pregúntaselo. Entérate —dijo Pru sin despegar los ojos del móvil—. Es viernes. Ya que estás aquí, aprovecha y quédate en su casa.

—Es que no he ido nunca —se excusó Frankie mientras le daba un mordisco más grande al colín. Se le quedó en la garganta.

A Pru se le cayó el teléfono encima de la mesa.

—Perdona, ¿qué? Llevas casi seis semanas saliendo con él ¿y aún no has ido a su casa? ¿Te lleva a hoteles como si fueras una furcia?

Algunos de los clientes más próximos las miraron de golpe.

—No soy una furcia —les aseguró Frankie—. Es que está ensayando para una obra de teatro. —Todos volvieron a centrarse en su plato—. ¿Quieres hacer el favor de bajar la voz?

—No me creo que no te haya invitado a su casa. De verdad que pensaba que lo vuestro era distinto. Chip me ha dicho que nunca ha visto a Aiden tan…

—Para el carro. Me ha invitado muchísimas veces.

—¿Y? —Pru la miró como si estuviese hablando con una lerda.

—Pues que vivo en Brooklyn. Entre que voy y hacemos nuestras cosas, tendría que quedarme a dormir allí o ir directa al curro. Coger el tren… —Dejó la frase a medias, pues algo la reconcomía.

—Entiendo. ¿Y cuándo os veis? —inquirió Pru.

Frankie, incómoda, cambió de postura.

—Cuando viene a Brooklyn.

—¿Que es…?

—Tres o cuatro noches por semana —respondió. Cinco veces la semana anterior.

—Entiendo —repuso Pru con afectación—. ¿Y a qué eventos lo has acompañado? ¿A galas benéficas? ¿A fiestas? ¿Al teatro?

Frankie negó con la cabeza con cada pregunta.

—¿Has conocido a su familia? —le preguntó Pru.

—Qué va. Él quería, pero no era el momento. Él sí que conoció a la mía.

A Pru se le iluminó la cara.

—¿En serio? ¿Y qué tal?

—Bueno, básicamente lo llevé para cabrear a mi madre. En plan: «Mira, mamá, este es el bombón con el que salgo. Pero ¿sabes qué? Que solo estamos tonteando, no vamos en serio. ¡Zas!». —Frankie rio con nerviosismo, pero paró al ver que Pru no se reía con ella.

Pru se pellizcó el puente de la nariz y dijo:

—Te lo diré con cariño porque te aprecio y quiero que seas feliz, pero, como sigas yendo en plan reina del hielo, te cargarás una historia preciosa.

—¿Perdona?

La camarera volvió con sus platos.

—Os los dejo por aquí —dijo al notar que reinaba un silencio incómodo.

—¿En plan reina del hielo? —repitió Frankie.

—No finjas que no sabes por dónde voy. Estás pasando de Aiden. ¿Por qué? Ni puñetera idea. Pero estás boicoteando lo vuestro. ¿Tantas ganas tienes de tener razón?

A Frankie se le cayó la mandíbula a la mesa.

—Y aprovecharé que me escuchas para decirte que, si Aiden te invita a su casa, quiere presentarte a su familia y llevarte a San Francisco, es porque quiere compartir su vida contigo, atontada. Y tú machacándolo.

—No estoy...

—Y una mierda. —Pru pinchó la ensalada con una agresividad tal que Frankie creyó ver a la col encogerse—. Entiendo que quieras protegerte, pero no hace falta que le hagas daño para salir indemne.

Frankie tragó saliva con fuerza.

—Solo tenemos un rollo —dijo para recordárselo a Pru y a sí misma.

—Esa no es razón para que lo trates como Margeaux a su ama de llaves.

Frankie se llevó las manos a la cara. Intentaba protegerse. Pero eso no era motivo para rechazarlo expresamente. ¿Le había hecho daño? No había sido a propósito. Si la cosa hubiera sido al revés...

—Soy gilipollas.

—Eres una reina del hielo —la corrigió Pru sin tanta vehemencia.

—Él ha hecho de todo por mí, y lo único que he hecho yo ha sido rechazarlo.

—Eso quería yo —dijo Pru mientras la apuntaba con el tenedor—. Que te sintieras culpable. Así no se trata a la gente.

—¿Cómo lo arreglo? —le preguntó Frankie.

—Empieza por la cena de esta noche.

—¿Aún quieres cenar conmigo pese a que soy una reina del hielo y una gilipollas?

246

Pru la miró por encima del hombro con aire piadoso y respondió:

—Cariño, algunos sabemos perdonar.

—Mírala qué maja. ¿Quién es la gilipollas ahora? —dijo Frankie.

—No quería que tus humitos se sintiesen solos.

—Le preguntaré si quiere cenar con nosotros esta noche. Pero se lo diré en persona —decidió Frankie.

—Así me gusta. Quedamos luego en el salón de belleza y nos vamos de compras. Para que empieces tu ronda de disculpas públicas divina de la muerte.

Frankie miró fijamente su sándwich y preguntó:

—Oye, ¿por casualidad sabes dónde trabaja?

—Eres lo peor.

Capítulo treinta y ocho

Aiden abandonó la sala de reuniones ligeramente molesto. No le convencía el típico dicho de «si quieres algo bien hecho, hazlo tú mismo». Sin embargo, al ver la nueva hornada de empleados de Recursos Humanos y *Marketing,* sentía que acabaría antes si realizaba su trabajo por ellos.

Se propuso reunirse periódicamente con los nuevos empleados durante su primer año en la empresa. Consideraba que eliminar los estratos corporativos hacía que fluyese más la comunicación y se interiorizase mejor la cultura corporativa.

Pero las reuniones de buena mañana eran un latazo. No, a Kilbourn Holdings no le hacía falta tener su propio *podcast.* Y no, no sustituirían las sillas por pufs y pelotas de gimnasia ni abrirían un bar de zumos abajo.

Le hizo un gesto a su administrador, Oscar, un dictador de la moda delgado y con acento francés que dirigía la agenda de Aiden con una mano de hierro muy cuidada.

—Uf, qué reunión más larga —comentó Oscar mientras se miraba el Rolex, un regalo que le había hecho Aiden por llevar diez años aguantando las movidas de los Kilbourn.

—Supongo que no me habrás traído algo para comer como habría hecho un buen administrador —replicó Aiden. Su relación se parecía más a la de los hermanos de Frankie que a la de jefe y empleado.

—Tengo algo mejor esperándote —repuso mientras señalaba el despacho cerrado de Aiden—. Le doy el visto bueno, por cierto.

Aiden frunció el ceño y entró en su despacho. Ver a Frankie sentada a su mesa dando vueltas en su silla lo desconcertó tanto que se quedó quieto un instante. Oscar cerró la puerta, pero no sin antes despedirse.

—Que os lo paséis bien —susurró en alto.

—Hola —saludó Frankie tras dejar de girar.

—Hola —contestó Aiden, aún impactado de verla en su despacho. Iba con el uniforme de trabajo: un trajecito exquisito que hizo que le dieran ganas de desabrocharle la chaqueta y meter las manos dentro. Parecía nerviosa. No estaba acostumbrado a ver a su Franchesca así. Sin derrochar confianza y energía.

—Espero que no te importe que haya venido —empezó a decir mientras se levantaba del asiento.

—¡Qué va! ¡Para nada! Digo… —No había manera de que se recompusiese. Estaba contentísimo de verla—. Me hace mucha ilusión que hayas venido —confesó.

—¿En serio? —le dijo pletórica—. He ido al centro a comer con Pru, y bueno, que… ¿Has quedado para cenar?

Sí. Tenía una cena de empresa. Pero que Frankie le pidiese algo en su despacho era mil veces mejor.

—Soy todo tuyo —le aseguró. Lo decía en serio.

Frankie se ruborizó y se acercó a él tímidamente con una bolsa de papel en la mano.

—Confiaba en que pudieses venir a cenar esta noche con Chip y Pru.

—¿Qué hay en la bolsa?

—Sé que no tienes mucho tiempo para comer, así que te he traído un sándwich por si no habías comido nada aún.

—¿Un sándwich de los Baranski? —preguntó mientras le quitaba la bolsa.

Frankie se echó a reír y comentó:

—Gio te ha dejado huella, ¿eh? Recuérdame que te prepare un club un día. Me adorarás.

Ya la adoraba.

Así se lo debió de transmitir su mirada, porque miró primero al suelo y después a la bolsa que sujetaba Aiden.

—No es de los nuestros, sino de una charcutería que hay a unas manzanas y que es casi igual de buena que la nuestra. No se lo digas a mi padre.

—Soy una tumba —le aseguró.

—¿Cómo es que Oscar me ha dejado pasar?

—Les dije a los de seguridad y recepción que podías entrar y salir a tu antojo.

—¿Cuándo se lo dijiste? —le preguntó Frankie.

—El día después de volver de las Barbados.

Frankie se mordió el labio y agachó la cabeza.

—¿Pasa algo? —inquirió Aiden mientras le levantaba la barbilla para que lo mirase.

—Antes sí, pero ya no —aseveró.

—¿Puedo saber qué?

Frankie negó con la cabeza y dijo:

—No, no, no. Mejor no te rayes.

—Pues no me rayaré. —La cogió de la muñeca y la llevó a su mesa. Sacó el sándwich y lo dejó encima de la bolsa. Rosbif calentito. ¿Y eso que olía era salsa de rábano picante?

—Les he pedido que te lo preparen sin cebolla por si tenías reuniones hoy —comentó Frankie, que volvía a morderse el labio inferior.

—¿Tengo que compartirlo contigo o puedo zampármelo yo solo? —preguntó en tono distendido.

—Zámpatelo todo. Yo ya me he comido un panini de pavo y he visto a Pru tragarse tres kilos de col rizada a regañadientes.

—¿Qué tal los recién casados? —le preguntó.

—Brillan más que todas las luces de París. —Frankie suspiró y se sentó en el borde de su mesa—. Pru está estupenda y dice que a Chip ya se le ha curado el ojo. ¿Te va bien en The Oak Leaf a las ocho?

Reorganizaría lo que hiciera falta con tal de hacer un hueco en su agenda. Oscar se quejaría de los cambios de última hora, pero al fin Aiden tenía un evento que superaba cualquier negocio.

—Me va perfecto —le aseguró.

—Otra cosa —añadió Frankie mientras lo observaba con atención—. ¿Te parece bien que me quede en tu casa esta noche? Ya que estoy aquí y eso…

—Me encantaría —aseguró. Le cogió la mano y la besó en los nudillos. Se le aceleraba el corazón solo de imaginarse a Franchesca desnuda en su cama. Desayunando en su mesa. Descansando en su sofá o discutiendo con él por algo en su despacho.

Ignoraba a qué venía ese cambio radical, pero estaba agradecido.

Frankie miró la hora y dijo:

—Debería irme ya. He quedado con Pru para ir de compras.

Aiden fue a coger la cartera, pero Frankie lo detuvo al plantarle un taconazo en el pecho, lo que le permitió ver sin problema qué llevaba bajo la falda.

—Puedo comprarme un vestido de noche yo sola, Kilbourn.

No sabía si sentirse cachondo perdido por tener su tacón clavado en el pectoral o enfadarse porque volvía a rechazarlo. Decidió que ambas cosas.

—Joder, Franchesca. Solo puedo darte esto, y ni eso me dejas. Es frustrante.

—¡Aiden! —exclamó sorprendida y, si no se equivocaba, un pelín furiosa.

Mierda. ¿Por qué habría abierto la boca? Nunca valía la pena mostrarse vulnerable ante alguien.

Para su asombro, Frankie bajó el zapato y se sentó en su regazo.

—¿Crees que solo estoy contigo por tu polla y tu pasta?

Se le puso dura al escucharla. Estaba convencido de que ella también lo había notado, pues se le había subido la falda.

—¿Eso crees? —insistió. Con la luz del despacho, sus ojos parecían más azules que verdes. Y le partían el alma.

Se encogió de hombros y contestó:

—No lo sé. Puede. —Sí.

—Entonces he sido una novia pésima. —Suspiró y lo agarró de la corbata, lo que hizo que se le pusiese como una piedra—. Cambio de planes. No seré la única que reciba. Empezando desde ya.

Se bajó de su regazo. Aiden intentó alcanzarla, pero Frankie alejó su asiento del escritorio.

Cuando fue a desabrocharle el cinturón, se quedó sin aire y más tieso que un muerto.

—¿Qué...? No podemos... ¿Y si...?

Sus pensamientos y sus correspondientes palabras abandonaron su cerebro cuando hasta la última gota de sangre se le fue directa a la polla, cada vez más ansiosa. ¿Cómo una mujer podía liberarlo y aterrarlo a la vez?

En nada se la había sacado del pantalón.

—¿Seguro que tu ayudante no dejará que entre nadie? —preguntó Frankie. Pero no lo miraba a él, sino a la erección que agarraba con firmeza.

Aiden no sabía ni qué responderle, pero no pareció que le importase, pues abrió la boca y le pasó la lengua desde abajo hasta su punto más sensible.

Aiden se desplomó en la silla y observó fascinado las maravillas que le hacía con la boca.

—Quiero tocarte —dijo con los dientes apretados mientras Frankie se la metía hasta el fondo.

—Mmm, esta noche. De momento nos centraremos en ti. —Frankie empleó la boca en cosas mucho más importantes que hablar.

Estaba húmeda y caliente.

A Aiden por poco le dio un patatús al notar el fondo de su garganta.

Extático, apoyó la cabeza en el asiento acolchado de cuero. Frankie se la acariciaba con el puño y se la metía en la boca a la vez, una combinación embriagadora. Había entrado en su despacho frustrado y cansado, y, en un santiamén, le había alegrado el día.

Le chupó el glande con un frenesí especial, lo que hizo que se le tensasen los huevos.

—Franchesca —gruñó.

—Sí, cariño —le aseguró. Le dio un beso en la polla y volvió a metérsela en la boca. Ya no se la sacudía con parsimonia. No. Frankie, con los carrillos hundidos, se la chupaba tan fuerte que Aiden veía las estrellas.

Sin embargo, no podía cerrar los ojos. Quería verla arrodillada ante él, mamándosela. Quería verla así siempre.

Clavó los talones en la alfombra para agarrarse al suelo, pues temía volverse ingrávido e irse volando. Notó que el clímax se gestaba en la base de su columna y se maravilló de lo rápido que había llegado al orgasmo, como si hubiera sido por arte de magia.

Se dejó de remilgos y la cogió de la cabeza con ambas manos. Emitió un gruñido gutural cuando Frankie le permitió tomar el mando. Ensimismado, le folló la boca con embestidas superficiales y breves. Iba a sacársela. Pero, para cuando quiso darse cuenta, se estaba corriendo entre convulsiones y espasmos en su garganta.

El orgasmo lo dejó mudo y vacío mientras le llenaba la boca a ella.

Nada. *Nada* en el mundo lo habría preparado para ver a Franchesca con su pene en la boca, aceptando lo que le daba sin pedir nada a cambio. Se estremeció y se recostó en la silla con el corazón a mil.

Frankie se levantó; una diosa se pusiese como se pusiese. Cruzó la estancia y entró en su baño privado. Aiden le habría indicado el camino con gusto, pero en ese momento estaba hueco. Aniquilado por la belleza y el deseo.

Frankie regresó con una toalla húmeda y calentita y lo limpió a conciencia.

—No he sido la mejor novia del mundo. Confío en mejorar mi puntuación —admitió mientras volvía a guardarle el pene en los calzoncillos con cuidado—. Eres un buen hombre, Aiden. Eres listo, divertido y tienes la paciencia de un santo. Si te pidiese la ciudad de Cleveland, en Ohio, hallarías el modo de regalármela. Eres sumamente generoso y sorprendentemente mono. Siento no haber sido capaz de apreciarlo.

—Bah. —Era lo único que podía decir tras haber sido derrotado.

—Así que voy a currármelo, y espero que pongas el listón más alto. —Volvió a subirse a la mesa. Aiden habría jurado que olía como si estuviera excitada. Se la habría cepillado. Le habría dado lo que hubiese querido solo por haber ido a verlo. Pero Frankie quería que las cosas entre ellos cambiasen.

Aiden, tembloroso, cogió aire una vez, y luego otra. Volvía en sí poco a poco.

—Yo también quiero añadir algo a nuestro acuerdo —dijo.

Frankie lo miró con cautela.

—No digo que quiera que estemos juntos siempre —empezó—. Pero me gustaría que revisásemos la temporalidad de nuestra relación.

Frankie dejó de respirar y se quedó paralizada como un conejo ante un depredador.

Aiden se desplazó con la silla hasta quedar frente a ella.

—Franchesca, eres especial para mí. Y no sé si llegará un día en que dejes de serlo.

—Joder. —Exhaló—. Pues sí que te la he chupado bien.

—¿Ves? A eso me refiero.

—¿A la mamada? —preguntó con descaro.

Aiden la pellizcó.

—¡Ay! Que es broma —dijo.

—No solo eres increíblemente preciosa, sino que también eres mordaz y mala cuando tienes que serlo. No tienes pelos en la lengua. Nunca he conocido a nadie que no mida sus palabras. Eres un soplo de aire fresco en mi vida.

—Aide, estoy como un flan —reconoció.

—Vamos con todo, Franchesca. Tú y yo.

Frankie exhaló despacio y miró al techo.

—¿Y si la cagamos?

Aiden le estrujó las caderas y aseguró:

—No dejaré que la cagues.

Frankie rio.

—Tonto.

Aiden vio que, tras sus largas pestañas, tenía los ojos húmedos.

—¿Lo tomas o lo dejas? —le preguntó.

—¿Has mantenido esta conversación con algún otro ligue? —inquirió ella.

Aiden negó con la cabeza y respondió:

—Ni por asomo. Tú y yo, Frankie.

—Creo que vomitaré —confesó mientras se agarraba la barriga.

Aiden reparó entonces en su miedo, en sus nervios. Y, con toda la intención del mundo, decidió picarla.

—Nunca pensé que llegaría el día en que vería a Franchesca Marie Baranski demasiado asustada para luchar por lo que desea.

255

La estaba manipulando, pero, qué narices, él lo necesitaba. La necesitaba.

Frankie asintió con los labios apretados.

—Vale. Vamos con todo.

Aiden se puso en pie. La levantó de la mesa y la abrazó fuerte.

—No te arrepentirás.

Capítulo treinta y nueve

—A juzgar por las huellas de dedos en tu cuello, has arreglado las cosas con Aiden —observó Pru mientras se sentaba junto a Frankie en el salón de belleza.

Frankie estaba demasiado agotada emocionalmente para rebatírselo.

—Tenías razón. Me he portado fatal —reconoció mientras hacía pucheros frente al espejo.

—Si no sabes en qué te equivocas, no puedes rectificar —canturreó Pru.

—Hemos oficializado la relación y he vomitado el panini al salir del edificio.

—Si tienes un estómago de hierro —señaló Pru.

—Vale, está bien, lo último no ha pasado. Pero, gracias a ti, Aiden y yo somos… —dijo, y tragó saliva de forma compulsiva—… pareja.

—Se me ha ocurrido el agradecimiento perfecto.

—Acabo de compensárselo a Aiden bajo su mesa. ¿Qué me pedirás tú?

Pru señaló a Frankie y gritó:

—¡Christian! Mi amiga necesita un arreglito.

Un hombre vestido de negro de los pies a la cabeza y rapado —qué irónico— apareció como por arte de magia detrás de ella.

—Cariño —dijo mientras tiraba de uno de sus rizos y lo sostenía entre los dedos—, uno y varios.

En esos sitios te cobraban cuatrocientos dólares solo por plantar el culo en la silla, pensó Frankie. Probó a levantarse, pero Christian tenía músculos bajo su ajustada camiseta negra.

—Va, que te lo pago —exclamó Pru.

—Sabes que no me gusta que hagas eso —le recordó Frankie.

Christian le puso una capa y se la ciñó al cuello.

—A ver, ¿qué podríamos hacerte…? —se preguntó mientras le cogía el pelo por diferentes sitios y miraba enfurruñado al espejo como para que le viniese la inspiración.

—Con que me cortes las puntas me vale —respondió Frankie mientras le apartaba la mano del pelo.

Christian agarró otro mechón.

—¿Las puntas? —Rio por la nariz al examinárselas—. Pero si arrastras el daño de ocho meses.

—¿No crees que le quedarían genial unas mechas? —le sugirió Pru.

—El papel de aluminio te ha frito el cerebro —replicó Frankie.

—No se lo tengas en cuenta, Christian. Normalmente no es tan borde. Es que es de Brooklyn —la excusó Pru.

Christian giró su silla y la sujetó con los brazos. Estaban a escasos centímetros cuando le dijo:

—Necesito que confíes en mí. Nadie sale de aquí mosqueado ni hago cortes de segunda. Si te hago mechas, desearás haber nacido con ellas. Obraré un milagro con tu pelo, pero necesito que confíes en mí.

—¡Sí! —susurró Pru en alto.

Frankie señaló a Christian y le respondió:

—Como te cargues mi pelo, cuando pasen tantos meses que ya te hayas olvidado de mí, cuando estés relajado, te esperaré en el callejón y te meteré en un contenedor lleno de cabello humano y sustancias químicas para permanentes.

—Vale, pero, como te deje como a esas mujeres que rompen cuellos al pasar, volverás a que te retoque las mechas —le propuso.

Frankie le tendió una mano.

—Trato hecho.

—A su novio le gusta que lo lleve largo y ondulado —agregó Pru amablemente.

—Ah, o sea que, como ahora tengo novio, ¿tengo que llevar el pelo como él quiera? —saltó Frankie.

Pru y Christian miraron al espejo y pusieron los ojos en blanco.

—Ya me encargo yo. —Pru suspiró—. A ver, Frankie, cuando uno tiene pareja, no se desvive por complacerla, pero tampoco averigua lo que le gusta y hace todo lo contrario para sentir que conserva su independencia.

Christian le hundió los dedos en el pelo como quien lava la colada en el río y le movió la cabeza de un lado a otro.

—Uno de los mejores regalos que se le puede hacer a una pareja es algo muy pequeño que no cuesta nada.

Bueno, a Pru le estaba costando cuatrocientos dólares.

Estupendo. Un apasionado de la moda de Manhattan a lo Pablo Neruda iba a cortarle el pelo.

Cerró los ojos y se preparó para lo peor. Se estremeció con los cortes de las tijeras y los tirones del peine. No podía dejar de pensar en el rostro de Aiden cuando la había visto sentada a su mesa. Se había iluminado como Times Square. Como si su mera presencia fuera un regalo.

Se había aferrado a la idea —a la esperanza— de que Pru se hubiera equivocado. De que ella y Aiden solo estuvieran pasándoselo bien como habían acordado. De que él no buscase más. De que ella no anhelase en secreto que él se esfumara para confirmar que tenía razón. Si hubiera conseguido alejarlo de ella, ¿habría aliviado el dolor de su corazón?

Frankie no era cruel ni insensible. No era de las que machacan a los demás porque pueden y punto. Sin embargo, se había empeñado tanto en guardar las distancias con Aiden que lo había rechazado una y otra vez. Y él había aguantado.

Verlo mirarla así le había hecho una ilusión inusitada. Y, si él estaba dispuesto a mostrarse así de vulnerable, lo menos que podía hacer ella era imitarlo.

Tras lo que se le antojaron horas de alboroto, le giraron la silla.

—Vale, abre los ojos y contempla mi obra de arte.

Escéptica, abrió un ojo, preparada para ver una cresta morada o algo igual de llamativo. Pero aún conservaba su pelo. Un poquito más corto y con unos rizos más definidos y mucho más brillantes, pero era ella.

—¿Son mechas caramelo? —preguntó mientras giraba la cabeza.

Christian rio por la nariz y respondió:

—Las mechas caramelo son para aficionados. Son reflejos *macchiato*.

Se la veía elegante y circunspecta, pero no por ello menos auténtica. La electricidad estática del invierno ya no dominaba su cabeza.

—Joder, Christian. De verdad que quería tirarte a un contenedor de basura.

* * *

—Aiden te llevará a algún lugar oscuro y semiprivado a los cinco minutos de verte así —predijo Pru tras asomarse a su probador. Para ser una *boutique* de lujo, la seguridad brillaba por su ausencia en los probadores.

Frankie se puso de perfil para ver el culo que le hacía el vestido rojo escarlata. Realzaba sus curvas, enseñaba canalillo y se ajustaba a su cintura y a sus caderas.

—Estamos en febrero. No puedo ir en tirantes —arguyó. Además, la puñetera tela costaba poco menos de mil pavos. Aiden le había puesto una tarjeta de crédito en la mano al salir y le había ordenado que la usara. Pero le resultaba… extraño. Una mamada y una tarjeta de crédito ¿seguidas? Necesitaba dejarse claro a sí misma que no era Vivian de *Pretty Woman*.

—Llevarás un abrigo y he reservado una mesa junto a la chimenea. Para cuando acabemos de cenar, estarás sudando —auguró Pru, que se pavoneaba con un elegante vestido de tubo negro.

—¿Por qué tú no vas enseñando canalillo? —inquirió Frankie tras ver cómo se le salían las tetas.

—Estoy casada y uso una ochenta, cariño. No hay mucho que enseñar. Estás loca si no te compras ese vestido.

Frankie casi no se reconoció al mirarse al espejo. El pelo, el vestido, el diamante y —madre mía, ¿eso era platino?— la pulsera que de casualidad llevaba en el bolso.

—¿Sabes lo que nos vendría bien ahora? —preguntó Pru.

—Espero que sea yogur helado, pero creo que vas a decir zapatos. —Frankie suspiró.

—¡Zapatos!

Cuando Pru regresó a su probador, Frankie volvió a mirar el precio del vestido. Se puso malísima.

Sacó el móvil.

Frankie: Cuando me has dado la tarjeta de crédito, ¿en qué presupuesto estabas pensando?

Aiden: Dudo mucho que compres algo que me escandalice.

Frankie volvió a mirar el vestido. «¿Qué te apuestas?».

Frankie: Te agradecería que me pusieses un tope. He encontrado un vestido que me gusta, pero hay más cifras de las que estoy acostumbrada a ver. Y Pru está en el probador de al lado cantando «zapatos, zapatos, zapatos».

Ya se lo imaginaba riéndose para sí de que la paleta de su novia entrase en pánico por unos centavos.

Aiden: Me encanta que te des un capricho. Y aún más contribuir a la causa. ¿Qué tal si por hoy ponemos el tope en cincuenta mil?

Debía de ser coña. Frankie no concebía un mundo en el que cincuenta de los grandes fueran calderilla. Claro que, conociendo a Aiden, seguramente habría dicho una cifra inferior a la habitual para tranquilizarla.

Frankie: Vaya, entonces, ¿no puedo comprarme este vestido de setenta y cinco mil dólares? Qué pena.

Agregó un meme de decepción.

Aiden: Envíame una foto del vestido y me lo pienso.

Su pillería alivió un pelín la tensión. Quizá pudiese tensarlo a él de otra forma. Se hizo una foto de las tetas y se la envió.

Aiden: Es la primera vez que me empalmo en una reunión de analistas. Interesante.

Frankie rio. No sabía si estaba de guasa o de verdad se estaba mensajeando con ella durante una reunión. Sea como fuere, la relajó. Y, si Aiden creía que cincuenta de los grandes eran un gasto aceptable, un vestidito y unos zapatos no les harían daño.
—Vale, Pru, ¿adónde vamos a comprar zapatos?

Capítulo cuarenta

Frankie estuvo más rato preparándose para su cita doble que para su fiesta de graduación y las dos bodas a las que había ido juntas. La habían depilado y maquillado, y le habían puesto loción y crema. Para cuando el coche se detuvo frente al restaurante, estaba famélica.

Chip y Pru, que no se separaban ni con cola desde que se habían casado, dejaron de abrazarse.

—Ya ha llegado Aiden —dijo Pru mientras señalaba la limusina de delante. A ella todas las limusinas le parecían iguales, así que la creyó.

El corazón le iba a mil. Quería verlo en su salsa. Ver lo que se había estado perdiendo. Quería que se le dilatasen las pupilas cuando la viese por primera vez con el vestido de las narices. Quería que se enorgulleciese de llevarla del brazo.

Y quería cenar algo ya, hostia.

—Solo dos fotógrafos —comentó Chip tras mirar por la ventanilla—. No habrán visto aún a Aiden.

Frankie tragó saliva y preguntó:

—¿Por? ¿Suele acaparar las miradas?

Pru y Chip se miraron.

—Tú tranquila. Sé tú misma y ya —le aconsejó Chip mientras le daba una palmadita en una rodilla. Se apeó primero y le tendió la mano a Pru.

Frankie vio el *flash* de una cámara y puso los ojos en blanco. ¿Quién en su sano juicio acamparía delante de un restaurante en febrero solo para hacerle fotos a la gente?

A continuación se bajó ella. Al instante se olvidó de los fotógrafos. Allí, en la acera de enfrente, estaba el mismísimo Aiden Kilbourn, que se acercaba a ella como un león a una gacela lenta y gorda. Su mirada le indicó que él también tenía hambre, pero no de comida.

Frankie notó una ráfaga de aire frío y se dio cuenta de que había olvidado abrocharse el abrigo. Aiden también se percató de que el viento le había abierto la prenda de cachemira.

Habría jurado que se humedeció los labios. De pronto la tocaba y la besaba. Sus caricias avivaron cada una de sus terminaciones nerviosas, como si hubieran estado esperando que llegase ese momento. Era química, biología. Dentro tenían algo que los conectaba, y Frankie no se cansaba de ello.

La besó con pasión. Le metió la lengua y la enredó con la suya para que les quedase claro a todos los allí presentes que era su chica. La reclamó.

A Frankie no le gustaba destacar. No le gustaba ser el centro de atención. Y así se lo habría dicho de no haber estado tan ocupada aferrándose a él como una enredadera.

—Nosotros vamos a tomarnos algo —comentó Chip mientras señalaba el restaurante y se llevaba a una Pru muy sonriente.

—Os esperamos dentro, loquillos —les gritó Pru.

—Ahora volvemos —contestó Aiden sin apartar la vista de ella.

Hubo destellos y Frankie fue vagamente consciente de que los acribillaban a preguntas. Entonces Aiden la rodeó con un brazo y se la llevó a su limusina. Abrió la puerta y la hizo pasar.

—Conduce hasta que te avise —le ordenó al chófer en tono brusco. Acto seguido levantó la pantalla de cristal para tener intimidad.

—¿Y qué pasa con la cena? —preguntó Frankie, que se movió a un lado para hacerle sitio.

—Primero el postre —musitó mientras le quitaba el abrigo. La acarició por encima del vestido y se detuvo con reverencia justo debajo de su generoso escote—. ¿Sabes qué he hecho después de que me enviaras la foto?

—¿Qué? —musitó ella, que se moría de ganas de que la tocara. Temía que, cuando lo hiciera, dejase de existir. Frankie le acarició los muslos.

—He tenido que abandonar la reunión para ir a cascármela al baño.

Temblorosa, preguntó:

—¿Has pensado en mí?

—Preciosa, siempre pienso en ti. —Se llevó una mano al paquete y se palpó la erección por encima de los pantalones.

Frankie se mojó al instante.

—¿En una limusina? —preguntó entre dientes. Detestaba admitirlo, pero tener sexo en una limusina estaba en su lista de cosas que hacer antes de morir.

—O lo hacemos ahora o no llego vivo al postre. Y menos contigo así vestida.

Su cruda sinceridad le resultó igual de atractiva que su mirada fiera.

Animada, Frankie le pasó una pierna por encima del regazo, pero dejó suficiente espacio para que se quitara los pantalones con comodidad. Su miembro largo y gordo cayó a plomo en su mano. Ya estaba goteando, lo que hizo que se sintiera poderosa. Aiden la sujetó bien y sacó un condón de un compartimento.

Frankie pensó que lo habría hecho infinidad de veces en ese coche. Pero se aseguraría de que esa fuera la única que recordase para siempre.

Mientras se ponía el condón y se la sacudía él mismo, Frankie se subió la falda despacio hasta las caderas. Se tiró del amplio escote en V para bajarse la parte superior del vestido. La tela colgaba precariamente de sus senos.

El rugido que reverberó en el pecho de Aiden fue su recompensa.

Enterró el rostro en su busto y le irritó la piel al restregarle la barba. Frankie aprovechó que se la machacaba con fruición para acercarse a él y que le diese con la polla justo donde más necesitaba a su hombre.

—Voy a ser bruto y rápido, Franchesca —le advirtió—. En cuanto te la meta, no voy a parar hasta que te corras.

—Fóllame, Aiden —musitó ella. Fue una orden, una súplica.

La agarró de las caderas y, a milímetros de su entrada chorreante, tanteó su centro con la punta. Le retiró las finísimas bragas con una mano.

265

Resollaba y apretaba la mandíbula, y eso que ni siquiera había empezado a cepillársela todavía. Aiden Kilbourn al límite era una imagen embriagadora.

Fue su último pensamiento coherente antes de que la levantase de las caderas y la penetrase con brusquedad. No dejó que se acostumbrase a su envergadura, que se adaptase a tenerla dentro. La embistió con ímpetu y le bajó el vestido por el escote para verle las tetas. Llevaba un sujetador incorporado, por lo que nada lo separaba de sus pechos turgentes y necesitados.

—Aiden —murmuró Frankie entre dientes cuando se metió uno de sus pezones en la boca y succionó con fuerza. Sus acometidas no cesaban. Gruñó contra su pecho. La agarraba de las caderas con tanta fuerza que la hizo gritar de nuevo.

Solo sirvió para que se la follase con más ganas.

Estaba fuera de sí. Succionaba, arremetía y la volvía loca de atar. Frankie plantó las manos en sus hombros y los asió con todas sus fuerzas.

No podía respirar, no podía pensar. Solo podía aceptar lo que le ofrecía. Vida. Fuego. Deseo.

—Eres perfecta, joder —murmuró contra su piel.

Ese vestido había sido la compra más cara de su vida.

Cuando notó que se le ponía gorda y oyó su respiración fatigosa, supo que estaba cerca. Deseoso de alcanzar el clímax. A puntito.

Aiden la estrechó y aminoró el ritmo de sus acometidas para restregarse contra ella. Fue un acto precioso, primitivo.

Le soltó el pezón y, con los ojos brillantes y fijos en los suyos, fue a por el otro pecho. Frankie vio que se metía la punta en la boca y notó que le pasaba la lengua. Le corría oro líquido por las venas. Su mundo adquirió un fulgor candente cuando, de pronto, llegó al orgasmo.

—¡Aiden! —exclamó entre sollozos mientras se la metía hasta el fondo. Él gimió con voz baja y gutural al vaciarse en ella. Incluso con el condón, Frankie notó que palpitaba en su interior y expulsaba su simiente en un clímax sin fin.

Ella volvió a correrse —o no dejó de correrse— mientras él se sobreponía a su orgasmo. Cuando al fin se quedó quieto debajo de ella, Frankie se derrumbó encima de él.

La abrazó por la cintura y pegó sus pechos a su camisa al-midonada. Le acarició la espalda desnuda para reconfortarla. Los elogios que le susurró al oído la hicieron sonrojar. Su novio era un guarro. Y eso lo pensaba una chica cuya segunda palabra de niña había sido «joder».

Tenía la impresión de que la había desarmado y vuelto a montar. No había nada como sentir a Aiden dentro de ella. Incluso después de un orgasmo que lo había dejado seco, su miembro seguía semierecto.

—Gracias por el vestido —susurró con la garganta tan dolorida que apenas se la oía.

Él rio con suavidad contra su pelo y respondió:

—Gracias por aparecer.

Capítulo cuarenta y uno

Estaba claro que Aiden tenía contactos en The Oak Leaf. El dueño ni se inmutó cuando la limusina se detuvo en el callejón. Se limitó a llevarlos desde la cocina a su mesa pasando por el bar. Al llegar, oyeron a Chip y Pru discutir por las tapas.

Frankie intentó ignorar las miradas que les echaban los curiosos. Era el Kilbourn más reconocible de la familia y el eterno soltero. Era lógico que suscitase interés.

Frankie se sentó primero y Aiden la siguió y le plantó una mano en el muslo. Ella cogió la carta y fingió que la leía para pasar de Pru, que la miraba expectante.

—¿Qué tal preparan las almejas aquí? —preguntó con aire inocente.

—Ah, hola. ¿Qué tal el polvo?

Frankie miró a Pru, que apoyaba la barbilla en las manos y sonreía con suficiencia.

—Ha estado bien, ¿a que sí, Aiden? —respondió Frankie con altivez mientras lo miraba. Estaba despeinado, pero cualquiera habría pensado que era a propósito. Y llevaba la corbata torcida. Pero por lo demás estaba impecable, cómo no. A ella, en cambio, parecía que le hubieran pasado una aspiradora y la hubieran mordido en puntos clave.

—Sí, muy bien. Lo recomiendo encarecidamente —apuntó Aiden, y se bebió la mitad del vaso de agua.

Le apretó el muslo y le subió la mano un pelín más.

Para provocarlo, Frankie le enganchó el pie en la espinilla y separó las rodillas.

Nadie más se habría dado cuenta con solo mirarlo, pero ya daba señales de estar como una moto. El rubor del cuello, el ensanchamiento de las fosas nasales… Deseó echarle un vista-

269

zo a la entrepierna. Habría apostado a que volvía a estar empalmado. Qué maravilla de tío. Fijo que sus orgasmos tenían orgasmos.

—Bueno... —empezó a decir Pru con énfasis—. ¿Y cómo os va la vida?

Cenaron de fábula, bebieron un vino asquerosamente caro y, en general, se lo pasaron de lo lindo. Frankie acabó olvidándose de las miradas furtivas y disfrutó al ver a Aiden relajado. Su apariencia reservada desaparecía en compañía de Chip. Se reía más, sonreía más y le salían unas arruguitas muy *sexys* en las comisuras de los ojos. Incluso mientras conversaba profundamente con su amigo, Aiden mantenía una conexión física con ella. Jugueteaba con su pelo, le acariciaba un hombro con el pulgar o le subía los dedos por el muslo.

Pru les contó cómo había ido la luna de miel. No podía ser que los habitantes del Upper West Side se casasen en las Barbados y se fuesen de vacaciones también allí. Así que Pru y Chip habían estado diez días en las Maldivas. Frankie no sabía situarlas en el mapa, pero las fotos que había hecho Pru con el móvil eran espectaculares.

Era una situación... normal. Hasta dichosa.

Bueno, todo lo normal que podía ser un primero de pasta por setenta y tres dólares. Un viernes por la noche con amigos. Por primera vez, Frankie sintió que eran una pareja de verdad. Ni ella era la pobretona de Brooklyn ni él el director general al que acababan de nombrar cabeza de familia.

Era suyo. Nada más. Aiden, el hombre que atraía las miradas de todas las mujeres y que le había quitado la cuenta a Chip con el pretexto de que invitaba él como regalo de bienvenida, estaba con ella.

La embargó una oleada de vértigo adolescente. Como si acabase de ver al John Mayer de antes de conocer a Jessica Simpson frente al restaurante.

—Pausa para ir al baño —anunció Pru, que empujó a Chip para salir del asiento—. Venga, Frankie. Que nos echen de menos.

Prácticamente se la llevó a rastras para, una vez dentro, darle un abrazo gigante.

—¿Y esto…? —preguntó Frankie mientras, incómoda, le daba palmaditas en la espalda a su amiga.

—¡Le quieres! —chilló Pru—. Estaba deseando que llegase el día en que mirases a un hombre como mirabas a Aiden mientras cenábamos.

—No le quiero —replicó Frankie.

—Te brilla la cara —dijo Pru mientras daba vueltas y comprobaba su maquillaje en el espejo.

—Es el brillo postcoital. Me ha follado en su limusina, Pru. No vamos a decorar la casa de campo ni a pensar nombres de bebés.

—Pero ¡¿tú has visto cómo te mira?! Madre mía, he flipado. Quiere comerte viva.

—Para. La felicidad de recién casada te tiene obnubilada y quieres que los demás nos enamoremos también.

—Deberíamos ser madres a la vez —decidió Pru mientras se retocaba el pintalabios—. Podríamos compartir niñera.

—Te quiero, Pruitt, pero estás como una puta cabra.

Pru sonrió al espejo y comentó:

—Me gusta verte feliz. Nada más. Te lo prometo. Estoy de coña.

—Qué tonta eres —dijo Frankie entre risas.

—Yo seré tonta, pero tú das muy bien en cámara —repuso Pru mientras le pasaba el móvil.

—¿Es coña? —Frankie ojeó la publicación del blog de cotilleos. Eran unas fotos de Frankie y Aiden acaramelados en la calle—. ¡Que lo verá mi madre!

—Tu madre y cualquier ciudadano que se precie —apuntó Pru, que estaba tan contenta que no empatizó con su amiga.

—¡Hace nada de esto! ¿Cómo es posible que ya hayan escrito un artículo con… —dijo mientras volvía al inicio de la página— tres actualizaciones desde que se publicó?

Pru puso los ojos en blanco y repuso:

—¿No impartías talleres de redes sociales?

—¡A empresarios que quieren promover su negocio! —Frankie hizo aspavientos con los brazos—. No a unos lectores sosainas que opinan sobre… ¿lo que he cenado? ¿Qué le pasa a la peña?

—Eres una desconocida que va del brazo del soltero más cotizado. ¿Qué esperabas? —preguntó Pru.

El teléfono de su amiga vibró en la mano de Frankie y apareció un mensaje.

—¿Cómo es que el chucho étnico está saliendo con Aiden Kilbourn? —leyó Frankie en alto.

—¿Cómo? —chilló Pru—. ¿Pone eso en los comentarios?

Frankie le enseñó el móvil y contestó:

—No. Es el mensaje de Margeaux, tu mejor amiga.

—Esa mujer es el peor ser humano de la historia. Da gracias de que su única ambición sea pescar a otro marido, porque, si se empeñase, podría ser el nuevo Hitler.

—¿Cómo es que sois amigas?

—No lo somos. Para nada. Mi padre y el suyo son socios. Asistí a su primera boda con un ludópata que esnifaba coca y se iba de putas. Tal para cual.

Frankie se pegó a la pared.

—Alguien les cuenta a los *paparazzi* qué he cenado y cientos de personas se vuelven locas, incluida la sucesora de Hitler. No estoy preparada para esto.

Pru fue hasta ella y le clavó un dedo en el hombro.

—Escúchame bien, Franchesca Marie. Puedes con esto y con más. Eres la única persona del mundo a la que le resbala este tipo de atención. Y, como aguantes, te quedas con Aiden. Así que haz de tripas corazón. Estás saliendo con un chico que te da la excusa perfecta para juntarte conmigo y con Chip en Manhattan un viernes por la noche. No permitiré que lo estropees.

—¿No me digas que ya estabas harta de ir a Brooklyn a comer *pizza* barata y ver una peli? —preguntó Frankie en broma, pero volvió a asaltarle la inquietud de siempre. Otro recordatorio de que no pertenecía a ese mundo. Al final, no era más que una chica que se arreglaba para salir de noche.

¿De verdad soportaría vivir a caballo entre los dos mundos?

Capítulo cuarenta y dos

—Aún es pronto —comentó Pru tras mirar la hora en el reloj de Chip.

Mientras reprimía un bostezo, Frankie pensó que acabar de cenar a las once era de todo menos pronto.

—¿Os apetece un café o salir de fiesta? —propuso Chip.

Frankie miró a Aiden a los ojos.

—No, gracias —contestaron a la vez.

—Van a por el segundo asalto —le dijo Pru a Chip mientras le guiñaba un ojo.

—No es mala idea —repuso él con otro guiño.

—Ahora echo de menos el parche —le comentó Frankie a Chip con aire pensativo.

Aiden escribió a su chófer para que trajera el coche y ayudó a Frankie a ponerse el abrigo. El restaurante estaba mucho menos concurrido, pero la multitud que se agolpaba fuera había aumentado. El *maître* le susurró algo al oído a Aiden, que frunció el ceño y asintió. Aparecieron dos hombres trajeados.

—¿Qué pasa? —preguntó Frankie.

—Hay más *paparazzi* fuera —explicó Aiden mientras fulminaba el cristal con la mirada—. Los guardias de seguridad nos escoltarán.

—¿Que nos escoltarán? Pero ¿cuánta gente hay ahí? —inquirió Frankie.

—No tanta —contestó Aiden en tono seco—, que tampoco estoy en una *boy band*.

Para Frankie había demasiada gente merodeando por allí. A ver, sí, Bieber habría vuelto locos a sus admiradores, pero que dos docenas de transeúntes curiosos y siete tipos con cámaras los siguieran tras abandonar la seguridad del restaurante tampoco era moco de pavo. Los escoltas se abrieron paso entre la multitud y obligaron a los fotógrafos a retroceder mientras Aiden la cubría con el brazo y la llevaba a la limusina.

Los *flashes* la cegaron, pero, por lo demás, salió ilesa. En cuanto entró Aiden y les cerraron la puerta, estuvieron a salvo de miradas indiscretas.

—¿Por qué comes aquí si sabes que luego van a ir a por ti? —preguntó Frankie mientras se apoyaba en el reposacabezas.

El asiento trasero de la limusina aún olía un poco a sudor y sexo.

—Están más interesados en ti y en saber qué eres para mí —le dijo Aiden.

—Pues menudo chasco se van a llevar —repuso Frankie.

Aiden la sentó en su regazo y la sujetó por la cintura, por dentro del abrigo.

—Son gajes del oficio. Como que tu madre dé collejas a todo el mundo. Es lo que hay.

Frankie rio y descansó la cabeza en su pecho. Casi había esperado que volviese a abalanzarse sobre ella nada más subir al coche, pero aquello también estaba bien. Muy bien.

—Eres fascinante, Franchesca.

—Aide —dijo en voz baja.

Aiden negó con la cabeza y añadió:

—No es un cumplido. Es una advertencia. Averiguarán quién eres. Querrán saberlo todo de ti y vendérselo al vulgo.

—¿Por qué? —preguntó.

—Porque eres mía.

Fue arrogante que lo constatase. Pero anda que no le gustó oír que lo confirmaba, aunque fuese un poquito.

Abrió la boca.

—No discutas conmigo —le advirtió él.

—Es lo que mejor se me da —bromeó ella mientras jugueteaba con los botones de su camisa.

—No me rebatas que no me perteneces. Te pertenezco. Soy tuyo. Vamos con todo, ¿recuerdas? Es mutuo.

—Vamos con todo —murmuró Frankie.

* * *

El bloque de Aiden estaba en pleno centro, a solo tres manzanas de su oficina, por lo que podía ir andando si optaba por desafiar a las masas. Aunque, después de presenciar lo mucho que llamaba la atención, a Frankie no le extrañó que alquilase un coche. No molaba nada sentirte como un mono de feria de camino al trabajo. Mientras que los demás habitantes eran anónimos, el rostro y el nombre de Aiden eran conocidos *urbi et orbi*.

Y Frankie estaba entrando en esa órbita. De buena gana.

El vestíbulo estaba custodiado por un portero uniformado y una mujer con un elegante traje negro detrás de un suntuoso cubículo en forma de U.

—Buenas noches, señor Kilbourn —lo saludó con una sonrisa profesional.

—Buenas noches, Alberta. Te presento a la señorita Baranski —dijo mientras señalaba a Frankie con la cabeza y se la llevaba sin aminorar el paso.

—Un placer, señorita Baranski —dijo Alberta.

—Encantada de conocerte —contestó Frankie por encima del hombro mientras corría para seguirle el ritmo.

Aiden la conducía a los ascensores como si una manada de hienas les pisase los talones.

Entraron y Aiden se sacó una llave del bolsillo del abrigo.

—No fastidies —dijo Frankie mientras negaba con la cabeza.

—¿Qué pasa? —preguntó Aiden mientras introducía la llave en el panel de control del ascensor y pulsaba la letra A.

—¡Venga ya! ¿Al ático? ¿En serio? ¿No puedes fingir al menos que eres un tío normal?

Él la miró con una chispa de diversión en sus ojos azules.

—Eres la primera que se queja de que viva en el ático —señaló.

—No me hace gracia que me recuerdes la horda de mujeres que has traído aquí para hacer cosas desnudos, Aide.

—¿Con cuántas crees que he estado exactamente? —preguntó entre risas.

—Con las suficientes.

Un segundo estaba frente al panel de botones y al otro la inmovilizaba contra la pared del ascensor.

—¿Sabes lo que no he hecho nunca?

Plantó las manos a ambos lados de su cabeza. Estaba a un milímetro de distancia, tan cerca que podía tocarla de arriba abajo sin rozarla siquiera.

—¿Qué? —susurró ella.

—Nunca he besado a nadie en este ascensor. —Le repasó la mandíbula con los labios hasta llegar a su cuello y luego volvió hacia arriba.

—¿Y si nos ven? —preguntó mientras señalaba con la cabeza la cámara de seguridad.

—¿Importa?

La suavidad de sus labios y la aspereza de su barba: un contraste de sensaciones.

Frankie se agarró a la barandilla que tenía detrás. Cuando Aiden juntó los labios con los suyos, se alegró de contar con el apoyo. No fue un beso salvaje y apasionado. Fue otra cosa; algo más profundo que le llegó al alma.

El beso floreció como una rosa que, al calor del sol, se abre y busca más.

Aiden enredó la lengua con la suya con pereza; la acariciaba, la excitaba y la calmaba a la vez.

—Me alegro mucho de que estés aquí —dijo como si confesase un secreto siniestro.

—Me alegro de estar aquí. A lo mejor te encuentro un defecto esta noche. A lo mejor acumulas trastos. O tienes un gusto pésimo para los cuadros de terciopelo. O tienes dieciséis gatos. —Le rodeó el cuello con los brazos—. Voy a encontrar lo que te hace humano, Kilbourn.

Se abrieron las puertas del ascensor y Aiden la llevó de la mano a un espacioso vestíbulo. Blanco y más blanco y más blanco.

—Mmm, de momento ni rastro de gatos —señaló.

Al abrir la puerta, Aiden le dijo:

—Lo mismo se han escondido con mi colección de casetes de los ochenta que compré en un mercadillo.

Frankie le dio una palmada en el hombro y repuso:

—¿Ves? A eso me refería yo con tío normal.

—Tu versión de normal es rara de narices.

Le sacó la lengua y lo adelantó. Su vestíbulo medía lo mismo que su casa y tenía miles de metros cuadrados de mármol blanco y reluciente con vetas grises. Había un velador en mitad de la estancia con un jarrón de flores. Tocó un pétalo. Eran frescas.

No había montañas de cartas ni revistas por ahí tiradas, ni tampoco un manojo de llaves ni un revoltijo de cupones. La sala de estar se extendía ante sus ojos. Un espacio abierto con una pared de ventanas. Las vistas eran de infarto, *cómo no*.

Formaban parte del horizonte de la ciudad.

Los muebles eran oscuros, de cuero, y estaban colocados a la perfección. En la barra se encontraban los mejores licores habidos y por haber. Una chimenea de mármol. En las estanterías había libros y fotografías enmarcadas. Todo estaba limpio y ordenado, pero era un poco aséptico. No había cojines ni mantas en el sofá. La alfombra blanca que decoraba la zona de descanso tenía el grosor de una nube. Las paredes eran oscuras. Supuso que para que contrastasen con el suelo blanco y el sol que entraría a raudales por la pared de ventanas.

Aiden la siguió a la cocina. Era larga, al estilo galera. Elegante, moderna y, seguramente, por estrenar. La isla que la separaba del comedor no acababa nunca. Aunque se hubiese subido a la encimera de granito y estirado los brazos por encima de la cabeza, no habría podido tocar ambos extremos.

La mesa del comedor era igual de larga. De cristal y con las patas de metal. Las sillas de su alrededor tenían el respaldo alto. Doce sillas para doce comensales. Había más estantes. Más fotos. Algunos cuadros pintados con esmero.

Miró el pasillo, pero decidió quedarse en el salón. Con ese vestido, no saldrían de su cuarto hasta la mañana siguiente.

Era una pasada; preciosa. Como él. Aunque transmitía una sensación de vacío, de soledad. Se preguntó si eso también sería un reflejo de su dueño.

Aiden, apoyado en la isla, la miraba mientras se desataba la corbata. Se quitó la prenda de seda del cuello, la enrolló y la dejó en la encimera.

—¿Qué opinas? —le preguntó.

—Es muy bonita. —Y así era. Un sitio de interés turístico. No quería saber cuánto le habría costado. Los bienes inmuebles en ese sector de la ciudad estaban por las nubes. Habría sido más barato construir una casa de vacaciones en la Luna. Pero le faltaba vida, y eso la entristecía. Solo de pensar que Aiden volvía solo a una casa bella como un museo, pero a la vez tan fría… Se preguntó si estaría a gusto, si se relajaba entre esas paredes.

—Gracias —dijo.

Frankie cogió un marco dorado. Era una foto del padre de Aiden sentado a la mesa de su despacho. Por las ventanas de detrás se veía el horizonte.

—Háblame de tu familia —le pidió.

—¿Por qué?

—Para que sepa lo que me espera en la gala esa que se celebra esta semana.

Capítulo cuarenta y tres

Aiden no era de los que creía en la suerte. La suerte, por lo que a él respectaba, era una pécora voluble. El oportunismo, la preparación y la agresividad solían jugar más a su favor. Pero, por algún motivo, la pécora voluble le sonreía aquel día. Frankie estaba en su casa y se planteaba adentrarse en su mundo.

«Vamos con todo».

—Es la primera vez que vienes a mi casa ¿y quieres que hablemos de mi familia? —preguntó Aiden en broma mientras se quitaba la chaqueta. Se deleitó con su mirada ávida y hambrienta. Desear a alguien y ser deseado con semejante intensidad era nuevo. Y aleccionador—. ¿Te apetece una copa?

—¿A ti? —replicó.

—¿Agua para los dos?

Frankie lo siguió a la cocina y husmeó en la nevera y la despensa.

—Pero ¡bueno! ¡Si hay comida de verdad! —exclamó sorprendida.

—¿Qué esperabas? ¿Bolsas de sangre?

—Dieta vampírica, qué gracioso. No, a ver, es que no estaba segura de que vivieses aquí en realidad.

Él la miró mientras llenaba dos vasos con hielo.

—Pues claro que vivo aquí.

—No dudo que duermas aquí, pero ¿apoyas los pies en la mesa de centro? ¿Te preparas huevos a medianoche en tu cocina de cincuenta fuegos? ¿Pagas facturas e insultas a la tele cuando juegan los Giants?

Su definición de vida lo fascinó.

—Duermo aquí. Trabajo aquí. Y, de vez en cuando, como aquí. No recuerdo haber apoyado los pies en la mesa de centro, pero quizá se deba a que el diseñador la describió como «única y de valor incalculable». Seguramente ese dato me disuadiese.

—¿No te quitas el traje ni para descansar? ¿Te pones a contar monedas de oro con la espalda recta?

Él se echó a reír y le ofreció un vaso de agua.

—Tienes una imaginación desbordante.

Frankie regresó a la sala de estar y se sentó en el sofá. Se retorció sobre el cojín y escondió los pies.

—No es el asiento más cómodo del mundo —se quejó.

—Al menos no se traga a sus víctimas como el tuyo —recalcó Aiden.

Frankie lo observó detenidamente mientras bebía y suspiró.

—Eres tan perfecto que quiero que te desmelenes para ver qué pasa.

—¿Qué tiene de malo cómo soy? —preguntó Aiden, divertido.

—Nada. Nada de nada.

Se sentó a su lado y se colocó los pies de Frankie en el regazo.

—Intento ver cómo podríamos encajar. Porque, si crees que cuando estemos solos en casa voy a ir todo el rato con vestiditos *sexys* y taconazos de diez centímetros, y voy a llevar bien el pelo y las uñas, vas listo.

Aiden negó con la cabeza. Cuando se la imaginaba en su casa, no era con ropa de marca y un maquillaje impecable. Se la imaginaba en chándal y descalza, comiendo comida para llevar en la mesa de centro. O con la cabeza en su regazo mientras leían o veían la tele. O suspirando desnuda en su cama.

—¿Me estás preguntando qué espero de ti?

Ella asintió con aprensión.

—Franchesca —empezó mientras le pasaba un mechón de pelo por detrás de la oreja—. Quiero que seas tú misma. Me lo paso bien contigo. No con una copia de cualquier *influmierder* del distrito.

—No me creo que conozcas esa palabra —le dijo en broma. Sin embargo, al restregar la mejilla contra su palma, Aiden notó lo nerviosa que estaba.

—Esta noche me lo he pasado muy bien. Y no solo por lo de la limusina. Me ha gustado salir contigo, presumir de chica y relacionarme con personas que nos importan a ambos.

Frankie asintió con prudencia.

—Pero también me encanta estar contigo en Brooklyn. Comer en antros ocultos, dormir en tu casa sin salidas de emergencia y con corrientes de aire. Salir con tus hermanos. También me gusta eso.

—¿Seguirás haciendo esas cosas aunque haya cruzado el río?

—Cariño, ¿creías que dejaría de dar solo porque ahora das tú también?

Aiden no habría sabido decir quién de los dos se sorprendió más cuando a Frankie se le humedecieron los ojos.

—Eh, ¿qué pasa? —preguntó mientras se la subía al regazo.

Frankie negó con la cabeza, lo que hizo que se le moviesen los rizos.

—Me siento fatal. Me gustaría decir que intentaba protegerme, pero creo que en parte quería hacer que te tragases lo que dijiste de que lo nuestro era temporal. Quería demostrarte que sería importante para ti.

—Pues misión cumplida. Eres muy importante para mí, Franchesca. No lo dudes.

—Me da la sensación de que te he hecho un Aiden.

Él rio bajito.

—¿Y eso qué es?

—Pues que, como sé que te flipa la persecución, te he obligado a currártelo. No sé si lo he hecho queriendo o no, pero creo que te he manipulado.

—Y crees que, como la persecución ya ha terminado, no me interesas —aventuró.

—No lo sé. Pero no es propio de mí hacer daño a alguien a propósito. Y lo siento, Aiden. Lo siento muchísimo. Cuanto más te conozco, más claro tengo que eres… guay.

—¿Guay?

Frankie asintió mientras se esforzaba por no llorar.

—Muy guay.

—No tiene por qué ser complicado, Franchesca.

Se tensó en sus brazos.

—Un momento. Antes de que saltes. Me refiero a que lo de ir con todo no tiene por qué ser complicado. No quieres renunciar a tu vida para estar conmigo, pero es que yo tampoco quiero que lo hagas.

—No sé si encajaré en tu ambiente.

—Si te cuento un secreto, ¿me prometes que no saldrá de este piso?

—No te atrevas a llamar *piso* a este magnífico pedazo de los bienes inmuebles de Manhattan. Y, sí, te lo prometo.

—Yo tampoco encajo del todo.

—Y una mierda. Pero si, básicamente, fue tu familia la que construyó este sector de la ciudad.

—Muy cierto. Mi bisabuelo chantajeó y estafó para presidir un banco. Ahí empezó la historia de los Kilbourn. Su hijo, mi abuelo, aumentó la fortuna familiar al abandonar a su esposa y a sus dos hijos por una heredera acaudalada cuyo padre necesitaba a alguien que quisiera dirigir su empresa. Mi padre continuó el gran legado de los Kilbourn copiando para graduarse en Administración de Empresas en Yale y sobornando a Secretaría con una donación considerable para que aceptasen a su hijo, pese a no ser un alumno sobresaliente y a haber tenido algún que otro encontronazo con la comisión disciplinaria de su cole privado.

—¿Tú? ¿Un chico malo? Luego me lo cuentas.

Aiden le sonrió y la cambió de postura.

—No diría que los Kilbourn somos sociópatas, sino que priorizamos los negocios por encima de todo. Pero, en nuestro caso, la familia está indisolublemente ligada a la empresa. Para mi padre fue la acumulación de trofeos y éxitos. Para mí, es la caza, la persecución, el remate. Y luego están los demás. Tengo amigos, Chip incluido, que en realidad no trabajan. Les administran el dinero y se dedican a vivir la vida. Se casan con mujeres hermosas y forman familias preciosas para perpetuar su linaje.

—Pero estáis todos forrados —le recordó Frankie.

—Sí, pero a lo que voy es a que siento que no encajo. No quiero hablar con alguien sobre el caballo de carreras que se acaba de comprar o el Van Gogh que consiguió en una subasta. No quiero comparar inversiones ni tirarme a un harén de mujeres. No quiero fundirme la tarjeta negra de American Express de mi padre como si tuviera veinte años. Quiero ganar.

—¿Por qué? —le preguntó.

—Porque es lo único que sé hacer.

«Kilbourn Holdings anuncia que el heredero al trono está saliendo con una estudiante de Brooklyn»

«Cinco cosas que debes saber sobre la novia de Aiden Kilbourn»

«Conoce a sus suegros: Aiden Kilbourn presenta su novia a su familia»

Capítulo cuarenta y cuatro

—Qué *Pretty Woman* es esto —se quejó Frankie desde el vestidor de Aiden.

—¿Te estás llamando prostituta? —le preguntó él desde el cuarto.

Frankie se puso el vestido y se miró al espejo de cuerpo entero. No le había dado tiempo a comprarse un vestido de gala... o a averiguar cómo había que vestirse para una siquiera. Así que le había tocado a Aiden encontrarle el vestido idóneo.

Era azul oscuro. Las mangas eran de encaje y le llegaban por los codos y la falda tenía metros y metros de tela. Y, por supuesto, era de su talla.

—¿Voy a pasar un frío que pela esta noche? —preguntó.

Aiden se asomó a la puerta y observó embobado su reflejo.

—¿Un frío que pela? —repitió.

—Sí, como cuando te abrigas más para ir a un restaurante en el que hay corriente o te pones algo que puedas quitarte por si vas a una oficina y tienen la calefacción a tope, y así no sudas como un pollo.

Aiden rio.

—Tu pragmatismo me sorprende. Una vez acompañé a una mujer que eligió un vestido con el que no podía sentarse. El trayecto al evento fue bastante memorable. —Tieso como un palo, se apoyó en las repisas para imitarla.

—¡Venga ya!

—Te lo juro. Posó veinte minutos sonriendo y después se negó a comer y se pasó el resto de la velada quejándose.

—Uf. ¿Qué sentido tiene ponerte algo con lo que no puedes sentarte o, peor aún, comer?

—Te prometo que siempre te escogeré ropa que te permita hacer ambas cosas.

—Mi héroe. ¿Y bien? ¿Qué opinas? —le preguntó Frankie mientras giraba a un lado y al otro.

Aiden se plantó detrás de ella y le subió la cremallera.

—Así mejor.

El vestido le afinaba la cintura y le sujetaba los pechos, y la falda era acampanada.

—No veas, Kilbourn. Muy bien.

—¿Tengo ojo o no tengo ojo?

—Mmm, por cómo me miras, diría que no te refieres solo al vestido.

Aiden le dio un beso en el hombro.

—¿No es ahora cuando me obsequias con una joya que vale un cuarto de millón de dólares? —le preguntó en broma.

—Ahora que lo dices… —Se sacó un joyero del bolsillo.

—Vete a la mierda. Ni te me acerques. Fijo que la pierdo, me la roban o me sale un sarpullido. Mi piel no está acostumbrada al platino.

Se fue a un rincón del vestidor y extendió las manos para protegerse de Aiden.

—Qué tonta eres.

—En esa caja hay una joya carísima y tengo todo el derecho del mundo a rechazarla. Estaré como un flan si voy con la cosa brillante que hayas alquilado para la velada.

Aiden abrió la caja.

—Ah —musitó Frankie mientras se disponía a cogerla—. Como me pilles los dedos con la caja, te parto la nariz esa tan bonita que tienes.

—Dios me libre. ¿Te gustan?

Eran unos pendientes *chandelier*. No eran de diamantes, sino de gemas relucientes de los colores del arcoíris.

—Son preciosos, Aide.

Se los pasó de uno en uno y Frankie se los puso.

—No los he alquilado. Los he visto y he pensado en ti. Coloridos. Interesantes. Sensuales.

—¡La madre que te parió, Aide! ¿Cuánto dinero tuyo llevo encima ahora mismo? —preguntó mientras contemplaba cómo incidían los destellos de los pendientes en el espejo.

—¿Vamos a estar así cada vez que te compre algo?

—Sí, a no ser que sea una chocolatina o un trozo de *pizza* o cualquier cosa que valga menos de diez dólares.

—Pues ya podemos acostumbrarnos a tener esta charla. A todo esto, has sido muy concreta con tus referencias alimentarias. ¿Tengo que alimentarte antes de irnos?

—Ya te digo.

—Pediré algo. —Se detuvo en el umbral y agregó—: ¿O prefieres que te prepare un sándwich de queso fundido?

—¿Un sándwich de queso fundido? —repitió, animada.

Aiden asintió.

—Me encantaría.

Se disponía a irse cuando Frankie lo llamó.

—Eh, Aide. Gracias.

Aiden esbozó la dulce sonrisa que hacía que se le marcaran las patas de gallo; la misma que Frankie empezaba a sospechar que reservaba solo para ella.

Volvió a mirarse al espejo y respiró hondo. Casi no se reconocía. Hay que ver el estilazo que da el dinero.

—¿Quién va así un jueves por la noche? —le susurró a su reflejo.

* * *

Desde que Kilbourn Holdings había emitido un comunicado de prensa para anunciar que Aiden salía con Franchesca Baranski, una estudiante de Administración de Empresas que se dedicaba a promover pequeñas empresas, la atención había subido como la espuma.

Brenda tenía que filtrar las llamadas que le llegaban a Frankie mientras trabajaba. Además, la bombardeaban a solicitudes de amistad y entrevistas por las redes sociales y por correo. En dos ocasiones, hasta pilló a un fotógrafo en la puerta de su casa, pero a sus vecinos no les hacían gracia los merodeadores, así que uno llamó a la poli y problema resuelto.

Pero ni todo eso la preparó para la locura que se desató en The Lighthouse, en Chelsea Piers.

Pisaba una alfombra roja de verdad. Aiden la agarraba por la cintura para que no escapase de los *flashes* de las cámaras y las preguntas formuladas a viva voz.

—Aiden, ¿qué relación tienes con Big Apple Literacy?

—Mi madre lleva mucho tiempo colaborando con ellos. Y nuestra familia se enorgullece de apoyar sus iniciativas en educación —contestó sin titubear.

—Franchesca, ¿quién ha diseñado tu vestido?

Frankie se miró y contestó:

—No lo sé. Me lo ha escogido Aiden.

Los fotógrafos rieron como si asistieran al número de una cómica.

—Carolina Herrera —contestó Aiden—. Si nos disculpáis... —Se llevó a Frankie de allí—. Ya está. ¿A que no ha sido para tanto?

—¿Debo contestar si me preguntan? —inquirió Frankie, ceñuda.

—Debes hacer lo que te dé la gana. No eres mi marioneta ni te soplaré frases para salir del paso.

—Pero ¿hay algo que no debería decir?

—Ahórrate las palabrotas en la alfombra roja.

Frankie puso los ojos en blanco y dijo:

—Gracias por nada.

Se asió de su brazo con una fuerza titánica. Sería un milagro que no se la pegase con los taconazos *supersexys* que llevaba y se diese de bruces con una escultura de hielo o con un multimillonario.

Sorprendentemente, entraron sin problema. Aiden le alisó la falda por ella.

—¿Lista?

Miró a la multitud que se agolpaba detrás de él. Al menos iba bien vestida.

—Sí, venga, al lío —contestó.

—Lo harás muy bien. Quizá hasta te lo pases bien, aunque sea un poquito.

No lo creyó ni por un segundo, pero agradeció que la animase.

—Y tú.

—Y, cuando se acabe la gala, pillamos algo sin bajar del coche y cenamos en casa en pijama.

—Trato hecho.

Reconoció a Ferris Kilbourn por la foto que había visto en casa de Aiden. Rozaba el metro ochenta y le estaban saliendo canas en su cabello rojizo de herencia irlandesa. Llevaba un esmoquin con el que parecía tan a gusto como si fuese en chándal. Abrazaba a una rubia platino esquelética que se había acicalado demasiado para quedarle dos telediarios. Iba vestida de oro y engalanada con diamantes.

—Mi padre y mi madrastra —le susurró Aiden al oído al verlos acercarse.

—¿No se iban a divorciar?

—Hay que guardar las apariencias.

—Cómo no.

—Papá, Jacqueline —saludó Aiden. Abrazó a su padre y le dio un beso cortés a su madrastra en la mejilla—. Os presento a Franchesca, o Frankie, como queráis.

—¿Frankie? —Jacqueline la miró como a un chicle que hubiesen escupido al suelo—. Qué… mono. —Su tono dejaba claro que le parecía de todo menos mono.

Frankie pasó de la pulla. Difícilmente la ofendería una mujer a la que habían sustituido por una más joven y más moderna.

Frankie le tendió la mano a Ferris.

—Es un placer conocerle.

—He oído que mi hijo sonríe más últimamente —dijo Ferris en tono amistoso—. Supongo que es gracias a ti. —En vez de estrecharle la mano, se llevó sus nudillos a los labios.

«Vaya, de vuelta al siglo XIX».

—Seguro que hay otros motivos —comentó Frankie.

Aiden la agarró de la cintura.

—Qué va. Ah, y esta encantadora mujer es mi madre —dijo mientras le presentaba a una mujer morena vestida de verde oscuro—. Cecily, Franchesca. Franchesca, Cecily.

Cecily era una mujer despampanante de sesenta y pocos años. No parecía que hubiese pasado por el quirófano. Era alta, regia y hermosa.

—Franchesca. He oído hablar mucho de ti. ¿Puedo llamarte Frankie?

Mientras que Jacqueline era el frío glacial del Ártico, Cecily era la brisa de las Bahamas.

Frankie le estrechó la mano que le tendía.

—Y a mi medio hermano ya lo conoces —añadió Aiden.

Frankie advirtió la tensión que destilaba su voz, así que le acarició la espalda por dentro de la chaqueta. Esa noche no le rompería la nariz a nadie ni lo avergonzaría. A no ser que le buscasen las cosquillas.

Elliot se unió al grupo con las manos en los bolsillos y cara de chulito.

—Franchesca —saludó mientras se pasaba un dedo por la nariz, ligeramente torcida—. Cuánto me alegro de volver a verte.

—Hola, Elliot. ¿Qué tal la nariz?

Notó que Aiden se ponía rígido, pero al instante fingió que tosía para disimular que se estaba riendo.

—Se la rompió jugando al polo —aseveró Jacqueline. O era tonta o no solo eso, sino que, además, se negaba a aceptar la realidad.

Frankie no tenía claro quién había empezado, pero de pronto los Kilbourn se estaban riendo. No eran las carcajadas sinceras y contagiosas que les salían a ella y a su familia mientras comían, sino una risa contenida y nerviosa que daba a entender: «Sé algo que tú no». Supuso que sería algo habitual en esa orilla del East River.

Para haberse fastidiado tanto los unos a los otros, los Kilbourn eran muy educados. Daba la impresión de que cada uno sabía cuál era su función y la desempeñaba con soltura.

—Y tú que creías que mi familia era rara —le susurró al oído a Aiden.

—¿Qué os parece si pasamos a la subasta silenciosa? —propuso Ferris en tono jovial mientras le ofrecía un brazo a su exmujer y otro a su futura exmujer.

Capítulo cuarenta y cinco

Franchesca dejó que Pies Rápidos le diese otra vuelta por la pista de baile. El tío tenía treinta y pocos años y mucha energía. Además de un motivo oculto. Como volviese a decir: «Sé de una oportunidad de inversión muy jugosa para Aiden», le pisaría los pies y se iría a por tequila.

—Es que estoy segurísimo de que sé de una...

Frankie dejó de bailar en seco.

—Se te ve el plumero, macho. Quieres convencer a Aiden de que invierta sus millones en algo. Pues díselo a él, no a mí.

Pies Rápidos parecía contrariado cuando dijo:

—Es que es una oportunidad buenísima...

—Tío, en serio. —Frankie buscó a Aiden con la mirada. Cuando la vio, ella le hizo un gesto para que se acercara—. Cuéntale qué sacará él de todo esto y por qué crees que le gustaría... lo que estés haciendo —le indicó—. Si te dice que no, te invito a una copa. Pero, por Dios te lo pido, no me comas más el tarro.

Aiden se plantó a su lado.

—Aiden, el señor eeeh...

—Finch. Robert Finch —dijo Pies Rápidos.

—Eso, Finch. Quiere hablar contigo de una cosa. —Le guiñó un ojo a Aiden y se fue escopeteada a la barra. Ignoraba si en un evento tan pijo como ese era elegante pedir tequila.

—¿Qué le pongo, señorita? —le preguntó el barman con la mayor educación y profesionalidad del mundo.

—Mira, soy nueva en esto. ¿Hay alguna forma de que me pida un tequila y no tenga a la mitad de la peña chismorreando sobre mí?

El barman sonrió con más amabilidad y respondió:

—¿Qué le parece si se lo sirvo en un vaso y finge que es *whisky* de primerísima calidad?

—Te lo compro —dijo mientras le daba una palmada a la barra. Le dejó cinco dólares de propina.

El barman se pasó la botella por el hombro y la atrapó por detrás como si fuese malabarista. Así ligaban los bármanes.

Frankie lo observó embobada y disimuló una sonrisa cuando vio que llamaba la atención de otras asistentes. En eventos de ese tipo, siempre había alguien lo bastante borracho para tirarse a algún miembro del personal en un armario o en un baño antes de que acabase la velada.

A Frankie se lo habían propuesto tantas veces en los eventos en los que había trabajado que ya lo consideraba un gaje del oficio. A no ser que quienes se lo sugiriesen se pusiesen demasiado violentos.

Aceptó la copa que le sirvió con una floritura. Sin duda era doble. Le sonrió y asintió mientras lo dejaba con sus nuevas admiradoras.

Parecía que estuviese en una boda. Todo era blanco, de cristal o de plata fina. Habría jurado que la temática era «paraíso invernal». Debían de ser quinientos dólares por cabeza, lo que hizo que se preguntara cuántos de los allí presentes habrían desembolsado con gusto doscientos cincuenta dólares solo por gozar del privilegio de quedarse en casa.

Pero supuso que ser visto apoyando una buena causa era un deber esencial de la flor y nata. Aiden y Pies Rápidos seguían charlando cerca de la escultura de hielo, en el bufé de canapés.

Una persona trajeada se acercó a ella con sigilo.

—Oye, Franchesca, ¿cuándo te disculparás por haberme roto la nariz?

Tal vez Elliot pretendía ser encantador, pero se le antojó más una babosa que soltaba baba. Era rubio como su madre y sus facciones eran más delicadas que las de Aiden. Era guapo, no atractivo. A diferencia de este último, su presencia no era imponente, sino más bien un añadido.

—Quizá cuando te disculpes por haber cometido un delito y casi chafarle la boda a mi mejor amiga.

Se encogió de hombros con elegancia y repuso:

—No hay pena sin culpa.

Se volvió hacia él de inmediato.

—¡¿Que no ha habido culpa?! —replicó.

—He venido a limar asperezas. Ahora que formas parte de la familia, no podemos guardarnos rencor. ¿O sí?

—A mí no me importaría.

Él rio, pero a ella le sonó forzado.

—Deberías bailar conmigo —propuso Elliot.

—¿Sufriste una conmoción cerebral cuando te pegué?

—Hay que aparentar. —Extendió un brazo hacia la pista de baile—. ¿No quieres demostrar que sabes moverte en este ambiente?

Frankie apuró el tequila y señaló al barman con el vaso vacío. Él asintió y se puso a prepararle otro.

—Vale, pero ni me agarrarás del culo ni me cabrearás ni secuestrarás a nadie, ¿queda claro?

—Clarísimo —aseguró.

La llevó a la pista y le puso una mano en la cintura. No le hizo ninguna gracia. Solo quería que la tocase un Kilbourn.

Agradecida por las tres semanas de baile de salón que su instituto imponía a los alumnos de Educación Física a modo de refuerzo cada año, dejó que la guiase.

—¿Qué quieres, Elliot?

—A lo mejor solo quiero estar con la novia de mi hermano.

—O a lo mejor quieres algo. Me gusta la gente que va al grano y no me hace perder el tiempo con halagos o amenazas.

—Necesito algo de mi hermano.

—Pues pídeselo —dijo Frankie.

—No es tan sencillo —arguyó Elliot.

—Claro que sí.

—Necesito que me haga un favor, pero no querrá.

—¿Y qué haces bailando conmigo? ¿Pretendes marearme para luego meterme en una furgoneta y dejarme inconsciente con cloroformo hasta que acceda?

—¿Dónde te conoció mi hermano?

—Bailando como una *stripper* en una fiesta de compromiso.

Elliot se echó a reír.

—Eres un soplo de aire fresco.

—Pues tú me estás robando el mío. No me uses para llegar a Aiden. Compórtate como un adulto y habla con tu hermano.

La canción terminó. Frankie abandonó a Elliot en mitad de la pista y se dirigió a la barra, pero, cuando estaba a punto de llegar, la interceptaron.

—Franchesca, querida. Por fin te encuentro —dijo Ferris Kilbourn—. Permíteme. Una copa de vino para la señorita —pidió con galantería.

Frankie miró con pesar los dos dedos de tequila que la aguardaban tras la barra.

—Acompáñame —le propuso Ferris mientras le ofrecía un vino blanco.

—Desde luego.

Lo siguió hasta el extremo de la sala, donde una pared de ventanas y puertas daba a un patio de piedra. Retiró una silla de una mesa vacía para que se sentara.

Agradecida de poder descalzarse, Frankie se sentó y se quitó los zapatos debajo de la mesa.

—Quería asegurarme de que no te habías ofendido por las preocupaciones que le expresé a Aiden —empezó a decir Ferris.

Frankie se dio cuenta enseguida de qué palo iba.

—¿Preocupaciones? —preguntó con aire inocente.

—Seguro que eres una chica encantadora —empezó.

—Soy una mujer más que encantadora. —A Frankie no le gustaba que los hombres mayores que ella la pusieran a la altura de su prima de trece años, que estaba obsesionada con Harry Styles y Snapchat.

—Claro, claro. A lo que voy es a que no quiero que te tomes a pecho que, en mi opinión, no encajas del todo en nuestro mundo. Es más, me sorprendería mucho que no estuvieras de acuerdo conmigo. —No había malicia tras sus palabras. Manipulación, sí. Pero no un deseo real de hacer daño.

Se había pasado cuarenta minutos maquillándose para eso. Podría haberse aplicado sombra de ojos azul y bronceador en cinco minutos, pues la veían tal como era. Una chica de Brooklyn con préstamos para estudiar y sin una cartera de valores.

—Pues te sorprenderá. No dejaré de formar parte de la familia como otras —repuso Frankie con los ojos clavados en Jacqueline, en la otra punta de la sala.

Por un instante, Ferris pareció nervioso.

«Eso no te lo esperabas, ¿eh, listillo?».

Ferris la había atacado con lo de Aiden aunque sabía perfectamente que su hijo no habría hablado con Frankie de esa conversación en concreto. Pero había sabido defenderse.

—No creo que sea conmigo con quien debas hablar de esto. Si tan preocupado estás por tu familia, tal vez deberías seguir al frente.

Ferris suspiró y levantó su copa.

—Ya he dado bastante. Es mi momento de disfrutar. Mi padre no pudo. Le dio un infarto en su despacho a los setenta y un años. No quiero que me pase eso a mí.

Frankie se giró para mirarlo.

—Ferris, nadie te reprochará que hagas lo que te plazca. Pero no le digas a Aiden cómo vivir. Es tu hijo, no un socio. Confía en su criterio, y no solo para las tías de Brooklyn.

Él suspiró.

—No espero que entiendas los entresijos de nuestra familia —empezó Ferris—. Nuestra empresa y nuestra familia están inextricablemente ligadas. No existe la una sin la otra. Mi hijo tiene la responsabilidad de tomar decisiones que beneficien tanto a nuestra empresa como a nuestra familia. —De nuevo, sus palabras carecían de rencor. No era más que un hombre que expresaba su verdad.

—¿Y en cuál de ellas no encajo? —preguntó Frankie.

—¿Acaso quieres encajar? —le devolvió la pregunta Ferris.

—Quiero ver a Aiden feliz.

—A veces, la felicidad es un lujo que nadie puede permitirse.

Frankie sonrió con suficiencia y dijo:

—Estoy convencida de que los Kilbourn podrían costeársela. —Si la fortuna de Aiden era un reflejo de las arcas familiares, todos podrían dejar de trabajar y vivir en una comuna multimillonaria en Dubái, y no pasarían hambre.

—Te lo digo para ahorrarte tiempo y quebraderos de cabeza —añadió—. No veo cómo una mujer a la que le importan un carajo las apariencias encajaría en este mundo de buena gana. Tenemos que cumplir con las expectativas.

—¿De verdad se derrumbaría tu mundo si la novia de tu director general no gastara quinientos dólares en arreglarse el pelo y las uñas cada dos semanas? ¿De verdad le importaría a alguien que me presentara a una comida familiar con los vaqueros que me compré en el súper por veinticinco pavos?

—Sinceramente, sí —contestó entre risas—. Tenemos expectativas. Para los Kilbourn, el trabajo es lo primero. Me he perdido la mayoría de los cumpleaños, los partidos de béisbol y hasta algunas Navidades. Fue el precio que tuve que pagar. Pero he construido un imperio del que podrán beneficiarse mucho después de que muera. Aiden seguirá mi ejemplo. Y necesitará que la mujer con la que esté lo entienda, lo acepte y lo apoye.

—¿Alguna vez se te ha ocurrido que quizá Aiden preferiría pasar tiempo contigo en vez de heredar un legado? —sugirió Frankie—. Tal vez preferiría cenar contigo en vez de que lo manejes desde un yate ahora que se pasará los veinte próximos años amargado mientras tú vives la vida por fin.

—Crees que soy muy egoísta, ¿no? —preguntó Ferris.

Frankie dejó su copa.

—Aún no te conozco lo suficiente para juzgarte.

—Bien dicho.

—Gracias. Para que conste, me da igual de quién te divorcies o con quién salgas. Pero, si te importa más tu hijo que un montón de ceros, edificios y yo qué sé qué más, no lo encierres en la misma cárcel de la que acabas de escapar.

Ferris la observó detenidamente y dijo:

—Creo que te he subestimado.

—Suele pasar. Pero así es más fácil ganar.

Ferris hizo ademán de brindar.

—A lo mejor sí que encajarías.

Frankie chocó su copa con la suya.

—Para la próxima vez, me gusta más el tequila que el vino.

—Franchesca. —Solo la voz de Aiden era como una caricia para su piel.

Olvidó que se había quitado los zapatos debajo de la mesa y se puso en pie.

—Uy, perdón, es que he bailado demasiado —se excusó mientras pescaba los tacones.

Él se la pegó a su costado.

—¿De reunión privada? —preguntó con cautela.

—Tu padre y yo estábamos hablando de nuestras bebidas favoritas.

Ferris se levantó y comentó:

—Franchesca, ha sido... vigorizante hablar contigo.

—Esclarecedor —coincidió Frankie. Lo observaron unirse a un grupo de hombres apiñados en torno a un cuadro de una bacanal romana, o eso parecía.

—¿Mi padre te estaba molestando?

—No. Ha sido muy respetuoso al soltarme el típico discurso de «no eres lo suficientemente buena para mi hijo».

Aiden entornó los ojos y soltó:

—Hablaré con él.

Frankie negó con la cabeza.

—No hace falta. Ya le he dicho que más le vale que se acostumbre a mi presencia, que llevo semanas agujereando nuestros condones y solo es cuestión de tiempo que lo hagamos abuelo.

La risa estruendosa de Aiden llamó la atención de los invitados más cercanos.

—¿Lista para irte? —le preguntó mientras le toqueteaba un pendiente.

—Sí, porfa, que me duelen los pies. Como venga otro imbécil a comerme la oreja para llegar a ti, le estampo una botella de champán en su cara de chulito.

—Tú avísame y llamo a mi abogado.

—¿Por qué no te preguntan directamente las cosas y ya? —masculló Frankie.

—Porque soy muy poderoso e intimidante. Y porque ven que tienes influencia en mí.

—¿Puedo influenciarte para que compres comida tailandesa de camino a casa?

Capítulo cuarenta y seis

—¿Fue una masacre? —preguntó Oscar mientras le tendía a Aiden un frasco de pastillas para el dolor de cabeza al pasar por su mesa.

—Peor —contestó Aiden mientras se resentía de las punzadas que sentía detrás de los ojos. Worthington Financial, una consultoría contable, no se había tomado en serio sus criterios de búsqueda para elegir a un director de sistemas de información y le había sugerido a los tíos blancos de siempre. Lo cabreó tanto que Aiden sacó a un equipo de la venta en la que estaban metidos hasta el cuello para analizar su estructura corporativa.

Tras investigar un poco y ejercer la presión necesaria, descubrió que su política corporativa era deleznable, pues se basaba en acosar y en tener un comportamiento misógino. En media hora echó a siete directivos. Con las amenazas de demandas de los recién despedidos aún resonando en sus oídos, Aiden reunió a toda la empresa y anunció una reestructuración inmediata. Dos asistentes administrativas rompieron a llorar mientras le daban las gracias. Y una vicepresidenta novata —justo la clase de candidata que quería como directora de sistemas de información— rescindió la dimisión que había presentado dos días antes.

Ordenó a un consultor de Recursos Humanos independiente que se metiera en el meollo para hacer frente a las consecuencias internas y advirtió a los abogados de Kilbourn Holdings que se hallaban ante un problema serio.

—¿Los has puesto de patitas en la calle a todos? —preguntó Oscar. El tipo amaba dos cosas en la vida. A su compañero, Lewis, y el salseo empresarial.

—A casi todos. —Aiden se fijó en la hora que era. Sus dos reuniones vespertinas habían devenido en una junta apresurada en el coche y una cena tardía, durante la cual su dolor de cabeza le había impedido comer—. Es tarde. Vete ya, que a este paso va a venir Lewis a buscarte.

—Hemos quedado para tomar algo y celebrar que su madre tampoco se muda con nosotros esta semana. —Oscar sacó su abrigo del perchero y se lo puso—. No trabajes hasta muy tarde —le recordó—. Que seguro que hay una chica de Brooklyn esperándote en algún sitio.

Solo de pensar en Frankie se animó. Curraba en un *catering* esa noche —una de sus últimas veces—, por lo que no se verían. Pero eso no significaba que no pudiera llamarla.

—Vete a casa, Oscar —insistió—. Y mañana a primera hora me ayudas a renovar la plantilla de altos ejecutivos. Quizá deberíamos fijarnos primero en los candidatos de nuestra cantera.

—Descuida. Asimismo, me gustaría asegurarme de que los tíos a los que has puesto de patitas en la calle no encuentran trabajo en ningún otro sitio.

—Qué francés más malo eres —comentó Aiden con una sonrisilla.

—El peor.

Aiden lo observó irse tan pancho a los ascensores. Los demás despachos estaban a oscuras. Eran casi las nueve y aún tardaría unas horas más en ponerse al día. Si pudiera librarse de la jaqueca… y dejar de pensar en lo ocurrido aquel día…

Dos hombres habían llorado cuando asestó el golpe de gracia. Ninguno era inocente, pero no le satisfacía del todo castigar a alguien que se consideraba una víctima.

—Tengo dos hijos en la universidad —adujo uno.

—Pues no haber ordenado a Recursos Humanos que ignorase las quejas contra ti y tus colegas —le había contestado Aiden con brusquedad. Era frío y eficiente. Despiadado. Intimidaba más así, cuando trataba a los demás como mosquitos con los que no valía la pena enfadarse.

Por dentro, era de todo menos frío. Esos hombres habían creado un ambiente de trabajo tan hostil que era sorprendente que les quedasen empleados.

Fue la decisión acertada. Tal vez un tanto abrupta, pero marcaría la pauta para el año siguiente. Eran una nueva adquisición, y esa era la forma más rápida de dejar claro que Kilbourn Holdings no toleraría la desigualdad ni la parcialidad.

Cogerle el teléfono a su padre para defender su postura no mejoró la situación.

Ferris coincidía en que había que hacer «algo», pero no ahora, y menos con esa contundencia.

—Ya estamos lidiando con suficiente transición —había alegado—. No entiendo por qué te meterías en un proyecto de esta envergadura; te distraerá de lo importante.

Vamos, que, según Ferris, las mujeres deberían haber aguantado un poco más, al menos hasta que él estuviese tranquilito en su barco fumándose un puro.

Aiden no estuvo de acuerdo y se lo dijo sin el debido respeto.

Quería volver a casa. No. Borrad eso. Quería ir a casa de Franchesca y tumbarse con ella en la cama hasta que las aguas volvieran a su cauce.

—¡Pero bueno, si es mi hermano, el trabajador que no tiene tiempo de echar una canita al aire! —saludó Elliot con malicia desde el umbral.

Ya solo con eso, la noche de Aiden empeoró.

—Anda, pero si por fin te has dignado a venir. —Aiden llevaba intentando quedar con Elliot desde que su padre había decidido jubilarse. Y, hasta esa noche, su medio hermano lo había evitado.

Iba vestido para salir. Una americana con solapas de terciopelo y una alegre pajarita a cuadros. Parecía un consentido de mierda.

Elliot se quitó una pelusa del hombro y se excusó:

—Lo siento, *jefe*. He estado liado.

—¿Con qué, exactamente? —Ferris había permitido que Elliot tuviera un título y dispusiera de un despacho por si su hermano mostraba un mínimo interés en el negocio.

Elliot se sentó en la silla que había delante del escritorio de Aiden y plantó sus lustrosos mocasines en la mesa.

—Con un poco de todo.

—Al grano. A partir de ahora, contribuirás a la familia y al negocio.

Elliot rio por la nariz y repuso:

—¿Quieres que trabaje más? Pues consígueme un despacho más grande y a un ayudante. Quiero tener voz y voto en las operaciones.

Aiden permaneció impasible y respondió:

—Eso se lo *gana* uno al demostrar lo que vale. No por tener un buen apellido.

—Vale. Pues cómprame. —Elliot se cruzó de brazos con petulancia. Nombró una cifra demasiado exacta para habérsele ocurrido de pronto—. Ese es el precio que tienes que pagar para librarte de mí.

—Imposible. —Por mucho que a Aiden le hubiese encantado concederle un cheque al muy cabrón, le había prometido a su padre un año. Un año entero para darle a Elliot la oportunidad de demostrar su valía y fracasar.

—Pues venderé las acciones.

Aiden miró fijamente a su hermano y le advirtió:

—Piénsatelo bien antes de hacer algo irreversible. Los Kilbourn somos los accionistas mayoritarios. Si vendes tu porcentaje, ya no será así. Y la empresa correría peligro.

Elliot se encogió de hombros, pero Aiden vio las gotas de sudor que le perlaban la frente. Elliot era muchas cosas, la mayoría de ellas terribles y ofensivas, pero su deseo de que lo reconocieran como un Kilbourn valioso era siempre lo primordial. Debía de estar asustado y contra las cuerdas para querer vender su única porción del pastel. Eso le picó la curiosidad a Aiden lo bastante para ponerse a indagar.

—Si quieres seguir recibiendo un sueldo, tendrás que ganártelo. Me da igual que te dediques a preparar cafés en la sala de descanso o a vaciar cubos de basura en la sala de juntas. O contribuyes o te vas.

—Has deseado librarte de mí desde que nací —gimoteó Elliot—. Es tu oportunidad.

—Un año. Ya sabes el rumbo que ha tomado esta empresa. Cómo se prevé el futuro. Serías tonto si vendieras ahora.

—A algunos no nos queda otra —espetó Elliot entre dientes. Plantó los pies en el suelo y se echó hacia delante—. Algunos no hemos sido nunca los favoritos. Algunos hemos tenido que conformarnos con las migajas. Y hacemos lo necesario para sobrevivir.

—Siempre te lo han dado todo —señaló Aiden.

—No todo. Y lo demás nunca bastaba. Así que o me compras o iré a ver a tu novieta y le contaré con pelos y señales por qué tu amigo Chip le partió el corazón a su mejor amiga hace tantos años.

Aiden se quedó paralizado y preguntó:

—¿Qué te hace pensar que tuve algo que ver?

A lo que Elliot contestó con desprecio:

—Me has ignorado toda la vida. He oído muchas cosas en nuestra casa.

Aiden agarró más fuerte el bolígrafo, pero mantuvo una expresión impasible e indiferente.

—¿En serio crees que esa información afectaría ahora a mi relación con Franchesca? Acuérdate de que Chip y Pruitt están felizmente casados. Aunque no gracias a ti.

—Pero imagina cómo se sentiría Franchesca si supiera que fuiste tú el culpable de que su mejor amiga en el mundo estuviese a punto de ser hospitalizada. Se rumoreaba mucho lo mal que se tomó la ruptura. Chip no sabía lo que hacías, pero yo sí. Reconozco la manipulación cuando la veo. ¿Cómo crees que se sentiría si supiera que orquestaste su ruptura?

—No tienes nada. Te ofrezco la oportunidad de formar parte al fin de esta empresa —repuso Aiden en tono cortante.

—Te dejo una semana para decidirte. O me compras o le cuento tus sucios secretitos a Franchesca. —Dicho esto, Elliot, en un arrebato de furia, abandonó el despacho de Aiden con paso airado.

Ahora sí que le dolía la cabeza, pero bien. Miró el indicador parpadeante del buzón de voz, las docenas de mensajes nuevos en su bandeja de entrada y el ordenado montón de contratos que esperaban su firma y se levantó.

Para cuando llegara allí, Frankie seguramente estaría volviendo a casa. La deseaba. La necesitaba. Llamó al servicio de vehículos y dijo:

—Nos vamos a Brooklyn.

* * *

Una vez en el coche, cerró los ojos y dejó que la oscuridad y el silencio lo relajaran. Cuando llegó a las escaleras de la entrada de Frankie, eran las diez, y lo único que quería era tumbarse en su pedazo de cama y dormir abrazado a ella.

Llamó al timbre de Frankie. No le extrañó que no contestara. Picó a la señora Gurgevich, del 2A.

—Lamento molestarla tan tarde, señora Gurgevich —se disculpó Aiden cuando respondió. El mundo de su alrededor giraba en halos y perturbaciones visuales nauseabundas.

—¿Esa chica aún no te ha dado la llave? —preguntó refunfuñando.

—Aún no, señora.

—¿Has probado a regalarle flores? —sugirió con la voz distorsionada por el interfono.

—Probaré con eso —aseguró.

—Cruzaré los dedos por ti. —Lo dejó pasar.

Aiden subió con dificultad los tres tramos de escaleras mientras rezaba para que no se le cayera la cabeza de los hombros. La esperaría sentado en el pasillo. Debería haberle escrito, pero en parte deseaba ponerla a prueba. ¿La alegraría verlo? ¿Le molestaría? Necesitaba saberlo para seguir con su relación. Cada vez le atraía más y más. Y necesitaba saber con exactitud si Frankie estaba incómoda antes de abrirse más a ella.

La puerta de enfrente se abrió con un chirrido.

—Ah, eres tú. Creía que era el señor McMitchem robándome el periódico —dijo la señora Chu mientras se cercioraba de que el periódico que había dejado en el suelo como señuelo seguía ahí.

Aiden vislumbró una bata rosa y una zapatilla de felpa por la rendija de la puerta.

—Perdón por asustarla, señora Chu. Estoy esperando a que vuelva Franchesca… Digo, Frankie.

—Si te quedas aquí merodeando, ahuyentarás al señor Mc-Mitchem. Ten. —Se fue un momento y al volver le ofreció una llave—. Tenemos una de repuesto.

Tenía que llevar a Franchesca a un edificio con más seguridad. Sus vecinos recibirían con los brazos abiertos a un sospechoso de haber atracado un banco con un AK-47.

Pero estaría más cómodo que sentado en el pasillo. Abrió la puerta, devolvió la llave y entró.

Siempre le sorprendía el contraste entre su casa y la de Frankie. La de ella gritaba que alguien vivía allí, aunque estuviese un poco manga por hombro. Había platos en el fregadero, correo encima de la mesa y ropa limpia en el suelo, justo fuera de la cocina, como si hubiera rebuscado en la cesta en busca de una prenda concreta a toda prisa.

Sumamente agradecido, advirtió que había lavado sus pantalones de chándal y su camiseta. Se quitó el traje y pensó en asaltar los armaritos de la cocina, pero decidió que se le pasaría más rápido la migraña descansando que comiendo. Se tumbó en el sofá y trató de centrarse en el problema que tenía entre manos. Sabía qué pasaría si Frankie se enteraba de lo que había hecho. De que había presionado a Chip para que rompiera con Pruitt. Y, por los comentarios que había hecho Frankie, la ruptura había sido demoledora para Pruitt.

¿Cómo lo solucionaría? Fue su último pensamiento antes de que lo envolvieran la oscuridad y el silencio.

Capítulo cuarenta y siete

Estaba despatarrado en su sofá con una almohada en la cara y se le había levantado un poco la camiseta, lo que permitía ver los *sexys* abdominales que tenía justo encima de sus pantalones de chándal de cintura baja.

Frankie habría gritado al entrar por la puerta si no hubiera sido porque era imposible confundir su bello y glorioso cuerpo con un desconocido que se hubiese colado para robar y violarla. Aiden Kilbourn era su misterioso invitado y, a juzgar por sus ojos llorosos, no había ido a darle al tema.

—Eh —murmuró en voz baja.

Aiden hizo una mueca al ver tanta luz y volvió a cerrar los ojos.

—Hola —saludó con voz ronca—. ¿Qué hora es?

—Casi las once.

—Perdón por haberme colado.

—Como veo que mi puerta sigue intacta, supongo que te habrá abierto la señora Chu —especuló Frankie mientras atusaba su abundante mata oscura.

—Necesitas más seguridad. —Le restregó una mejilla contra su mano y Frankie se derritió por dentro.

—¿Dolor de cabeza? —preguntó.

—Sí.

—Aguanta, machote. —Le dio un besito en la frente y fue a la cocina. Regresó con un vaso de agua y dos comprimidos—. No tengo de los buenos, de los que le recetan a Pru, pero este es de venta libre.

Aiden se incorporó como pudo y Frankie se dio cuenta de que le dolía.

—¿Qué tal el curro? —le preguntó mientras se tomaba las pastillas y el agua.

Estaba despeinado de haber dormido y se le curvaban las puntas del pelo en el cuello. ¿Cómo era posible que el Aiden exigente y arrogante la pusiera como una moto y el Aiden dulce y vulnerable derritiese su corazón frío y acerado?

—Ha estado bien —mintió. No había estado bien. Había sido una pesadilla. Y un ligero choque cultural, pues había pasado de asistir a una importante gala benéfica una semana a trabajar en una la siguiente. Ahora sentía que no encajaba en ninguno de los dos mundos.

Quizá ella también fuera dos personas. Franchesca, la novia del empresario, y Frankie, la estudiante de posgrado de Brooklyn que decía tacos sin parar.

—¿Qué tal el día?

Se apretó los ojos, pero, aun así, vio la mueca que hizo.

—No tienes que contármelo si no te apetece. —Llevó su vaso vacío a la cocina y abrió una lata de Coca-Cola.

—Si por eso he venido —dijo con un tono un pelín hosco, lo que le pareció entrañable.

Le pasó la lata y dijo:

—Ten. Hay que doblar la cantidad de cafeína.

—Gracias —murmuró.

—Va —le apremió mientras tiraba suavemente de su mano—. Vamos.

—¿Adónde?

—A la cama.

—No sé si daré la talla…

—A dormir, Aide. Solo a dormir. Prometo no abalanzarme sobre ti hasta que te encuentres mejor.

—Ah.

Lo llevó al dormitorio y lo arropó en su lado de la enorme cama doble. Su lado. Tenía un lado en su cama, un cajón en su baño y, seguramente, ya era hora de que también tuviera una llave y no tuviera que depender de la amabilidad/entrometimiento de sus vecinos.

Frankie le dio un beso en la frente. Cuando fue a apartarse, él le agarró una mano.

—¿Adónde vas? —inquirió.

—Cariño, voy a cambiarme. Ahora me acuesto.

—Aún no debes de estar cansada.

No lo estaba. Pasarse cuatro horas corriendo como una loca para dar de comer a gente maleducada y limpiar sus estropicios solía espabilarla.

—Leeré a tu lado.

—Vale. —Pegó la cara a la almohada.

Maldita sea. El Aiden vulnerable y necesitado era más *sexy* aún. Solo le apetecía arroparlo con la colcha y cuidarlo hasta que se encontrara mejor. Notó algo raro en el pecho. Un calorcito… agradable. No le hizo gracia.

Se tomó su tiempo para cepillarse los dientes y lavarse la cara. Cuando volvió al dormitorio a por un pijama, Aiden se había quedado dormido con una almohada en la cabeza.

El pobre e indestructible de Aiden había llegado a su límite. Debía de haber sido un día muy duro. Había echado un vistazo a su agenda con anterioridad. Tenía casi todos los días programados al minuto. Aiden Kilbourn hacía más cosas antes de las diez de la mañana que la mayoría de la gente en todo el día… ¡Qué narices! En toda una semana. Pero reconocía un patrón.

El trabajo era su vida. Se esforzaba hasta que caía rendido, y luego se levantaba y se esforzaba un poco más.

Admiraba su dedicación, pensó Frankie mientras retiraba las mantas y se metía en la cama. Se apoyó en las almohadas con su libro electrónico.

En eso coincidían. A ver, sí, la vida laboral de Aiden consistía en dirigir una corporación multimillonaria, mientras que la suya se componía de dos trabajos a media jornada y un máster. Pero, aun así, ambos tenían la mira puesta en su objetivo y no cejaban en su empeño. Él: la dominación mundial o su equivalente corporativo. Ella: un máster y un futuro estable desde el punto de vista económico.

Era curioso lo similares que podían ser dos personas de orígenes tan opuestos.

Aiden se movió. Sin abrir los ojos, se giró hacia su lado, se arrimó a ella y pegó la cara a su brazo.

El soltero más cotizado de la ciudad estaba en su cama, aferrado a ella como si le fuera la vida en ello, y el corazón le iba más deprisa de lo normal.

—Será cabrón —murmuró. Estaba cayendo rendida a sus pies. Y no iba a ser un aterrizaje suave.

Cogió su libro electrónico y abrió la novela que tenía empezada. Al menos en la ficción, el final feliz estaba asegurado.

«¿La nueva novia de Aiden Kilbourn
sirve cócteles?»

«Solo la puntita: camarera se
embolsa a multimillonario»

Capítulo cuarenta y ocho

Frankie se abrió paso entre la multitud con una bandeja de panceta crujiente en la mano. Era su penúltimo trabajo de *catering*. Con el dinero de esa noche, casi tendría para amortizar la tarjeta de crédito, que aún tiritaba por la boda de Pru.

Los ricos estaban recaudando dinero para manatíes, tortugas marinas o alguna otra vida acuática en peligro de extinción en una galería de arte del Upper West Side. Garabateaban cheques con una mano mientras tomaban cócteles exclusivos y tapas de champiñones rellenos con la otra.

—Estos están de *rechupete* —comentó una mujer vestida con lentejuelas negras mientras cogía otro aperitivo de la bandeja de Frankie—. Solo vengo a estos eventos por la comida —confesó.

Frankie le sonrió y dijo:

—En ese caso, no se pierda el puesto de tostadas con queso *brie*.

Dio una vuelta por la otra punta de la estancia mientras sonreía con amabilidad y señalaba los baños cuando se le preguntaba. Se quedó estupefacta al ver el generoso busto de Cressida en su campo de visión.

«Mierda». Rezaba para pasar lo más desapercibida posible. Su jefe de *catering* ya tenía sus reservas sobre permitir que la novia de Aiden Kilbourn sirviera canapés a sus nuevos colegas. Solo le faltaba tener problemas con el cortejo nupcial de Pru.

Se agachó detrás de un caballero alto y encorvado y se asomó a su codo. Cressida no estaba sola. Iba del brazo de Digby, uno de los testigos y genio del comercio diario. Frankie estaba tan sorprendida que no se dio cuenta de que su tapadera se fue a la barra.

—¿Frankie? —preguntó Digby con la cabeza ladeada.

«Mierda, mierda, mierda y requetemierda».

Frankie fingió una sonrisa radiante.

—Hola, Digby. Cressida. Qué bien que hayáis venido —comentó. Por una vez deseaba llevar un bonito vestido y sujetar un folleto de recaudación de fondos y no una bandeja de refrigerios de panceta.

Cressida reparó en el uniforme de Frankie y le preguntó:

—¿Estás trabajando?

Frankie se cuadró, como desafiándolos a que la criticaran.

—Sí. ¿Qué os trae a vosotros por aquí? —inquirió.

Digby cogió una tostada de su bandeja.

—Cressida es la dueña del edificio —explicó mientras masticaba alegremente.

—Y me gustan los manatíes —añadió ella a la vez que señalaba uno de los carteles informativos que colgaban del techo.

La rubia pechugona era una magnate inmobiliaria y Frankie se ganaba la vida ofreciendo piscolabis. A veces la vida no era del todo justa.

Digby se metió una mano en el bolsillo.

—Como cojas el móvil te mato —le espetó Cressida con un tono sensual.

Digby, apocado, dejó de buscar y cogió otro aperitivo.

—Lo estoy educando para que no sea un imbécil —le informó Cressida—. Suerte amaestrando a Aiden.

—Eh, ¿gracias? —dijo Frankie.

Digby sonrió y añadió:

—He oído que Margeaux no se ha tomado bien que salgáis.

—No entiendo por qué Margeaux piensa que la incumbe.

—A esa no le gusta perder —comentó Cressida—. Nos vamos a hacer el amor.

A Digby se le iluminó la cara, y, por una vez, no fue por la luz del móvil. Daba la impresión de que estaba abandonando sus hábitos de operador bursátil intradía.

—Me alegro de verte, Frankie. Dale recuerdos a Aiden —se despidió a toda prisa mientras agarraba a Cressida de la muñeca y se la llevaba fuera.

—Ajá —dijo Frankie mientras los observaba irse. Quizá el agua de las Barbados tuviera algo. Se estremeció. Lástima del pobre que acabara con Margeaux.

Siguió a lo suyo, circulando como un fantasma entre la multitud hasta que su bandeja estuvo vacía. Regresó a la abarrotada cocina a por más comida. Jana cruzaba la puerta con una bandeja con vasos sucios.

—Una hora más y recogemos —canturreó. Ese día llevaba mechas de color turquesa en su cabello rubio.

Frankie se moría de ganas de que acabase ya esa hora, y, con ella, esa parte de su vida, para poder interpretar su nuevo papel favorito: ser la calientacamas de Aiden. Ya que estaba en la ciudad, lo lógico era que se quedara en su casa esa noche. Y más teniendo en cuenta que al día siguiente era sábado. El plan era dormir hasta tarde y disfrutar de un *brunch* tranquilo el sábado. Luego irían a cenar con el padre de Aiden, su nueva novia y la madre de Aiden. Como siempre, los Kilbourn llevaban el tema con mucha diplomacia. Aunque no tanta como para invitar a la madrastra/futura ex. La noticia del divorcio había corrido como la pólvora. Y los chismorreos volaban incluso ahí.

Se rumoreaba que Jacqueline estaba invitada esa noche, pero que le daba demasiada vergüenza asistir. Frankie supuso que estaría revisando su acuerdo prematrimonial a conciencia y no sufriendo una humillación real. Era raro servir comida a algunas de las personas con las que había bailado la semana anterior. Pero, como de costumbre, nadie miraba a un camarero a los ojos a no ser que buscara algo más que comida o bebida.

El anonimato era más reconfortante que cualquier otra cosa. Aiden no había comentado nada de sus trabajos de *catering,* pero supuso que le debía de resultar extraño que su novia limpiase lo que ensuciaban sus colegas.

—¿Franchesca? —Cecily Kilbourn ladeó la cabeza y añadió—: ¡Eres tú! —Llevaba un vestido amarillo sencillo pero espectacular que solo una mujer con su color de piel y su porte podía lucir.

—Señora Kilbourn —saludó Frankie. Casi se le cayó la bandeja.

Se acabó lo de ser un fantasma.

—Por favor, llámame Cecily —dijo con una sonrisa sincera—. ¿Ha venido Aiden?

—No. Esta noche trabajará hasta tarde.

—Este hijo mío *siempre* está trabajando —repuso Cecily, consternada—. En eso ha salido a su padre.

—Es muy entregado —convino Frankie.

—Qué forma más educada de decir que debería andarse con ojo si no quiere parecerse a su padre en lo demás. Qué contenta estoy de que te haya conocido. Está coladito por ti.

—Lo mismo digo. O sea, que siento lo mismo.

—Está feo que lo diga yo —se excusó Cecily—, pero es un partidazo.

—Nos lo pasamos muy bien juntos —dijo Frankie, que no sabía cómo charlar con la madre de su novio cuando debía estar ofreciendo cócteles de gambas en miniatura servidos en cucharas de cerámica.

—¿Qué has visto ya, Cecily? Saldrás de aquí con cinco kilos más como no te controles. —Jacqueline, ni humillada ni pegada a su acuerdo prematrimonial, se acercó con sigilo a ellas y cogió un aperitivo de la bandeja de Frankie. Lo probó y arrugó la naricilla—. Puaj, qué asco. Cómo odio las gambas. —Dejó el bulto masticado con la gamba a medio comer en la bandeja.

Imbécil.

—¿Dónde está la chica del queso *brie?* —preguntó.

—Jacqueline, te acuerdas de Franchesca, la novia de Aiden, ¿no? —dijo Cecily con énfasis.

Jacqueline tardó un rato en darse cuenta de que Cecily se refería a la portadora de la bandeja y no a otra chica.

—¿Eres *camarera?* —inquirió Jacqueline entre risas. Sus cejas hicieron el esfuerzo de levantarse, pero su frente perfecta solo le permitió abrir los ojos ligeramente.

—Entre otras cosas, señora Kilbourn.

Dio la sensación de que Jacqueline estaba sopesando si le convenía que la vieran hablando con el servicio o no.

—Pues que disfrutéis de vuestra charla de chicas —espetó, casi bizca de mirarlas con desprecio—. Hay otra fiesta a la que debo asistir pronto, así que me despido ya. —Se fue contoneándose con su vestido de satén y perlas.

—Esperemos que la nueva no sea tan insufrible —murmuró Cecily.

—¿Cómo es que Ferris te dejó por ella? —preguntó Frankie. «Mierda. ¿Cuándo aprenderé a cerrar el pico?».

—Seguramente porque la dejó embarazada —reflexionó Cecily—. Uy. Secreto familiar. Tú finge que he dicho algo zen y bonito.

—Tienes razón. Jacqueline es una *joya* —ironizó Frankie.

—¡Ay, Cecily! —Una mujer con un chal color burdeos la saludaba desde su posición privilegiada junto a una estatua muy desnuda.

—Es amiga mía. ¿Quieres que te la presente? —preguntó. Frankie negó con la cabeza.

—Espero que no te importe, pero preferiría pasar inadvertida. Solo me queda un turno más de camarera, y es más fácil si nadie conoce mi… relación con Aiden.

Cecily asintió.

—Entiendo. Bueno, ha sido un placer verte. Estoy deseando cenar contigo mañana.

—Y yo —convino Frankie. Y se dio cuenta de que lo decía en serio.

Se dirigió a la cocina para deshacerse de las gambas regurgitadas de Jacqueline. Nada mataba más el apetito que la comida masticada por otra persona.

—¿Habéis visto con quién estaba hablando Cecily?

Frankie oyó a Jacqueline hablar con un corrillo de mujeres cerca de la barra.

—¿Con quién? —preguntó una con la voz entrecortada de lo emocionada que estaba por cotillear.

—Con una camarera.

—¿Le estaba pidiendo la factura?

—Es la *novia* de su hijo.

—¡¿Qué dices?! —exclamó una, horrorizada.

Qué exagerada, por Dios. Ni que les hubiera dicho que Aiden desayunaba perros callejeros.

—¡Lo que oyes! —dijo Jacqueline como unas pascuas—. De tal palo tal astilla, supongo. A ambos les pirra el servicio.

—¿Cecily también era camarera? —preguntó otra mujer.

—Casi igual de malo —prosiguió Jacqueline—. Era secretaria o algo así en la empresa de diseño de interiores que Ferris contrató para la casa de los Hamptons. ¿Os imagináis? La pobrecita siempre creyó que éramos amigas. Pero así se trata al servicio. Les das palmaditas en la cabeza y les dices que lo están haciendo de maravilla, y cuando se van miras que no te falte nada de la vajilla.

Se rieron como una bandada de gallinas.

—Adiós al linaje —murmuró alguien.

—Debería haberle dicho a mi hija que se buscara un trabajo en un restaurante de comida rápida o de conserje cuando quería llamar la atención de Aiden hace tantos años.

A Frankie le extrañó que no se le rompiera la bandeja de lo fuerte que la agarraba. Hizo un cálculo rápido. ¿Cómo de malas serían las consecuencias si arreaba a la futura exseñora Kilbourn en la cabeza con la bandeja?

Nefastas. Pésimas. Estaba que trinaba. «Vale, la violencia está descartada. Pero no pienso dejarlo estar».

Frankie agarró un mondadientes de la barra y se metió entre las hienas.

—Menos mal que te he encontrado, Jackie. Se te ha quedado pegado un trocito de espinaca en la dentadura —dijo mientras le tendía el mondadientes—. No me gustaría que todos se rieran de ti a tus espaldas.

Se les cortó la risa de golpe. Jacqueline le echó una mirada gélida.

—Ah, y estoy muy orgullosa de ti por haber venido esta noche. Yo no me atrevería a dar la cara si mi marido me hubiera dejado por una mujer quince años más joven. Ole tú. ¿Vendrás a cenar mañana con los demás miembros de la familia para conocer a la nueva señora Kilbourn?

Para cuando se alejó de allí, la boca de Jacqueline colgaba en algún punto entre sus tetas infladas.

A ver, no fue tan satisfactorio como cruzarle la cara de un guantazo. Pero ni tan mal.

Regresó a la cocina hecha una furia y respiró hondo dos minutos. Esbozó una sonrisa profesional y volvió con la multitud, cada vez más reducida. Jacqueline se había ido y daba la impresión de que se había llevado a la mayoría de sus compinches con ella. Seguramente para demostrar que no llevaba dentadura postiza.

Sin embargo, todos la miraban y le daban las gracias encarecidamente al pasar con la bandeja. Puaj. Prefería cuando se creían demasiado importantes para mirarla. Las noticias volaban en la alta sociedad. «La novia de Aiden Kilbourn ofrece aperitivos vestida con un delantal un viernes por la noche. ¿Adónde iremos a parar?».

—Me encantaría probar algo de lo tuyo. —La voz era suave y tenía un deje lisonjero y ensayado que alertó a Frankie de inmediato.

—¿Los champiñones rellenos? —preguntó mientras plantaba la bandeja entre los dos.

El tipo era flaco, musculoso y de complexión delgada. Casi igual de alto que ella. Supuso que pesaba unos buenos cinco kilos más que él.

Observó la bandeja con cierta insolencia para, acto seguido, meterse una tapa de champiñones en la boca y chuparse los dedos con ostentación.

—Soy Lionel, por cierto.

—Hola, Lionel —saludó sin el más mínimo interés en seguir conociéndolo.

—Seguro que Aiden te ha hablado de mí. Suelo ganarle en el campo de polo —explicó Lionel mientras se apartaba la mata de pelo rubio de la frente—. Nos gusta competir por todo —agregó en voz baja, como si le estuviera contando un secreto.

—Pues vale —dijo ella, y lo esquivó. Pero él la siguió y le cerró el paso.

—Eres preciosa. Te he visto desde la otra punta de la sala y no podía dejar de mirarte.

—Al grano, Lionel —exigió Frankie con el mínimo de educación que fue capaz. No soportaba que la profesionalidad que requería su puesto actual la coartase.

Lionel le acarició una mejilla con los nudillos y le dijo:

—Creo que te gustaría más estar en mi cama que en la de Kilbourn. ¿Qué me dices?

«Vete a la mierda. Que te den por culo. Úntate con carne picada y métete en una guarida de osos pardos».

—No, gracias. —Su tono fue tan gélido que Lionel debería haberse congelado.

—Voy a tener que convencerte. Me gusta cuando os hacéis de rogar.

—¿Me hablas así porque soy del servicio o porque tu cartera te lo permite?

Lionel echó la cabeza hacia atrás y rio.

—Menuda fiera estás hecha. Vamos. Olvídate de Kilbourn. Tómate una copa conmigo. Te pagaré el resto del turno.

Lionel cometió un error garrafal al tirar de su muñeca.

Capítulo cuarenta y nueve

Aiden frunció el ceño al leer el mensaje de Frankie.

Frankie: No puedo ir esta noche. ¿Lo dejamos para otro día?

La última vez que habían hablado ambos esperaban pasar la noche juntos. Aiden tamborileó con los dedos sobre la mesa mientras un temor crecía en la boca de su estómago. ¿Elliot habría cumplido su amenaza? ¿Habría subestimado al llorón, perezoso y cobarde de su hermano? Que Elliot necesitaba dinero era obvio. Pero el motivo seguía siendo un misterio.

Aiden apenas había empezado a investigar y aún tenía que descubrir qué relacionaba a Elliot y Donaldson.

Había asumido que era una amenaza vacía. Elliot era muchas cosas indeseables, pero su afán por ser un activo importante para su padre no se comparaba a ningún otro objetivo. Y Aiden contaba con su coherencia para ganar tiempo. Debía pensar en cómo le confesaría a Franchesca que había hecho que sus mejores amigos fueran terriblemente desdichados durante años.

Podría hacerlo satisfaciendo las necesidades financieras de Elliot o ingeniándoselas para eludir el compromiso con su padre.

En resumen, estaba jodido.

Le sonó el teléfono y lo cogió. Era su madre. Por un instante se planteó dejar que saltara el contestador, pero cambió de opinión.

—Perdón por llamar tan tarde —se disculpó Cecily, pletórica—, pero sabía que estarías trabajando. Quería decirte que me he encontrado con Franchesca en un evento esta noche. Estaba trabajando.

—¿Por casualidad estaba también Elliot? —Aiden se pellizcó el puente de la nariz y rezó para que no fuera así.

—No lo he visto. Pero su madre sí que estaba.

Aiden sonrió ante el ligerísimo deje burlón del tono de su madre. Deberían haberla canonizado por haber aceptado amablemente a Jacqueline y Elliot, los daños colaterales del mujeriego de su padre. Ahora que el matrimonio había terminado, Cecily podía dejar de ser cortés, dejar de poner buena cara.

—El caso es que Franchesca es muy diferente a cualquier chica con la que hayas salido. Y quería que supieras que me cae muy bien. Y ya opinaba así antes de que pusiera a Jacqueline en su sitio esta noche, cuando comentó que tanto el padre como el hijo «se beneficiaban» del servicio.

Aiden maldijo en voz baja. Sintió dos dolores idénticos. Uno de alivio y otro de pavor. Ni trabajando podía librarse Frankie de su familia. Y, aunque Elliot no le había revelado ningún secreto, Jacqueline podía causar bastante daño por sí sola.

—¿Qué ha dicho exactamente Jacqueline? —preguntó con tono férreo.

Cecily rio.

—No te exaltes. Tu novia le ha contestado tan bien que Jacqueline se ha ido con el rabo entre las piernas. Has elegido bien, Aiden.

—Pues papá no piensa lo mismo —repuso.

—Tu padre tiene que abrir la mente. Nada más. Espero que sea la definitiva.

—Solo llevamos saliendo dos meses. ¿Ya estás diseñando las invitaciones de boda?

—Dos meses es lo máximo que has durado con la mayoría, cielo. Y no veo ninguna de las señales habituales de que te estés cansando de ella.

No. Al contrario, cada día estaba más fascinado, más cautivado. Y alguien de su círculo había importunado a Frankie esa noche. Su deber era protegerla de eso.

—¿Dónde ha sido la recaudación de fondos para salvar lo que sea que fuera?

Al fin dio con ella. Estaba en un bar, a una manzana de la gala de recaudación de fondos. La multitud había disminuido y estaba sentada sola en la barra. No se había quitado el uniforme de camarera y miraba malhumorada un vaso de algo. Apenas se fijó en los paneles oscuros, la iluminación tenue y los discretos cuadros iluminados por las lámparas de latón. Su atención estaba puesta en ella, en sus hombros caídos, en sus cabellos ondulados y en sus labios fruncidos.

—¿Me has dejado plantado para beber sola? —preguntó mientras se sentaba en el taburete de al lado.

Ella no levantó la vista. Su larga melena le ocultaba el rostro. Aiden podía ser un hombre paciente cuando la situación lo requería. Le hizo un gesto al camarero y pidió un *whisky*.

Eso la enfureció.

—¿Ya vuelves a beber? —inquirió.

—Voy a tomarme una copa contigo. Una mujer hermosa no debería tener que beber sola.

Ella negó con la cabeza y levantó la cara. Al ver que tenía los ojos rojos y las mejillas surcadas de lágrimas, Aiden se puso en pie de guerra. Quien le hubiese hecho daño se iba a enterar.

—¿Qué ha pasado? —le preguntó en voz baja.

—Antes de nada, que sepas que estoy llorando de rabia, no de tristeza. Es muy diferente. No soy débil.

—Franchesca —empezó mientras se giraba para mirarla y la apresaba entre sus piernas—. Nadie en este mundo usaría tu nombre y «débil» en la misma oración. —Le sonó el móvil en el bolsillo. Lo estaban llamando.

Frankie se miró los puños cerrados y dijo:

—Me han echado.

Aiden la cogió de las manos y añadió:

—Y estás enfadada.

Ella asintió.

—Me he enterado de lo de Jacqueline —comentó—. ¿Ha sido ella? —Volvió a sonarle el móvil.

Frankie negó con la cabeza.

—Ya se me había olvidado. Sé que, a efectos prácticos, aún será tu madrastra unas semanas más, pero espero no tener que ser amable con ella. Tendría que habértelo consultado antes.

—Franchesca, no quiero que sientas que tienes que ser amable con alguien que no te trata como mereces.

Lo miró fijamente y se le humedecieron los ojos.

—Ostras, preciosa. Cuéntame qué ha pasado.

—Mejor te lo enseño. —Liberó una mano y le puso el móvil en la cara.

Aiden miró la pantalla y levantó el teléfono para verlo más de cerca.

Lo primero que le llamó la atención fue la imagen. Frankie, pillada en el acto, blandía su bandeja hacia la mandíbula cuadrada de un hombre rubio.

«La novia de Aiden Kilbourn ataca a su rival empresarial en un evento para recaudar fondos».

—¿Quién es ese y qué te ha hecho?

Frankie se quedó anonadada.

—Pero si me ha hecho creer que erais Lex Luthor y Superman.

—No son pocos los que creen que su relación conmigo es más importante de lo que es. —Como no dejase de sonarle el móvil, lo tiraría al fregadero del bar.

—Ay.

—Tú, en cambio, te empeñas en restarle importancia a nuestra relación —señaló.

—Bien salvada. ¿Por qué no estás flipando? Por cierto, es Lionel Goffman. Rivales en el campo de polo y en el mundo empresarial —dijo, citando el artículo.

Aiden lo recordaba vagamente.

—¿Qué te ha hecho, Franchesca?

—Me ha insinuado que debería probar su cama en vez de la tuya. Debo ser educada y profesional en el trabajo. Necesitaba ese curro. Necesitaba el dinero. Pero me ha agarrado...

—¿Te ha tocado? —inquirió Aiden con un tono extremadamente tranquilo que no la engañó ni por un segundo.

—No te las des de caballero, Aide, que lo empeoras.

—¿Qué te ha hecho exactamente?

—Me ha tirado del brazo. Me ha dicho que me invitaría a una copa y que me pagaría el resto del turno.

Aiden volvió a mirar el teléfono.

—¿Le has roto la nariz?

Frankie suspiró y cogió su copa.

—Hay un vídeo —murmuró.

—¿Eh? —dijo Aiden, y se acercó a ella.

—Que hay un vídeo. Desliza hacia abajo.

Le hizo caso y vio cómo su Franchesca gritaba una advertencia al pobre diablo.

—¡No tienes ningún derecho a tocarme! Es más, no tienes derecho a tocar a ninguna mujer sin su permiso.

Pero Lionel no estaba de humor para escucharla y la agarró de nuevo.

—Vamos a tomarnos una copa, anda…

Frankie negaba con la cabeza. Entonces apareció la bandeja. Con una mano, lo golpeó con ella en la cabeza como si fuera un platillo. Aturdido, Lionel trastabilló hacia atrás y cayó de culo.

—Y que sepas que Aiden Kilbourn es mejor hombre de lo que serás tú jamás. ¡Y, como insinúes lo contrario, iré a por ti! —Frankie había sacado el genio y no podía controlarse. Cogió una bandeja con champán de una mesa de cóctel que tenía detrás y se lo arrojó encima—. ¡Toma tu copa, imbécil!

Los múltiples testigos estallaron en gritos ahogados y risitas al ver a Lionel, pegajoso y humillado, ponerse en pie.

—¡Tendrás noticias de mis abogados!

Aiden apagó la pantalla y notó que volvía a sonarle el móvil en la chaqueta. Como el blog *Rumor Mill* se hubiera enterado de la noticia, ya estaría en todas partes. El control de daños sería… interesante.

Cogió su copa y los sorprendió a ambos al romper a reír.

Frankie lo miró como si se hubiera vuelto loco.

—¿De qué te ríes? Acabo de humillar a toda tu familia. Solo este mes, tu factura de relaciones públicas será astronómica.

Pero no podía parar de reír. Tenía a Franchesca de su lado. Ni un rival zalamero, ni una madrastra malvada, ni un hermano idiota la habían asustado. Se había quedado. Y su feroz lealtad lo abarcaba a él.

Así como el corazón de Aiden le pertenecía a ella.

—Aiden, deja de reírte y empieza a pensar en cuánto daño acabo de hacer. He agredido a alguien en vídeo. Y, por si fuera poco, ahora todo el mundo sabe que tu novia es camarera.

—Lo era —la corrigió—. Te han despedido.

Frankie ahogó un grito con tanta fuerza que Aiden pensó que se caería del taburete.

—¡No tiene gracia!

—Eres de lo que no hay, Franchesca. Me alegro mucho de que estés en mi vida.

—¡Aide! ¿Qué hago? ¿Me demandarán? ¿Tengo que disculparme? Porque paso. ¿Sabes cuánto tiempo me llevará amortizar la tarjeta de crédito solo con los ingresos del centro de desarrollo? —Apoyó la cabeza en la barra y sus rizos oscuros se derramaron como una cascada.

—Franchesca, no te demandarán.

—¿No has visto el final del vídeo, cuando se pone a berrear que tendré noticias de sus abogados?

Aiden suspiró y sacó el móvil. Doce llamadas perdidas. Ignoró las de su madre, su padre y Oscar, y llamó a su empresa de relaciones públicas.

—Michael —dijo a modo de saludo—. Espera, que llamo también a Hillary. —Llamó a su abogada de la familia favorita—. ¿Hillary? Tengo a Michael por la otra línea. Os cuento. Quiero que me preparéis una contrademanda por si el gilipollas de Goffman es tan tonto para proceder. Asimismo, quiero que redactéis una declaración que diga que la señorita Baranski y yo nos estamos planteando presentar cargos por agresión. La señorita se sintió amenazada físicamente por sus insinuaciones y manejó la situación lo mejor que pudo para capear la amenaza con tranquilidad.

Frankie se quedó boquiabierta.

—Me gustaría agregar una declaración en la que se manifieste la actual postura de Kilbourn Holdings acerca del acoso sexual y la intimidación. Lo típico de que no toleramos este comportamiento, ya sea en un entorno empresarial o social, y que estamos orgullosos de Franchesca y de las mujeres que, como ella, se enfrentan a gestos patriarcales y obsoletos y los denuncian por su nombre. Las costumbres retrógradas que consideran que un sexo es mejor que el otro no tienen cabida en la actualidad.

—Entendido —anunció Michael—. Colaboraré con Hillary y te enviaremos un borrador antes de que salga mañana por la mañana.

—Perfecto. Aseguraos de mencionar que la señorita Baranski está representada por Hutchins, Steinman y Krebs.

—Qué ganas tengo de repartir leña —comentó Hillary.

—Gracias por trabajar cuando no os tocaría —se despidió Aiden, que cortó la llamada. De nuevo le sonaba el móvil. Era su padre. Lo ignoró. En la pantalla aparecieron dos mensajes de Oscar. Eran capturas de pantalla de otros blogs de cotilleos.

—Tu padre me odiará más aún —gimió Franchesca.

—El único Kilbourn por el que debes preocuparte soy yo. Y estoy orgulloso de ti por defenderte. Te debo una disculpa. Nuestra relación es el motivo por el que estás lidiando con esto, y no te imaginas cuánto lo lamento. Pero lo arreglaré.

—Ay, madre. No lo secuestrarás, ¿no?

—¿Me parezco a Elliot, acaso?

Un atisbo de sonrisa asomó a los labios de Frankie.

—Entonces, ¿de verdad no estás enfadado?

—Estoy furioso. Pero no contigo. Nunca contigo.

—Pues qué bien lo disimulas. A mí me entra el cabreo, exploto y luego me paso un día o dos arrepintiéndome.

A Frankie le sonó el móvil, que tenía en la barra. Al cogerlo hizo una mueca.

—Ay, madre. Es Brenda, mi jefa. No puedo perder ese curro también.

—Deja que te amortice la tarjeta de crédito. —Aiden sabía que se equivocaba desde el momento en que la frase salió de sus labios, pero haría eso por ella, le concedería eso.

Frankie ya estaba negando con la cabeza.

—Uy, no. Quita, quita. Ni se te ocurra.

—Sabes que para mí no es nada —arguyó.

—Y tú que para mí lo es todo. No soy una niña rica que pide ayuda a sus papis cuando va mal de dinero.

—Para empezar, no me parezco en nada a tus padres.

—Ja, ja. No aceptaré tu dinero, Aide.

—¿Y el de Lionel?

—¿Cómo?

—¿Aceptarías el dinero de Lionel si te lo diera como disculpa por su comportamiento?

—Ya ves.

—Pues te daré lo que te deba. ¿Cuánto tienes?

Frankie mencionó una cifra tan irrisoria que Aiden tuvo que cerrar los ojos y respirar.

—¿En serio estás tan apurada y no me dejas hacer nada al respecto?

—Estás furioso con otra persona, no conmigo, ¿recuerdas?

—Me vas a dar jaqueca.

—¡Encima! Golpeo a uno de tus colegas en la cabeza con una bandeja y lo baño de champán, y te quedas tan pancho. Pero rechazo tus miles de millones y te da migraña —dijo haciendo pucheros.

—¿Y si yo necesitara algo con desesperación y a ti no te costase nada dármelo?

—El dinero es harina de otro costal. El dinero es poder y control, y quiero que el mío sea mío, no de nadie más.

Detestaba admitirlo, pero, por muy terca que fuera y muy errada que estuviera, entendía su argumento.

—Vale. Pues te daré el dinero que le saque a Goffman.

Frankie negó con la cabeza y rio ligeramente.

—Eres de lo que no hay, Kilbourn.

—Lo mismo digo, Baranski. ¿Vemos el vídeo otra vez?

«La novia de Aiden Kilbourn, camarera de *catering* en secreto, es acosada sexualmente...»

«La novia de Aiden Kilbourn agrede a un asistente a la recaudación de fondos del Upper West Side...»

«La nueva novia de Aiden Kilbourn lleva las reyertas de los bares de Brooklyn a la recaudación de fondos de una galería de arte...»

«Aiden Kilbourn amenaza con demandar al hombre que agredió a su novia y presentar cargos contra él...»

Capítulo cincuenta

—Tengo nombre —le susurró Frankie a la pantalla del ordenador. Brenda y Raul habían decidido que lo mejor sería que trabajase desde casa hasta que el escándalo y el consiguiente interés por las noticias hubieran remitido.

—Pues claro que tienes nombre —coincidió Marco en su oído.

—La novia de Aiden Kilbourn. —Frankie resopló—. Así me llama la prensa: la novia de Aiden Kilbourn.

—Si antes no sabían tu nombre, ahora lo sabrán.

—¿Estás comiendo?

—Mmm, sí. Cecina.

—Supongo que no entregas pedidos hoy.

—Con todos los vecinos cotillas preguntando por nuestra Frankie B., qué va. —Marco rio por la nariz—. Por lo general, solo vendemos así en vacaciones. Pero nos has dado visibilidad. Nos acosan los vecinos y los periodistas.

—¡Ay, madre! No hablaréis con los periodistas, ¿no? —gimió Frankie.

—Para exagerar lo bondadosa que eres. Te han apodado santa Franchesca.

—Tú flipas.

—Tranquila. Nosotros cuidamos de los nuestros —aseguró Marco mientras mordía un pepinillo gigante, o eso suponía Frankie—. Además, Aiden y su jefe de relaciones públicas vinieron a principios de semana a informarnos de lo básico.

—¿Que Aiden ha ido a la charcutería? —preguntó Frankie.

Había estado tan ocupado desde «el incidente» que esa semana no se habían visto mucho. Y no había mencionado la visita para nada.

—Sí, se comió un sándwich de rosbif y se llevó otro para el camino. ¿No has visto las fotos en las que sale con la bolsa de la charcutería Baranski? No puedo permitirme ese tipo de publicidad. Un desarrollador inmobiliario nos llamó para preguntarnos si consideraríamos abrir un establecimiento en el centro.

—Es coña. —Y ella, mientras tanto, regodeándose en su vergüenza y en su enfado porque, por lo visto, se la traía floja todo.

—No lo haremos. Los Baranski tienen que estar en Brooklyn. Pero fue guay decir: «No, gracias».

—¿Qué más me he perdido? ¿El papa se ha pasado a por un sándwich y ha charlado con papá?

Marco soltó una carcajada.

—¡Ja! Echo de menos tu sentido del humor. Es muy rebuscado. Pásate por aquí algún día, ¿vale? Y tráete a tu chico.

Frankie suspiró.

—Descuida. Gracias por apoyarme.

—Para eso está la familia. Hasta luego, Frank.

—Hasta luego, Marco.

Frankie revisó las alertas de Google que había recibido la semana anterior y seleccionó una foto. Ahí estaba Aiden como el rico empresario que era, con su traje azul marino, sus gafas de aviador y una bolsa de la charcutería Baranski. Al verlo, no acababa de creerse que compartiese cama con ese hombre tan *sexy*. Parecía salido de un tablero de Pinterest titulado «Chico perfecto».

Sabía por qué estaba tan liado esa semana. Le estaba sacando las castañas del fuego y había hecho un hueco en su agenda para asegurarse de que su familia estuviera preparada. Como haría la familia.

Al día siguiente la llevaría a una recaudación de fondos para ayudar a un hospital oncológico infantil que había organizado su madre en su casa de Long Island. Sería su primera «aparición» desde el «incidente», y ya estaba agobiada. Aiden no le había contado cómo habían reaccionado sus padres a su pequeña insensatez. Lo único que sabía era que se había suspendido la cena familiar del sábado pasado, seguramente porque Aiden estaría sacándole las castañas del fuego. O porque a sus padres les habría horrorizado su comportamiento.

Bueno, pronto saldría de dudas.

Ojeó algunas fotos más y encontró algunas de los dos juntos. Aiden la acompañaba a la entrada de su bloque para ir a almorzar después de una noche de sexo desenfrenado. Aiden la guiaba a su oficina con una mano en la parte baja de su espalda. Se abrazaban en la cola de una cafetería.

¿En qué momento su vida había dado un giro radical? Estaba en el punto de mira, y no estaba preparada para ello. Ahora salía en revistas. Su decisión de golpear a Lionel con una bandeja se había debatido en un programa de entrevistas matutino. La atención era asfixiante. Y lo único que podía hacer era sentarse a esperar que el próximo famoso o el favorito de las columnas de cotilleos hiciera algo escandaloso para que el resto de la ciudad se olvidara de ella por completo.

* * *

—Ven a comer conmigo —exigió Pru.

—No apareceré por ese distrito hasta que arresten a alguien famoso por prostitución.

—No puedes permitir que te obliguen a esconderte. Eres Franchesca Baranski, joder. ¡Tú no te escondes de nadie! —exclamó Pru, que parecía un entrenador de fútbol soltando una arenga en el descanso.

—No me escondo —replicó Frankie—. Procuro pasar inadvertida para que no me demande un imbécil cuyo abogado pide un anticipo más caro que mi máster.

Madre mía. No estaba segura en ningún sitio. Su profesor de Responsabilidad Social Corporativa la había llamado aparte para preguntarle si el señor Kilbourn estaría interesado en dar una clase sobre qué hacer cuando te acosa tu jefe.

La trataban como a los insectos que unos dedos codiciosos enganchan con alfileres a las pizarras blancas para su deleite.

—¿En serio dejarás que un poco de atención te destierre de la vida? ¿O tendrás un par de ovarios, te pondrás un vestidazo y vendrás a comer conmigo?

333

—No dejaré que nadie me destierre de nada.

—Así me gusta. Va, al tren.

—Pru…

—Aiden está preocupado por ti. Cree que te ha arruinado la vida. Te estoy dando la oportunidad de demostrarle que eres una tía dura de pelar.

—¿Dan clases de manipulación en los centros privados? —preguntó Frankie.

—Si vienes me como un panecillo.

—Uf, vale.

Frankie se puso a regañadientes su vestidazo rojo, se maquilló y se pavoneó por la Quinta Avenida con Pru. Un puñado de fotógrafos se puso a gritarle preguntas, pero Frankie, con sus enormes gafas de sol, hizo caso omiso.

Y qué a gusto se quedó. Tanto que pidió dos trozos de tarta de manzana para llevar.

—¿Yo me como un panecillo multicereales y tú te zamparás un pastel de mil calorías? —preguntó Pru mientras observaba las bellas cajitas para llevar.

—No son para mí —repuso Frankie entre risas—. Se las llevaré a Aiden y a su administrador a la oficina.

Pru la miró con chulería.

—¿Qué pasa? —preguntó Frankie.

—Te gustaaaaa —canturreó.

—Pareces una adolescente. —Frankie suspiró y agregó—: Creía que ya habíamos concluido que me gustaba.

—Deja que me regodee —insistió Pru—. Sabía que estabais hechos el uno para el otro. ¿Sí o no?

Frankie se reclinó y se cruzó de brazos.

—Puede que lo mencionases.

—Me muero de ganas de ser tu madrina —dijo Pru—. Ya he recibido una propuesta de un organizador de fiestas para tu despedida de soltera.

—Salimos y nos acostamos. No nos casaremos —insistió Frankie. Solo de imaginarse una despedida de soltera como la de Pru, con arpías cuchicheando que no se soportaban y regalos inútiles y caros como cucharas de helado de platino, le daban escalofríos.

—Ya veremos —dijo Pru con aire meditabundo mientras se levantaba y se ponía el abrigo.

Frankie ignoró a su amiga y se abotonó el abrigo. Estaban a medio camino de la puerta cuando frenó en seco. Pru chocó con su espalda.

—Eh —murmuró su amiga.

Frankie señaló lo que le había llamado la atención. Escondidos en un rincón tranquilo frente a la ventana estaban Elliot Kilbourn y Margeaux, la Mujer Dragón.

Elliot la tomaba de las mejillas y se acercaba a ella para darle un beso que tenía toda la pinta de no ser apto para menores.

—Qué asco —gruñó Pru—. ¡Vámonos! ¡Que no nos vean!

Abandonaron el restaurante a todo correr, con la vista al frente, y no se detuvieron hasta que estuvieron a mitad de la manzana.

—Dios los cría y ellos se juntan —comentó Frankie en tono seco.

—Y que lo digas, tía —convino Pru—. La malvada y su secuaz. Deberíamos ponerles nombre de pareja. ¿Elgeaux? ¿Margel?

Frankie se estremeció y abrazó la tarta de manzana. No saldría nada bueno de una unión así.

Capítulo cincuenta y uno

Aiden apoyó una mano en el muslo desnudo de Frankie en la parte trasera y oscura de la limusina. Se había decantado por un vestido corto de color púrpura oscuro anudado al cuello que hacía que Aiden ardiera en deseos de desatárselo. Lo único que se interponía entre él y el cuerpo desnudo y suplicante de Frankie eran dos horas en la recaudación de fondos de su madre y un breve discurso. Así como el viaje de vuelta de Long Island a Manhattan. Pero, entre la mampara para tener intimidad y los condones que tenía guardados en el pequeño compartimento que había debajo de la barra, no tenía por qué ser un impedimento.

—¿Te gusta tu vestido? —preguntó Aiden mientras le acariciaba la cara interna del muslo con las yemas de los dedos.

Se percató de que separaba un poco más las rodillas para que la tocase mejor.

Desde que había comido con Pru a principios de esa semana, a Frankie le traía sin cuidado lo que una panda de desconocidos con cámaras y suscripciones a blogs de cotilleos dijeran de ella. Lo que significaba que no se había enterado de lo que los *paparazzi* llamaban «el caso Dress Gate».

—Es muy bonito —respondió mientras jugueteaba con el tul de la falda. Se ceñía a la cintura para caer después en una falda amplia que evocaba la elegancia de los años cincuenta. Estaba deslumbrante, majestuosa y para mojar pan—. ¿Te gusta mi peinado? —preguntó mientras se recolocaba una horquilla. Se había recogido su mata de rizos, lo que dejaba su cuello al descubierto.

—Mucho —reconoció Aiden.

—He seguido un tutorial de YouTube —explicó orgullosa.

—¿Te lo has hecho tú? —inquirió asombrado.

—No me ha dado tiempo a ir al salón de belleza.

—¿Qué dirán las altas esferas cuando se enteren de que te peinas sola? —preguntó Aiden en broma.

Frankie puso los ojos en blanco y respondió:

—Me da igual lo que digan. Me parece una chorrada gastar doscientos pavos una vez por semana solo para que alguien te clave horquillas en la cabeza. Además, lo normal sería que tuvieran asuntos más importantes que atender.

—Sería lo normal —convino Aiden.

Era una de las pocas personas en el mundo que era del todo inmune al machaque reprobatorio orquestado por los medios. Había aguantado la repercusión del incidente con Goffman, aunque dudaba que las noticias lo dejasen pasar, y menos después del evento de aquel día.

Pero lo soportaría. A Franchesca Baranski le daba igual lo que un desconocido comentara sobre su estilo detrás de una pantalla de ordenador. Lo que era una novedad. Había visto cómo una crítica negativa en un blog podía arruinarles la vida durante semanas a otras mujeres con las que había salido. «¿Cómo se atreven a decir que a ella le quedaba mejor?», «Eso está retocado con Photoshop», gritaban a la pantalla mientras llamaban a sus publicistas.

Gajes de que se considerase importante a alguien.

Para empezar, a Frankie se la sudaba lo bastante para no leer esas tonterías. Podrían haberla elogiado o repudiado, que le habría dado lo mismo.

Lo que quedaba por ver era cómo le sentaría que sacara la cara por ella. Aiden se metió una mano en el bolsillo de la chaqueta y sacó el cheque.

—Ten —dijo a la vez que se lo ofrecía.

—¿Y esto? —preguntó, pues estaban a oscuras—. ¿Dos mil quinientos dólares? Aiden, te dije que no aceptaré tu dinero.

Aiden le dio unos golpecitos a la parte superior del cheque.

—No es mi dinero.

Frankie sonrió poco a poco.

—Lionel Goffman. ¿Cómo lo has conseguido?

Aiden carraspeó. Tenían muchas cosas de las que hablar. Pero estaban llegando a la casa de su madre.

—Luego te lo cuento —le aseguró.

Frankie guardó el dinero en su bolsito y se inclinó hacia delante para ajustarse el cierre del tacón de aguja. Sus pechos chocaron con la tela de su top sin mangas, como si rogasen que los liberaran.

Aiden, incómodo, cambió de pose. Se le había puesto dura. ¿Algún día dejaría de afectarle verla?

Ajena a su mirada lasciva, Frankie se incorporó y se retocó el pintalabios. Un rojo oscuro y sensual. Quería que se la chupase con esos labios mientras lo miraba con sus ojos enormes y lo llevaba al límite con su boca prodigiosa.

—Mierda —murmuró.

—¿Qué pasa? —preguntó mientras cerraba la polvera y volvía a guardársela en el bolso—. No me dirás que te duele la cabeza, ¿no?

—Más bien la polla.

Como si desconfiase de su palabra, le palpó la erección por encima de los pantalones.

—¡Joder, Franchesca! No ayudas.

—¿Desayunas viagra o qué? Te pasas veinte horas al día empalmado. Y eso que ni te he tocado… aún.

El vehículo se detuvo frente a la finca de su madre. La vio flipar por dentro de lo opulenta que era. Robustas columnas de marfil adornaban la fachada de la casa. La entrada circular se componía de conchas trituradas y rodeaba una fuente majestuosa con estatuas blancas en diferentes poses de dolor o de un placer rarísimo. Los coches que ya había allí aparcados hacían que la entrada pareciera una sala de exposición de sedanes de lujo.

—No me digas qué viene después del «aún» —le suplicó Aiden mientras cerraba los ojos y rezaba para relajarse.

—Pues no te diré que me cogeré los pechos así —dijo mientras se los estrujaba— para que te los folles.

Aiden suspiró y se acercó a ella. Pero ella se zafó.

—¡Ni se te ocurra! En nada nos abrirán la puerta. Más nos vale estar vestidos para entonces. —Se puso el abrigo.

—No juegues conmigo, Franchesca.

—¿O qué? —preguntó con aire inocente—. ¿Te correrás en los pantalones?

Aiden gruñó y la agarró de nuevo de su perfecto trasero. Frankie era su torturadora, su ángel, su enemiga.

Se abrió la puerta del coche y Frankie le guiñó un ojo mientras salía delante de él.

Se las pagaría. Se aseguraría de que así fuera. Pero, por ahora, sería él el que sufriría.

La alcanzó en los escalones y la cogió del brazo.

—Más despacio, encanto, que te descalabras.

—Pues anda que, como te caigas tú, te quedas sin polla —reflexionó.

—En cuanto nos vayamos, te follaré tan fuerte que mañana no podrás sentarte.

—Promesas, promesas —repuso Frankie en tono alegre.

—Me dirás que, si te metiera una mano debajo de la falda ahora mismo, ¿no descubriría que estás mojada? —preguntó.

Por la brusquedad con la que cogió aire, Aiden supo que no era el único que se moría de ganas de que acabase ya el evento. Podían considerarse afortunados si resistían hasta que volviesen a la limusina.

—Bonita casa —comentó Frankie con voz tensa. Se le abrió el abrigo y Aiden vislumbró un pezón endurecido bajo el satén.

—Dime que llevas sujetador.

—Creía que habíamos quedado en que no nos mentiríamos.

—Joder, Franchesca. ¿Cómo aguantaré dos horas sabiendo que lo único que se interpone entre mi boca y tus tetas es un trozo de satén?

Ella se encogió de hombros, como si no le preocupara lo más mínimo.

—Pues tendrás que pensar en el béisbol.

La estampó contra los ladrillos de la entrada y le arrimó las caderas para que notase lo dura que la tenía. Frankie ahogó un gritito y se pegó a él.

Aiden le metió una mano en el abrigo y le tocó la parte de arriba del vestido. Su pezón palpitaba contra su palma. Le estrujó el pecho y le pasó el pulgar por la punta del pezón.

—Coño, Aiden —gruñó entre dientes.

—Ahí le has dado. Me suplicarás que te lo coma —le aseguró—. Te follaré hasta que se te acaben los orgasmos. Hasta que no puedas moverte. Te dejaré por los suelos.

Parecía aturdida, por lo que Aiden sintió que volvía a llevar la delantera.

—Ahora sonríe para la cámara —dijo.

Frankie se recostó en la pared cuando él retrocedió. Se recolocó el paquete para que no le doliese tanto. Le vibró el móvil y miró la pantalla. Hizo una mueca.

—¿Qué pasa? —preguntó Frankie mientras se ponía bien el vestido.

—Mi madre. Que recuerde que hay cámaras de seguridad.

—¡¿Cómo?! —maldijo con tono siniestro—. Seguro que me odia por montar un numerito, ¡y voy yo ¡y le arrimo cebolleta a su hijo en el porche!

—Más bien almeja —repuso Aiden con una sonrisa traviesa.

—Demonio. —Hizo una cruz con los dedos—. Aleja de mí tu pene diabólico y tus feromonas.

Él se echó a reír y abrió la puerta.

Capítulo cincuenta y dos

Su madre había limitado la prensa a unos pocos reporteros de sociedad y blogueros. Los medios de comunicación no podían pasar del vestíbulo de la entrada, una sala de dos pisos en suaves tonos marfil y *beige* con sillas y mesas muy recargadas.

Se trataba de un enfrentamiento civilizado con la prensa en su terreno. Aiden no soltó a Frankie en ningún momento. Su madre había dejado muy claro a la prensa que nadie hablaría de Lionel Goffman. Les preguntaban lo mismo una y otra vez: «¿Cómo os conocisteis?», «¿Hace cuánto que sois pareja?». Y, con cada ronda, notaba que Frankie se ponía más y más nerviosa.

—Mis suscriptores no me perdonarían si no mencionara el caso Dress Gate —le dijo una bloguera de gafas de pasta y mechas rosas a Frankie.

—¿Qué es el caso Dress Gate? —inquirió la interpelada.

—Tu tendencia a repetir vestido; está en boca de todos. Te pusiste un vestido rojo de Armani para cenar en The Oak Leaf y esta semana has vuelto a llevarlo para salir a comer.

—¿Me tomas el pelo? —preguntó Frankie, desconcertada.

La bloguera le dedicó una sonrisa amistosa y esperó.

Frankie miró a Aiden. La joven temblaba de rabia.

Él abrió la boca para hablar, pero ella negó con la cabeza.

—Ya contesto yo. ¿No tienes nada mejor que hacer con tu tiempo? Es un vestido precioso. Me gusta. Me lo pondré más de una vez; no lo tiraré. Asúmelo. ¿Por qué no me preguntas por la iniciativa para pequeñas empresas que quiere aprobar la ciudad o cómo es que las tasas de supervivencia de los niños con leucemia son un cinco por ciento más altas en estas instalaciones que en cualquier otra del país? O, *al menos,* pregúntale a Aiden qué lleva puesto.

A Aiden se le pasó por la cabeza que quizá Frankie estuviera a puntito de romper otra nariz.

Le pasó un brazo por la cintura y añadió:

—Tengo muy buenos recuerdos de la primera vez que se lo puso. Espero vérselo muchas más veces en el futuro. Y, hablando del futuro, espero que de ahora en adelante las preguntas que le formules a mi novia reflejen tanto su inteligencia como su sentido de la responsabilidad social y su participación en la comunidad empresarial.

Se llevó a Frankie a rastras para que no añadiese nada más.

—¡Habrase visto! ¿El caso Dress Gate? ¿De qué coño van? —gruñó entre dientes.

—¡Aiden! ¡Franchesca! —Cecily Kilbourn, vestida de plata de pies a cabeza, se acercaba a ellos.

—Mamá —saludó Aiden mientras le daba un beso en la mejilla.

—Me alegra que hayáis conseguido entrar —comentó Cecily para chincharlos.

Frankie se puso como un tomate y Aiden la pegó a su costado y le dio un beso en la coronilla.

—Perdón por el espectáculo —se disculpó sin sentirlo lo más mínimo.

—Me alegra veros contentos —aseguró Cecily mientras les guiñaba un ojo a ambos—. Ahora, venid a que os presente a unas personas.

* * *

Fue la última vez que tuvo en sus brazos a Frankie. Se la llevaron a la fuerza para las presentaciones de rigor y volvió mientras Aiden hacía las suyas. Su madre había abierto la biblioteca, el comedor y el gran salón para el evento. Intentaba estar en la misma sala que ella, pero, cuando llegaron Pruitt y Chip, sintió que no dejaba de perseguirla de una estancia a otra.

La divisó enseguida entre la multitud cuando se levantó para dar su discurso. Habló de la familia y la comunidad, y de que se sentían responsables de procurar un futuro mejor. Pero pensaba en Franchesca, desnuda y retorciéndose debajo de él.

Ella le sonrió desde su asiento. Esbozó una curva pecaminosa con sus labios rojos.

Estaba obsesionado con su boca. Con oír los gritos, jadeos y ruegos que profería mientras estaba dentro de ella. Con ver cómo posaba los labios en su polla y se la metía en la garganta. Qué boca más sucia, inteligente y divertida.

Había dejado de intentar adivinar qué diría. Soltaba zascas más rápido y respondía con más ingenio que cualquier persona que conociera. Su Franchesca tenía un cerebro que la hacía aún más atractiva que sus curvas, dignas de una diosa.

No era solo sexo. Con Franchesca no. Amaba mirarla. Amaba que se llamasen por la noche para ponerse al día. Amaba saber que la vería y esperar el momento con ansias. La amaba.

El pensamiento resonó en su cabeza; resonó como el repique de una campana. Resonó con la fuerza de la verdad.

La gente aplaudía, pero para él solo existía Frankie.

Bajó de la tarima que su madre había colocado en la otra punta del gran salón y se centró en ella. Ignoró a los demás y sus intentos por llamar su atención, la alcanzó y la levantó de la silla.

—Ven conmigo —le ordenó mientras la sacaba al pasillo vacío.

—Aide, no corras tanto —pidió con voz jadeante a su espalda. Él aminoró el paso para que le siguiera el ritmo—. ¿Y eso? —le preguntó con la vista clavada en su entrepierna.

Aiden se recolocó la erección, que amenazaba con salírsele de los pantalones.

Se volvió hacia ella y respondió:

—Este es el efecto que tienes en mí, Franchesca. Dejas sin habla a una reportera, cruzas tus piernas kilométricas, pides una *pizza* y se me pone tiesa.

—Qué pena que estemos rodeados de cientos de personas que no han venido a ver una peli porno —dijo. Y entonces cometió un error: fue a agarrarle del paquete.

Aiden la cogió del brazo con fuerza.

—No me provoques, Franchesca.

Se le iluminó la mirada. Reconoció el brillo. A esa chica le encantaban los desafíos casi tanto como a él. Quizá incluso más.

—¿O qué? ¿Me castigarás? —Le pasó los nudillos por la cresta de su polla—. ¿Me follarás? ¿Adónde me llevaría el orador principal…?

No la dejó terminar la frase. No lo habría soportado. Sin soltarla, se la llevó por el pasillo.

Frankie trotaba para seguirle el ritmo; los pasitos que daba con los tacones hacían que le rebotaran las tetas contra el vestido opresor. Como no encontrase una habitación vacía en los próximos seis segundos, su tintorería se las vería y se las desearía.

La cocina y el salón estaban abiertos por todas partes. Había demasiado tráfico. En la biblioteca estaba el bar, lo que atraía a grupitos de gente durante la noche. ¿Qué tal la sala de música, con sus puertas de cristal y su interior oscuro? Serviría.

La metió a la fuerza y cerró la puerta de una patada.

—¿Cerrarás con llave? —preguntó Franchesca con voz ronca.

—No hay pestillo —respondió mientras la llevaba por la habitación a oscuras hasta el sofá Chesterfield de color blanco—. Así que, como entre alguien, me verá follándote en el sofá. Verá cómo te rebotan las tetas con cada embestida.

Eso la excitó; la posibilidad de que los pillaran con las manos en la masa. Lo vio en el brillo de sus ojos.

Siempre lo sorprendía.

La tumbó sobre el brazo enrollado del sofá. Le pasó una mano por detrás del cuello y, visto y no visto, le desató el vestido. Justo por eso se lo había comprado. Por el abrefácil. Un tirón bien dado y sus senos cayeron en sus manos.

Eran pesados y estaban rematados por unas puntas color caramelo; se le marcaban los pezones solo de pensar en que se los chuparía. Al pasarles los pulgares, la oyó sisear.

Sí, aquello era amor, necesidad y de todo. La apoyó en el sofá y agachó la cabeza para succionarle primero un pezón y luego el otro. Ella le metió las manos por dentro de la chaqueta y le arañó la camisa.

—No tengo condones, Franchesca —le dijo mientras se desabrochaba el cinturón.

—Da igual.

—Más te vale —le advirtió—. Porque no pararé.

En respuesta, con una mano le agarró el paquete y con la otra le bajó la bragueta a trompicones.

La tenía tan dura que se le salió sola y colgó pesadamente hacia ella. Esa noche la *sentiría*. Las sensaciones se magnificarían. Nada se interpondría entre las contracciones de su sexo y él.

No habría preliminares ni contemplaciones. Ahí no. Sino que se la zumbaría en la habitación en la que, para su desgracia, había recibido clases de música todos los veranos. Se vaciaría en ella y la marcaría por dentro.

Le subió la falda del vestido hasta que notó el satén. Estaba mojado.

—Estás lista para mí, ¿eh?

Frankie, con los ojos vidriosos, asintió sin mediar palabra mientras Aiden le colaba los dedos en el tanguita. Ella ya estaba separando las piernas. Le bajó el tanga hasta las rodillas y dejó que cayera al suelo. Se tomó un momento para acariciarse la polla, suplicante, mientras Franchesca observaba con avidez cómo se la agarraba con el puño. Conforme se la machacaba, unas gotitas de semen emergieron de la punta de su pene como lágrimas de felicidad que llevara largo rato conteniendo.

—Qué guapa eres, coño —la elogió mientras le colocaba el glande entre las piernas—. Te follaré así, de pie, para verte bien cuando te corras con mi polla dentro.

Ella asintió levemente y a él le dio la impresión de que había recuperado el control. Había ganado. Y qué dulce le supo la victoria cuando introdujo la puntita en su terciopelo húmedo.

—Así te follaré esta noche en casa de mi madre: con cien personas al otro lado de esas puertas de cristal. Cualquiera podría verte. Cualquiera podría ver cómo te corres conmigo dentro.

—Aiden —murmuró con voz jadeante.

Con una mano sujetándola de la cadera y la falda, tiró y empujó al mismo tiempo.

El ángulo le impidió profundizar más. Pero bastó. Bastó para que las pequeñas y ávidas contracciones de su sexo lo exprimieran como a una naranja. Bastó para que le arrimara las caderas y suplicara más.

Nada se interponía entre ellos. Qué maravilla. Su sexo pringoso lo estrujaba con fuerza.

—Estás a punto, preciosa.

—¿Quién iba a decir que me gustaría que me mangonearan? —murmuró Frankie con un susurro de risa colgando de sus palabras.

Necesitaba más de ella. No le bastaba con estar vestido de pies a cabeza y tener la polla colgando. Pero les ayudaría a aguantar la fiesta. Le apretó la cadera con más fuerza y le levantó el pecho con la otra mano. Henchidos y turgentes, sus senos eran su fantasía particular. Quería chuparlos, lamerlos y hacerla gritar. Pero, al estar a alturas diferentes, tuvo que conformarse con tirar de su pezón oscuro con los dedos.

Ella respondió pegándose a su mano y moviendo las caderas con más ímpetu. Se la estaba cepillando de pie. Se movía adelante y atrás y se la metía cada vez un poco más.

—Aide. Voy a correrme —gimió.

Nada le importaba más que ver a Franchesca desmoronarse mientras se la tiraba a pelo. Le daba igual que se oyeran pasos acercándose por el pasillo. Le daba igual ver con toda claridad a Marjorie Holland, heredera de una fortuna cafetera, pasar junto a la puerta mientras cruzaba el pasillo iluminado.

—Joder —gruñó Frankie.

Necesitaba que se corriera. Aiden le bajó la falda, le metió una mano y le trazó circulitos rápidos con el pulgar en el clítoris.

Explotó como un cohete, lo bañó por completo y lo aferró con fuerza. Lo estrujaba como si le fuera la vida en ello. Mientras, él le tiraba del pezón al compás de sus oleadas de placer.

—Ay, madre, ay, madre, ay, madre —canturreó desesperada en voz baja.

Quiso decírselo en ese instante, cuando dibujaba una *o* perfecta con los labios. Sus ojos entornados estaban vidriosos mientras miraban con sorpresa y alegría los suyos. Te quiero. Podría habérselo dicho en ese momento. Pero un Kilbourn nunca se sinceraba del todo.

Frankie seguía temblando por el postorgasmo cuando Aiden le dio la vuelta y la tumbó sobre el brazo enrollado del sofá.

Ebrio por la buena acogida, se la metió de nuevo. Esa vez se deslizó hasta el fondo. A Frankie se le escapó un grito ahogado que notó hasta en la punta de la polla. No duraría mucho. No con ella tendida sobre un sofá a su merced. No con sus bellos pechos colgando y los pezones rozando los cojines con borlas.

La agarró por las caderas y sacó el pene hasta la mitad. Ella gimió; un gemido que fue directo a la zona primitiva de su cerebro encargada de follar. Lo desató. Cuando volvió a penetrarla, lo hizo sin control. Buscaba el orgasmo sin la menor delicadeza. Se le tensaron los huevos, cada vez más pegados a su cuerpo, y notó un hormigueo en la base de la columna.

El ruido que hacía su piel al chocar con la de ella era música para sus oídos de cavernícola. La energía con la que la acometía era brutal. Pero, cuando se agachó para degustar sus pechos, Franchesca echó la cabeza hacia atrás y gritó de éxtasis en silencio. Su orgasmo, una sorpresa para ambos, lo destruyó. No había forma de frenarlo ni de hacer que durase. Se quedó bien al fondo y se vació en ella mientras se deleitaba con la sensación de regar su interior con su leche calentita.

Les faltaba eso. Ya no podría prescindir de ello.

Se acurrucó mientras gruñía suavemente con cada chorro desgarrador y colmaba de besos su espalda desnuda.

—Mi Franchesca. Ya eres toda mía.

—Ya lo era antes de que me llenaras con litros de tu superesperma en la sala de fumadores de tu madre. —Aiden le dio un azotito en el culo. Le gustaron tanto el sonido como la reacción de su trasero, así que repitió el gesto.

—Sala de música —la corrigió.

—Eso. A partir de ahora la llamaré la sala secreta del orgasmo fiestero.

Aiden salió despacio de ella y vio cómo le bajaba por los muslos su semen, húmedo y tibio. Encontró una caja de pañuelos en un poco práctico secreter y regresó con ella. Franchesca no parecía sentir la necesidad de levantarse y recomponerse. Y, con los pechos al aire y el culo en pompa, Aiden estuvo muy tentado de volver a meterle su media erección.

—Ni se te ocurra, Kilbourn. Limpia el pasillo tres.

Los limpió a ambos (y el suelo) lo mejor que pudo y volvió a ponerle el tanga.

—Quiero que estés lo que queda de velada con mi semen dentro.

«Aiden Kilbourn habla efusivamente de su novia en la recaudación de fondos del hospital...»

«¿Está oficialmente fuera del mercado el soltero más cotizado de Manhattan?»

«El amor está en el aire para Aiden Kilbourn...»

Capítulo cincuenta y tres

Su felicidad duró hasta el lunes por la mañana.

Franchesca pasó por recepción echando humo, lo que dejó al personal absorto.

Cuando Oscar se levantó de su mesa, ella negó con la cabeza.

—Más le vale que esté en su despacho y que nadie nos interrumpa —espetó Frankie mientras lo señalaba con un dedo.

Oscar asintió con la cabeza.

—¡Sí, señora!

Abrió la puerta y entró. Ignoró la cara de alegría de Aiden. No le haría gracia su visita. Enseguida se echaría a temblar.

Le plantó el iPad en la mesa con el artículo ofensivo en pantalla.

—¡No puedes comprar una empresa solo porque un tío se portó mal conmigo!

Aiden miró el titular y luego a ella.

—¿Porque se portó mal contigo? Franchesca, te tocó.

—¿Y eso justifica que compres su empresa y lo *despidas*?

—Tiene suerte de que solo haya hecho eso.

—No me metas en tu concurso por ver quién la tiene más grande. Como un tío creyó que podría doblegarte, ¿vas y *le arruinas la vida*?

—Un tío creyó que podía tocarte, sacarte del trabajo e insultarte, ¿y qué quieres? ¿Que me quede de brazos cruzados?

Frankie se dejó caer en el sillón de cuero para las visitas. Gio la había llamado de camino al trabajo para decirle que siempre le había gustado Aiden y que aprobaba sus métodos. Solo había estado en su mesa el tiempo suficiente para corroborar el artículo. Acto seguido se cogió el día libre y, en un arrebato de ira, se fue al centro en tren.

353

Ojeó más fragmentos del artículo.

—Ay, madre. ¿Ha ingresado en *rehabilitación?*

A Frankie le horrorizaba lo poco que le importaba a Aiden haberle arruinado la vida a alguien.

—No me convencerás de que debería haberlo dejado en paz —dijo con frialdad—. No soy el único que cree que he hecho bien. Tus hermanos…

—Como estés de acuerdo con mis hermanos, estamos *apañaos.* Son imbéciles.

—Te apoyan, y yo también.

—¡Te has pasado de la raya! —Frankie se levantó y empezó a pasearse por su despacho.

—¿Te sentirías mejor si te dijera que es un acosador empedernido? ¿Que ha sobornado a otras chicas que lo acusaban? ¿Que su empresa estaba a semanas de la quiebra y que todos sus empleados se habrían quedado en la calle?

Exhausta de pronto, se dejó caer en el sillón.

—Tú y yo, Franchesca, estamos juntos en esto. Somos el uno para el otro. Y, como alguien vaya a por ti, se arrepentirá de haber nacido. Espero el mismo trato por tu parte.

Lo miró atónita.

—¿Insinúas que debería darte las gracias?

La puerta del despacho de Aiden se abrió de golpe. Ferris Kilbourn entró con Oscar pisándole los talones.

—Tenemos que hablar —soltó Ferris mirando a Aiden.

—Lo siento —se disculpó Oscar a Frankie solo con los labios.

—¿Por qué narices te meterías en un lío como el de la empresa de Goffman? —exigió saber Ferris mientras estampaba un periódico justo donde Frankie había plantado su tableta minutos antes—. No estás pensando con la cabeza, hijo.

Aiden se levantó y se abrochó la chaqueta.

Oscar salió poco a poco de la habitación y cerró la puerta en silencio.

—Si crees que permitiré que mandes al traste lo que ha construido esta familia por una chica…

Frankie carraspeó y se levantó de su asiento.

—Si no te gusta cómo dirige la empresa Aiden, tal vez no deberías habérsela encasquetado —le espetó.

—No te inmiscuyas en el negocio familiar, Franchesca —le dijo Ferris con frialdad.

—Vigila cómo le hablas —le espetó Aiden con un tono tan gélido que Frankie se estremeció.

—No puedes darte el lujo de incursionar en proyectos particulares, Aiden. Tienes un legado que mantener. Todos cuentan contigo. Yo cuento contigo.

—Si no te gusta cómo ejerzo de director general, quéjate en la junta directiva —sugirió Aiden.

Frankie se acercó a él y añadió:

—O puedes confiar en que tu hijo hará lo correcto para ti y para el negocio. Puede que no entiendas o no te gusten algunas de sus decisiones, pero tú lo pusiste en esta tesitura. Ha llegado el momento de que confíes en que hará lo mejor para su familia.

—Sé qué es lo mejor para la familia. Y no eres tú.

Frankie se cruzó de brazos y replicó:

—Dice el que le dejó un imperio a su hijo y le dijo: «Suerte dirigiendo el cotarro. Ah, y procura convertir a tu medio hermano sociópata en un adulto hecho y derecho. Yo me voy al Caribe».

—¡Me he dejado la piel por esta empresa! —gritó Ferris.

—¿Y a tu hijo qué le has dejado, aparte de una responsabilidad imposible? —gritó Frankie también—. Le debes más que un trabajo. ¿Y sabes qué? Que, aunque no fuera tu hijo, ¿qué sentido tiene entregarle las riendas y esperar que lo haga todo con una mano atada a la espalda? Lo estás boicoteando porque dudas de ti mismo.

Ferris los miró ceñudo a ambos y agarró el periódico de la mesa.

—Te recomiendo que pienses detenidamente en las decisiones que estás tomando. —Se dirigía a Aiden, pero a quien apuntaba con el periódico doblado era a Frankie.

El mensaje era claro. Elige: o tu familia o tu noviecita tarumba.

Aiden le puso una mano en la parte baja de la espalda.

* * *

355

—Qué majo, tu padre —comentó Frankie en tono seco cuando se hubo ido echando chispas—. ¿Estás bien?

Aiden le dio un apretón en los hombros.

—Vamos —dijo mientras la conducía a la puerta.

—¿Adónde?

—Necesito tomar el aire. Y un café.

—Buena idea. —Observó cómo se ponía su largo abrigo de lana. Se deleitó con su traje hecho a medida, su fuerte mandíbula y su mirada insondable—. ¿Y si nos encontramos con tu padre en el ascensor?

—Pues le arreas con la bandeja —le propuso Aiden.

Oscar, sentado a su mesa, fingía que estaba muy liado.

—Oscar, vamos a tomar un café. ¿Quieres que te traigamos algo? —le preguntó Frankie.

—Un expreso doble con leche de soja —contestó Oscar sin despegar los ojos de un documento de Word en blanco en el que escribía frases sin sentido—. Por favor.

Frankie no tenía claro quién lo había asustado más: si ella o Ferris.

Bajaron por el ascensor en silencio y Aiden la guio por el vestíbulo. Era 1 de marzo y hacía un frío que pelaba.

Aiden le dio la mano, pero no dijo ni mu durante el corto trayecto que los separaba de la cafetería. Frankie tenía los nervios de punta. ¿Se la llevaba fuera para explicarle amablemente que lo suyo ya no funcionaría? ¿Que había estado bien, pero que la familia era lo primero?

Tragó saliva con dificultad. No podía culparlo. Había sido un desastre desde el principio. Desde las Barbados. Había agredido a su hermano, insultado a su madrastra, avergonzado a toda su familia con una pelea pública, y ahora era la responsable de que Aiden hubiera recurrido a las arcas de la empresa para vengarse de alguien que se atrevía a actuar como un imbécil en su presencia.

Quizá debería ser ella la que abordase el tema. «Gracias por nuestros polvos de escándalo y por ser un novio estupendo, listo, gracioso y protector, pero toca pasar página…».

El corazón le latía tan fuerte que no lo oyó preguntarle qué quería.

—¿Franchesca?

—Ay, perdona. Té. ¿De jengibre? —Necesitaba algo que le calmase el estómago, pues estaba dando volteretas.

Aiden pidió y la llevó a una mesita del rincón. La ayudó a quitarse el abrigo. Si dejaba que se quitara el abrigo, ¿es que la ruptura sería larga? Preferiría que le arrancara la tirita y saliera todo el pus.

«Qué asco».

—Franchesca —empezó a decir.

Cerró los ojos con fuerza y se mentalizó para la despedida.

Pero no hubo despedida. Ni palabras. Abrió un ojo para mirarlo. La observaba divertido.

—¿Qué haces?

—Me estoy preparando.

—¿Para qué?

—Para el discurso que empieza por «Ha sido un placer conocerte».

—¿Crees que voy a decirte eso? —Se echó a reír—. Me sorprende que no hayas intentado darme una paliza y plantarme en el vestíbulo.

Se ruborizó.

—¿En serio? —inquirió entre asombrado y entretenido.

—No sabía a qué veníamos. Pensaba que estabas enfadado. Y que… Mejor me callo. ¿Y bien?

El barman llamó a Aiden y, sin dejar de reír, aceptó el pedido.

Le sirvió el té y se sentó.

—Gracias.

—¿Por? No he hecho más que liarla desde que nos conocimos.

—Por hacer lo que nadie en toda mi vida se ha atrevido a hacer: plantarle cara a mi padre.

—¿Ni tu madre? —preguntó Frankie mientras soplaba el humo que salía de su taza.

—Mi madre lo hacía cambiar de opinión, lo engatusaba. Pero jamás le levantaba la voz. Nunca le cantaba las cuarenta.

—¿Ves? Por eso la gente se vuelve gilipollas. Se refugian en sus fondos fiduciarios, sus torres de cristal o sus títulos, y los

357

demás tienen tanto miedo que no les dicen que se han convertido en un monstruo.

—Pero ¿llamarías monstruo a un monstruo?

—¿Qué hará? ¿Abrir una charcutería al lado de la de mis padres y dejarlos sin trabajo? ¿Secuestrar a alguno de mis hermanos? Soy insignificante. Ni siquiera vale la pena que se esfuerce por que me echen.

Aiden negó con la cabeza.

—Pero para mí no eres insignificante. Así que para él tampoco.

—No insinuarás que tu padre se pondría en plan Elliot conmigo, ¿no?

—Los Kilbourn somos despiadados —le recordó Aiden—. Ya te lo dije.

—Despiadado o no, lastimarme te lastimaría a ti. Y, por muy mala que sea su actitud en este momento, no creo que tu padre quiera hacerte daño.

—¿A qué te referías cuando has dicho que me estaba boicoteando porque dudaba de sí mismo? —preguntó Aiden, que la observaba mientras se bebía el café.

—Psicología. Nadie deja atrás su imperio sin temer haber tomado la decisión errónea. No sabe qué será de él si ya no forma parte de su imperio, y eso lo mata.

—Y lo has aprovechado para ponerlo contra las cuerdas.

—Le he hecho un Aiden.

—¿Desde cuándo juegas tan sucio? —inquirió este, que la cogió de la mano y le acarició la palma con el pulgar.

—Desde que empecé a juntarme con los despiadados y saqueadores de los Kilbourn.

Capítulo cincuenta y cuatro

Aiden miró el móvil por si le había escrito Frankie mientras se dirigía hacia el coche que lo aguardaba. Acababa de concluir otra ronda de reuniones con la gerencia de la empresa de desarrollo de aplicaciones de Goffman y estaba muy motivado. Con algunos ajustes en la estructura corporativa, una revisión de las terribles políticas existentes y un cambio de marca bajo el paraguas de Kilbourn, preveía un futuro muy brillante para la empresa.

Al final, su padre, que tanto había criticado la negociación, tendría que tragarse sus palabras.

Estaba abriendo el mensaje de Frankie cuando chocó con alguien.

—Perdón —se disculpó mientras hacía ademán de sostener a la mujer.

—¡Oh, Aiden! —Margeaux, la malvada dama de honor de la boda de Chip y Pru, lo miró fijamente con los ojos llorosos.

De todas las personas con las que podría haberse topado en una acera concurrida, tenía que encontrarse a la que lo demandaría o intentaría chantajearlo para acostarse con él.

—¿Estás herida? —le preguntó en tono seco mientras la observaba. Llevaba un abrigo de lana color cámel. Los tirabuzones rubios le llegaban por los hombros y le estaba volviendo a crecer la ceja.

Lo agarró por las solapas del abrigo y se arrojó a su pecho.

—Necesitaba ver una cara amiga —dijo con voz trémula.

Aiden echó un vistazo a su coche y suspiró. Casi…

—¡No sé qué hacer! Mi novio y yo hemos discutido y me ha dejado aquí —explicó casi gimoteando.

Aiden apretó los dientes. Era un ser humano horrible, pero un ser humano horrible en apuros.

—¿Te llevo? —le preguntó.

Ella asintió y lo miró como si fuera su héroe particular. No le gustó. Esa mujer tenía algo viperino. Como las víboras. No creyó que le hiciese gracia la analogía.

Le abrió la puerta y, tras mirar a su espalda, se sentó a su lado. Ella lo acorraló y se apoyó en él.

—¿Dónde quieres que te dejemos? —le preguntó Aiden con brusquedad.

—Ah, en la Quinta con la calle 59 Este. Por favor —añadió, como si se le hubiera ocurrido más tarde. Sonó extraño en su boca.

Margeaux, sin apartarse de él, se puso a mirar el móvil. Aiden sacó el suyo, y, tras alejarla con el codo, leyó sus mensajes. Frankie estaba impartiendo otro taller sobre redes sociales, y, gracias a que todos sabían que salía con Aiden, las inscripciones se habían multiplicado y los propietarios de las pequeñas empresas rezaban para que la fortuna de los Kilbourn se transmitiera por osmosis.

Frankie: Creo que casi esperan que entres por la puerta repartiendo bolsas de dinero.

Aiden: Pues debería, porque, como mi novia no me deja gastar el dinero en ella, tengo para dar y regalar.

Frankie: Qué gracioso. Tengo que enseñarle a esta gente a orientar geográficamente sus anuncios de Facebook.

Aiden: Hasta luego, guapa.

A lo que Frankie contestó con el emoji de un corazón. Aiden lo miró ufano. Ella no lo sabía, pero se estaba enamorando de él. Esperaría al momento adecuado para decírselo. Y, seguramente, para aclararle que hacía semanas que había llegado a esa conclusión.

Él también estaba enamorado y, por primera vez en su vida, pensaba en avanzar en el terreno amoroso.

Miró de soslayo a Margeaux. Estaba reclinada en el asiento de enfrente y sonreía con bellaquería mientras tecleaba a toda prisa.

—Así que has discutido con tu novio, ¿eh? —preguntó Aiden pese a no importarle mucho. Sin embargo, les faltaban quince manzanas para llegar al hotel y su cambio de actitud lo estaba poniendo nervioso.

—¿Eh? —dijo tras despegar los ojos de la pantalla—. Ah, sí. Hemos discutido. Pero se acabó. Merezco algo mejor y me encargaré de que así sea.

—Ajá —murmuró Aiden por decir algo. Pese a la escasa relación que había mantenido con Margeaux, según él, merecía que se cortara las yemas de los dedos con un papel y le echaran zumo de limón todos los días que le quedaban de vida, a la muy miserable. Pero ¿quién era él para juzgar?

Estaba con Frankie, y eso era lo único que importaba. Ya no habría más intercambios de una novia por otra, de una heredera por otra. Tenía lo que quería. Por fin.

Por un breve instante se planteó enviarle a Goffman una tarjeta de agradecimiento por ser un mamón.

Les auguraba un buen futuro. Franchesca acabaría el máster en los dos próximos meses y habían estado hablando de a qué se dedicaría después. Deseaba que aceptara formar parte de su empresa. Frankie se rio en su cara cuando se lo sugirió. Pero era persuasivo. Podría convencerla. Y podría aprovecharse de ella. Aunque no quisiera trabajar con él directamente, tenía una serie de nuevas adquisiciones más pequeñas a las que les vendría bien su arrojo. Le gustaba el entorno de las pequeñas empresas. Quizá pudiera construir algo para que ella lo dirigiese.

Volvería a sacarlo a colocación en una semana o así para tantear el terreno.

—Ya hemos llegado —anunció Morris al volante.

Fuera cual fuera el asunto que se traía entre manos Margeaux, era en un hotel caro de estilo *art déco*. Morris se giró y le abrió la puerta trasera. Aiden salió y le ofreció la mano a Margeaux.

—Suerte en la vida —le dijo.

—No me hace falta —repuso ella con una sonrisa. Se puso de puntillas y le dio un beso en la comisura de los labios—. Hasta otra.

Entró en el hotel. Aiden negó con la cabeza.

Morris se estremeció y comentó:

—Menuda pécora.

—Y que lo digas —convino Aiden.

«La cabra tira al monte»

«Pillan a Aiden Kilbourn colándose en un hotel
con una celebridad»

«La novia de Aiden Kilbourn, destrozada tras
infidelidad»

Capítulo cincuenta y cinco

Frankie cerró con llave la puerta principal del centro de desarrollo y se echó el bolso al hombro. Hacía frío y estaba oscuro. La típica tarde deprimente de marzo. Pero en unas horas estaría con Aiden compartiendo comida para llevar. Dejaría que ese pensamiento la calentara de camino a casa.

Le sonó el móvil en el bolsillo, pero, antes de sacarlo, una figura oscura se apartó de la fachada de una tienda que había más adelante.

—Vaya, vaya, pero si es mi vieja amiga Franchesca —dijo Elliot Kilbourn con picardía mientras se acercaba a ella.

—¿Qué tal la napia, Elliot? —preguntó alegremente. Solo había una razón para que estuviera esperándola. Problemas.

—Ahora ronco gracias a ti.

—Considéralo un recordatorio de que está mal secuestrar a gente.

—¿Sabías que no soy el único Kilbourn con trapos sucios? —inquirió. Su tono pizpireto la puso nerviosa.

Frankie se detuvo a medio paso.

—Mira. Al grano, ¿vale? He tenido un día largo. Déjate de rollos y di lo que tengas que decir.

—He venido a darte el pésame —explicó mientras esbozaba una sonrisa diabólica, como si disfrutara de cada palabra—. Acaba de salir la noticia.

Le pasó el móvil y Frankie miró la pantalla sin fijarse mucho.

«La cabra tira al monte. Aiden Kilbourn deja a su novia por una aventura en un hotel con una celebridad».

Las fotos. Dios. Las fotos. Aiden abrazado a la caraculo de Margeaux en una acera de la ciudad. Se miraban con la cabeza ladeada y el rostro serio. Parecía que compartían un momento… íntimo. Aiden en su limusina con Margeaux acurrucada a su lado. Ella hacía pucheros para la foto mientras él miraba el móvil. Luego Aiden y Margeaux apeándose del coche frente a un hotel y Margeaux dándole un beso en los labios.

Frankie iba a cargarse a alguien. Lo que no tenía claro era con quién empezaría.

Sin mediar palabra, le devolvió el teléfono a Elliot.

—No es como creías —le dijo este—. Es egoísta y cruel, y solo se preocupa por sí mismo.

Frankie empezó a alejarse. En sus entrañas se mezclaban la ira, el dolor y la confusión.

—También hay un vídeo de Snapchat, pero no creo que te convenga verlo —añadió mientras aligeraba el paso para seguirle el ritmo—. Y hay una cosa más.

Frankie apretó los labios con fuerza. Iba a vomitar. O a gritar. O a hacer las dos cosas.

—Aiden es el culpable de que Chip dejase a tu amiga hace tantos años.

—¿Cómo dices? —Frankie frenó en seco.

—Él y Chip estaban hablando en casa de mis padres. No sabían que yo estaba allí. Nunca lo sabían.

Frankie vio la amargura que rezumaba su mirada.

—Chip comentó que estaba pensando en pedirle matrimonio pronto. Pero a Aiden no le hizo gracia. Le dijo que no creía que Pruitt fuera la indicada. Que no sería la clase de pareja que le convenía. Chip no se dio cuenta de lo que Aiden estaba haciendo, pero yo sí.

—¿Qué estaba haciendo? —Volvió a sonarle el móvil. Supo sin mirar que era Aiden.

—Estaba moviendo los hilos como un titiritero. Los Kilbourn lo aprendemos desde que nacemos. Cómo hacer que la gente haga lo que quieras que hagan. «Llevó» a Chip a la misma conclusión. Le dijo que Pruitt era muy inmadura y que estaba muy necesitada. Que no sería la pareja adecuada para él.

—¿Por qué haría eso? —preguntó Frankie con un hilo de voz. ¿Por qué Aiden truncaría la felicidad de Chip? ¿Por qué desencadenaría años de miseria y dolor para Pruitt?

—A saber. —Elliot se encogió de hombros—. Quizá la quisiera para él. Quizá no soportase ver feliz a su amigo. La cuestión es que no es el hombre que creías.

—Vete a casa, Elliot —le espetó Frankie en voz baja. Una tonelada de ladrillos acababa de derribarla. Y, peor aún, no los había visto venir. Debería habérselo imaginado.

—Lamento ser portador de malas noticias —se excusó Elliot, que seguía sonriendo triunfal tras apuñalarla y dejarla desangrándose.

—No mientas.

Ella se alejó. Esa vez él no la detuvo. Se fue silbando una tonadilla alegre.

Volvió a sonarle el móvil. Lo sacó. Era Aiden.

La había llamado cuatro veces. Pru también. Pero Frankie no estaba preparada para hablar. Necesitaba ir a algún sitio. Y su casa ya no era una opción.

Aiden la encontraría allí.

Dio media vuelta y regresó a la oficina en tinieblas. Cerró la puerta con llave, se subió el portátil a la sala de juntas y se sentó a oscuras.

Se metió en el primer blog de cotilleos que se le ocurrió y se obligó a leer el artículo y a mirar las fotografías.

—Hostia, que sí que es verdad que hay un vídeo —murmuró para sí. No se consideraba cobarde para nada, pero, aun así, tardó casi cinco minutos en reproducirlo.

Salía la asquerosa de Margeaux tumbada sobre el asiento de cuero de una limusina. Descansaba la cabeza en el regazo de un hombre. Este llevaba un traje gris, como el de Aiden en las fotos. Ella jugueteaba con su corbata y le acariciaba el muslo. «Me dirijo al Mánchester para disfrutar de un ratito de placer esta tarde», susurró con tono sensual. A Frankie le dieron ganas de cargarse el ordenador, partirlo por la mitad y prenderle fuego. Lo que fuera con tal de quitarse de la cabeza la imagen de Margeaux y Aiden. Una mano acariciaba la mandíbula de Margeaux.

Frankie frunció el ceño y pausó el vídeo. Volvió atrás para verlo de nuevo. La mano era otra. Y el reloj. Aiden llevaba un Patek Philippe que costaba más que la casa de sus padres cuando la habían comprado hacía cuarenta años. Un regalo sentimental y ostentoso con el que lo había obsequiado su padre al incorporarse a la empresa. El hombre del vídeo llevaba un Cartier.

Hijo de puta.

Echó otro vistazo a las fotos. La primera, la de la acera. La habían tomado con el objetivo de resaltar el rostro de Margeaux mirando a Aiden. El de él salía torcido. Era Aiden seguro, pero la fotografía tenía algo raro. No era la foto borrosa de un turista ni la instantánea apresurada de un *paparazzi*. Era una imagen nítida, clara y profesional. ¿Un montaje?

Frankie se frotó las sienes. Volvió a vibrarle el móvil en la mesa que tenía delante. Era Gio.

—¿Qué? —espetó.

—Tía, no sé qué pasa, pero Aide está a nada de desmontar Brooklyn ladrillo a ladrillo para encontrarte.

—¿Has visto la noticia? —le preguntó ella.

—Sí —respondió Gio, que parecía más molesto que furioso.

—¿Basta con un partido de los Knicks en primera fila para comprar tu lealtad? —inquirió Frankie.

—Joder, Frankie. El tipo del vídeo tenía la manicura hecha. No es Aiden. Se le está yendo la pinza. Sé que me odiarás por decirte esto, pero creo que le han tendido una trampa.

Ella también había llegado a la misma conclusión, pero eso no explicaba las demás imágenes. El abrazo, el beso. Por no hablar de que había truncado la felicidad de su mejor amiga en el mundo.

—Aún no estoy preparada para hablar con él —repuso Frankie.

—¿Puedo decirle al menos que estás bien?

—Vale. Haz lo que quieras. Te dejo.

—¿Estás bien? —inquirió Gio.

Por primera vez, le escocían los ojos por culpa de las lágrimas.

—Pues la verdad es que no —respondió con la voz rota.

Gio maldijo.

—Eh. Sabes que puedes contar conmigo, ¿no? Pase lo que pase.

—Sí. Lo sé —dijo algo más aliviada. «La familia es lo primero».

Colgó y llamó a la única persona que le diría la verdad.

Capítulo cincuenta y seis

Aiden abrió la puerta de su ático de una patada y entró. El personal de recepción lo había llamado para decirle que la señorita Baranski lo estaba esperando. La vio sentada en el sofá de cuero, con una bolsa de viaje en el suelo y dos vasos de *whisky* delante de ella. Sintió un alivio rápido y feroz.

—Franchesca —susurró.

Se volvió hacia él, pero no lo miró a los ojos, y a Aiden se le cayó el alma a los pies. Fue a tocarla, pero la frialdad que desprendía lo detuvo.

—Dime que me crees —pidió en voz baja. Necesitaba que demostrara que lo conocía, que confiara en él. Solo de pensar que creía que él…

—Algunas de las imágenes son reales —repuso ella, inexpresiva.

Él asintió.

—Sí. Me encontré con Margeaux después de la reunión de esta semana. Chocó conmigo y fingió que lloraba. Me dijo que había discutido con su novio.

—Y la llevaste —dedujo Frankie.

—Sí. *Solo* la llevé. —Volvió a hacer ademán de tocarla, pero se inclinó a por un vaso y se lo entregó.

Aiden cerró los dedos alrededor del frío cristal y deseó que fuera su piel. Si la tocaba, se acabarían sus males. No podían mentirse cuando se tocaban.

—Te creo —dijo por toda respuesta, y a Aiden se le deshizo el nudo del estómago. Se arrodilló frente a ella y, al acariciarle la cara externa de los muslos, tiró el *whisky* a la alfombra.

—Lo siento mucho. No sé por qué Margeaux haría algo así. Buscará atención o…

—Venganza —acabó Frankie por él—. ¿Sabías que estaba liada con Elliot?

Aiden se tensó. El alcohol le empapaba las rodillas de los pantalones. Elliot. No habían sido Margeaux y el falso escándalo. Eran Elliot y lo que le hubiera contado.

—No lo sabía —empezó a decir con la esperanza de que ella determinara su destino.

—No voy a seguir con esto, Aiden. —Su voz era tan monótona, tan serena...

—Franchesca, no puedes irte. —De ninguna manera. Era físicamente imposible que se fuera. Se había apoderado de su corazón. Si se marchaba, se lo llevaría consigo.

Franchesca negó con la cabeza, y, cuando lo miró a los ojos, vio la furia que despedía su mirada.

—No me digas qué no puedo hacer. Estoy harta de vivir en un puto circo.

Se levantó y él la agarró por las caderas y apoyó la frente en su barriga.

—Franchesca.

Ella lo puso de pie.

—Mírame, Aiden —le ordenó.

Él obedeció y la tomó de las mejillas. Franchesca cerró los ojos un instante, y, cuando volvió a abrirlos, Aiden supo que la había perdido.

—Quiero que te quede claro que sé que no me has sido infiel con Margeaux. Sé que no me habrías hecho eso.

—Entonces, ¿por qué...? —Calló. Sabía por qué. Pero quería que ella dijera las palabras que merecía escuchar.

—Quiero oírtelo decir. —Las palabras de Frankie se hicieron eco de sus pensamientos—. Quiero que me lo digas.

Aiden apretó la mandíbula. Se sentía impotente. ¿Estaría actuando el karma por todos los años en los que había manipulado y vivido para buscar el éxito a toda costa? Podría haberlo tenido todo, y ahora le quedaría lo que tenía antes, lo cual, sin Franchesca, equivalía a nada. Qué ironía.

—Tenía miedo de que Pruitt no fuera adecuada para él. Se la veía muy joven e inmadura. Chip era mi primer amigo de verdad y quería protegerlo. En ese momento no creía que Pruitt fuera la indicada para él.

Frankie se estremeció al oír sus palabras y sintió su dolor como si fuera suyo.

—Sigue —dijo tajante.

—Chip acababa de graduarse y estaba hablando de comprometerse. Pensé... Pensé que se equivocaba. No era consciente de lo fuertes que eran los sentimientos de Pruitt por él. Solo la había visto un par de veces. Pensé que le hacía un favor.

—¿Sabes lo hecha polvo que se quedó? —inquirió Frankie con voz baja y tensa.

—No tenía ni idea hasta que lo mencionaste en la boda. Cuando se reencontraron, tenían la cabeza más amueblada. Pruitt era más sensata, más madura. Era buena para él. Pensé que les había sentado bien estar separados.

—No comía, Aiden. No salía de la cama. Deberían haberla hospitalizado, pero, en lugar de eso, sus padres le chutaron ansiolíticos y le asignaron una enfermera a jornada completa. Creía que había conocido al definitivo. Creía que su futuro acababa de empezar, y vas tú y se lo arrebatas porque no es lo bastante buena —dijo cada vez más alto.

—Franchesca, cielo. Lo siento muchísimo. No fue mi intención. Estaba protegiendo a mi amigo. De haber sabido lo mucho que lo amaba Pruitt, jamás le habría dicho nada.

—Si ella no era lo bastante buena, entonces, ¿yo qué, Aiden? Si Pruitt Stockton no es lo bastante buena pese a ser de clase alta, ¿por qué has perdido tanto tiempo rebajándote conmigo?

Aiden la agarró de los brazos y le respondió:

—Lo eres todo para mí, Franchesca. Todo lo que no sabía que me estaba perdiendo. Todo aquello sin lo que no puedo vivir ahora. Te quiero.

Los vio con claridad meridiana: el estupor y el horror.

—¿Qué has dicho? —Su tono ya no era plano ni monocorde.

—He dicho que te quiero.

—¡Ni se te ocurra manipularme con eso! No es un comodín que sacas cuando estás en un embrollo por herir a mis seres queridos. Ni se te ocurra usar el amor como medio para conseguir lo que quieres.

El pánico le trepaba por la garganta.

—Es la verdad, Franchesca. Maldita sea. No se me dan bien estas cosas. Nunca le he dicho a nadie que no fuera mi madre que lo…

—¡Calla ya! Joder. Soy una persona normal. A la gente normal no la persiguen los fotógrafos ni unos ricachones de mierda intentan cargarse sus relaciones. La gente normal no usa el amor como arma.

—¿Qué quieres que haga? Dímelo y lo haré —dijo Aiden.

—Quiero que me sueltes —gritó Franchesca.

—¡No! —Haría cualquier cosa por ella. Pero eso no.

—No puedes obligarnos a seguir juntos. Has hecho daño a mis amigos. Me has hecho daño a mí. Y encima no me he enterado por ti, sino por el rarito de tu hermano, que me esperaba al salir de la oficina para lanzárseme a la yugular. Allá donde voy, hay un Kilbourn que me dice que no soy lo bastante buena.

—Elliot es asunto mío. Yo me encargaré de él.

—Él urdió esto. Él y Margeaux. Apostaría tu abultada cuenta corriente. Pru y yo los vimos cuando quedamos para comer. Pensé que estaban saliendo, pero estaban maquinando.

—Elliot quiere que le compre la salida de la empresa. Me amenazó con contarte lo de Chip y Pru si no llegábamos a un acuerdo.

—¿Y por qué no aceptaste? —preguntó Frankie.

—Porque pensé que se estaba marcando un farol.

—¡Respuesta equivocada, Kilbourn!

—¡Es la verdad! —bramó Aiden.

—¡Ya *sé* que es la verdad! ¡Ese es el problema! No aguanto más, Aiden. Me niego a que se pasen la vida manejándome, mintiéndome, amenazándome o utilizándome constantemente por tu apellido. Quiero que seamos *compañeros*. Pero no podemos.

Fue a coger su bolsa de lona, pero él la detuvo al agarrarla del brazo.

—Podemos serlo. Te lo juro, Franchesca.

—Dijiste que me darías todo lo que quisiera —recordó mientras le lanzaba una mirada acusadora.

—Todo y más.

—Pero ni siquiera has sido sincero conmigo. Dime, cuando Elliot te contó lo que sabía, ¿se te ocurrió confesármelo siquiera? ¿Decírmelo? ¿Hacer de tripas corazón y rezar para que te perdonase?

¿Se lo había planteado? ¿O simplemente había decidido encargarse del asunto él solo?

—Para ti todo es un juego de poder —dijo Franchesca en voz baja—. Pero ya me he cansado de que jueguen conmigo.

Ella trató de zafarse, pero él la sujetó más fuerte.

—Me haces daño.

—*Tú* sí que me estás haciendo daño *a mí*, Franchesca. Hablémoslo. ¡Deja que lo arregle! —Como saliese por la puerta, no volvería a verla nunca más. Lo sabía. Era como intentar detener la marea, pero al menos tenía que intentarlo.

—No miento cuando digo que te quiero. Lo sentí de veras, y supe lo que era en casa de mi madre. Te divisé entre el público y solo te veía a ti. Eres lo único que quiero ver todos los días el resto de mi vida. No dejes que esto acabe con lo nuestro. Por favor.

—¿Hace cuántas semanas que sabes que me quieres y no se te ocurrió decírmelo? Como si tuvieras un as bajo la manga; un comodín. ¿Te das cuenta de lo turbio que es eso? ¿Crees que es eso lo que merezco?

—No, claro que no. Es la primera vez que estoy enamorado, Franchesca. Así que discúlpame si no sé cómo sobrellevarlo. Me costó Dios y ayuda que salieras conmigo. No sabía cómo me sentiría si te lo decía y me respondías con silencio. No estaba preparado.

—¿Quién te ha dicho que habría silencio, idiota? —Le brillaban los ojos de la rabia y las lágrimas—. ¿Quién te ha dicho que eras el único que sentía eso?

Él la agarró de los brazos y le preguntó:

—¿De qué hablas?

—De que yo también te quería, ¡tonto!

¿En pasado? ¿Cómo podía ser?

—¿Por qué no me lo dijiste?

—Porque eres Aiden Kilbourn, el eterno soltero, el mujeriego. Eres un adicto al trabajo. Y no sabía cómo decírtelo.

No me lo guardaba para inclinar la balanza a mi favor en el momento adecuado. Es que no sabía cómo decírtelo sin salir herida.

—Franchesca, podemos hacer que lo nuestro funcione. Nos queremos.

—No basta.

—Tiene que bastar.

Ella negó con la cabeza, se zafó de él y levantó las manos cuando él dio un paso al frente.

—Mírame. Entiéndeme. No quiero estar aquí y no quiero que vengas conmigo.

—¿Por qué no podemos hablar de esto? ¿Por qué no me dejas solucionarlo?

—Porque un equipo arregla las cosas juntos, Aiden. Y ni somos un equipo ni estamos juntos.

Él retrocedió, como si le hubiera asestado un puñetazo. No podían acabar así. Pero ella ya estaba recogiendo su bolsa y acercándose a la puerta. Se detuvo con una mano en el pomo.

—No me hables. No vengas a verme. No me llames.

Dios, hablaba en serio. Nunca la había visto tan seria y tan dolida. Y él había sido el causante.

—Y una cosa más. Elliot está intentando arruinarte la vida. Ten cuidado con él.

Se fue. La puerta se cerró con un ligero chasquido. Y su mundo se sumió en la oscuridad más absoluta.

Capítulo cincuenta y siete

Cuando volvió a su casa, se tiró a la cama que habían compartido y, al fin, derramó las lágrimas. Tibias y saladas. Le quemaron las mejillas y empaparon la almohada sobre la que descansaba. La almohada de Aiden. Sabía que así terminaría todo, ¿no? Había tomado precauciones, pero, al final, nada podría haber protegido su corazón de Aiden.

La había mirado desconsolado al irse. Su dolor reverberó en su interior. Ambos tenían la culpa. Ella, de enamorarse de él, y él, de decepcionarla. Siempre buscaría la forma de ganar. Lo llevaba en la sangre.

Frankie se giró, abrazó la almohada y lloró hasta quedarse dormida.

La plomiza y triste mañana de invierno no la animó a salir de la cama. Había visto a Pru sumamente desesperada por Chip y se había jurado a sí misma que nunca permitiría que un hombre la destrozara así. Y miradla ahora, dolida en lo más hondo, con los ojos hinchados de tanto llorar.

Ese día no podía con su alma. No podría salir al mundo, no con todos los blogs y webs de noticias de la ciudad haciéndose eco de lo de Aiden y Margeaux con altanería. No con la verdad de su soledad.

Escribió a Brenda y se excusó diciendo que no se encontraba bien y que no iría a trabajar.

«Estupendo». Ni siquiera la amenaza de perder ingresos logró que se levantara de la cama. Era oficialmente una mujer destrozada. Ni siquiera tenía apetito. Solo quería que la dejaran en paz.

Como si el universo le hubiera leído la mente, aporrearon su puerta. Se le aceleró el corazón al pensar que quizá fuera

Aiden, que, como por arte de magia, había dado con las palabras exactas para detener su dolor. Se tapó la cara con una almohada y fingió que el mundo no existía.

Por desgracia, el mundo tenía la llave de su casa. Dos cuerpos enormes golpearon su colchón y la empujaron bajo las sábanas.

—Largo.

Le quitaron de la cara la almohada, la que olía al champú de Aiden (ay, madre, su champú de mil millones de dólares seguía en la ducha).

Su hermano Marco le sonrió.

—Ahí estás —dijo alegremente.

—Que os vayáis.

—O veníamos nosotros o mamá, y ella está acurrucada en posición fetal llorando por los bebecitos Kilbourn que nunca podrá abrazar —explicó Gio desde los pies de su cama.

Frankie hizo lo último que sus hermanos esperaban que hiciera: se echó a llorar. En toda su adultez, jamás había llorado en su presencia. Ni siquiera cuando un primo graciosillo le había roto el brazo jugando al fútbol americano con banderas en Acción de Gracias.

—Mierda —susurró Marco.

—¿Qué hacemos? —preguntó Gio.

—Que os oigo, atontados —dijo Frankie entre sollozos mientras le arrebataba la almohada a Marco y se la ponía en la cara.

—¿Está intentando ahogarse?

—Voy a llamar a Rach. Ella sabrá qué hacer.

—¡No llamarás a nadie! ¡Estoy bien! —gimió Frankie. Si iba a humillarse, lo haría con todas las de la ley. Así al menos sus hermanos aprenderían a no volver a entrar nunca más en su casa sin una invitación expresa.

No es que hubieran interrumpido nada, de todos modos. Nuevo plan de vida: envejecer mal y rescatar a un montón de gatos que acabarían comiéndosela mientras dormía.

Frankie oyó a Marco hablar por teléfono en su salón gracias a las finísimas paredes.

—Nunca la había visto así —decía.

—¿Qué hacemos, Frankie? —preguntaba Gio—. ¿Quieres que le demos una paliza?

Ella se incorporó y gritó:

—¡No, no quiero que le deis una paliza!

Él arrugó el ceño y propuso:

—¿Quieres que le demos una paliza a ella?

—Puede. —Negó con la cabeza—. No, no quiero que nadie le dé una paliza a nadie. Era un montaje. Le tendieron una trampa, pero eso no quita que lo hayamos dejado, ¿vale?

—No lo entiendo.

Frankie se tumbó en la cama y se tapó la cara con la almohada. Marco volvió a la habitación y dijo:

—Rach me ha dado una lista muy concreta. Voy a por las cosas que me ha dicho. Tú quédate aquí y no dejes que se asome a la ventana.

—¿Por? —inquirió Frankie tras incorporarse de nuevo.

—Mierda. Creía que con la almohada no me oías.

—¿Qué hay al otro lado de mi ventana? —Frankie se puso a gatas y Gio se lanzó hacia ella, pero su hermana lo esquivó. Pegó la cara al cristal sucio—. Venga ya, hombre.

—Mierda, *paparazzi* —contestó Gio, abatido.

—¿Por qué hay cámaras en la entrada?

—Supongo que no has visto las noticias hoy.

—¿Qué ha pasado ya?

—Aiden ha presentado una demanda contra la A-Margada esa y contra todos los blogs y webs de noticias que se han hecho eco del artículo. La mayoría ya se han retractado públicamente.

—¿Cómo puede ser que esta sea mi vida? —murmuró Frankie para sí.

—Voy al callejón. No tardo nada —dijo Marco mientras se ponía el abrigo.

Frankie bajó las persianas y sumió su hogar en la misma oscuridad lúgubre en la que vivía su corazón. Gio la convenció de que al menos se levantara de la cama y se cepillara el pelo, pero, cuando vio el peine de Aiden y un par de calzoncillos en el cesto de la ropa sucia, se le fueron las ganas de comportarse como un ser humano.

Se sentaron en el sofá a ver una reposición hasta que Marco volvió.

—A ver, traigo revistas de moda que no dicen nada de «cómo mantener a tu hombre» en la portada —explicó mientras vaciaba la bolsa en la mesa de centro—. Pañuelos por si vuelve a pasar lo de antes. Seis chocolatinas de sabores diferentes. Dos botes de helado, porque, como tomes más, te arrepentirás mañana por la mañana. Y un litro de sopa de pollo con fideos.

—¿Qué hay en la otra bolsa? —preguntó Frankie mientras sorbía por la nariz.

—He comprado un lote de pelis de acción para verlas juntos. Y el camión de los tacos estaba a dos manzanas, así que he aprovechado y he pillado también.

—Gracias, Marco —dijo—. Gracias, Gio.

Gio le revolvió el pelo recién cepillado y le sacó el dedo.

—Para eso está la familia.

* * *

Aiden no había llamado. Cuando al fin tuvo el valor de volver a encender el móvil, tenía quince llamadas perdidas suyas, pero eran de antes de su enfrentamiento en su ático. No la había llamado desde entonces. Pero sí que le había escrito.

Aiden: Sé que me has dicho que no te llame. Pero no me has prohibido expresamente que te escriba. Así que, a no ser que me digas lo contrario, seguiré haciéndolo. Te echo de menos. Lo siento.

Aiden: Tengo lo mismo que tenía antes de conocerte, pero ahora no significa nada.

Aiden: Ojalá estuviéramos en tu sofá. Tú acurrucada contra mí. Yo jugando con tu pelo. Las sobras enfriándose en la mesa. Te echo de menos.

Aiden: Hoy voy a demandar a un puñado de gente. He pensado que debías saberlo. Nadie te hace daño y se va de rositas. Ni siquiera yo. Estoy hecho polvo sin ti.

A la mañana siguiente, comenzaron los regalos. Sin contacto directo. Solo pequeños obsequios con tarjetas escritas a mano entregados por un mensajero. El martes le envió a casa una pila de novelas románticas y una generosa tarjeta de regalo para el salón de Christian. El miércoles, cuando al fin volvió a la oficina, les envió chocolate caliente del bueno a ella, a Brenda y a Raul. Frankie no quería ni saber cómo se había enterado de que había ido a la oficina. Si todavía le seguía la pista, era que aún albergaba esperanzas. No como ella.

El jueves se encontró en la puerta de su casa un paquete de calcetines calentitos que llegaban hasta la rodilla. Como los que le gustaba ponerse con las botas.

El viernes recibió un pijama suave y sedoso. No lencería *sexy*, sino de los que uno se pone tras una semana larga y no se quita en todo el fin de semana. Se lo puso de inmediato y se acurrucó en el sofá con la sudadera de Yale de Aiden que había sacado del cesto de la ropa sucia para que no se le fuera el olor.

La semana fue un borrón en el que no dejaba de repetir «No voy a decir nada» en las escasas ocasiones en que se atrevía a salir a la calle, y «Estoy bien» en la oficina y cuando había ido a comer a casa de su madre. Estaba helada por dentro, como si llevara el invierno consigo y no fuera a entrar en calor nunca más.

Y todas las noches se quedaba dormida en el sofá sin encender la tele siquiera para no irse a su cama gigante y evitar los recuerdos que le traía.

Capítulo cincuenta y ocho

Aiden ignoró el montón de papeles de su mesa que requerían su atención y miró por la ventana de su despacho. No tenía fuerzas. El mero hecho de ir a trabajar lo había agotado. Estaba desconectado y cerrado, lo que estaba afectando a su trabajo. Oscar lo trataba con pies de plomo. Las reuniones se pospusieron como por arte de magia. Su madre se había pasado toda la cena de la noche anterior sonriéndole compasiva.

Y a Aiden le traía sin cuidado.

Le sonó el teléfono de la mesa.

—¿Sí?

—Dos hombretones de Brooklyn han venido a verte —le informó Oscar.

—Vamos a entrar, Aide —dijo Gio junto a la puerta.

Estupendo. Lo que le faltaba. Los hermanos Baranski dispuestos a darle una paliza.

—Que pasen —dijo, abatido.

Al instante la puerta se abrió y entraron Gio y Marco tan panchos. Debían de haber ido en plan colegas, por eso Oscar no había llamado a seguridad de inmediato.

Marco se sentó en una de las sillas para las visitas y Gio se puso a merodear por el despacho. Aiden no tenía claro si estaba admirando las vistas o buscando cámaras de seguridad.

Esperó a que alguno de los dos hablara primero, profiriera amenazas o acusaciones y exigiera sacrificios de rótula o de la parte del cuerpo que partieran los hermanos Baranski por su hermana pequeña.

Marco rompió el silencio para decir:

—Macho, ¿en qué estabas pensando? Debes tener cuidado con chicas así.

—¿Con chicas así? —inquirió Aiden con calma.

—Con chicas como la Margeaux esa —aclaró Gio, que se apoyó en la esquina de su mesa.

—Exuda maldad, tío. Me sorprende que hayas caído en su trampa y te hayas dejado engañar así —añadió Marco, que suspiró.

—¿Que me haya dejado engañar? Entonces, ¿me creéis cuando digo que no pasó nada?

Gio rio por la nariz y respondió:

—Siendo Frankie de calidad suprema, ¿crees que nos habríamos tragado que te habías liado con una estirada esquelética cortarrollos?

—Entonces, ¿no habéis venido a darme una paliza? —quiso saber Aiden.

Los hermanos echaron la cabeza hacia atrás y se desternillaron de risa, pero no le dieron una respuesta concreta.

A Aiden le sonó el móvil. Miró la pantalla.

Oscar: ¿Necesitas que llame a seguridad?

Aiden: Solo si me oyes llamar a gritos a mi mami.

Volvió su atención a los hermanos y preguntó:

—Entonces, ¿qué hacéis aquí?

—Frankie está destrozada —explicó Gio.

—Y se nos ocurrió que tú tampoco estarías mucho mejor —intervino Marco.

—Pues no, la verdad —admitió Aiden mientras miraba lo desordenada que tenía la mesa—. Tengo que recuperarla.

Marco suspiró y se pasó una mano por la mata de pelo.

—Está chungo.

Aiden se frotó la frente y preguntó:

—¿No tenéis ningún consejo ni ninguna llave mágica para que me perdone?

—¿Alguna vez te ha hablado de nuestro primo segundo Mattie? —inquirió Gio.

Aiden negó con la cabeza.

—Ya, eso es porque no pronuncia su nombre. Le pegó chicle en el pelo cuando tenía nueve años, y nuestra madre tuvo que cortárselo. No volvió a hablar con Mattie hasta su boda, el año pasado.

—Tarda en perdonar —comentó Marco—. En plan, toda la vida.

—Lo nuestro no puede acabar así —se quejó Aiden mientras tiraba el móvil a la mesa. No había respondido ni una sola vez, ni a sus mensajes ni a sus regalos. La desesperación hacía que le doliera el pecho.

—Ah, mierda —se quejó Gio mientras se rascaba la nuca—. Mira. No puedes seguir enviándole mensajes y regalos, ¿vale? Cualquier cosa que hagas parecerá una guerra psicológica.

—¿Queréis que me rinda sin más? —preguntó Aiden.

—No, hombre —lo corrigió Marco—. Solo que *parezca* que te rindes.

—Mirad, chicos, últimamente no pego ojo, así que no entiendo qué queréis decir —dijo Aiden.

—Nuestra Frankie es muy lista. Cabezona, pero lista —empezó a explicar Gio.

Marco cambió de pose.

—La has cagado. Y mucho. Pero ella también.

—Ella no ha hecho nada —replicó Aiden.

—Durante toda la relación ha estado más fuera que dentro porque creía que acabaría mal. Estaba asustada, y, como se lo digas, te dejaré con el culo al aire y me desentenderé —le advirtió Gio mientras lo señalaba con el dedo.

—Solo buscaba una excusa —concluyó Aiden medio para sí.

—Sí, pero, teniendo en cuenta lo hecha polvo que está, si le das espacio, se dará cuenta de que ella también tiene parte de culpa.

—¿Cuánto espacio? —inquirió Aiden. Necesitaba que se lo concretaran. Pensar en cejar en su empeño y ceder el control lo aterraba, pero se le encendió una pequeña chispa de esperanza en el pecho.

—Todo el espacio del mundo —respondió Marco.

—Ni mensajes, ni regalos, ni nada —agregó Gio.

Aiden se tapó los ojos un momento para asimilar lo que supondría que se diera por vencido y se encomendase a la suerte. Dejar las cosas al azar iba en contra de su ADN.

383

—Estaba pensando en saldar sus deudas universitarias —reconoció. Los pequeños gestos no habían llamado su atención. Quizá uno mayor sí lo consiguiese. Al menos así iría a su despacho a gritarle.

—¡Uy, no, quita, quita! —exclamó Marco con cara de espanto.

—No le haría ninguna gracia —coincidió Gio—. No, en serio, no le arrojes montones de dinero, que les prenderá fuego.

—Entonces, ¿me rindo y ya está? ¿La dejo en paz?

—Haces que *parezca* que te rindes —explicó Marco como si hubiera alguna diferencia.

—Si finjo que desisto, ¿creéis que es posible que me perdone?

—Sí —aseguró Gio para mostrarle apoyo—. Sí.

—Tampoco es seguro —intervino Marco. Se encogió de hombros cuando su hermano lo miró sin dar crédito—. ¿Qué? No quiero que se haga ilusiones si decide hacerle el vacío para siempre.

—Debes tener en cuenta otra cosa, Aide. ¿Estás preparado para perdonarla? Te ha abandonado en vez de respaldarte (insisto, como algún día le digas esto, te destrozaré esa cara tan bonita que tienes y seguramente también ese traje tan elegante), y, si dejas que eso se enquiste, se acabó.

Los filósofos de Brooklyn estaban sentados en su despacho dándole consejos y una pizca de esperanza.

—No dejaré que esto se enquiste —les aseguró.

—Vale. —Los hermanos asintieron.

—Bonito despacho —comentó Marco mientras miraba a su alrededor.

—¿Tú qué? ¿De cháchara? —preguntó Gio.

—Soy educado. —Marco le dio una patada en la rodilla que tenía apoyada en la mesa.

—¡Ay! ¡Cabrón!

Oscar: ¿Acabo de oír un choque de piel con piel?

—Bueno… —dijo Gio mientras miraba la hora en su móvil.

Aiden se tensó. No quería que se fueran. Eran su única conexión real con Frankie.

—¿Te apetece ir a beber algo? ¿Y qué tal un filete? —le preguntó Marco a Aiden.

Aiden, aliviado, asintió. No lo dejarían de lado.

—Sí, claro.

Capítulo cincuenta y nueve

—No sé cómo decirte esto, Frankie —empezó Raul por tercera vez tras carraspear. Brenda, sentada a su lado en la mesa de juntas, se secaba las lágrimas con un tercer pañuelo.

Frankie vio su expediente laboral encima de la mesa y ató cabos nada más entrar en la sala.

—Nos han denegado la subvención —anunció Raul—. Bueno, dos de ellas, en realidad. Ya ni siquiera las financian, así que no ha sido por cómo la has solicitado. No ha sido por algo que hayamos hecho como organización, solo… mala suerte.

Daba la impresión de que su vida no había sido más que mala suerte durante las últimas semanas.

—Pues eso, que lo que intento decir es que —continuó Raul, que respiró hondo— vamos a cerrar la oficina. No podemos seguir sirviendo a la comunidad empresarial sin esos fondos, y llevamos un tiempo pensando en jubilarnos.

Brenda se sonó la nariz ruidosamente.

—Lo que significa que ya no necesitamos tus servicios —concluyó Raul con la voz entrecortada. Al coger su café, se le derramó casi todo.

—Está bien —dijo Frankie, demasiado aturdida para asimilar la noticia. Su vida rodaba cuesta abajo y sin frenos. A esas alturas, la siguiente semana estaría calentándose las manos en las llamas del infierno si seguía cayendo en picado—. Pues recogeré mis cosas y me iré.

Los silenciosos sollozos de Brenda se convirtieron en gemidos en toda regla.

—¡Lo sentimos mucho, cariño! Con todo lo que has pasado…

387

Frankie se levantó y le dio a cada uno un abrazo acartonado. Habían sido sus mentores, sus amigos. Los consideraba sus segundos padres. Y ahora también desaparecerían de su vida.

—¿Quieres que te invitemos a comer o… algo? —preguntó Raul.

Ella negó con la cabeza y respondió:

—No, gracias.

—Te enviaremos la paga por vacaciones con tu último sueldo —comentó Raul mientras miraba con pesar la mesa.

—Gracias —dijo Frankie, que se detuvo en la entrada y echó un último vistazo a la estancia.

Abajo, metió lo que pudo de su mesa en una caja de papel vacía y salió a la calle. La luz del sol se burló de ella. Estaban a finales de marzo y ya se respiraba el inicio de la primavera. Pero nada podía derretir el hielo de su interior.

Se sentó en la acera bajo un rayo de sol que se filtraba entre las ramas de los árboles. ¿Eso era tocar fondo? No tenía trabajo y le faltaban seis semanas para finalizar el máster, por lo que tendría que decidir entre pagar el alquiler o la matrícula. Ah, y, hablando de las clases, el trabajo y los talleres que impartía sobre redes sociales formaban parte del borrador de su tesina. Por lo que ya no podría graduarse esa primavera.

Y, para colmo, Aiden había cortado el contacto hacía una semana. Como si se hubiera esfumado de la faz de la Tierra. Pero él seguía ahí. Seguía trabajando. Seguía existiendo. Seguía con su vida.

Lo sabía porque no podía evitar abrir los dichosos correos electrónicos con los que Google la avisaba todas las mañanas.

Iba a trabajar todos los días, cenaba en la ciudad y aparecía públicamente. Mientras tanto, ella no hablaba con nadie. Ni con sus padres, ni con sus hermanos, ni con Pru. Evitaba el contacto humano porque ya no se sentía humana.

La ira y el dolor habían cedido paso a una nueva emoción. Una que no entendía. Culpa.

—¡Frankie!

Hizo una mueca en respuesta a su alegre saludo. No podía corresponder a Pru. Ni siquiera podía fingir que se alegraba de ver a su mejor amiga.

—Hola —saludó Frankie, inexpresiva.

—¿Qué haces sentada en la acera con una caja de…? Ah.

—Me han echado. Van a cerrar el centro —contestó Frankie.

—Entonces puedo invitarte a comer. Estás libre —dijo Pru, optimista como ella sola—. Vamos. —La puso de pie y recogió la caja—. Me apetece *pizza*.

Frankie tropezó con sus propios pies.

—¿Comerás *pizza* por gusto? ¿Tan mal me ves?

—Pareces un zombi. En plan, viva por fuera, pero muertísima y asquerosa por dentro.

—Vaya, gracias.

Pru encabezó la marcha hacia una de las pizzerías favoritas de Frankie mientras charlaba sobre el clima y los cotilleos. Frankie no se molestó en contestarle. Requería demasiado esfuerzo.

Pru se sentó frente a ella y entrelazó los dedos mientras sonreía expectante.

—Tengo que contarte una cosa.

—¿Va todo bien? —inquirió Frankie, que se preocupó aunque fuera un poquito.

Su amiga asintió.

—¿Qué les pongo, señoritas? —preguntó Vinnie, el propietario, mientras se apoyaba en la mesa con una mezcla de encanto e impaciencia.

—La *pizza* de peperoni más grande y grasienta que tengas —decidió Pru—. Y aros de ajo.

Frankie la miró atónita. Pues sí que era verdad que le apetecían carbohidratos.

Vinnie anotó lo que querían de beber y regresó al mostrador.

—Estoy embarazada —anunció Pru.

Frankie se quedó boquiabierta. Su cerebro no estaba preparado para una noticia de ese calibre.

—¿Cómo…?

—Embarazada. Del bebé de mi marido —explicó Pru con una sonrisa—. Gracias, Vin —dijo cuando este volvió con el agua.

Frankie se bebió la mitad de la suya para ver si así el cerebro le volvía a funcionar.

—¿Que vas a tener un bebé?

Pru volvió a asentir y dijo:

—Un bebé fruto de la luna de miel, lo cual ha sido una sorpresa. Pero nos hace mucha ilusión.

Frankie lo notó. La dicha que rezumaba el rostro de su amiga. Y, aunque su vida se iba al garete, aun así se alegraba por Pru.

—Caray. Enhorabuena. Chip debe de estar encantado.

—Oscila entre la emoción y la hiperventilación. Ha encargado dieciséis libros sobre paternidad, embarazo y bebés, y ya quiere empezar a entrevistar a canguros.

—Caray —repitió Frankie. La asaltaron los recuerdos. Pru, disfrazada de Carmen Miranda, entrando en la residencia en Halloween. Pru bailando en la barra del Salvio's después de ponerse ciega de margaritas. Pru probándose su vestido de novia por primera vez—. Sé que no lo parece, pero me alegro mucho por ti.

Pru se inclinó sobre la mesa y le agarró una mano a Frankie.

—Sé que tu vida es un asco en este momento. Pero serás tía, y eso merece la pena. Y quiero que te quedes con eso mientras te digo otra cosa.

—Ajá. —Frankie se preparó.

—¿Por qué no has hablado con Aiden? —le preguntó Pru.

Frankie sintió que se cerraba de nuevo.

—Hay cosas que no sabes. No, no me engañó con nuestra amiga la uniceja. Pero había algo más. Algo mucho más gordo.

—Lo sé —repuso Pru mientras le estrechaba la mano—. Me lo contó. Habló conmigo y con Chip la semana pasada.

—¿Te lo contó? —preguntó Frankie, asombrada.

—Fue él quien sembró la duda en Chip para que rompiese conmigo.

—¿Y te parece bien? Os ha privado de años de felicidad. Solo porque creía que no eras lo bastante buena para su amigo.

—Creía que era inmadura y voluble, y, si te soy sincera, puede que tuviera razón. Pero no se lo diré. Acababa de salir de la universidad y solo pensaba en casarme. No tenía ni idea de en qué consistía de verdad el matrimonio. Solo quería un anillo reluciente y un fiestón. Si no hubiéramos roto y no hubiéramos madurado un poquito, no sé si seguiríamos juntos. Y sé que no

390

estaría embarazada de un bebé bajo en carbohidratos. Ahora soy más fuerte. Más feliz. Quizá un pelín más madura. Y, al final, Aiden solo estaba cuidando de su amigo. Un amigo que decidió libremente, debo añadir.

—Te hizo *daño* —señaló Frankie.

—Y lo perdoné. Deberías probarlo algún día.

Frankie rio por la nariz y clavó la pajita en su vaso de hielo.

—Si me engañas una vez, la culpa es tuya. Si me engañas dos…

—¿Crees que uno no se equivoca nunca cuando está en una relación? —preguntó Pru—. El insulto iba dirigido a mí, a quien hirió fue a mí, y lo he perdonado. ¿Por qué tú no?

—Porque tú siempre has sido una blanda. De haber sido tú, yo nunca habría perdonado a Chip.

—¿Y dónde estaría entonces? No casada con un hombre que me hace reír todos los días. No eligiendo pintura para el cuarto del bebé. No sentada frente a mi mejor amiga en el mundo tratando desesperadamente de que vea las puertas que abren el perdón. Podría haber ido a lo seguro. Podría haberme casado con algún tipo aburrido que me dejara tomar todas las decisiones. Pero ¿qué clase de vida es esa en la que uno no corre el riesgo de salir herido?

Frankie miró fijamente la mesa deseando que las palabras de Pru no fueran un derechazo tras otro.

—La relación con Aiden era muy complicada —se justificó sin convicción.

—Tampoco es que tú se lo pusieses fácil. Le ponías pegas a todo lo que te decía. Estabas esperando a que te decepcionara, a que te diera la excusa perfecta para irte.

—Qué va —replicó Frankie.

—Te estás engañando a ti misma.

—Voy con todo —susurró Frankie. ¿De verdad se había entregado por completo? Se había comprometido, pero ¿había actuado en consecuencia?

—Eres la persona más leal que conozco, Frankie. ¿Por qué no puedes serle leal a él? ¿Por qué no puedes luchar por él? ¿En quién puede confiar Aiden? ¿Quién lo respalda? Deberías haber ido a por Margeaux. Y, en vez de eso, te has escondido.

Vinnie regresó con una *pizza* humeante. Les sirvió los platos y dijo:

—Que aproveche.

Frankie se quedó mirando el remolino de salsa sobre el queso burbujeante.

—Lo quiero tanto que me asusta —confesó en voz baja y trémula. Miró a Pru y añadió—: Lo quiero tanto que no puedo respirar porque siento que me falta una parte de mí.

—Mira que eres cabezona —dijo Pru con un ápice de compasión—, tanto que te cargarías lo vuestro con tal de tener razón.

La culpa que le roía las entrañas se levantó y saludó en reconocimiento.

—Me aterra lo que siento por él. Mi vida es una pesadilla. Y ya es tarde. Ha dejado de escribirme y de enviarme regalos. Es como si ya no existiera para él.

Pru se sirvió una porción y cogió el orégano.

—Pues ya es hora de que le recuerdes que existes.

Capítulo sesenta

Tardó veinticuatro horas enteras en trazar un plan. Y, cuando lo tuvo claro, empezó por Pru. Recopiló nombres y números, y estableció conexiones. Comió con celebridades, se reunió con camareros, criadas y asistentes personales en callejones junto a contenedores de reciclaje y les expuso su caso.

No accedieron todos, pero sí muchos. Y tendría que bastar con lo que le proporcionasen para poner en marcha el plan.

Cuando la cosa se ponía fea, cuando de verdad era probable que actuase el karma, las mujeres hacían piña.

Cogió todo lo que le dieron y, dejando a un lado sus ya inútiles notas para su tesina, empezó un proyecto de cero.

Cada palabra que escribía, cada dato que recababa encajaba en el rompecabezas mayor, lo que alimentaba sus esperanzas y le aportaba firmeza. Cuando al fin estuvo segura de que ya tenía bastante, hizo una última llamada.

—Davenport, soy yo, Frankie. ¿Aún tienes el vídeo que grabaste en las Barbados?

* * *

Frankie no pegó ojo. No dejaba de mirar el móvil para ver si los blogs de cotilleo ya se habían hecho eco de la noticia. Y, cuando al fin lo vio en las noticias de las siete, se puso a bailar *boogie* en la cocina.

Allí, en las pantallas de toda la ciudad, Margeaux gritaba obscenidades y peleaba borracha en la piscina con Taffany. Había cientos de comentarios y, con cada minuto que pasaba, llegaban más y más.

Frankie se acercó bailando a la pizarra que había instalado en su salón.

«Paso uno: desacreditar a Marge».

Lo tachó con una floritura y leyó el segundo. Le haría falta armadura para realizar ese.

Desenganchó la tarjeta de regalo de la pizarra y marcó un número de teléfono.

—Hola, me preguntaba si Christian podría hacerme un hueco hoy. Voy a la guerra.

Al cabo de una hora, estaba sentada en una silla giratoria frente a un espejo con marco dorado en un salón que no podía permitirse. Christian miraba ceñudo sus tirabuzones mientras pasaba los dedos por ellos.

—Tendrías que haber venido el mes pasado —la reprendió.

—No tuve que ir a la batalla el mes pasado. Vuélveme bella e invencible.

Christian chasqueó los dedos y exclamó:

—¡Maquillaje!

No perdió de vista su bolso, al lado de la mesa de trabajo de Christian, mientras él y sus secuaces se disponían a dotarla de armamento femenino. Ojos ahumados, pómulos definidos, las mechas oscuras que tan bien le sentaban, y, por último, un secado para que pareciera que ella y su vestido rojo eran uno. Si aquello no aplastaba a su enemigo como un insecto y la volvía irresistible a ojos de Aiden, se pasaría por el refugio de animales y adoptaría a sus dos primeros gatos..., y luego le preguntaría a Gio si podía mudarse con él, ya que, al no tener empleo ni título, ya no podía pagar el alquiler.

Estupendo. Un plan B muy consistente. Pero rezaba para que no hiciera falta. Se jugaba mucho —todo— en el plan A.

—Christian. Hacedores de milagros de Christian —dijo mientras miraba a la desconocida del espejo—. Sois la hostia.

Chocó los cinco con todos y les entregó la tarjeta de regalo de Aiden. Christian le tendió una tarjeta para que se acordara de las citas.

—Nos vemos en seis semanas.

—Aquí estaré —aseguró con decisión. Mentalidad positiva. Vencería. O se quedaría acurrucada en posición fetal mientras la devoraban los gatos.

394

—¡Deseadme suerte!

—¡Suerte! —corearon a su espalda mientras salía por la puerta, lista para la batalla.

Ya la esperaba en el bar. Se estaba tomando un doble de algo pese a que eran las once y pico de la mañana.

—Hola, Elliot —saludó mientras se sentaba en el taburete de su lado.

El joven Kilbourn se enderezó y le miró el escote con cara de salido.

—Tenía el presentimiento de que volvería a tener noticias tuyas. ¿Qué puedo hacer por ti? ¿Ayudarte a vengarte de mi hermano del alma? —Se arregló la corbata.

—Oh, me temo que te llevarás un buen chasco —dijo Frankie mientras sacaba una carpeta de su bolso. Se la pasó—. Ten. Para ti.

Elliot, pagado de sí mismo, abrió la carpeta. Tardó cuatro segundos de reloj en asimilar lo que estaba viendo. Se le abrieron los ojos como platos y se le dilataron las pupilas.

—¿Qué es esto? —preguntó.

—Estos son todos los actos repugnantes que has perpetrado en los diez últimos años. No sé qué sabe Boris Donaldson de ti, pero fijo que está en algún rincón de esta carpeta.

—¿Cómo sabes lo de Boris? —inquirió mientras ojeaba las fotos, las fotocopias y las entrevistas.

—Estabas empeñado en que fuera director financiero pese a que lo están investigando por fraude y, desde hace unos diez minutos, por malversación de fondos.

—¿Cómo? —Se bebió la copa de un trago.

—A ver, ¿qué clase de detective sería si no investigara a los enemigos de mi novio? Nunca os entrará en la mollera que vuestros subordinados ven y oyen cosas que vuestro asqueroso dinero no puede tapar. Por cierto, la web de denuncias anónimas de la SEC* es muy intuitiva. Pero hablemos de ti.

* SEC son las siglas en inglés de la Comisión de Bolsa y Valores, una agencia gubernamental que supervisa y regula los mercados financieros y las actividades relacionadas con los valores para proteger a los inversores y mantener la integridad del sistema financiero. *(N. de la T.)*

Mientras revolvía los papeles, su rostro alternaba entre el rojo tomate y el blanco.

—Has sido un niño muy travieso. Has usado tu cuenta de gastos para costearte medicamentos recetados y bailes eróticos. Paréntesis: en realidad no les gustas. Por no hablar de los delicados casos de consentimiento que liquidaste a golpe de talonario. Todo lo que no sea un sí es un no, Elliot. Casi que todo eso me lo esperaba de ti. Pero lo que me ha sorprendido incluso a mí ha sido que llevaras a un prostituto a la casa de la que era tu novia por aquel entonces y...

Elliot dio una palmada a la barra y gritó:

—¡Mi ex firmó un acuerdo de confidencialidad! ¡Le pagué!

—Oh, cielo —se lamentó Frankie con fingida compasión—. Tu ex firmó un acuerdo de confidencialidad, pero su portero, su ama de llaves y su chef privado no.

Elliot maldijo.

—Te demandaré. Te demandaré por difamación.

—Pues Chip presentará cargos por secuestro. Es un delito, por cierto. Y no creo que tu defensa pueda presentar a ningún testigo. No con un historial como este —dijo mientras le daba golpecitos a la carpeta.

Elliot cogió el expediente y lo partió por la mitad.

Frankie suspiró e inquirió:

—¿Qué te ha dado? ¿Una rabieta? Porque ya te imaginarás que tengo copias y copias y copias.

Elliot apoyó los codos en la barra y hundió la cara en las manos. Frankie no se arrepentía lo más mínimo.

—¿Qué quieres? —preguntó.

—Qué bien que preguntes. Es muy sencillo. Quiero que dejes en paz a Aiden. Para siempre. Ya no tienes a un chantajista al que untar. De nada, por cierto. Así que puedes hacer borrón y cuenta nueva. Dimite, deja de comportarte como un gilipollas y ni mires a Aiden salvo en alguna que otra cena incómoda con la familia. ¿Entendido?

—Si te hago caso, ¿qué harás con esto? —preguntó mientras señalaba el papel hecho trizas.

—Lo pondré a buen recaudo. Pero, como te pases un pelo de la raya, como te propases con otra mujer o compres otro frasco de pastillas, me enteraré. Y pondré este sucio paquetito a disposición de todos los blogueros de cotilleos y periodistas de sociedad de este país. Imagina lo que pensaría tu madre. O, peor aún, tu padre. Estás a mi merced. Y, ahora que la SEC se ha quitado de en medio a tu compi chantajista, es como si acabara de tocarte la lotería. No la cagues.

Se bajó del taburete y se arregló el vestido.

—¿Trato hecho? —inquirió.

Él asintió con pesar.

—Vale. Una cosa más. —Cogió su copa y se la arrojó a la cara—. Esto va por las mujeres de las que te has aprovechado. Sé mejor persona a partir de ahora.

Capítulo sesenta y uno

—Tu cita de la una ha llegado —anunció Oscar tras asomarse al despacho de Aiden.

—¿Mi qué? —Aiden miró la agenda que tenía abierta en la pantalla. ¿A quién demonios se suponía que debía…?

Ella entró con el vestido rojo que lo perseguía en sueños.

Ni siquiera se dio cuenta de que se había levantado con tanto ímpetu que su silla se quedó girando detrás de él.

—¿Franchesca?

¿Se habría vuelto loco de remate? ¿Acaso la añoraba tanto que tenía alucinaciones en vez de percibir el fantasma de su aroma, el eco de su risa?

—¿Puedo pasar? —preguntó.

Le dio la sensación de que había caído un rayo en la alfombra que los separaba. El despacho estaba cargado de electricidad. Supo por cómo entreabrió los labios y lo cauta que se mostró que ella también lo había sentido.

Era patético lo agradecido que estaba solo de volver a verla. El corazón le iba a mil, como si supiera que todo se reducía a los próximos minutos de su vida. Y no tenía el control.

Pero Franchesca sí.

Oscar cerró la puerta en silencio. Aiden supo que le habría supuesto un esfuerzo hercúleo.

—Claro —respondió Aiden con brusquedad. Quiso acercarse a ella, abrazarla y enterrar el rostro en su pelo. En cambio, señaló una de las sillas que había delante de su mesa y agregó—: Toma asiento.

Frankie se sentó y, con cuidado, cruzó las piernas. A Aiden se le puso dura. Su polla no tenía vergüenza. La mujer que lo había destruido, que había convertido la vida que había construido en un cascarón vacío, aún lo excitaba.

Se habría arrastrado si hubiera creído por un instante que funcionaría. Pero Frankie no quería a un pusilánime.

—Tengo una propuesta para ti —empezó a decir mientras sacaba una carpeta del bolso.

Se la acercó, y, cuando sus dedos se rozaron, supo sin lugar a dudas que nunca se quitaría a esa mujer de la cabeza. Se estaba gestando una tormenta entre ellos. Solo rezaba para que, cuando estallara, no estuviera solo.

—Te escucho —dijo con más aspereza de lo que pretendía. Retiró su silla y se sentó.

Si se dio cuenta, no lo dejó entrever. Frankie carraspeó y empezó:

—Está bien. Hay una nueva brecha en los servicios para pequeñas empresas de Brooklyn. Conozco los barrios, conozco a los dueños de los negocios. Necesitan orientación, tutoría. Necesitan educación. Necesitan préstamos y subvenciones.

¡¿Le estaba presentando una propuesta de negocio?!

—Te conozco, Aiden. Sé que te interesan todos los niveles de emprendimiento. Y podría comenzar por aquí. —Pasó a una página de su carpeta y golpeó con el dedo un mapa del barrio de sus padres—. Solo en esta manzana hay seis escaparates a la venta. Los edificios en sí necesitan mano de obra, pero tienen una buena estructura. La mayoría de los pisos están alquilados.

Le estaba hablando de bienes raíces y revitalización. A Aiden le picó el interés pese al tremendo chasco que se había llevado.

Había traído fotografías de la calle, mapas detallados del aparcamiento del barrio, listados de bienes raíces, potencial de unidades de alquiler e incluso una lista detallada de los tipos de tiendas que faltaban en el vecindario.

Le habló de los mercados agrícolas que se celebrarían los fines de semana, de las fiestas del barrio y de los restaurantes con mesas al aire libre. Le vendió la moto.

—Se podría marcar la diferencia de manzana en manzana. No existe ese tipo de potencial inmobiliario en Manhattan. Ya no. Piensa en las comunidades que podrías construir, en las pequeñas empresas a las que podrías apoyar y ver crecer. Necesitarías un centro de desarrollo. Un establecimiento que guiase a nuevos negocios y ayudase a los propietarios más antiguos a aprovechar las nuevas tecnologías.

—¿Y quién lo dirigiría? —preguntó.

—Yo.

Aiden la miró de inmediato y dijo:

—¿Me estás pidiendo trabajo? —No sabía si estaba impresionado o furioso.

—Oh, Aide, quiero que me des mucho más que eso.

Capítulo sesenta y dos

Tenía el corazón a mil desde que había entrado. Le costaba mirarlo. Le costaba horrores. Estaba tan guapo como siempre. Pero los separaba un muro. El que había levantado ella. El que le correspondía a ella derribar.

Respiró hondo y dio el paso.

—Te he defraudado, Aiden. Y me está costando perdonarme.

—¿Y crees que si te doy trabajo te sentirás mejor? —inquirió, confundido. Ni siquiera parecía enfadado. Pero Frankie debía conquistar todas sus facetas, empezando por la del empresario de éxito decidido a ganar a ultranza.

—Me necesitas, Aiden. Y yo a ti, maldita sea. Ni a tu dinero. Ni a los contactos de tu familia. A ti.

Ahora la miraba con atención, y, al devolverle la mirada, advirtió que disimulaba con cuidado la nimia esperanza que albergaban sus fríos ojos azules.

—Eres considerado. Sabes escuchar. Eres inteligente, encantador, gracioso y sorprendentemente dulce. Eres tan generoso que me acojona que te hagan daño.

Le faltaba el aire. Cada vez hablaba más deprisa. Metió una mano en el bolso y asió con el puño la siguiente parte de su plan.

—Nadie me ha tocado nunca como tú. Nadie me ha querido nunca como tú. Y nunca he amado a nadie como te quiero a ti. —Se le rompió la voz y vio que Aiden apretaba los puños con una fuerza titánica.

Con la respiración entrecortada, se levantó de la silla y fue hasta detrás de su mesa con las piernas temblándole. Se arrodilló ante él y levantó el joyero.

Aiden permanecía impasible, así que destapó la cajita para revelar la sencilla alianza de oro.

—Era de mi abuelo —susurró—. No es nada del otro mundo. Pero simboliza familia, lealtad y amor. Y puedo darte todo eso. Así que cásate conmigo, Aiden. Quédate conmigo. Dame el «para siempre».

Contuvo el aliento y parpadeó para reprimir las lágrimas que amenazaban con precipitarse por sus pestañas.

—¿Y qué pasa con Chip y Pru? —preguntó mientras observaba la alianza.

—La verdad es que me ha costado más perdonarme a mí que a ti. Estaba buscando una excusa para cortar, para tener razón, porque no quería salir herida. Y he acabado haciéndonos daño a los dos. Además, Pru me ha llamado cagueta al estilo del Upper West Side, y no soporto que tenga razón.

Vio un atisbo de sonrisa en las comisuras de sus labios, lo que la llenó de esperanza.

—¿Y qué pasa con mi familia? —preguntó—. Siempre serán un problema.

—Me da la impresión de que ya no habrá tantas movidas. He descubierto que encajo bastante bien con los traidores manipuladores.

—Tendrás que aclararme eso último tan críptico —dijo mientras la cogía de las muñecas y la levantaba a la vez que él también se ponía de pie.

—Antes contéstame, porfa. Luego te cuento lo que quieras. ¿Quieres casarte conmigo, Aide? ¿Me aceptarás tal como soy? ¿Me perdonarás por ser testaruda y orgullosa, y por estar muy pero que muy equivocada? Porque, joder, encajas en mi vida como si fueras la pieza que falta. Puedo encajar en la tuya también. Quiero que seas mi aliado, mi compañero. La cagué al contenerme, la cagué al buscar una salida. Y lo siento muchísimo. Pero te prometo que, a partir de hoy, seré tu compañera y podremos construir algo bonito juntos. Y te juro que siempre siempre siempre te apoyaré.

Estaba temblando de amor, de miedo, de esperanza.

Aiden le levantó la barbilla y la miró a los ojos.

—No podemos ser los dos unos caguetas, ¿no?

—Aide, como no me digas sí o no ya, te juro por Dios que te arruino la vida igual que a tu hermano.

Él le dedicó esa sonrisa pletórica que hacía que le flaqueasen las rodillas.

—Contigo siempre ha sido un sí, Franchesca. No hay nadie a quien prefiera tener de mi lado.

—¿Sí?

Aiden asintió y añadió:

—Sí, y cuanto antes, mejor.

—A ver, tampoco hay que correr tanto —empezó a decir a la vez que le entraban las dudas.

—Te has arrodillado con las dos rodillas…

—¡No puedo hincar solo una con este vestido! ¡Me habrías estado mirando el chirri durante mi discurso! ¡Con lo bonito e inspirador que ha sido!

Ahora sí que reía. Cuando la levantó del suelo, notó su erección en la cadera. Se quedó muda. Su cerebro cambió de marcha y puso una más tórrida.

—Te quiero, Franchesca —susurró pegado a su mandíbula.

—Te quiero, Aiden, cabezón de m…

Juntó los labios con los suyos y la calló con un beso. Ella, decidida a acabar la frase, forcejeó un breve instante, pero, en cuanto le metió la lengua, se volvió loca. Frankie le hundió los dedos en el pelo y le agarró los sedosos mechones que tanto había añorado. Respiró su aroma, y, mientras la besaba, no dejó de repetirle lo mucho que lo amaba.

—¿Cómo lo celebraremos? —le preguntó él tras parar un momento.

—Me tumbarás en tu mesa y me recordarás todo lo que me he estado perdiendo.

—Soy el hombre más afortunado del planeta. —La mordió en el cuello y la agarró del pelo.

—Ya ves.

Epílogo

Un mes después

—¡Bomba va!

Franchesca se puso de lado para observar a Aiden en la puerta abierta de la terraza. La brisa tropical movía las cortinas, de un blanco traslúcido. Estaba desnudo, como lo había estado casi todo el tiempo en las doce horas que hacía que los habían declarado marido y mujer. Su dedo anular cargaba con el peso y el brillo de su compromiso mutuo. Un compromiso que habían contraído en las playas de arena blanca en las que todo había empezado y que continuó en la misma cama en la que había descubierto la potencia de Aiden Kilbourn.

—Mmm —dijo mientras estiraba los brazos por detrás de la cabeza—. Podría acostumbrarme a ver esta imagen el resto de mi vida.

Aiden le sonrió con chulería por encima del hombro. En su espalda musculosa y su bello trasero se veían las huellas que le había dejado esa noche con los dientes y las uñas.

—Pues yo no lo tengo tan claro —comentó—. Tu padre acaba de tirarse de bomba encima de Marco y Gio y ha salpicado a Rachel.

Frankie rio por la nariz y dijo:

—No hacía falta que los dejases quedarse todo el tiempo, ¿sabes?

—Son de la familia.

Marco y Gio gritaron algo y se oyó otro fuerte chapoteo.

—¡Antonio! Deja de salpicar. No lo provoquéis, tontos, que al final nos echarán —chilló May Baranski al taxista menor de edad favorito de Frankie y a sus hermanos.

Frankie se recostó en la almohada.

—No se puede sacar Brooklyn de los Baranski. ¿Cuándo se iban? —preguntó.

—Mañana, con Chip, Pru y mis padres.

—Aún no me creo que tu padre haya venido a la boda —comentó Frankie. Se levantó de la cama y fue hasta el pequeño refrigerador a por una botella de agua.

—Se está haciendo a la idea de dejarme tomar mis propias decisiones. En cinco años, puede que le caigas bien y todo.

Frankie rio.

—Lo estoy deseando. ¿Le has contado lo de Elliot?

Aiden negó con la cabeza y fue hasta ella. Le acarició un seno y bajó la mano hasta la curva de su cadera. Rodeó su cuerpo como si lo estuviera evaluando.

—Hay cosas que es mejor que queden entre hermanos. Pero sí que le he dicho que he echado a Elliot.

—Borrón y cuenta nueva —suspiró Frankie.

Le rozó las nalgas con su erección.

—Eres insaciable —dijo, y se la agarró por la base.

—Igual que mi mujercita.

—¡Anda, mira! ¡Si se ve el cuarto de Frankie desde aquí! ¡Hola, Frankie! —May se puso de pie en su tumbona y la saludó.

—Ay, madre. —Frankie empujó a Aiden para que no lo viera y lo tiró al suelo—. ¡No se les puede sacar a ningún sitio!

—Tendremos que socializar hasta mañana —dijo Aiden, compungido.

Pero ella ya estaba despatarrada encima de él. Y él ya la tenía dura y deseosa entre sus muslos.

—Por unos minutitos no pasará nada —sugirió Frankie mientras se sentaba a horcajadas sobre sus caderas.

Aiden estaba tendido sobre su velo y la falda de su arrugado vestido de novia, los cuales le había quitado la noche anterior.

Se negó a decirle cuánto le había costado el vestido, pero ella se enteró del precio en los blogs de cotilleos. Dejó a su elección que gastara ese dineral en una prenda de vestir que llevaría tan solo unas horas.

Aiden entrecerró sus ojos azules con deseo. Era una alegría para la vista y era todo suyo. Él se echó hacia delante y pegó la boca al pecho que tenía más cerca, y se le contrajeron los abdominales al moverse.

Mientras la provocaba con su lengua, Frankie se metió su miembro de golpe y con languidez.

—Madre mía, qué guapa eres —murmuró contra su piel mientras jugueteaba con su pezón.

—Eres todo lo que no sabía que quería, Aide —musitó ella.

Levantó las caderas para juntarlas con las de ella y las movió a un ritmo lento y constante.

Ella gimió y él le tapó la boca con una mano.

—Calla, preciosa, que nos oirán fuera.

Frankie saboreó el metal de su alianza y notó cómo se introducía poco a poco entre las temblorosas paredes de su sexo.

—No me cansaré nunca —susurró Aiden—. No me cansaré nunca de hacer el amor contigo, Franchesca.

Sus palabras, dulces y tensas, resonaron en su cabeza, en su corazón. Frankie clavó las puntas de los pies en el suelo y se restregó contra él.

Aiden suspiró con los dientes apretados y ella habría jurado que palpitó en su interior.

—Más te vale estar de acuerdo —gruñó, y, acto seguido, la encajonó entre la falda de su vestido de novia y la firmeza de su cuerpo.

La penetró con fuerza, con la mano aún cubriéndole la boca. No necesitaban las palabras. No cuando se miraban a los ojos, no cuando sus almas estaban donde debían y sus cuerpos se deshacían en pedazos. Frankie notó el primer chorro de semen calentito mientras le envolvía la polla y sentía su propio clímax abrirse como una flor.

—Sí, Franchesca. Sí —juró con dulzura y lascivia mientras se fundían en uno.

«Vamos con todo. Para siempre».

«Aiden Kilbourn y Frankie Baranski modernizan una manzana entera»

«La esposa de Aiden Kilbourn lleva un vestido del súper para cortar la cinta»

«La esposa de Aiden Kilbourn se atraganta con una salchicha en la inauguración»

Un año después

—Qué tontería —insistió Frankie mientras señalaba las enormes tijeras que sujetaba Aiden.

—A grandes cortes de cinta, grandes tijeras —repuso mientras le pasaba un brazo por el hombro. Ese día se había dejado en casa los trajes de costumbre y llevaba unos vaqueros y una camisa blanca y sencilla. De no haber sido por su cara de mojabragas, casi podría haber pasado por un ser humano normal—. ¿Qué pasa? —preguntó al notar que lo miraba.

Frankie sonrió y explicó:

—Es que me siento un poco más afortunada hoy.

—Más te vale. No todas las esposas convencen a sus maridos de que les compren una manzana.

—Una manzana para los dos —le recordó.

—Para los dos —convino a la vez que le daba un apretón en el hombro.

—Estoy muy impresionada con lo que hemos logrado —comentó mientras observaba la calle—. Un colmado, una cafetería, una tienda de sándwiches, una minicervecería y un centro de desarrollo de pequeñas empresas abrirán en el mismo día. Pasarás a la historia del barrio.

—¿Como santa Franchesca? —inquirió para chincharla.

—Hombre, a ver, no te venerarán tanto como *a mí*, pero casi —predijo.

En poco más de un año, la pequeña franja de calle de Brooklyn había pasado de invisible y deteriorada a rejuvenecida. Una banda de *jazz* tocaba música animada en el patio del restaurante y la calle estaba acordonada con una gran cinta roja. Los vecinos y los comerciantes salieron en tropel, listos para que empezaran los festejos. Aiden había contratado los

413

servicios de restaurantes locales y de camiones de comida para alimentar al gentío durante la primera fiesta vecinal del barrio. Los beneficios se destinarían al programa de subvenciones que dirigía el nuevo centro de negocios, donde Franchesca tenía un despacho y unas seis semanas de trabajo pendiente.

—¿Hacemos los honores? —preguntó Aiden mientras la empujaba hacia el final de la calle.

—En marcha.

Dieron el discurso por turnos y a un ritmo natural. Los padres y los hermanos de Frankie los saludaron desde la primera fila. Hablaron de la comunidad, de los vecinos y del orgullo, y luego, juntos, con los estridentes vítores de la multitud de fondo, cortaron la cinta.

Había mucha prensa porque era un proyecto financiado por los Kilbourn. Pero a Frankie no le importaba ser el centro de atención. No cuando la mayoría había aprendido a tratarla como a cualquier otro empresario. Ya ningún medio osaba preguntarle quién había diseñado la ropa que llevaba.

Tras cortar la cinta, pronunciar el discurso y abrir las puertas, Frankie y Aiden caminaron del brazo por la calle modernizada. Socializaron, comieron y disfrutaron del paseo. Degustaron las salchichas que ofrecía un camión de comida, bebieron muestras de Pilsen de la cervecería y visitaron establecimiento por establecimiento acompañados por sus dueños. Frankie se pellizcaba a sí misma y a Aiden una y otra vez para cerciorarse de que no era un sueño; un sueño grande y maravilloso.

No, no lo era, pensó con satisfacción mientras le hincaba el diente a la salchicha de treinta centímetros más vendida del camión alemán. Había contribuido a la remodelación de una manzana entera. Un hito que beneficiaría tanto al barrio como al empresariado. Y Aiden había estado a su lado; la había orientado y había confiado en ella durante todo el proceso. Lo quería con locura.

Le sonó el móvil en el bolsillo de su elegante vestido y lo sacó.

Aiden: Me estás dando ideas con esa salchicha en la boca.

414

Casi se ahogó de la risa. Tras divisarlo entre la multitud, le ofreció un espectáculo privado que consistía en metérsela lo máximo posible en la boca.

—Señorita Baranski —dijo alguien mientras le ponía un teléfono en la cara—. ¿Le importaría decirnos cuántos ingresos prevé que obtendrá su proyecto?

La salchicha y el panecillo se tornaron arena en su boca y empezó a toser.

Aiden se plantó a su lado al instante para darle palmaditas en la espalda.

—Perdón —se disculpó Frankie con dificultad. Le picaban los ojos por culpa de las lágrimas—. Es que me he metido mucha salchicha de golpe.

La periodista, una mujer con una americana ribeteada y gafas, la miró boquiabierta.

Aiden tosió para disimular que se estaba riendo.

—Responderé encantado a cualquiera de sus preguntas mientras mi mujer va a por un vaso de agua —dijo con rapidez.

Frankie, que no dejaba de toser, decidió que lo mejor sería bajar la salchicha con más cerveza para calmar las mariposas de su estómago. La parte pública de su gran día estaba llegando a su fin, pero le tenía preparado un sorpresón a Aiden, y era muy probable que no le gustara nada. Respiró hondo para tranquilizarse. Más le valía que le gustase. Si a ella le encantaba el amplio ropero que le había comprado y el bellísimo alijo de joyas, libros y utensilios de cocina, a él tenía que encantarle su sorpresa.

Se detuvo ante las puertas de cristal del flamante centro de desarrollo de pequeñas empresas y repasó las letras de la entrada con los dedos. Todos sus sueños se habían hecho realidad gracias al hombre que la chinchaba por comer salchichas. Y no lo defraudaría. No, a Aiden Kilbourn no le quedaría otra que estar orgulloso de su mujer, un as de las pequeñas empresas con un máster en Administración y Dirección de Empresas.

Al entrar, vio a sus padres, Hugo y May, en la sala de juntas, apiñados en torno a la bandeja de las galletas. Sus hermanos,

Gio y Marco, hacían carreras con sillas de escritorio, con las que recorrían a toda velocidad los cuatro cubículos que había en la otra punta de la recepción. Frankie había contratado a una recepcionista, a una empleada a media jornada y a una becaria. Entre las cuatro y la lista de recursos que estaba desarrollando Aiden —cada vez mayor—, satisfarían las necesidades de las pequeñas empresas de Brooklyn Heights.

Echó un vistazo a la hoja de inscripción. El taller de la próxima semana sobre gastos asociados y demás cuestiones contables ya estaba lleno.

—Pero ¡si es nuestra niña! ¡Qué guapa y qué lista es! —exclamó May como si hubieran pasado semanas y no minutos desde la última vez que había visto a Frankie.

Gio adelantó a Marco y lo tiró al suelo.

—¡He ganado!

—Como rompáis algo, lo pagaréis —les advirtió Frankie mientras le daba un puntapié a Marco.

—Levantaos ya, delincuentes juveniles —les espetó Rachel mientras hacía rebotar a la pequeña Maya en su cadera. La sobrina de Frankie llevaba una camiseta que decía «Mi tía es la caña».

Frankie liberó a Maya de los brazos de su madre y la sostuvo en alto. La niña chilló de alegría y aplaudió con sus manitas.

—Dos de mis damas favoritas —señaló Aiden tras asomarse a la puerta principal.

Frankie le sonrió y dijo:

—¿Qué tal todo por ahí, señor alcalde?

—Todo el mundo está comiendo, bebiendo y comprando. Yo lo llamaría un éxito —respondió mientras se le iban los ojos al escote en V de su vestido.

May salió en tromba de la sala de juntas y les dio un coscorrón a sus hijos.

—Dejad de comportaros como animales salvajes —les espetó.

—¡Ay!

—Perdona, mamá.

—¿Por qué no sois más como Aiden? —preguntó—. Mirad qué bien se porta él.

Cuando se giró para señalar a Aiden, Marco y Gio le sacaron el dedo.

May, furiosa, se volvió para mirar a sus hijos más ceñuda que nunca, y Aiden aprovechó la ocasión para devolverles el saludo con el dedo corazón.

Frankie y Rachel negaron con la cabeza y rieron.

—Lo habéis hecho muy bien —comentó Hugo, con una galleta en cada mano, desde la puerta de la sala de juntas.

—Gracias, papá —dijo Frankie—. Creo que haremos mucho bien aquí.

—Podrías enseñarle a tu madre a usar el Book Face Twatter ese —propuso con tono pensativo.

Gio rio por la nariz y murmuró:

—A Frankie se le da muy bien el Twatter.

Frankie se escudó con el bebé y le sacó el dedo a Gio.

Aiden le robó a Maya. Meneó a la chiquilla en el aire y le dio un beso en un mofletito.

—¿Crees que podrías escabullirte un ratito? —le preguntó Frankie. Pretendía que su tono fuera distendido, pero las palabras le salieron a trompicones.

Por cómo se le iluminó la mirada a Aiden, supo que pensaba que tenía otras intenciones.

—Siempre tengo tiempo para escabullirme —contestó con voz ronca.

—Dame a mi hija primero, no vaya a ser que sueltes alguna guarrada delante de ella —exigió Marco.

Frankie sonrió. Llevaban un año casados y seguían follando como conejos.

Aiden le dio otro beso a la niña y se la entregó a su padre. Abrazó a Frankie por la cintura y la pegó a su costado.

—¿Qué tenías en mente? —le susurró.

—Vamos a dar un paseíto —propuso mientras lo empujaba hacia la puerta.

No le había contado a nadie lo que había hecho, y el secreto la reconcomía por dentro. Cuando se casaron, Aiden abrió una cuenta a su nombre y depositó en ella tanto dinero que daba vergüenza, para que nunca se viera en la necesidad de pedirle nada a nadie.

Frankie se había negado a tocar el dinero por principios. Hasta ese momento.

—¿Adónde vamos? —inquirió Aiden con voz ronca mientras dejaba que Frankie lo arrastrara calle abajo, lejos de la fiesta.

—Ya verás —respondió con aire distraído.

Siguieron hacia el oeste, atajaron por el norte y volvieron al oeste, rumbo al casco histórico. Entonces Frankie se detuvo ante un edificio de ladrillo de color marrón de dos pisos. Tenía un garaje flanqueado por dos puertas.

—¿Qué hacemos aquí? —preguntó Aiden con tono complaciente.

Frankie sacó una llave del bolsillo y respiró hondo.

—Con suerte, ser felices y no gritarme.

Notó su atenta mirada mientras introducía la llave en la cerradura.

—Franchesca. —Pronunció su nombre en voz baja y con curiosidad.

Ella le dedicó una sonrisa débil y empujó la puerta con fuerza. Chirrió al abrirse, pues los goznes apenas se usaban.

Aiden entró tras ella.

Las macizas y desgastadas tablas del suelo llamaban la atención desde la parte delantera hasta la trasera de la enorme estancia.

Esperó a que Aiden acabase de pasearse y de examinar las paredes de yeso y la desvencijada escalera que llevaba al segundo piso. Todo estaba sucio y polvoriento. Era una zona de construcciones abandonadas. Se atisbaba parte de una cocina en un rincón. Pero la parte trasera del edificio, con sus ventanales abovedados que iban del suelo al techo, era el factor sorpresa.

Frankie aguardó mordiéndose el pulgar. Mientras tanto, Aiden se había detenido ante una de las ventanas y contemplaba, más allá de la vía verde, las turbias aguas del río en verano. Al fondo se veía el horizonte de Manhattan.

—¿Y bien? ¿Qué opinas? —preguntó Frankie, expectante.

—Primero dime por qué estamos aquí y luego te digo qué opino —respondió mientras le echaba una mirada inquisitiva.

—La he comprado. Para nosotros —soltó sin pensar—. No dejabas de repetir que querías una casa por aquí, cerca del centro de desarrollo y de mi familia. Es una cochera…, o eso era antes de que empezaran a restaurarla. Se quedaron sin dinero y pausaron las obras unos años. Tu padre cree que nos pegaremos un buen tute…

—¿Mi padre? —preguntó Aiden mientras se pasaba una mano por la barbilla.

A Frankie le molestaba no saber qué pensaba. Asintió y repuso:

—Ferris me ha ayudado a montar una empresa para comprarla sin que te enterases. ¡Sorpresa!

Aiden volvió a mirar el paisaje y después a Frankie. Se acercó a ella.

—Como no me digas lo que opinas, me dará algo. ¿Te gusta? ¿La detestas? Se me ha ocurrido que podríamos restaurarla juntos. Tenemos la vía verde justo detrás y metros cuadrados suficientes para dos dormitorios y dos baños en el piso de arriba. El tejado es firme. Podríamos hacer algo chulo en la azotea…

Cuando llegó hasta ella, la agarró de las caderas y la arrimó a él.

—Aiden, en serio, como no digas algo ya, me dará un jamacuco —se quejó Frankie.

En vez de hablar, la besó. Le metió la lengua con dulzura y suavidad. Un tanteo lento que hizo que le flaquearan las rodillas.

—No estás gritando —observó tras despegarse de él. Lo agarró de la camisa con las dos manos.

—Es perfecta, Franchesca —dijo con voz queda mientras le levantaba la barbilla. Se le deshizo el nudo del estómago. Lo miró a los ojos y vio la ternura que rezumaban.

—No hace falta que vendamos tu ático —empezó a decir.

—Nuestro ático —la corrigió.

—Nuestro ático —repitió Frankie—. Pero esta casa también estará guay… con el tiempo. Ahora mismo no vale un pimiento, pero…

Aiden interrumpió su divagación para decir:

—Me encanta esta casa. —Se movió de un lado a otro al son de una música que solo oía él. Frankie, hipnotizada por el amor que transmitía su mirada, lo imitó—. Le daremos vida. Aquí veremos los combates con tus hermanos, aquí celebraremos Acción de Gracias. Por la noche, nos acurrucaremos en el sofá, y comeremos comida china y nos quejaremos de lo que nos salga en las galletas de la suerte. Discutiremos por todo. Romperás platos. Me comeré lo que cocines. Aquí nos evadiremos de todo. Tú y yo.

Le escocían los ojos por culpa de las lágrimas. Aiden estaba pintando el cuadro de su futuro juntos en el lienzo que ella le había proporcionado.

—Vamos con todo —le susurró Frankie.

Él le acarició una mejilla con el pulgar y convino:

—Vamos con todo, Franchesca.

Nota de la autora para los lectores

Querido lector:

¿Por dónde empiezo? Como siempre, me puse a escribir con una idea concreta del rumbo que tomaría la novela. Pensaba que solo sería una comedia romántica, sencilla y divertida, ambientada en el paraíso. Pero entonces Frankie y Aiden se volvieron más profundos; su conflicto, más intenso, y sus familias, más complejas. Básicamente, me enamoré perdidamente de estos dos y del lío que tenían con su relación no oficial.

Tenía clarísimo que le romperían el corazón a Frankie, y al final fue ella la que se lo rompió a Aiden. ¡Esta gente se me va de las manos! ¡Espero que te hayan caído igual de bien que a mí!

Ambienté la boda en las Barbados porque es uno de los sitios a los que me encanta ir con el señor Lucy. Viajamos específicamente hasta allí para que tomase notas para la novela…, y también un poco el sol. Y mucho ron. Las playas de arena blanca, las aguas turquesas y la locura de furgonetas son «ah-lucinantes».

Bueno, a ver, si te han caído genial Frankie y Aiden, te invito a que vayas a Amazon y dejes una reseña entusiasta. Si te han caído fatal y sigues leyendo esta nota, admiro tu compromiso.

¿Quieres que charlemos y seamos *amiguis*? Sígueme en Facebook y únete a mi grupo de lectores: Lucy Score's Binge Readers Anonymous. Y, si quieres enterarte antes que nadie de preventas, ofertas y un contenido adicional increíble, ¡suscríbete ya a mi boletín informativo! ¡Nos vemos!

Un besito,
Lucy

Agradecimientos

A Jaycee, de Sweet 'n Spicy Designs, por la portada tan *sexy* que ha preparado para la edición en inglés.

A Dawn y Amanda, por sus ojos de lince para la edición.

Al señor Lucy, por no regalarme unas Uggs de imitación por Navidad, tal como le pedí, y comprarme mis primeras Uggs reales…, y no gritarme cuando al instante las manché de grasa (¿se pueden lavar en seco?).

A Jodi, por convertir una vez más mi cachito de propaganda sin pies ni cabeza en algo emocionante que vale la pena clicar.

A Joyce y Tammy, por ser increíbles en Binge Readers y en la vida real.

Al *sushi*.

Al *reboot* de *Will & Grace*.

A los tacos. Siempre a los tacos.

También de Lucy Score

COSAS QUE NUNCA DEJAMOS ATRÁS

LUCY SCORE

CHIC

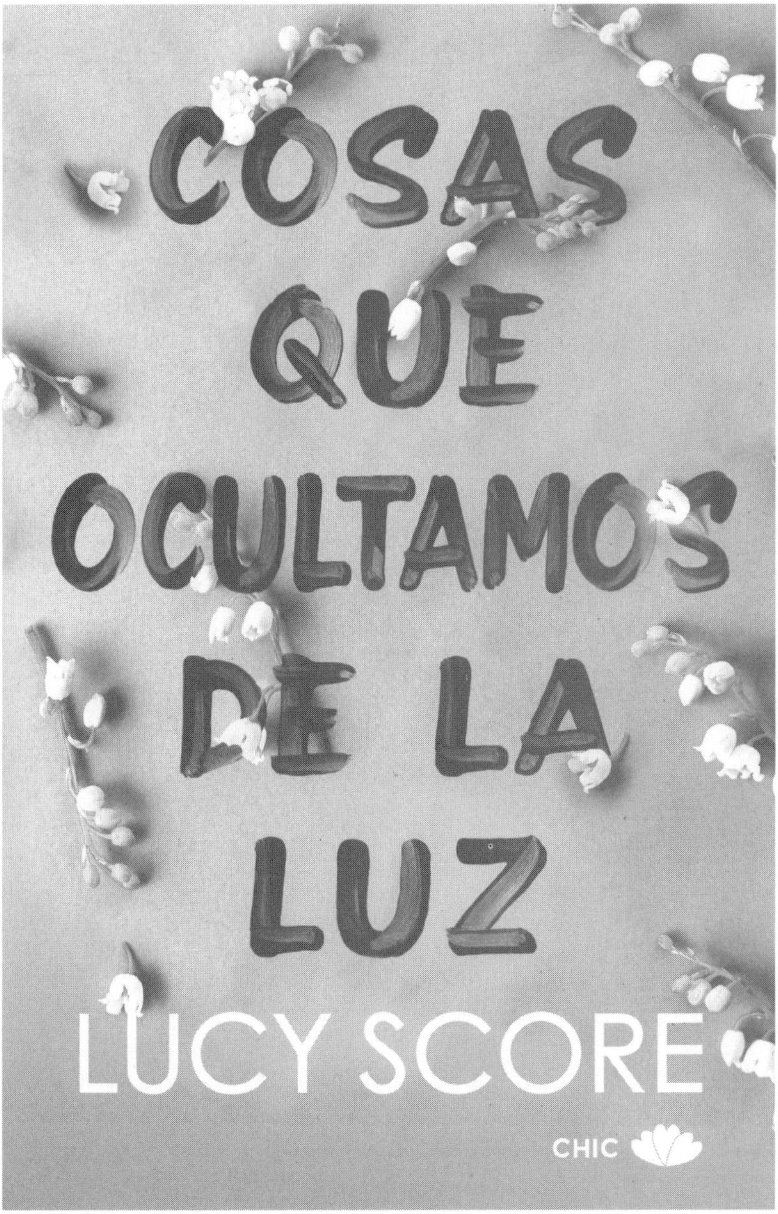
COSAS QUE OCULTAMOS DE LA LUZ
LUCY SCORE
CHIC

Chic Editorial te agradece la atención dedicada a
El peor hombre de mi vida, de Lucy Score.
Esperamos que hayas disfrutado de la lectura
y te invitamos a visitarnos
en www.chiceditorial.com,
donde encontrarás más información
sobre nuestras publicaciones.

Si lo deseas, también puedes seguirnos
a través de Facebook, Twitter o Instagram
utilizando tu teléfono móvil
para leer los siguientes códigos QR: